T0267041

No huyas

Sandrone Dazieri

No huyas

Traducción del italiano de Xavier González Rovira

NEGRA
ALFAGUARA

Papel certificado por el Forest Stewardship Council®

Penguin
Random House
Grupo Editorial

Título original: *Il male che gli uomini fanno*
Primera edición: junio de 2023

© 2022, Sandrone Dazieri. Publicado originalmente en Italia por HarperCollins
Esta obra se publica gracias al acuerdo con Grandi & Associati
© 2023, Penguin Random House Grupo Editorial, S.A.U.
Travessera de Gràcia, 47-49. 08021 Barcelona
© 2023, Xavier González Rovira, por la traducción

© Diseño: Penguin Random House Grupo Editorial, inspirado en un diseño original de Enric Satué

Printed in Spain – Impreso en España

ISBN: 978-84-204-6152-6
Depósito legal: B-7955-2023

Compuesto en MT Color & Diseño, S.L.
Impreso en Unigraf, Móstoles (Madrid)

AL61526

A mi hermana Stefania,
que siempre me ha aceptado por lo que soy

El mal que hacen los hombres les sobrevive,
el bien a menudo queda sepultado con sus huesos.

WILLIAM SHAKESPEARE, *Julio César*

Incursión
Hoy

1

Cuando comenzó su purgatorio, Amala estaba sentada en el autobús que se alejaba de Cremona. Más allá de la ventanilla, se alternaban grupos de casas de una o dos plantas y campos de maíz que había crecido más de lo habitual por el calor exagerado de todo el mes de septiembre. En el autobús, la gente se asfixiaba, aunque la mayoría de los estudiantes que lo abarrotaban se habían ido bajando en las paradas precedentes.

Ahora la carretera provincial cruzaría un par de pedanías más, cada vez más pequeñas y alejadas entre sí, y después de otros campos llegarían a Città del Fiume, que, a pesar de su nombre, era en realidad una aldea medieval de trescientas almas con edificios de ladrillo rojo y patios comunicados. La familia de Amala (que se pronunciaba con el acento en la segunda *a*), sin embargo, se había decantado por una casa aún más aislada, en un bosquecillo a un kilómetro del centro. A Amala no le gustaba nada vivir en el campo, y mucho menos no poder explicárselo a sus amigos. Si les contaba que había encontrado un ratón muerto en el armario o que una rana había obstruido el desagüe en uno de los lavabos (no una, sino *varias* veces), la trataban de niña mimada.

Cuando uno tiene unos padres famosos (aunque, en definitiva, tampoco eran *tan* famosos), todo el mundo piensa que también son ricos. En cambio, su madre no había publicado un libro desde hacía cinco años y su padre seguía perdiendo trabajos porque jugaba a ser un artista en vez de un arquitecto, con cincuenta años cumplidos, lo que hacía que Amala lo considerase muy *cringe*. Amala se bajó en la única parada de Città, dando un salto para evitar un socavón. El cielo seguía cambiando de color, atravesado por nubes claras y secas. Era una suerte, porque con la lluvia su casa se volvía fría y húmeda. En los años treinta, cuando fue diseñada (por alguien a quien su padre llamaba con orgullo un «arquitecto *herético*»), aún no estaba muy claro cómo funcionaba el aislamiento térmico. Y también la forma era ridícula, en su opinión, hasta el punto de que en vez de villa Cavalcante, como la había rebautizado su padre, todo el mundo la llamaba la «Plancha».

Con Måneskin en sus AirPods, Amala pasó por los soportales de la plazoleta, cruzó por un pequeño puente de piedra y enfiló la pista de tierra que llevaba a su casa. Había también una carretera asfaltada que daba una larga vuelta hasta la «Plancha», pero cuando hacía buen tiempo Amala nunca iba por ahí.

La fresca brisa olía a trigo y a manzanilla, y también a esa especie de arándano silvestre y venenoso que apestaba a pies. Justo en el cruce con la pista de tierra, apoyado en el portón trasero de una furgoneta blanca inmaculada había un tipo que fumaba un cigarrillo, con cara de fastidio. Era grande y gordo, y llevaba las canas formando una coleta en la nuca, gafas oscuras y mascarilla. Amala imaginó que tenía más de sesenta años, aunque era imposible determinarlo con certeza.

Con cuidado se aferró a uno de los postes de la luz, hizo una media pirueta y saltó al otro lado de la pista. Mientras maniobraba, miró un momento al hombre directamente a la cara y le llamó la atención la palidez de la escasa porción de su rostro que permanecía al descubierto.

Aceleró para dejarlo a su espalda, siguiendo el sendero entre los campos de alfalfa recién segados, con las últimas pacas de heno listas para ser recolectadas. Se desplazó hacia un lado para ceder el paso a una ruidosa y lentísima grada mecánica, y aprovechó para echar un vistazo al cruce: la furgoneta había desaparecido, el hombre también, y Amala se sintió irracionalmente aliviada. Subió el volumen de la música y recorrió los pocos cientos de metros hasta la propiedad de su familia, que se perfilaba tras los cipreses.

Eran unas diez hectáreas, delimitadas por muretes y vallas suavizadas por el aligustre y, en la parte posterior, la que daba al campo, se abría un portón eléctrico. Amala sacó el manojo de llaves de su mochila, pero al introducir una en la cerradura de la puerta, la llave se atascó a la mitad. No se movía ni hacia dentro ni hacia fuera, así que después de unos cuantos intentos, pulsó el botón del interfono. Las luces de la cámara no se encendieron.

En agosto se habían dado varios apagones debido a que los aires acondicionados estaban funcionando todo el tiempo, y Amala pensó que tal vez se había producido uno más. Quitó la música de su móvil y buscó el número de su madre, esperando que respondiera a la llamada a pesar del *trance creativo*.

Fue en ese momento cuando una sombra la cubrió y Amala se dio cuenta de que ya no estaba sola.

2

Pasó una hora antes de que Sunday se percatara de que Amala estaba tardando demasiado en regresar. Por regla general volvía corriendo a casa, hambrienta como un lobo, pero también podía ocurrir que se detuviera a charlar con algún amigo y perdiera la noción del tiempo. Sunday le envió un mensaje, luego retomó la escritura de un texto por encargo que no debería haber aceptado. Era una reseña para el *New Yorker* de una novela que no le había gustado, pero que no quería machacar por un motivo personal, aunque tampoco alabar en exceso. Entre los lectores habituales de la revista, aparte del núcleo duro de la *upper class* neoyorquina un poco *âgée,* se encontraban todos los críticos más influyentes y un montón de compañeros que no le iban a perdonar que su estilo decayera. Especialmente después de los años de la pandemia, que la habían aislado de Estados Unidos y de los *reading.*

Cuando levantó la vista de la pantalla del ordenador habían pasado otros cuarenta y cinco minutos. Y su hija no había respondido al mensaje. Sunday intentó llamarla y solo pudo oír la concisa voz de «está apagado o fuera de cobertura». No se asustó, no de inmediato, solo sintió la familiar opresión en el estómago que experimentaba cada vez que se daba cuenta de que la sangre de su sangre ya no era un mero apéndice de ella, sino un ser pensante que iba por el mundo. Como ella, al fin y al cabo. De etnia yoruba, se había casado con Tancredi veinte años antes, en Nueva York, adonde su familia se había mudado; a pesar del tiempo transcurrido, nunca habían estado realmente unidos.

Esas mismas calles estrechas que ella recorría con total tranquilidad incluso a oscuras se erizaban de peligros y se preñaban de presagios si se imaginaba a su hija allí. Cuando vio a

Amala caminar por primera vez a los diez meses, Sunday se volvió febrilmente consciente de hasta qué punto la casa era en realidad una trampa mortal. La muñequita podía caerse por las escaleras y romperse el cuello, ahogarse en la bañera, electrocutarse. Y, a medida que crecía, los peligros aumentaban proporcionalmente a su independencia. Cada paso que daba alejándose de ella, desde su mirada vigilante de mamá tigresa, de mamá halcón, era un paso hacia posibles accidentes que Sunday era capaz de imaginarse hasta en los más mínimos detalles. Le habría gustado aplanar el mundo para su hija, hacerlo suave, rosado, con aroma a algodón de azúcar e inofensivo. Pero no era posible, y había aprendido a mantener sus preocupaciones bajo control. Ahora esa sensación de control se tambaleaba un poco: Amala se había detenido sin lugar a dudas en algún sitio para pasárselo bien.

Se puso los zapatos, salió al jardín y dio la vuelta hasta la parte de atrás. Hasta donde podía vislumbrar, no le pareció ver la figura de su hija acercándose. Fue otro tambaleo, y esta vez casi la hizo sentir náuseas. Mientras intentaba llamarla de nuevo se subió al coche eléctrico de dos plazas que utilizaban para los desplazamientos cortos y fue en dirección a la parada de autobús. En ese mismo momento se estaba acercando uno, y se detuvo a mirar. *Ya verás como viene en este*, se dijo. *Ya verás como no subió inmediatamente cuando...*

El autobús volvió a ponerse en marcha. No se había bajado nadie.

Sunday sintió que le sudaban las manos, y su estómago ahora sí que le dolía de verdad. A paso de hombre se dirigió a su casa por el centro de Città del Fiume, luego dio la vuelta y enfiló la pista de tierra, dando sacudidas en cada bache. No era el coche más adecuado, pero no le importaba. Lo aparcó ante la valla y se bajó para buscarla a pie, y fue entonces cuando vio el llavero de Amala colgando de la cerradura de la verja.

3

Amala comenzó a despertarse lentamente. Tenía el cuerpo de goma y veía nubes de luz detrás de los párpados, pero se dio cuenta de que estaba sobre un suelo duro, con protuberancias que se le clavaban en la espalda. Intentó moverse y todo se derritió de nuevo. El color le llegó en oleadas que la sepultaban. Le recordó la vez que probó la ketamina y casi se desmaya. Antes de que la presión se le cayera a los pies experimentó algo similar, pero mil veces menos intenso. Y menos agradable. Ahora se sentía relajada, en paz.

Cuando la corriente de color retrocedió de nuevo, Amala sintió que el suelo vibraba y se sacudía, por encima un sonido sombrío que parecía...

Un motor.

¿Se había quedado dormida en el autobús? No, ella se había bajado y...

Se perdió de nuevo y se despertó con un ruido de plástico en los oídos. Lo oyó de nuevo, plástico húmedo y pegajoso que era rasgado desde el exterior. Se percató de que estaba echada en la parte trasera de una furgoneta, con una manta como aislante. La oscuridad era total.

Ahora era capaz de seguir el hilo de sus pensamientos, aunque se movían muy muy lentamente. No tenía miedo, y estaba demasiado cómoda para intentar levantarse. La mejor cama en la que hubiera dormido nunca no había sido tan suave.

Pero yo no debería estar aquí.

Buscó el móvil con los brazos, que parecían ir a su aire, pero no lo encontró. Ni siquiera lo tenía cerca. La frustración le produjo una pequeña sacudida.

El hombre me lo quitó.

¿Qué hombre? Confusamente vio una cara blanca detrás de unas gafas oscuras y una de esas mascarillas azules. ¿Dónde lo había conocido?

Estaba cerca de su furgoneta, se acordó. Pero lo había visto también después.

Ella estaba entrando en casa y...

Y llegó. Se acercó a ella...

Por mucho que lo intentara, no podía recordar nada más. Y ahora estaba en una furgoneta.

Su furgoneta.

La furgoneta blanca.

Me ha secuestrado.

Ahora que había logrado concluir el razonamiento, le pareció increíble no haberlo pensado antes. Un pequeño flujo de adrenalina hizo un agujero en la nube de felicidad y se fue ensanchando con rapidez para mostrarle lo que había al otro lado.

Secuestrada.

La mezcla de ansiedad y excitación la dejó sin aliento y la hizo estar aún más lúcida. Lo que fuera que ese hombre le hubiera dado, ahora estaban desapareciendo sus efectos. Era una prisionera, tenía que escapar antes de que volviera.

Entonces la fulminó la idea de que tal vez ese tipo le había hecho algo mientras dormía. Algo asqueroso. Se palpó las braguitas bajo los vaqueros. Todo parecía en orden.

—No tengas miedo —le había dicho, acercándose a ella—. No grites.

Los restos de la nube rosa se desvanecieron y su corazón comenzó a latir a mil por hora.

Con los dedos que ahora ya volvían a funcionarle, buscó de nuevo en sus bolsillos. El hombre le había quitado el móvil, pero le había dejado la llave de la bici, y el llavero tenía una minilinterna que utilizaba para abrir la cadena por la noche. La probó y el tenue rayo verde le pareció muy luminoso después de aquellos minutos —*¿o aquellas horas?*— de oscuridad.

La furgoneta estaba vacía, y tenía las paredes forradas con láminas de plástico fijadas con cinta adhesiva. Cambió de posición y apuntó el rayo hacia el fondo. También el portón estaba recubierto de plástico y solo se veía la manija de metal. Estaba a poco más de un metro de sus pies, pero encontrar el llavero había consumido todas sus energías.

Con desesperación, se aferró a la manta y se puso a cuatro patas, tras lo que fue arrastrándose hacia el portón trasero. Chocó contra él empapada en sudor, aferró la manija, pero la mano le resbaló y la uña del dedo índice se le torció hacia atrás. El dolor fue una puñalada, pero Amala no gritó. Esperó a que la pulsación del dedo bajara a un nivel casi soportable, luego volvió a aferrar la manija con la otra mano. Empezó a levantarla, pero se atascó y se le escapó de la mano.

Había alguien al otro lado que estaba abriendo.

Presa del pánico, retrocedió impulsándose sobre sus talones, dejando caer la minilinterna y acurrucándose contra el fondo. La furgoneta se inclinó ligeramente hacia la grieta de luz que había penetrado en el compartimento mientras una silueta oscura entraba y volvía a cerrar el portón, volviendo a ser una sombra entre las sombras.

—¿Quién es usted...? —balbució Amala—. ¿Qué quiere hacerme...?

La silueta oscura se convirtió en carne y respiración. La aplastó contra el suelo.

—Shhh —soltó.

Nadie sabe realmente cómo va a reaccionar ante el peligro, a menos que se haya puesto a prueba docenas de veces. Amala se había encontrado a menudo gritándoles a los personajes de las series televisivas cuando se quedaban como estatuas ante el peligro que huyeran o que se defendieran. «Huye, tonta», «¡Dale una patada en los huevos!». A ella, sin embargo, la violencia no se le daba nada bien, ni siquiera le había tirado nunca de los pelos a una compañera de clase y no había hecho ninguno de los cursos de defensa personal que su madre le había propuesto hasta el agotamiento. Por eso, que se pusiera a girar los brazos con los dedos en forma de garra no fue una elección racional, y fue pura casualidad que acertara a darle en la oreja al hombre, quien soltó un grito de dolor antes de aplastarla de nuevo bajo su peso.

—Basta ya —le dijo con una voz extrañamente aguda para su tamaño. La manaza del hombre le aferró la cara. Amala intentó morderla, pero sintió un pinchazo en el cuello y volvió a apagarse.

4

Tres horas después de la desaparición de Amala, Sunday y su marido Tancredi, que había regresado a toda prisa, presentaron una denuncia por desaparición ante los carabinieri locales. Amala era menor de edad, el testimonio de sus padres parecía creíble y la denuncia fue aceptada y enviada con urgencia a la Fiscalía, que a su vez trasladó la alerta a una serie de entidades que iban desde los carabinieri hasta los voluntarios de la Cruz Roja, pasando por el Teléfono Azul de protección a la infancia y juventud, y el ejército.

A la hora de la cena, un centenar de personas ya peinaban los alrededores de Città del Fiume, mientras la Unidad Operativa recababa información entre profesores y amigos de la chica. A lo largo de la noche, el vestíbulo de la villa vio pasar a decenas de personas, entre conocidos y fuerzas del orden, mientras los teléfonos móviles no paraban de sonar y un helicóptero sobrevolaba la zona a baja altura; pero todo fue inútil, no hallaron ningún rastro de la chica. Todas las agencias de noticias importantes cubrieron la noticia, porque Sunday y Tancredi eran conocidos en medio mundo. Se negaron a conceder entrevistas, pero Sunday aceptó grabar un llamamiento para el telediario del día siguiente. «Por favor, si alguien tiene noticias de mi hija...», etcétera.

Francesca Cavalcante llegó a medianoche a bordo de su Tesla.

Era la hermana de Tancredi y abogada de la familia, una mujer elegante de unos sesenta años, con un cuello estilo Modigliani. Había pasado las horas anteriores al teléfono, con todos sus conocidos en las distintas fiscalías, instándolos a investigar de forma obstinada. Cuando se enfadaba, le brotaba un acento *british*: había trabajado y vivido en Londres hasta el año anterior.

La carretera que llevaba a la villa permanecía bloqueada por los coches de servicio y las unidades móviles de las televisiones, y Francesca recorrió el camino largo para llegar a la puerta trasera, la que Amala tendría que haber cruzado unas horas antes. Ahora un grupo de hombres con monos blancos hacían fotografías. Para ella, esa escena fue un puñetazo en el estómago: hacía que todo pareciera demasiado real.

El sendero peatonal estaba cerrado por la cinta bicolor que se extendía hasta la puerta del porche, entraba en la casa y luego subía hasta la habitación de Amala. Francesca aparcó donde le indicó un carabiniere, luego entró por la cocina y, siguiendo las voces, llegó a la sala de estar. Abrazó a su cuñada, vencida y anquilosada por el Lorazepam, luego fue directa al grano.

—¿Ha llegado ya el ayudante del fiscal?

—Sí, es Claudio. Nos está esperando allí —dijo Sunday.

Claudio Metalli, viejo amigo de la familia y compañero de estudios de Francesca, era lo mejor que podía haberles pasado. Alto y calvo, con una corbata de Marinella, estaba sentado a la mesa de teca de la sala que ocupaba casi toda la planta baja, y se levantó para abrazarla.

—Hola, Francesca —le dijo.

—Gracias por venir enseguida.

—Faltaría más.

Francesca se sentó junto a su cuñada.

—Veamos —comenzó Metalli—, que quede claro que, si no nos conociéramos de toda la vida, no me arriesgaría a adelantaros nada. Pero sé que no vais a ir por ahí contándolo, porque sabéis que comprometeríais la investigación.

—Vamos, Claudio..., no te enrolles..., por favor —dijo Tancredi.

—Pues vamos a ello... La ruta de Amala ha sido reconstruida. El quiosquero de la plazoleta la vio bajar del autobús procedente de Cremona a las 13.45 horas. No tiene ninguna duda. Y dijo que enfiló la pista de tierra tras cruzar el pequeño puente que ahora están inspeccionando los agentes de la policía científica. También ha dicho que, en ese momento, aparcada en el cruce había una furgoneta Ducato con carrocería blanca, y que la conducía un hombre de gran estatura al que no había visto antes. Otros testigos han confirmado que la furgoneta se alejó minutos después.

Hubo un momento de silencio mientras los demás digerían la noticia.

—Lo sabía, sabía que alguien se la había llevado. Lo sabía —murmuró Tancredi.

—Espera, espera —dijo de inmediato el ayudante del fiscal—. Estamos investigando a ese hombre y buscando la furgoneta, pero por ahora podría tratarse de una mera coincidencia.

—¿Tenemos una descripción? —preguntó Francesca.

—Bastante genérica, por desgracia. Alto y corpulento, con coleta canosa en la nuca, como un viejo hippie, vamos. El hecho de que nadie de entre quienes lo vieron lo reconociera es lo que ha llamado la atención de la Brigada Móvil, porque aquí os conocéis todos un poco, al menos de vista.

—Tal vez se le vea en las grabaciones de nuestras cámaras —dijo Sunday.

—Ya lo hemos comprobado. La cámara de la puerta ha sido manipulada. Las otras no grabaron nada.

Francesca constató que el secuestrador no se había movido al azar, conocía los horarios y la ruta de su sobrina.

—Un loco —murmuró Sunday al borde de las lágrimas—. A saber adónde la habrá llevado...

—En este momento sus propósitos nos resultan desconocidos —dijo Claudio—. Puede que quiera un rescate, y entonces pronto se pondrá en contacto con vosotros. O puede ser un perturbado que cree que es su hija...

Metalli había pasado por alto la hipótesis más probable, pero Sunday no cayó en la trampa.

—O un *delincuente sexual* —dijo—. Un perturbado que quiere... abusar de mi hija. —Y rompió a llorar.

—Lo encontraremos, Sunday. Si realmente ha sido ese hombre el que se ha llevado a tu hija, lo encontraremos pronto.

—Quizá no lo bastante —dijo ella entre sollozos.

5

Amala no sabía cuánto tiempo llevaba dando vueltas mientras soñaba, pero abrió de golpe los ojos y descubrió que estaba tumbada en una cama en una pequeña habitación completamente pintada de blanco. Las luces le hacían daño en los ojos. Un hombre calvo la miraba por encima de la mascarilla.

—¿Cómo estás? —le preguntó—. ¿Tienes náuseas?

Amala intentó moverse, pero no pudo, estaba aprisionada entre las sábanas.

—Qué... —murmuró con voz ronca. Tenía la garganta acartonada—. Dónde... —¿Estaba en el hospital? ¿Qué le había pasado?

El médico le dio una palmadita.

—Sé que te sientes rara. Pero no te preocupes, es normal. Es la preanestesia.

¿Anestesia?

—¿Estoy herida?

—Es solo una operación rutinaria.

—¿Operación?

El médico se levantó y empujó hacia ella un carrito de supermercado que tenía un cilindro sujeto con cinta adhesiva. Llevaba una bata prácticamente hecha pedazos y unida por costuras irregulares.

¿A qué hospital me trajeron?

La habitación también era muy pequeña, poco más que un armario, y la lámpara que colgaba sobre ella era un foco fijado con cinta. Amala intentó moverse de nuevo y esta vez se dio cuenta de que no era la ropa de cama lo que la mantenía inmovilizada, sino algo que le apretaba las muñecas y los tobillos.

El médico cogió una mascarilla de goma pegada al cilindro mediante un tubo corrugado.

—Respira profundamente, no sentirás nada —dijo, volviéndose hacia ella.

—No... Espere.

—Vamos, sé una buena chica —dijo él, sonriendo bajo la mascarilla.

Amala notó que el hombro izquierdo del hombre estaba manchado de sangre. Goteaba de su oreja, cubierta por una gran tirita cuadrada. Él siguió su mirada.

—Tienes unas bonitas uñas, eh. Me parece que las cortaremos. Suerte que llevaba la máscara de goma con la peluca.

Amala lo recordaba todo. El autobús. La furgoneta. La cara blanca. La puerta.

—Eres tú... —dijo Amala—. Eres tú... —. Presa del pánico, intentó liberarse, pero el hombre la sujetó y le puso la pegajosa y maloliente mascarilla. Contuvo desesperadamente la respiración, temblando por el esfuerzo, hasta que se vio obligada a inhalar el gas.

El hombre esperó a que la chica se durmiera profundamente, luego desató las correas de sujeción y la puso de lado, antes de cortar la camiseta por la espalda hasta descubrir los omóplatos. Con un rotulador dibujó un círculo junto a la clavícula izquierda, luego cogió el taladro quirúrgico y comenzó su trabajo.

6

Francesca acompañó a Metalli hasta el coche y aprovechó la circunstancia para hablar con él en privado.

—Cuando una chica de su edad desaparece, se trata casi siempre de un delito sexual —dijo.

Él la tomó del brazo. Aunque era más de medianoche, el aire seguía siendo cálido.

—Es inútil pensar en lo peor. Y, de todos modos, los delitos sexuales que mencionas casi siempre los llevan a cabo personas que conocen a la víctima. Estamos hablando con todos sus amigos y sus profesores. Si alguno de ellos está implicado, pronto lo descubriremos. Pero, ya que hablamos confidencialmente, ¿tú crees que Amala se veía con algún adulto a escondidas de sus padres?

—Imposible.

—Si eres capaz de entender lo que tienen las adolescentes en la cabeza, te dejaré hablar con mi hija, porque yo soy incapaz de hacerlo.

—No sé qué hay dentro de la cabeza de Amala, pero sé quién es. Si hubiera tenido algún problema con un adulto, lo habría dicho.

Claudio la besó en la mejilla.

—Ya verás como todo saldrá bien —le dijo mientras subía al coche—. Ve y descansa un poco, lo necesitas.

Francesca no respondió. Cuando regresó a casa, Sunday estaba tumbada en el sofá del salón, con un brazo sobre los ojos, Tancredi estaba sentado en una butaca, mirando al vacío. Francesca preparó una infusión, moviéndose azorada por la cocina, que conocía poco. Llevó la tetera a la sala y aprovechó para limpiar algunos desperdicios.

—¿Va a venir la asistenta mañana por la mañana?

Sunday habló mientras mantenía los ojos cerrados.

—Le dije que se quedara en casa. También se lo dije al jardinero.

—No pensarás que tienen algo que ver...

—No. Llevan diez años con nosotros y me fío de ellos. Pero no tengo ganas de ver a más extraños por casa ahora. He de hacer un esfuerzo para ser amable, cuando solo tengo ganas de gritar.

Sunday fingió beber un poco de infusión y luego se fue a su cuarto.

—Se siente culpable porque no fue a buscarla a la parada —dijo Tancredi.

—Me lo imagino.

—Estaba escribiendo uno de sus artículos de mierda.

—No es culpa suya, no la tomes con ella.

Tancredi suspiró.

—Estoy aterrado, Fran. Soy incapaz de no pensar que ahora mismo le está haciendo quién sabe qué...

—Estamos esperando la petición de rescate.

Él negó con la cabeza.

—Vamos al estudio a tomar algo más fuerte.

Francesca lo siguió al estudio, que era una habitación hexagonal con paredes de madera clara. En las mesas largas había impresoras de plóter con el diseño de una *dormeuse* con forma de estrella de mar. A través de las cristaleras podían verse las linternas de los equipos de búsqueda que peinaban los campos como las luciérnagas. Tancredi cogió una ginebra del minibar, se sirvió una generosa dosis y se sentó en la silla ergonómica.

—¿Hay algo que yo no sepa? —preguntó Francesca, viéndolo indeciso.

Tancredi suspiró.

—No creo que se trate de un secuestro por dinero.

—¿Por qué?

—Porque no lo tengo. Mis clientes eran casi todos rusos, y con la guerra de Ucrania ya no puedo trabajar con ellos. A uno de estos oligarcas le congelaron todos sus activos antes de que me pagara. Una locura...

—Lo siento, Tan. Pero llevas trabajando toda tu vida. ¿No has ahorrado nada?

—Esta casa es un pozo sin fondo de dinero. Y no guardamos mucho cuando el trabajo iba bien. Los viajes, el caballo, las pollas en vinagre... ¿Me entiendes? Tal vez alguien realmente me la tiene jurada y quiere hacerme daño, pero seguro que no le importa el dinero, o no es un profesional y no sabe con quién está tratando. A lo mejor te la tiene jurada a ti.

—¿A mí?

—Eres una abogada importante. No tienes hijos ni familiares, aparte de nosotros. Tal vez alguien quiera vengarse porque te hiciste con su empresa en nombre de algún emir.

—Yo trabajo con gente de negocios, no con la mafia.

—Como si hubiera tanta diferencia...

Francesca no tenía ningún deseo de empezar la discusión habitual. Además, tenía mucho sueño.

—¿Te parece bien que me quede en la habitación de invitados?

—Claro. Yo no creo que pueda dormir.

Tampoco pudo hacerlo ella, que permaneció con los ojos como platos esperando el amanecer, sobresaltándose con cada ruido y cada luz intermitente que se reflejaba en el cristal. Cada instante podía ser el bueno para que llegara algún carabiniere con la gorra en la mano y notificara que habían encontrado el cuerpo de su sobrina en una zanja o en el maletero de un coche. *Por desgracia, hemos llegado demasiado tarde...*

Al amanecer dejó de intentar dormir, se duchó, se despidió de su hermano, a quien encontró donde lo había dejado, aunque mucho más borracho, y se fue a Cremona, a su despacho.

Estaba en un edificio del centro histórico, detrás del Baptisterio: quinientos metros cuadrados del siglo XVIII restaurados, con pinturas y estucos, bajorrelieves, cuadros, decoraciones con grutescos y unos treinta colaboradores. El único espacio que no pertenecía a su familia era el elegante y pequeño restaurante situado en los antiguos establos: se llenaba a la hora de comer de clientes y abogados, que llegaban hasta allí cruzando el jardín interior situado bajo su ventana. Su despacho estaba en el antiguo dormitorio principal, con una gigantesca chimenea de mármol que su padre encendía en Navidad y que ella había hecho tapiar. El resto de la decoración había cambiado por completo, y donde una vez había estado el cuadro de su bisabuelo cazando, ahora colgaba uno de Chirico.

El bufete se fue llenando de trajes de colores sobrios y de saludos: las noticias sobre Amala habían circulado y Francesca recibió las visitas solidarias de empleados y abogados, que ella aceptó fingiendo que la complacían. Entre estos estaba el único al que Francesca quería ver, Samuele, un pasante al que llevaba observando desde hacía un tiempo.

—Me he enterado de que...

—Gracias —lo interrumpió ella—. Por lo menos tú me lo vas a ahorrar.

—Ah, sí, por supuesto. Todo el mundo está llamando por teléfono, buscándola, sobre todo los periodistas.

—Ya sabes adónde enviarlos, ¿no?

—Por supuesto, abogada, pero sería buena idea ir preparando un comunicado de prensa. —Samuele era regordete, llevaba gafas redondas y era reflexivo, lo que le había permitido no perder la cabeza tras un año y medio de prácticas.

Francesca resopló:

—Ocúpate tú de ello, y luego yo lo corrijo. Y ya te lo he dicho: *abogada* me da repelús. Sé que ahora es *políticamente correcto,* pero soy de la vieja escuela.

—Lo siento, es que si no lo hago con las demás, me estrangulan, *abogado.** Entonces voy a ir a preparar el comunicado.

—Espera. Necesito una cosa más, una búsqueda en el archivo.

Samuele se quitó las gafas y empezó a limpiarlas con un paño color amaranto. Francesca ya se había dado cuenta de que lo hacía cuando estaba nervioso.

—Dígame.

---

* Téngase en cuenta que, en determinados ámbitos, por ejemplo, el jurídico, en italiano se siguen utilizando las formas en masculino incluso cuando se aplican a mujeres. Salvo en este capítulo, normalizaremos según el uso del castellano. *(N. del T.).*

—Es muy improbable, pero podría ser que Amala haya sido víctima de alguien que se la tenga jurada a nuestra familia. Necesito la lista de procesos en los que participó mi padre y que incluyan delitos de secuestro, violencia y violación. Solo me interesan aquellos en los que los clientes o los acusados sigan con vida y estén en libertad.

—Puede que no encuentre todo eso en los archivos.

—Tienes la agenda del bufete, utilízala. Cuando terminemos, harás una carpeta y la enviarás al correo electrónico del doctor Metalli, el ayudante del fiscal, también lo encontrarás en la agenda.

—Sí, abogado.

—Y pide que me traigan un té, por favor, y que no sea de sobre.

El té llegó cinco minutos después y los primeros informes una hora después. La carpeta compartida de Francesca empezó a llenarse de juicios de los que nunca había oído hablar y de gente a la que no conocía. Los examinó, deshaciéndose de compañeros nerviosos y de secretarios con compromisos de los que se había olvidado, pero nada le llamó la atención, nada que pareciera realmente sospechoso. Protestas por los honorarios y estrepitosas derrotas en los tribunales, eso sí, pero nadie que pudiera secuestrar a una joven de forma creíble. Se dio cuenta con tristeza de que su padre había empezado a perder un juicio tras otro en los últimos dos años, antes de fallecer: ya estaba enfermo.

Samuele reapareció con la camisa polvorienta.

—Por desgracia, los *groupons* no están en el archivo digital.

—¿Y qué son esos *groupons*?

—La asistencia jurídica y las defensas de oficio. Así es como las llaman aquí, pensé que lo sabría.

Francesca no lo sabía, aún no había entrado de lleno en las costumbres del bufete.

—En mi época, a mi padre le servían para formar a los pasantes —dijo—. Mis procesos puedes saltártelos, no hay más que robos de gallinas. Excepto...

Si no hubiera estado sentada, Francesca se habría caído al suelo. Estuvo realmente a punto de desmayarse, el sudor helado le fue goteando por la espalda desde el cuello. Se levantó sin fijarse en Samuele y bajó al sótano utilizando las viejas escaleras que se abrían detrás del mostrador de recepción.

El Perca. ¿Cómo había podido olvidarlo?

El largo túnel de piedra del sótano había sido dividido en dos: en una parte almacenaba los alimentos el restaurante, mientras que la que le correspondía al bufete estaba compartimentada en celdas enrejadas, llenas de cajas de documentos y viejos muebles. Los expedientes de asistencia de oficio estaban dispersos en el pasillo, donde los había dejado Samuele. Francesca cogió rápidamente los que llevaban su nombre y regresó a su oficina con cinco kilos de papeles polvorientos y descoloridos, algunos de ellos todavía mecanografiados.

El pasante seguía allí.

—¿Todo bien, abogado?

—Todo perfecto. Vuelve y termina lo que te he pedido, por favor —dijo, olvidándose de Samuele un segundo después.

El Perca.

Imágenes del pasado fulguraron por su cabeza, viejos sentimientos volvieron a aflorar. Un caso que su padre le había pasado igual que se le lanza un hueso de goma a un perro, y que Francesca, en cambio, se había tomado en serio. El Perca había secuestrado y asesinado a tres chicas de la edad de Amala en un intervalo de tres años y había arrojado los cadáveres a las aguas de los ríos de las inmediaciones de Cremona. Acusaron de los asesinatos a un joven, Giuseppe Contini, y ella lo defendió sin éxito en los tribunales. Condenaron a Contini a cadena perpetua, el Perca acabó en la red. El té ya se había enfriado y amargaba, pero se lo bebió de todos modos mientras hojeaba los viejos documentos. No había ninguna conexión, era imposible que la hubiera. Pero Francesca sabía una cosa, algo que la había atormentado durante años y que hizo que se desenamorara del oficio que había elegido. Que la había empujado incluso a cambiarse de país para huir de la sensación de impotencia que se apoderó de ella tras una sentencia que sabía que era profundamente errónea.

Contini era inocente. El Perca había quedado en libertad.

Bucalòn
Treinta y dos años antes

La última víctima del Perca reapareció un año después de su desaparición en las aguas del Po, junto al último pilar del puente entre Lombardía y Emilia-Romaña. Las mallas de licra habían protegido en parte la carne saponificada de las piernas, pero el resto había sido devorado por los peces, destrozado por las rocas y dispersado por la corriente.

Según los forenses, Cristina Mazzini, de diecisiete años, había muerto poco después de que se le perdiera el rastro, tal vez el mismo día. Dos meses más tarde, se autorizó la inhumación, y fue la primera vez que la comisaria Itala Caruso oyó hablar del asesino que había estrangulado y arrojado al río a tres chicas.

Una semana después del funeral de la chica, Itala recibió una llamada del magistrado Francesco Nitti, que estaba a cargo del caso y había sido el primero en teorizar sobre la existencia de un asesino en serie: Nitti la invitaba a tomar un café después de cenar en su casa.

Itala tenía más de treinta años, su altura era la mínima necesaria para la policía, y su peso, el máximo permitido, tal vez un poquito más. El rostro carnoso, con las mejillas a menudo sonrojadas, la sonrisa que parecía un mohín y el casquete negro la hacían parecer una de esas amas de casa de los anuncios de pastillas de caldo, generalmente inmortalizadas con delantales de flores y una olla en la mano. Mientras caminaba hacia el elegante edificio situado a pocos metros del teatro Ponchielli —«la pequeña Scala»— su expresión era, no obstante, mucho menos jovial y más parecida a la de un bull terrier. Estaba enojada por haber tenido que cambiar sus planes en el último momento, dejando a su hijo con la asistenta en vez de llevarlo al cine Padus a ver *Astérix y la gran guerra*. Y, sobre todo, estaba preocupada. Nitti y ella solo se habían visto un par de veces desde que Itala estaba en Cremona, y la charla «informal» sin duda escondía alguna trampa que ella no sabía identificar en ese momento.

Nitti abrió vestido con un jersey de cuello alto de color gris humo. Tenía sesenta años mal llevados, su rostro parecía una ciruela seca.

—Mi mujer está fuera, así que estamos más tranquilos —dijo mientras la hacía pasar al salón. Había una ventana que daba al Torrazzo iluminado e Itala lo admiró durante unos segundos, con un poco de envidia.

—¿Le traigo algo de beber? —preguntó Nitti—. ¿Un licor, una copa de vino?

—No he comido todavía, gracias de todos modos.

—¿Quiere que vaya a mirar si mi mujer me ha dejado algo en la nevera? No se me había pasado por la cabeza que todavía estuviera en ayunas...

—No se preocupe, doctor, estoy bien. ¿Puedo fumar?

—Claro. —Le señaló un cenicero de pie de metal cromado.

Itala lo atrajo hacia ella y se encendió un MS, mientras el juez se cortaba un Montecristo. Luego lo encendió con una larga cerilla de madera.

—He oído hablar muy bien de usted, superintendente.

—¿Respecto a qué?

—A que es muy válida y hace todo lo posible por ocultarlo. —Nitti soltó el humo—. ¿Está segura de que no quiere nada? ¿Ni siquiera agua mineral?

—Nada, gracias.

Nitti eligió una botella de *mandarinetto* del mueble bar y se sirvió dos dedos, tras lo que volvió y se sentó en el borde de su asiento.

—Permítame que vaya al grano. ¿Qué sabe usted del *Bucalòn*?

Itala se sorprendió de nuevo. No solo porque le estaba preguntando sobre la investigación más importante de la zona en los últimos años, sino porque había utilizado el término en cremonés para el pez que daba nombre al asesino.

—Lo que sabe todo el mundo. Nunca profundicé en ello.

—Déjeme que le hable de sus víctimas. Carla Bonomi tenía diecisiete años, vivía en Esine, en la provincia de Brescia, y trabajaba de camarera en la pizzería de la familia, El Ancla. Ella era la que abría todas las mañanas a las nueve. Una mañana de hace tres años, sin embargo, cuando llegaron los miembros de su familia, se encontraron con la persiana todavía bajada y la bicicleta de la chica apoyada en la pared. Durante un año no tuvieron ninguna noticia más de ella, y entonces...

—Entonces encontraron el cadáver —dijo Itala, encendiéndose otro MS. Tenía la esperanza de que Nitti no se enrollara demasiado.

—En un arroyo a pocos kilómetros de su casa —confirmó Nitti—. Y aproximadamente un año después desapareció Geneviève. De la misma edad, vivía en la Isola Dovarese, ¿sabe dónde está?

Itala asintió. Era una especie de pequeña isla en el cauce del río Oglio.

—Geneviève estudiaba para ser secretaria de empresa en Santa Maria degli Angeli de Cremona. Venía de una familia muy pobre y digna, y esto, por desgracia, fue un problema —Nitti fue a servirse más *mandarinetto*—, porque no lo denunciaron, convencidos de que la chica se había escapado de casa debido a su condición. Solo al cabo de un par de meses hablaron de ello con el sacerdote, quien los convenció para que fueran a ver a los carabinieri, pero para entonces reconstruir sus pasos ya era muy difícil. Y, cuando encontraron sus pobres restos en la esclusa del Po, se creyó que había sido un accidente.

—Pero no lo fue. —Itala no soportaba el tono empalagoso de Nitti e intervino durante una de sus pausas—. A la tercera chica la encontraron hace un par de meses cerca de un pilar del Ponte di Fierro. Cristina Mazzini, también de diecisiete años. Yo estuve en su funeral.

—A nadie se le pasó por la cabeza que se tratara de un asesinato, tuve que rehacer todos los informes de la autopsia —dijo Nitti, irritado por la interrupción— y estudiar los movimientos de las víctimas. Gracias a esto, descubrí una correlación entre las tres chicas y un hombre al que detuve, como quizá ya sabe usted, Giuseppe Contini, un empleado de una gasolinera con algunos antecedentes. Tenía una relación con la tercera víctima, a pesar de la diferencia de edad. Su gasolinera se encontraba de camino a la escuela de la segunda víctima, y frecuentaba la pizzería de la primera. Y si no hubo una cuarta fue porque lo detuvimos a tiempo.

—¿No acaba de salir de la cárcel? —preguntó Itala, asombrada.

—Según el juez instructor, no hay pruebas suficientes para enviarlo a juicio —dijo Nitti entre sarcástico e irritado—. La acusación preliminar, según mi distinguido colega, carece de pruebas materiales y de testigos oculares. Los carabinieri me han apoyado francamente bien hasta ahora, pero está claro que se encuentran en un punto muerto y ya no puedo pedirles más. ¿Ahora entiende por qué la he hecho venir?

—Francamente, no.

—Quiero que se encargue usted del caso.

—Me debe de haber tomado por otra persona, doctor.

—Sé exactamente a quién tengo delante —dijo Nitti, encendiéndose de nuevo el cigarro—. La llaman la «Reina», ¿no?

—Es solo un apodo.

—Debido a su habilidad para gestionar las cosas. También las, cómo decirlo..., las que se encuentran en los límites de la ley, cuando no más allá, mucho más allá.

—No sé a qué se refiere, doctor. Y, aunque quisiera, no podría ayudarle. No estoy en la policía judicial, y usted debería hablar con mis superiores.

—Le pido que encuentre pruebas contra Contini, no que investigue. El modo se lo dejo a su inteligencia.

—Mi inteligencia me está diciendo que me levante y me despida de usted. Y es lo que estoy a punto de hacer.

Nitti resopló.

—Superintendente, hasta ahora me ha importado un bledo lo que haga usted estando o no de servicio, pero en dos segundos le abro un expediente. Soborno, receptación, apropiación indebida de bienes del Estado, malversación... Pondré su vida patas arriba hasta que encuentre algo, y ambos sabemos que algo se puede encontrar.

Los ojos de Itala se convirtieron en dos piedras. Su rostro ya no parecía el de un ama de casa de anuncio.

—¿Por qué no se lo encarga a la Brigada Móvil, o al sistema operativo central?

—Porque eso no sería una buena política. —Ahora que había descubierto sus cartas, Nitti estaba menos tenso, y se dejó caer en un gran sillón de cuero—. Sería como desafiar al Cuerpo y yo no quiero tenerlo en mi contra.

—Así que prefiere chantajearme a mí.

—No la estoy chantajeando. Digamos que estoy usando una herramienta torcida para enderezar algo aún más torcido.

—¿Se refiere a su carrera?

Nitti la miró con odio.

—Mi carrera va perfectamente. Deseo llegar a un acuerdo con usted porque quiero que a esas tres chicas se les haga justicia.

—Su carrera no va perfectamente, doctor. Le faltan dos años para jubilarse y está enjaulado en una ciudad de provincias donde nunca pasa un carajo. Aparte del Perca, por supuesto. Su expediente ya está en manos del fiscal general, y su única posibilidad para que no lo dejen de lado es Contini.

—Usted lo ve todo podrido porque está podrida, pero no me interesa su visión del mundo. ¿Sí o no?

Itala se reprochó haber perdido la paciencia. No estaban jugando a ver quién gritaba más fuerte.

Esta vez sí que se levantó.

—Tengo que pensarlo, no quiero terminar siendo investigada mientras intento evitar otra investigación. De momento, hágame llegar toda la documentación sobre Contini de la que disponga.

—Muy bien. Pero no se lo piense demasiado. Ya no está en Biella, donde hacía todo lo que quería. —Nitti sonrió malévolo—. Esta es mi ciudad.

Biella había sido el primer destino de Itala tras sus oposiciones para la policía, en un norte frío y cerrado como nunca se habría imaginado. Era una población de algo menos de cincuenta mil habitantes, donde la gente hablaba un dialecto incomprensible para ella y donde para todo el mundo era una «*terrona*»,* una sureña que había entrado en la policía solo para tener un salario y dejar atrás su pasado. Había como una especie de cristal entre ella y el resto del mundo, y la cosa no le iba mejor con sus compañeros. No había hecho amigos, era incapaz de romper el hielo o de reírse con las bromas de los demás, así como de lamerle el culo a la gente importante.

Pero estudiaba, trataba desesperadamente de entender cómo funcionaban las cosas. Y, como su reticencia fue confundida por todo el mundo con estupidez, la gente de más edad no tuvo ningún problema en hablar delante de ella de cosas que no deberían haber dicho o hecho. Itala intuyó pronto que la mitad de sus compañeros se salían de las normas. Había quien aceptaba sobornos, quien se follaba a las prostitutas detenidas a cambio de evitar que las denunciaran, quien se quedaba con las drogas incautadas o quien trabajaba de matón de discoteca cuando debería estar de servicio.

Y no se escondían, en absoluto. Un agente de primera clase cambiaba de vehículo cada año y todos sus coches eran deportivos, una subinspectora se hacía llevar a casa jamones y cajas de vino. Itala se dio cuenta de que había llegado justo antes de que

---

* *Terrone* (literalmente, terrón) es el apelativo despectivo que se aplica a los sureños en el norte de Italia. En cambio, los meridionales aplican el de *polentone* (comedor de polenta) a los del norte, de ahí las numerosas referencias a este alimento que aparecerán en la novela. *(N. del T.).*

todo saltara por los aires, pero era como ver una avalancha a cámara lenta, no había manera de detenerla. Una noche, los carabinieri detuvieron a un agente que estaba cerca de la jubilación con cien gramos de cocaína en el maletero.

Itala, de guardia ese día, escuchó las conversaciones preocupadas de sus compañeros y estaba considerando seriamente decir que se encontraba enferma e ir a por la baja, cuando el primer jefe de la comisaría hizo que le acompañara con la excusa de dar una vuelta en su coche a las dos de una tarde aburrida. La ciudad estaba semidesierta. Se detuvieron en la fuente de Bottalino, de camino a los pastos alpinos, y se bajaron a fumar. Su jefe se llamaba Sergio Mazza y tenía unos quince años más que ella, era bajito y llevaba su escaso pelo peinado hacia atrás, como de costumbre.

—¿Hasta qué punto estás dentro? —le preguntó—. No des más vueltas a nuestro alrededor, quédate entre nosotros.

Itala no se esperaba un inicio como ese. No solo Mazza era consciente de lo que estaba a punto de ocurrir, sino que daba por descontado que ella también lo sabía.

—Yo acabo de llegar, estoy limpia —dijo cuando se recuperó—. ¿Realmente cree que los otros me habrían involucrado?

—Creo que no, por eso estamos aquí. ¿Sabes lo que va a pasar ahora?

—Habrá una investigación...

—Tú estás limpia, yo estoy limpio, pero aun así acabaremos señalados. Yo tal vez pueda llegar a jubilarme en alguna oficina de mala muerte, pero tú difícilmente conservarás el uniforme.

—No pensé que...

—¿Qué? —preguntó Mazza en tono irritado.

—Nada. Es obvio que ocurrirá.

—Y quizá alguien mencione tu nombre solo para conseguir una reducción de su pena, son cosas que pasan, no le caes bien a todo el mundo. Sin embargo...

Itala se aferró a ese «sin embargo».

—¿Sin embargo, qué?

—Tú los conoces a todos, ¿verdad? Y sabes lo que han hecho.

—Sí.

Mazza asintió satisfecho.

—Me lo imaginaba. Boca cerrada y ojos abiertos. Buena chica. Ahora vamos a mi casa y hacemos una buena lista juntos.

—¿De los culpables?

—No, de los sacrificables.

—¿Perdón?

Mazza le explicó las reglas de camino a su casa.

—Los más viejos son intocables —le dijo—. Harán lo que sea para estorbar. Y los novatos como tú también.

—¿Por qué?

—Porque todavía no saben cómo comportarse, aunque veo que tú estás aprendiendo deprisa. Hay que elegir a aquellos que hayan ahorrado lo suficiente y cuyas familias puedan sobrevivir hasta que encuentren un nuevo trabajo, para evitar que se desesperen. Lo vamos a hacer así: yo los atacaré en público, y tú en privado les dirás que haré todo lo posible para ayudarlos antes, durante y después del juicio.

—¿Pero cómo piensa convencerlos?

—No tendremos que convencerlos. Hablarás con un par de los mayores que dejemos fuera y ya se encargarán ellos de hacerlo. Tienen que entender que es mejor así, antes de que los nombres los dé el compañero detenido. Y tú nunca menciones el mío. Se imaginarán que eres mi portavoz, pero no lo digas, de lo contrario intentarían utilizar la información en su beneficio.

Mazza tuvo razón en todo. Mientras se reunía con los agentes de más edad, Itala lo pasó mal, pero al final, como estaba previsto, se adhirieron a la estrategia. Los sacrificados se entregaron confesando una lista de delitos y fingiendo una cooperación total. El único que iba a ir a la cárcel sería el agente al que sorprendieron con la cocaína, pero solo un par de años, una quinta parte de lo que le habría caído a cualquier otro en sus circunstancias. Los sacrificados solo perdieron sus puestos de trabajo.

En cambio, Itala aprendió uno nuevo.

Mazza se convirtió en el comisario jefe de Foggia, y, cuando Itala lo llamó desde una cabina telefónica de camino a su casa a través de la centralita de la oficina, Mazza contestó desde una extensión no conectada a él. Llevaban sin saber nada el uno del otro desde las Navidades anteriores, cuando se intercambiaron las felicitaciones de costumbre. Le contó que se había reunido con Nitti, el ayudante del fiscal, sin decirle por qué. No iba a hacerlo por teléfono.

—No lo conozco —dijo Mazza—. ¿Cómo es?

—Un gilipollas, amenaza con investigarme si no le echo una mano en un tema.

—¿Y por qué no quieres echársela?

—Porque me queda un poco fuera de los límites que me he marcado.

—Estamos al servicio de la ley —dijo Mazza—. Averiguaré si puedo sacarte de esto, pero lo mejor es que te sacrifiques. En lo que se refiere a los límites, por otro lado, eres demasiado dura contigo misma. Eres capaz de hacer todo lo que te propongas. ¿Cómo está Cesarino?

Itala contestó amablemente, esperó a que colgara y luego se limpió las manos con un pañuelo, porque alguien había dejado un chicle pegado al auricular. No podía contar demasiado con Mazza, pero se alegró de oírlo.

Volvió a casa pasadas las once de la noche. En Cremona, los alquileres eran baratos, y había encontrado un bonito apartamento de dos habitaciones y cocina a poca distancia del antiguo monasterio del Corpus Domini, abandonado y en ruinas, pero todavía impresionante. Además de los dos dormitorios, disponía de una pequeña cocina con balcón y la sala de estar. Lo había alquilado ya amueblado, y antes de ella había vivido allí un anciano, lo que resultaba fácil de adivinar por los muebles de color nogal. Solo había quitado un grabado con un viejo que bebía cerveza y había cambiado el asiento del inodoro.

Anna, la asistenta, estaba leyendo una novela rosa en la mesa del comedor y escuchaba a bajo volumen el primer canal de la radio. Era menuda, iba teñida de rubio y vivía en el piso de arriba con su marido y sus hijos. Dobló la esquina de la página para marcarla.

—¿No podía haberme avisado de que iba a volver tarde?

—Lo siento, tengo un trabajo imprevisible. —Itala levantó la tapa de la olla en el fogón. Osobuco con guisantes. Estaba frío, con la grasa solidificada en grumos blancos. Sintió que su estómago rugía. Cogió unos guisantes con los dedos y se los metió en la boca.

Anna le arrebató la olla.

—¡Se lo caliento! No es necesario hacer marranadas.

—Pónmelo en un par de bocadillos, que me lo como mientras trabajo.

—¿Todavía tiene que trabajar?

—Ya me gustaría a mí no tener que hacerlo.

Anna hizo lo que le pedía y se los entregó envueltos en una servilleta.

—Les he quitado el hueso —refunfuñó—. Que si no, también se los come...

—Gracias.

Luego la asistenta se sacó el delantal y se encaminó a la puerta.

—Cesare está dormido, vaya a darle un beso de buenas noches, ha estado esperándola todo el día.

—No hace falta que me lo digas.

—Ya... —Fue el único comentario de Anna antes de salir.

Itala cogió los bocadillos y una botella de tinto medio llena y se lo llevó todo a la habitación. Aparte de la cama doble deshecha solo por un lado, había un sillón reclinable y el armarito blindado de las armas. Itala colocó allí la pistola y se puso el pijama de franela.

Su hijo estaba en la habitación de enfrente, con una pequeña luz que brillaba pegada al enchufe. Tenía siete años, pero era tan pequeño que parecía menor. Su piel, blanquísima, destacaba en la oscuridad, el pelo claro estaba alborotado. Semejaba un angelito, e Itala se sintió invadida por una ola de amor por ese pequeño y delicado ser. Se acostó a su lado, abrazándolo sin despertarlo. Aspiró su aroma, que olía bien y, como siempre, le miró la cara con atención, buscando los primeros rastros del cambio que temía que tarde o temprano iba a llegar.

Eso son chorradas, lo único que tienes son paranoias. Tu hijo es perfectamente normal. Sin embargo, el pensamiento permanecía como una espina clavada bajo su piel. Algo doloroso cuando pasaba por encima. *A ti no te ocurrirá*, pensó de nuevo, dándole otro ligero beso. El chico se giró, con un suave resoplido nasal, sin despertarse.

Itala volvió a su habitación, bebió de la botella un trago de tinto y comenzó a hojear el dosier que Nitti le había enviado, para descubrir que, como se imaginaba, había decorado las hipótesis de su investigación. Contini trabajaba en la gasolinera cerca de la escuela de la segunda víctima, la de Santa Maria degli Angeli, pero nadie había visto a Geneviève detenerse para echarle la mezcla a su ciclomotor. Contini había sido visto en la pizzería de Carla, la primera víctima, pero la identificación era dudosa. Diferente era el caso de Cristina, la tercera víctima, en la que Itala se demoró con más atención. Era hija de dos funcionarios; amigos y familiares la describían de forma unánime como muy aplicada, estudiosa y muy devota. Iba a misa todas las tardes después de la escuela secundaria a la que asistía en Cremona, y pertenecía a una asociación ultracatólica donde todas las chicas hacían voto de castidad hasta el matrimonio.

Sin embargo, los *primos*, porque los carabinieri sabían hacer bien su trabajo cuando querían, habían localizado al novio de Cristina, al que la familia no conocía. Era un empleado de la gasolinera, de veinticuatro años, Giuseppe Contini, a quien había conocido en un local al que la chica solía ir los sábados y los domingos por la tarde.

Alguien los había visto juntos el día que Cristina desapareció. Uno de los testigos declaró que «parecía que habían discutido», pero Contini negó conocer a la chica. Esto era todo lo que había contra él, a pesar de que los carabinieri le habían dado la vuelta como un par de calcetines. Nitti incluso se había dirigido a la Comandancia para que dedicaran más hombres al caso, pero fue inútil. Dependía de ella encontrar las pruebas y darle el tiro de gracia.

Itala se tragó un trozo de pan grasiento que se había quedado sobre la almohada y, como siempre, cuando estaba a punto de hacer una marranada, se acordó de don Alfio, el cura de cuando era una niña, con sus sermones sobre el Dios Todopoderoso que todo lo ve. Don Alfio gritaba durante el sermón, e incluso se le podía oír desde el patio de la iglesia. Se ponía rojo debido al esfuerzo, subiendo el tono aún más mientras gritaba palabras como «fornicación» y «adulterio» y no dejaba de mirar fijamente a las mujeres presentes, quienes, a sus ojos, eran todas ellas unas pecadoras impenitentes. Itala le tenía miedo. Tenía miedo de que se le apareciera por la noche para arrastrarla al infierno y castigarla por pecados que ni siquiera sabía que había cometido. Don Alfio hacía tiempo que había muerto, pero a menudo Itala creía oír su voz en la cabeza, juzgando su comportamiento como sucio o inmoral. Y en ese momento le pareció notar la mano del viejo sacerdote agitándose al lado de su tobillo, listo para tirar de ella hacia abajo.

La ansiedad la acompañó hasta el día siguiente, mientras llevaba a Cesare al colegio. El tiempo había cambiado de forma repentina y más que otoño parecía pleno invierno, con una lluvia gélida que arreciaba. Cuando cruzaron el puente sobre el Po, ametrallados por las gotas, aminoró el paso para mirar el río. Iba crecido y había inundado hectáreas de árboles y prados. El cuerpo de Cristina había sido encontrado bajo el tercer pilar de la izquierda, junto al que se levantaba el primer tramo del nuevo viaducto ferroviario. Había estado vallado durante un mes hasta que la empresa presentó un recurso para poder proseguir con los trabajos. Si ahí abajo había algo que pudiera darle respuestas, a esas alturas se encontraba ya cubierto con arena y cemento.

Itala tomó la dirección hacia Castelvetro, donde Cesare vivía con Mariella, su suegra. Estaba a poco más de seis kilómetros de Cremona, la misma distancia que había hasta los límites de la región, con los mismos árboles y las mismas casas bajas, con los mismos colores, pero todo cambiaba. La gente comía cosas diferentes, hablaban con un acento más cerrado que a ella la ponía de los nervios y, en general, en esa zona eran ligeramente más expansivos. Itala prefería la rudeza cremonesa, su tranquila embriaguez.

Cesare solo se animó cuando la escuela quedó a un minuto de distancia.

—Mamá, ¿estás enfadada? —preguntó tímidamente.

—Qué va. Yo nunca me enfado.

—Excepto con la abuela.

Itala no dijo lo que pensaba.

—La abuela tiene un carácter especial.

—Desde que murió papá, dice que siempre está nerviosa. Porque era su único hijo.

Itala aprovechó un semáforo en rojo para mirarlo y dedicarle una sonrisa forzada.

—No es la única que lo siente.

—Tú nunca hablas de ello.

—Prefiero que sea así. Es algo triste.

Cesare se encogió de hombros.

—¿Por qué no puedo vivir contigo?

Itala sintió que su corazón se encogía.

—Ya sabes que mamá siempre está trabajando. Al menos la abuela puede ir a tu ritmo.

—¿Y si te vienes a vivir con nosotros?

—Esto ya lo hemos hablado, ¿recuerdas? —Itala hizo esfuerzos para cambiar de tema—. De todos modos, antes solo estaba pensando.

—¿En qué?

—En el trabajo. Hay cosas que tengo que hacer que me gustan muy poco. Donde yo nací lo llaman «tener siempre el *pájaro carpintero* en la cabeza». ¿Conoces a ese pájaro que picotea los troncos?

—Te entiendo —dijo Cesare—. Yo también lo tengo a veces.

—¿Hay algo que te preocupe?

Cesare negó con la cabeza.

—¿Crees que yo también podré ser policía cuando sea mayor?

Itala se quedó sorprendida.

—¿No querías ser médico?

—¿Médico de la policía?

—Cecé, ¿puedo decirte algo sin que te siente mal?

—No lo sé.

—Realmente espero que cambies de opinión.

—¿Por qué?

—Porque hay trabajos mejores, cariño. Yo no pude estudiar porque mis abuelos no podían mantenerme, pero tú podrás hacer lo que quieras. Así que no tengas prisa.

Lo dejó delante del colegio, y Cesare la abrazó como si estuviera seguro de que no volvería a verla nunca más. Ella se marchó disparada como un cohete para borrar esa sensación de rabia y tristeza que siempre la invadía al verse obligada a dejarlo. Para desterrar ese pensamiento, se detuvo en el primer teléfono público que encontró por la calle y llamó a la Comandancia de los carabinieri antes de volver a Cremona y dejarse ver «en el taller».

Firmó un par de informes, fue cordial con el comisario jefe, quien siempre la trataba como si se asombrara de no verla con una escoba en la mano («Si por lo menos fuera follable», le oyó decir una vez), luego Otto la llevó aparte. Era uno de los suyos, entre los más fiables. Su nombre no era Otto, sino que recibía ese apodo por el bigote de manillar que se parecía al de un personaje de cómic que, como él, era un nostálgico de Mussolini.

—¿Has oído lo del furgón blindado?

—No. He tenido cosas que hacer. ¿Qué furgón?

—Transporte de objetos de valor. Lo bloquearon antes de Bolonia prendiendo fuego a una fila de coches, luego lo asaltaron con kalashnikovs y granadas de mano, y se han llevado setecientos millones en efectivo y oro.

—No está mal.

—La búsqueda del tesoro ya ha comenzado. Veamos si hay algún soplón por ahí que sepa algo. Me gustaría llegar antes.

—Haz lo que tengas que hacer. Pero no te interpongas en el camino de nadie.

Otto sacó la pistola del cajón y se la colocó en la funda.

—Solo de los malos —dijo. Estaba a cargo de los pasaportes, pero era difícil encontrarlo en su puesto.

Por su parte, a mediodía, Itala se reunió con el teniente de los carabinieri Massimo Bianchi en el Baracchino, donde lo había invitado. El Baracchino era un chiringuito en el que preparaban pinchos de carne y salchichas a la brasa bajo uno de los arcos del Ponte di Ferro, y uno podía sentarse al abrigo de un gran toldo para protegerse de la lluvia, que ahora ya solo se reducía a algunas gotas. Ella pidió dos bocadillos, Bianchi un plato de plástico con pinchos de carne. Se sentaron a una de las mesas de metal perforado que empezaban a llenarse de trabajadores y amas de casa. El Po era una franja en el fondo del terraplén de hormigón, el puente se cernía sobre ellos.

Itala mordió el primer bocadillo, que chorreó de grasa, mientras Bianchi pellizcaba su comida con el cuchillo y el tenedor, rígido. Parecía uniformado incluso cuando se vestía con una camisa abotonada y una americana clara, como iba en ese momento. Una camarera le dirigió una mirada interesada que el teniente se perdió, concentrado en no mancharse.

—¿No estás meando un poco fuera del tiesto? —le preguntó después de que Itala se lo contara todo.

—Estoy tratando de evitarlo —respondió ella—. Por eso te invito yo al almuerzo.

—Vaya, menuda generosidad... —Bianchi tomó un sorbo de su Peroni como si fuera vinagre—. La próxima vez el sitio lo elijo yo.

—Son las señoras las que eligen y los hombres los que pagan, por regla general. ¿Cómo es que nosotros hacemos lo contrario?

—Porque, por regla general, no necesito pagar.

—Pero lo haces de todos modos para evitar complicaciones.

—¿Quién te ha dicho esa gilipollez?

—La experiencia. —Itala sonrió—. ¿Hay algún dato de interés sobre Contini que necesite saber? Algo que pudiera haber retrasado las pesquisas... ¿Algún trato de favor?

Bianchi negó con la cabeza.

—Que yo sepa, no.

—¿Así que Contini no es un informante vuestro o alguien a quien estáis salvando el culo?

—Exacto.

—Qué lástima —dijo Itala—. Habría sido la excusa perfecta para librarme de esta historia.

—Según tengo entendido no puedes hacerlo.

—Por lo que parece, no.

Bianchi asintió mientras terminaba de limpiar su pincho. Itala solía mirar con recelo a los que tenían demasiados miramientos en la mesa, lo que significaba que se habían criado en una familia acomodada, a diferencia de la suya, donde competían por hacerse con el pan.

—¿Algo más que quieras saber?

—¿Han encontrado otros sospechosos relevantes, aparte de Contini?

—No. Y, si no se hubiera acostado con la última víctima, ya lo habrían exculpado hace tiempo.

—¿Hasta ese punto? ¿Crees que es inocente?

Bianchi enarcó una ceja.

—No soy adivino.

—Venga...

—Lo dejo en empate. Cincuenta y cincuenta.

Ella lo miró atónita.

—¿Hablas en serio? Dijo que no conocía a Mazzini y resulta que tenía una aventura con ella.

—Porque es un idiota y se cagó encima. Pero, si tuviéramos que detener a todos los idiotas, el mundo sería un lugar desierto.

—También se encontraron el día en que la chica desapareció.

—Sí. También mintió al respecto, menudo cretino... Pero la vieron salir por su propio pie.

—Puede que concertaran una cita para más tarde.

Bianchi sonrió.

—Eso es lo que piensa tu amigo el magistrado.

—¿Y por lo que se refiere a las otras dos?

—Pura ciencia ficción. Ni siquiera había sospechas de asesinato antes de que Nitti decidiera que todas eran víctimas de Contini.

—¿Tú no lo crees? La misma edad, distanciadas en el tiempo, todas ellas en un río o en las inmediaciones...

—Si uno se empeña, puede acabar encontrando correspondencias entre todas las cosas. Sin embargo, si eso fuera cierto, entonces Contini sería un genio, porque no hallamos nada. —Sobre la barra colgaba una pequeña radio, conectada a un rudimentario equipo de música, y el encargado subió el volumen haciendo sonar una canción romántica por encima de las protestas jocosas de los clientes.

—Es posible. Al cincuenta por ciento también es posible para ti.

—Hay una hipótesis que se sostiene mucho mejor. Mazzini era una chica guapa con, perdóname, dos tetas tan grandes como las tuyas, pero, perdóname de nuevo, definitivamente más firmes.

—Vete a tomar por culo, ¿vale?

—Luego, de camino a casa, se cruzó con un maníaco que la violó, la mató y la enterró cerca de aquí. Así de simple.

—No la enterró, según el forense. La *escondió* cerca del río, como mucho.

—No hay ninguna diferencia.

—¿Y las otras dos?

—Accidentes, suicidios..., otros maníacos...

—¿Así que piensas que en Cremona hay más maníacos que habitantes?

Bianchi se limpió los labios con la servilleta.

—Debe de ser el aire.

Tras acabar las cervezas, fueron hasta los coches, que habían aparcado en una isla de asfalto. El cielo se había abierto e Itala se apoyó en la puerta para sentir el viento que apestaba a peces muertos. Se le ocurrió que uno de ellos podría haber comido un trocito de Cristina, o haberse comido un pez que se había comido un trozo de la chica. Quizá ella también se había comido un cerdo que se había comido un pez que se había comido a la chica.

Bianchi abrió su Alfetta.

—Si encuentras algo, espero que me informes.

—Ya te lo he dicho, no quiero tener problemas con vosotros.

—Si vas a inventarte alguna cosa, ten cuidado con el abogado. Nadie sabe cómo, pero la defensa de oficio recayó en un bufete de abogados de primera línea, los Cavalcante.

—¿No es ese el nombre de una calle?

—De tres, todas dedicadas a sus antepasados. Pura sangre azul.

—La fortuna me asiste —dijo Itala.

Itala era un diésel, se ponía en marcha lentamente, pero en cuanto salía era imposible detenerla. En los días siguientes, revisó todos los papeles de la investigación de Contini, sin encontrar un hueco por donde colarse. Bianchi le enviaba de tanto en tanto algunos paquetes con material confidencial que, sin embargo, solo servían para hacerle perder el tiempo. No podía volver a interrogar a los testigos y, por lo que iba leyendo, tampoco era verdaderamente necesario. Sobre todo, con los casos más antiguos. Contini había sido denunciado en el pasado por posesión de estupefacientes y estaba a la espera de juicio tras haber sido detenido por una pelea con agravantes, pero no por actos de carácter sexual ni de violencia contra las mujeres.

Parientes y amigos lo defendían, y parecían convencidos en sus declaraciones, a pesar de las acusaciones de complicidad. Sus padres eran gente normal, él era cartero y ella profesora de guardería. Una hermana casada en Sicilia, un montón de parientes entre Cremona y la provincia, y ninguno de ellos con antecedentes penales, salvo algunas quejas por embriaguez. Itala se preparó un café y el olor de la despensa al abrirla le hizo recordar a Bianchi y su loción de sándalo para después del afeitado.

Era estricto, estaba claro, pero no era estúpido, ni mucho menos feo. Lástima que su modelo de mujer pesara la mitad que ella y fuera el doble de alta. *Soy el polvo de último recurso, la que sigue sentada delante de la hoguera mientras las otras ya se están divirtiendo.* Dado que Otto y los demás habían encontrado quizá a un tipo que conocía a un tipo que conocía a un tipo que tenía algo que ver con el robo del furgón blindado, pero que era un pez gordo de una banda local, Itala le pasó el soplo para agradecerle su ayuda.

Bianchi causó una gran impresión al detener a la banda y recuperar el cargamento de billetes y oro, en el que no faltaba ni un alfiler. Como premio de consolación, de todas formas, le envió dos cajas de Moët & Chandon, a las que Itala benignamente les *dio salida* el miércoles por la noche, cuando ella y los otros compañeros del norte profundo se reunían, normalmente en el domicilio de uno de ellos, que tenía una casita adosada en las afueras de la ciudad. Esa noche, sin embargo, estaba de servicio, y la reunión se celebró en la pizzería de la mujer de Otto, cerrada al público para la ocasión. Otto ejercía de maestro de ceremonias detrás de la barra, apuntando a sus compañeros con el corcho cuando abría el champán, mientras unos quince agentes de diversas edades y rangos, todos de paisano, se contaban anécdotas desmesuradas y hazañas al límite de lo posible.

Después de comer con los demás, y sobre todo de beber, Itala se sentó junto al horno de pizza, agradablemente caliente, porque casi todos querían intercambiar unas palabras en privado con ella o tenían un sobre para darle. Y ella los recibía y aceptaba sus óbolos.

Era la Reina.

Aprovechó la oportunidad para charlar sobre Contini con un inspector de la Móvil de Piacenza, que había seguido parte de la investigación.

—A mí me parece que es medio gilipollas, se contradijo un montón de veces, pero nunca confesó nada. Y no es que se lo pusiéramos fácil.

—Entonces, para ti, ¿sí o no?

—Digamos que probablemente sí con Mazzini, y probablemente no con las otras dos. Va a ser difícil que lo condenen, pero de todas formas ese tipo acabará mal.

Itala miró con curiosidad a su compañero, fornido y con una cara que parecía demasiado pequeña para su cabeza.

—¿Por qué lo dices?

El inspector se encogió de hombros.

—Está marcado. Todo el mundo sabe quién es y muchos piensan que es culpable de asesinar a una menor. Alguien le dará por culo o bien perderá la cabeza él solito. Te apuesto lo que quieras, Ita. Cambiando de tema..., ¿hay alguna tele por ahí? Tengo que hacerle un regalo a mi hija.

Ella lo remitió al compañero adecuado, con el que el inspector salió al aparcamiento, luego convocó a cuatro de sus más leales para la noche siguiente y se fue a dormir, llevándose una botella medio llena, por si el sueño tardaba mucho en llegar.

Nitti la llamó con precisión obsesiva por la mañana, en cuanto puso un pie en la comisaría. El juez vibraba de indignación. ¿Cómo es que no había vuelto a dar señales de vida?

—Doctor, tuve que pensarlo con calma —dijo Itala.

—Espero que haya terminado de pensárselo, porque el tiempo se ha acabado.

Itala miró la foto de su hijo sobre el escritorio, de cuando tenía tres años. De repente le pareció que tenía una sombra cruel en su mirada.

—Reunámonos.

Se encontraron en el bar del juzgado, protegidos por el bullicio de decenas de personas que se agolpaban entre una audiencia y otra. Nitti llegó con una toga, quizá para impresionarla. Itala pensó en un cuervo.

—¿Sabe usted que cuando un tren parte ya no se lo puede detener? —le dijo de entrada.

Nitti se quedó de piedra.

—¿De qué tren estamos hablando?

—De cualquier tren al que yo decida subirme para resolver su problema.

—¿Sin que yo sepa nada al respecto?

Itala lo miró a los ojos.

—¿Realmente quiere saber qué voy a hacer?

Nitti desvió la mirada.

—No, no. Tal vez tenga razón. Mejor dicho, sin duda alguna la tiene. Me conformaré con los resultados.

—Necesito cincuenta millones.

—¿Se ha vuelto loca?

—No puedo hacerlo todo yo sola. No se preocupe, nadie sabrá nada sobre usted. Y viceversa.

—Esta vez es usted quien me chantajea.

—Si quiere, lo dejamos correr.

—Muy bien. Veré lo que puedo hacer —dijo Nitti—. ¿Cómo quedamos?

—Cuando esté listo, envíeme el dinero a la oficina con un *pony express*. Entonces yo haré lo que tenga que hacer.

Itala regresó a la oficina con el *pájaro carpintero* golpeando ferozmente en su cabeza. Entre las muchas fotos de Giuseppe Contini que había visto, se le había quedado grabada la de su detención. Era un buen mozo, ancho de hombros, al que no le habría costado nada encontrar otra novia, si es que Cristina había querido dejarlo. Pero, si era un asesino compulsivo, esas no eran razones válidas. Cincuenta posibilidades entre cien de que fuera inocente. Cincuenta posibilidades entre cien de que ella estuviera a punto de hacerle una putada de las grandes.

Cincuenta y cincuenta.

El primero en llegar esa noche fue Amato. Itala lo había conocido en un apartadero de la Milán-Piacenza tres años antes, cuando al anochecer se encontró con un camión articulado maltrecho, dos coches patrulla de la policía y tres motos de la policía de carreteras y a sus correspondientes integrantes discutiendo en pequeños grupos. El conductor del camión estaba sentado en la plataforma metálica de subida a la cabina, fumando con las manos esposadas.

El oficial que la había llamado urgentemente esa noche levantó los brazos al cielo cuando la vio.

—Gracias, Señor, por habernos enviado a la Reina, así tal vez nos podamos ir para casa. —Todo el mundo se dio la vuelta para mirarla, excepto uno de los agentes de uno de los coches patrulla, que le daba la espalda.

Los demás se solaparon unos a otros para explicarle que el camión contenía doscientas cajas de ropa falsificada de Armani y Gucci, y que habían llegado a un acuerdo sobre un tercio de la carga, y todo habría ido sobre ruedas si un *pingüino* no se hubiera puesto pesado.

—A ver, yo no voy a venir como pacificadora cada vez que discutáis —dijo Itala—. Sois cinco contra uno, ¿no basta con eso?

—Lo hemos intentado, pero tú serás más convincente. Puedes llevarte lo que quieras, por supuesto.

Itala lo fulminó con la mirada.

—A mí no me gustan las cosas falsas. ¿Es él con quien tenéis problemas? —preguntó, señalando al joven de espaldas.

—Exactamente.

Itala apagó la colilla bajo la suela y se fue hacia él. El *pingüino* tenía unos veinte años, era ancho de hombros y de nariz aplastada, lo que le daba un aire de película policiaca francesa.

—¿Qué te parece si hablamos en tu coche? —le dijo.

—Mira, no sé quién coño eres, pero contigo no tengo que hablar un carajo.

—Soy la superintendente Caruso —respondió Itala, con un tono mucho menos amable—. Súbete al coche.

El *pingüino* se quedó de piedra.

—Sí, doctora.

Itala esperó a que el joven se sentara detrás del volante y cerró la puerta, luego le lanzó una bofetada con toda la mano, girándole la cara.

—Esto es porque me has faltado al respeto delante de los demás. No lo hagas nunca, sobre todo con una compañera que ha venido a solucionar tus problemas.

—¿Yo tengo problemas?

—Cállate. —Itala ya se había cansado del tema—. ¿Cuánto tiempo llevas de servicio?

—Seis meses.

—¿Y aún no has entendido cómo funciona esto?

—Yo solo quiero que se respeten las leyes.

—¿Y crees que puedes hacerlo tú solo? —preguntó como si se dirigiera a un colegial.

—No.

—Pues entonces deja de tocarles las pelotas a tus compañeros. Porque el único efecto que conseguirás es quedarte solo como un perro. Y al final te rendirás.

—Es inmoral.

—Escucha, imbécil. Cualquier mafioso de poca monta tiene en su bolsillo más dinero del que nosotros vemos en un año. Cualquier camello gana en un día nuestro salario.

—¿Y qué?

—Pues que debes eliminar las tentaciones, porque, verás, tus compañeros son seres humanos, y tienen que pagar su hipoteca, o la pensión por alimentos, o el colegio de sus hijos.

—¿Y aceptar bienes robados es resistirse a las tentaciones?

—Las alternativas son mucho peores.

—Aparte de seguir siendo honesto.

Itala suspiró.

—Pregúntate si merece la pena jugarte tu futuro por dos cajas de ropa falsificada. —Ella le ofreció un cigarrillo y bajaron las ventanillas para no asfixiarse. Al fin y al cabo, el tiempo de los gritos y de las bofetadas ya había terminado—. ¿Cómo te llamas?

—Daniele... Agente Daniele Amato.

—¿Quieres abandonar a la *familia*?

—No —dijo Amato, resignado.

—Bravo. Si no quieres hacerle un regalo a tu novia, no hay problema. Solo tienes que cubrir a los tuyos y ya verás que harán lo mismo contigo cuando llegue tu turno.

—Eso nunca va a suceder —le dijo Amato.

Obviamente, se equivocaba. Seis meses después, pidió el traslado a Cremona para estar cerca de ella y empezó a comprar coches deportivos. Ahora él era en quien más confiaba Itala y logró convertirlo en asistente jefe y colocarlo en la Móvil.

Inmediatamente después llegó Otto, todavía con el rostro sombrío por la historia del furgón resuelta por los carabinieri, más tarde los hermanos Veronica, uno rubio y el otro moreno, pero muy parecidos, ambos de la sección de Delitos Convencionales.

Itala los hizo sentar en el comedor, pasándoles una botella de *grappa* Libarna que había comprado solo porque le gustaba su forma.

—No hagáis ruido, que luego los vecinos van tocando las pelotas —dijo.

—¿Qué es lo que ocurre, Ita? —dijo Otto, añadiendo un grano de café a la generosa dosis de destilado.

—¿Os acordáis de la Mazzini?

—¿Cómo no? —dijo Otto—. Yo estaba allí cuando la sacaron.

—El Po es malo cuando te metes en él —dijo Amato.

—No fue el Po quien se la cargó —dijo el Veronica moreno—. Fue el empleado de la gasolinera, ese también mató a las otras dos.

—Le gustaban las chicas jóvenes, bueno, una —coincidió Amato—. Pero aparte de eso...

—A mí me parece suficiente —dijo Otto—. ¿A vosotros no?

—Muy bien, ahora vamos a mirar en la ropa interior de la gente —dijo el Veronica rubio—. Si tuvieran algo, ya lo habrían metido en la trena.

—Vamos a jugar a un juego. Que levanten la mano los que crean que es culpable —pidió Itala.

El Veronica moreno y Otto la levantaron. Otra vez cincuenta a cincuenta, con ella cortada por la mitad.

—Muy bien. Tenemos que enviarlo a la cárcel.

Amato lanzó una mirada de perplejidad.

—¿No se están ocupando del tema los *primos*? —preguntó.

—Amà..., ¿a ti te parece que estamos en la comisaría? —dijo Otto.

—¿Quieres decir que no es algo oficial?

Itala negó con la cabeza.

—Si hubiera habido algo, los carabinieri lo habrían encontrado.

—¿Así que tenemos que encontrar algo que no existe? —preguntó el Veronica rubio.

—Creo que se trata exactamente de eso —dijo Otto, frotándose el bigote de manillar. A Itala no le sorprendió que lo entendiera. Llevaba en el juego más tiempo que el resto, y ya no se sorprendía por nada.

Amato levantó la mano. No le gustaba, pero su lealtad a Itala era más fuerte que sus escrúpulos.

—¿Y si no tiene nada que ver?

—Eso ya lo decidirá el juez. Nosotros nos echaremos a un lado antes —cortó Itala—. Nos limitamos a llevarlo a juicio.

—¿Pero hay alguna razón? —preguntó Otto—. ¿O lo hacemos así, por capricho?

—Diez millones para cada uno. Veamos, ¿alguien tiene una idea sobre cómo hacerlo?

Tenía la esperanza de que nadie abriera la boca. Tal vez Nitti no haría nada. Solo podía tener rumores sobre ella y ese maldito apodo, la Reina, que sonaba tanto a mafia de novela negra. Pura palabrería. Podía vaciar sus cajas de seguridad y el garaje

60

con la mercancía que no se había atrevido a convertir en dinero. Por supuesto, los rumores serían contraproducentes, y tendría que luchar con uñas y dientes para defender su nicho en el mundo. Pero al menos...

El Veronica rubio interrumpió sus cavilaciones.

—Yo tal vez tenga una idea.

Contini ya no era empleado de la gasolinera. Lo habían despedido del surtidor tras su detención y ahora descargaba en los muelles de un consorcio agrícola. Itala quiso ir a conocerlo, necesitaba mirarlo a los ojos. Sabía que trabajaba hasta a las nueve de la noche, y esperó a que empezara a oscurecer antes de acercarse a la gran nave donde los camiones llegaban cargados de grano.

El gran portón estaba abierto e Itala se acercó a la zona de descarga, donde una docena de mozos se turnaban. Contini estaba maniobrando una carretilla elevadora con la que introducía palés con sacos de fertilizante envueltos en plástico. Había cambiado con respecto a las fotos de la ficha policial. Comenzaba a quedarse calvo y pesaba treinta kilos más. Estar en el muelle de carga y descarga le había dado brazos y hombros más anchos, que hinchaban el mono de trabajo, y las noches de copas habían hecho el resto. La cara casi impresionaba por lo mucho que había cambiado. Arrugas prematuras le curvaban los labios hacia abajo, y Contini mantenía los ojos entrecerrados, como si aguardara problemas por todas partes.

Era la expresión de los encarcelados por cargos infames. Los que eran como él no podían confiar en nadie, porque los podían vender por un paquete de cigarrillos. Solo podían ducharse cuando los demás volvían a sus celdas, y durante la hora de paseo tenían que permanecer en los rincones del patio, sin reaccionar a los insultos y a los escupitajos. Estaban en una cárcel dentro de la cárcel, donde ni siquiera los agentes de la policía de prisiones ponían un pie.

Itala caminó mecánicamente hacia él, como atraída por una fuerza superior. Se puso un cigarrillo entre sus labios temblorosos.

—Disculpen —pidió con una voz que no parecía la suya—. ¿Alguien tiene fuego?

Contini sacó el paquete del bolsillo y extrajo el encendedor Bic, dándole golpecitos con la mano. Mantuvo su atención sobre Itala solo por un momento, y ya al encenderle el cigarrillo su mirada se había alejado de ella, totalmente desinteresado.

—Gracias —dijo Itala, dando una calada.

Cincuenta y cincuenta.

Cincuenta y cincuenta.

No era capaz de modificar esos porcentajes, ni siquiera ahora que el tren se había puesto en marcha.

Fingió mirar a su alrededor y luego le dio la espalda. Estaba casi fuera del alcance de sus oídos cuando los compañeros del chico comenzaron a burlarse de él.

—Deberías poner a dieta a tu novia —dijo uno—. De lo contrario, vais a romper la cama. —Contini lo envió a paseo y volvió a su trabajo, Itala se sonrojó de vergüenza y rabia.

Fuera, la esperaba Otto en un coche *prestado* de entre los que estaban incautados.

—¿Y pues?

Recuperó el control de sí misma.

—Hagámoslo —dijo ella mientras se montaba—. ¿Dónde está eso?

Otto le entregó una bolsa de plástico oscuro.

Contini se había trasladado a San Predengo, una pedanía de Cremona con una sola calle larga, que iba desde el Club de Golf El Torrazzo hasta la siguiente pedanía de Boffalora. Cuatro kilómetros de naves agrícolas e industriales, intercaladas con granjas en su mayoría deshabitadas. También había villas escondidas entre la vegetación, pero la residencia de Contini era una casita de dos plantas, con paredes amarillas y tejado burdeos, habitada por cuatro familias, todas ellas emparentadas.

—Está en la planta baja y vive solo —dijo Otto—. La combinación ganadora para un éxito seguro.

La noche era fresca y era la hora de cenar, ninguno de los vecinos estaba en los balcones y detrás de los cristales se veían las luces cambiantes de los televisores encendidos.

De su *alter ego* de papel Otto también tenía las habilidades manuales, y no era casualidad que fuera el hombre *llavero* de la comisaría, el policía especialista en abrir las cerraduras cuando las puertas no se podían derribar con un ariete. O no se quería hacerlo, como en ese caso.

Un perro ladró e Itala sintió que un escalofrío le recorría la espalda mientras Otto, impasible, se arrodillaba delante la puerta del apartamento que daba al patio interior, maldiciendo en voz baja cada vez que se le resbalaba una ganzúa de la cerradura. Le llevó dos minutos que a Itala se le hicieron eternos, y cuando acabó lo habría besado por el alivio. Ya se habían puesto los guantes y, en cuanto cruzaron el umbral, se colocaron las fundas para los zapatos que habían improvisado con bolsas de la compra. No encendieron la luz y se abrieron camino con una linterna atenuada con cinta adhesiva. El apartamento, de dos habitaciones, estaba desordenado y olía a ropa sucia y a col.

—Se echa en falta una mano femenina —susurró Otto—. ¿Quieres pasar la escoba?

—Cállate un momento. —Itala miró a su alrededor y localizó el balcón de la cocina. En Cremona, los geranios eran prácticamente un complemento obligatorio en las ventanas, pero Contini no parecía sentirse muy atraído por la jardinería.

—Sí, mi Reina. —Otto miró bajo los armarios de la cocina, colocando la linterna en el suelo—. ¿Aquí, con cinta adhesiva?

—Demasiado fácil.

Junto a la barandilla del balcón, entre las escobas y la lavadora, Itala se fijó en una larga jardinera de hormigón gris. La tierra estaba llena de colillas viejas y papeluchos, lo único que faltaba era algo vivo.

—Ahí va bien. Échame una mano, porque no quiero ensuciar por todas partes. —Excavaron en la tierra, separando las capas para volver a colocarlas más o menos de la misma manera, luego Itala extrajo un amasijo de tela de la bolsa de plástico negra y lo introdujo en el agujero.

La tela era la de unas braguitas de mujer.

Una patrulla de agentes de paisano detuvo a Contini cuando volvía a casa conduciendo medio borracho y medio colocado. Los dos agentes, uno rubio y otro moreno, extrañamente muy parecidos, encontraron en su bolsillo cinco gramos de hachís y le explicaron que, de acuerdo con la nueva ley de estupefacientes, tenían que detenerlo por sospecha de tráfico e iban a registrar su casa. Contini los siguió, conduciendo como un sonámbulo. Los dos policías mantuvieron encendidas las sirenas hasta que estuvieron bajo su balcón, despertando a todos los que vivían en el edificio.

Parecía una de esas pesadillas en las que uno se encuentra en el colegio haciendo los exámenes desnudo, solo que era mil veces peor. Todos sus familiares, la mitad de los cuales no le había dirigido la palabra desde su detención, se agolpaban ahora en el patio para ver cómo le desmantelaban la casa. Los dos policías enseñaban las cosas al público, como si estuvieran en una subasta. Las cintas porno, los cómics, la pipa de opio que nunca había utilizado, las colillas de los canutos, e incluso los recortes de periódico que hablaban de su caso. Mientras tanto, iban haciendo comentarios en voz alta, para que los de fuera no se perdieran el más mínimo detalle.

Después de un número adecuado de minutos, uno de los dos agentes deslizó su mano dentro de la vieja jardinera del balcón.

—Oh, oh —soltó—. ¿Qué tenemos aquí?

—Parecen unas bragas —dijo el otro. Envuelta con las braguitas había una vieja navaja—. Oh, oh —repitió—. Esta hoja también parece ser de dimensiones ilegales..., ¿qué son estas manchas?

—Parece sangre —dijo el otro policía.

Contini, sobrio de golpe, comprendió. *Lo sabían*, pensó.

—¡No es mío! —gritó—. ¡Lo habéis metido ahí vosotros!

El policía moreno lo empujó contra la pared, partiéndole el labio superior, del que brotó sangre.

—Hay mucha gente aquí que lo ha visto —dijo—. Esta vez no te saldrás con la tuya, asesino de mierda.

Contini acabó en la cárcel esa misma noche y lo juzgaron al año siguiente. A pesar de los esfuerzos del bufete de abogados, lo condenaron rápidamente.

Ese día, Itala se tomó un día libre y fue a tomar algo al Baracchino. Estaba cerrado, pero siempre tenía unos bancos atados con cadenas y clavijas en el hormigón del arenal. Se había llevado una botella de vino de casa, la abrió empujando el corcho hacia dentro y bebió a morro. Le pareció que no tenía sabor. Al chico lo habían crucificado, sin que salieran a la luz nuevas pruebas, aparte de la que había plantado ella.

Unas bragas sustraídas de las que utilizaron los perros para las pesquisas, una vieja navaja incautada a un chulo con restos de sangre de entre los obtenidos antes de la inhumación del cadáver de Cristina. El abogado los envió a Suiza para comprobar el ADN, con la certeza de estar ante un fraude. Lo era, pero bien hecho, y a Contini le cayó una condena a cadena perpetua por triple homicidio en primer grado, con el agravante de alevosía. Para Itala, sin embargo, los porcentajes en su cabeza no se habían movido, y el *pájaro carpintero* siguió haciendo notar su presencia.

Cincuenta y cincuenta.

Cincuenta y cincuenta.

Itala hizo un milagro para el juez Nitti, pero a media botella pidió uno para ella. Algo que le permitiera salir de esa obsesión, que le hiciera comprender si había hecho justicia a través del mal o si, como decía don Alfio, se había condenado para siempre al joder a un inocente y dejar libre a un asesino. No ocurrió el milagro, pero poco a poco Itala dejó de pensar en ello, porque es así como funciona el mundo.

Pero entonces alguien mató a Contini.

Madriguera
Hoy

7

El cuarto despertar de Amala fue el más difícil. Tenía un terrible dolor de cabeza y le costaba enfocar la vista, pero lo recordaba todo. Ya no estaba en esa especie de clínica médica, sino en un espacio mucho más grande, en penumbra, que apestaba a humedad. También la cama era ahora más grande y mullida; de hecho, no era una cama, sino solo un colchón apoyado en un suelo de cemento. Y la ropa había desaparecido. Llevaba una especie de túnica cerrada por delante, sin nada debajo.

Una intervención rutinaria.

Presa del pánico, se palpó sin encontrar ninguna herida ni nada, luego se levantó del colchón y algo la sujetó dolorosamente por el brazo izquierdo, provocándole un dolor tan ardiente como una quemadura. Era un cable metálico del grosor de su meñique: lo tenía pasado por debajo de la axila, rozando la piel y la carne. La sangre comenzó a gotear.

Desesperadamente, gritando aún de dolor, trató de arrancárselo y esta vez sintió una terrible punzada en la zona alta de la espalda, tan fuerte que casi perdió el conocimiento. Recayó sobre el colchón e intentó alcanzar con la mano la pulsación sorda que sentía localizada cerca de su omóplato izquierdo. Era justo allí donde estaba sujeto el cable, bajo un ovillo de gasa y cinta adhesiva. Bajo la gasa, donde desaparecía el cable, tenía una especie de bolas pegadas a la piel. Levantó la cinta sintiendo que arrancaba algo y, al mirar sus dedos, los descubrió mojados de sangre.

Tuvo una arcada, pero intentó de nuevo introducir los dedos y al final encontró una de las bolas. Intentó tirar de ella y el dolor se agudizó de nuevo, y se trataba de un dolor extraño y vibrante, que se irradiaba por el brazo. Trató de meter por debajo una de las uñas que le quedaban, pero descubrió que el «por debajo» no existía, porque no era una bolita, sino algo de metal que le habían clavado dentro. Un tornillo.

Le habían atornillado el cable en la carne.

8

Mientras Amala descubría la realidad de su prisión, Gerry dejó sus bolsas y se preparó para salir. Llevaba el pelo largo hasta los hombros y una barba hípster que le hacían parecerse a un atlético y rubio *cosplayer* de Jesús.

Vestía una camiseta ajustada sobre el pecho y los bíceps, unos vaqueros de algodón, limpios pero muy usados, y unas botas de *trekking* igualmente viejas.

Llevaba un pasaporte en el bolsillo a nombre de Gershom Peretz, residente en Tel Aviv, y los certificados de vacunación de los perros. Tenía cinco. Tres cruces de tamaño mediano, un pastor alemán y una hembra golden retriever, y ninguno de ellos era un animal de exposición. A la hembra le faltaba una oreja; a uno de los bastardos, la pata delantera izquierda; los otros tenían varias cicatrices y las colas cortadas. Gerry los dejó desfogarse en el jardín, luego los cargó en el Volvo XC 90 alquilado en el aeropuerto. La casa era un edificio de dos plantas en la provincia de Milán, que había reservado en Airbnb. Era la típica casa de un familiar fallecido, con muebles demasiado feos incluso para el mercadillo, pero Gerry era un tipo con pocas exigencias. El propietario había aceptado cancelar la reserva y cobrar en negro, para evitar que su inquilino tuviera que hacer luego largas (e inexistentes) gestiones israelíes a su regreso a su país.

Antes de salir, cogió un gran destornillador con mango de madera y se lo metió en el bolsillo posterior de sus vaqueros.

Condujo hasta el barrio milanés de Maggiolina, aparcó y se dirigió a pie hasta un edificio situado a diez minutos de distancia, con una cámara de seguridad en el portón. A las seis de la mañana solo circulaban los camiones de la basura y un par de corredores matutinos, la luz era mortecina. Se envolvió las manos con cinta aislante, desmontó la conexión eléctrica de la cámara de seguridad con el destornillador, luego desbloqueó el portón con un alambre y subió a pie al segundo piso. Detrás de las puertas cerradas comenzaban los sonidos de la vida, niños que lloraban y televisores de ancianos que se despertaban temprano para no hacer nada; el apartamento que a él le interesaba, sin embargo, estaba en silencio. Abrió la cerradura con el alambre, y con eso mismo enlazó y desenganchó la cadenilla y entró en la casa a oscuras, quitándose los zapatos para no hacer ruido. Revisó las habitaciones. En la primera dormía una mujer; en la segunda, en el lado opuesto del pasillo, un anciano en una cama reclinable.

El hombre yacía con el vientre hinchado por la ascitis bajo la sábana, sus extremidades eran cuatro palos. En la habitación, que apestaba a alcohol y a medicamentos, solo se podía escuchar su respiración catarrosa; el amanecer a través de la persiana proyectaba su sombra contra la pared donde había un pequeño altar consagrado al Padre Pío.

Gerry se preguntó si al perforarle el vientre provocaría una salpicadura de líquidos, pero no lo hizo. En lugar de eso, le metió en la boca al hombre uno de sus calcetines, sujetándolo mientras se despertaba.

—Si haces algún ruido, te sacaré los ojos —susurró, amenazándolo con el destornillador—. Y luego obligaré a tus nietos a que se los coman antes de hacer lo mismo con ellos. Sé dónde viven, sé a qué colegio van. Si me has entendido, asiente.

El anciano sudaba ácido, asintió y Gerry lo liberó.

—¿Qué quieres? —preguntó con voz ronca.

—Hablar de tus pecados. ¿Te acuerdas del Perca?

—No lo sé..., sí. Cuánto tiempo ha...

—Mucho. Pensaste que te habías salido con la tuya, ¿verdad?

—No sé qué...

Gerry le metió el destornillador en una fosa nasal.

—¿Quieres un tercer agujero en la nariz? Sé lo que tú y tus amigos organizasteis hace mucho tiempo, así que no intentes negarlo. Quiero el nombre de todos.

Gerry los obtuvo. A las seis y media de la mañana, la calle de abajo comenzaba a animarse, desde algún lugar llegaba olor a café: se le acababa el tiempo del que disponía.

Estudió la habitación.

—Caminas mal, te cuesta mucho llegar hasta la ventana —dijo.

—Tengo cáncer de hígado... Me ha comido...

Pero Gerry ya no lo escuchaba, dedicado a hurgar entre los medicamentos que había en la mesilla de noche.

—¿No hay pastillas para dormir?

—No. Pero te lo he contado todo... ¿Qué más quieres?

—Levántate.

Ayudado por Gerry, el anciano obedeció, sus ojos buscaban una ruta de escape, a los pies les costaba entrar en sus zapatillas de lo hinchados que estaban.

—Shhh —dijo Gerry—. No vayamos a despertar a la señora, ¿de acuerdo?

El anciano asintió, con lágrimas en los ojos y la nariz goteando. Gerry lo acompañó hasta la entrada, cogió sus zapatos y lo sacó al rellano.

El hombre intentó gritar para pedir ayuda, pero Gerry rápidamente le tapó la boca con una mano, rascándole los labios con la cinta adhesiva.

—Las escaleras son un clásico —susurró, y lo empujó. El anciano cayó de espaldas por la rampa, golpeando el rellano con el ruido sordo de una bolsa de basura. Una puerta se abrió en el primer piso y se escuchó una voz preguntando en alto si alguien se había hecho daño, por encima del sonido de la televisión.

—¿Juez Nitti? —preguntó la voz del vecino.

Nitti seguía con vida, aunque con varios huesos rotos. Gerry se inclinó sobre él, sujetándose el pelo largo para que no se ensuciara.

—Compatible con la caída —le susurró al oído. Luego le cogió la cabeza y la golpeó contra el borde de un peldaño.

9

La madre de Giuseppe Contini aún vivía en el viejo edificio de apartamentos en San Predengo que Francesca había visto treinta años antes, aunque no lo recordaba tan mísero, a esas alturas estaba habitado casi en su totalidad por pakistaníes que trabajaban en las explotaciones ganaderas de los alrededores.

Le abrió una cuidadora rumana que la llevó a la habitación de Silvana. La mujer estaba sentada en un sillón reclinable con los tubitos de oxígeno en la nariz, bajo un gran crucifijo negro colgado en la pared. También había una cama de hospital y una percha para los goteros, y reinaba un insoportable olor a enfermedad y a desinfectante. Silvana tenía ochenta y dos años y pesaba casi noventa kilos, un cuerpo enorme en el que a Francesca le costó encontrar los rasgos de la mujer que había conocido décadas atrás.

—Casi me da un patatús cuando me llamó por teléfono —dijo la anciana. Tenía una voz fuerte, pero ronca y jadeante—. ¿Cuánto hace que no nos vemos?

—Desde el funeral de su hijo. Ha pasado mucho tiempo. ¿Cómo está?

—Como una pobre decrépita. Usted, en cambio, está igual. Siéntese en algún sitio.

La cuidadora cogió una revista del sillón y se fue a la cocina. Francesca se sentó, notando con molestia el calor corporal de quien la había precedido.

—Gracias por recibirme.

—No tengo mucho que hacer. ¿De qué quería hablarme?

Francesca se dio cuenta con alivio de que Silvana no había relacionado su nombre con la chica secuestrada de la que hablaban todos los periódicos y los telediarios.

—He vuelto hace poco del extranjero, y me estoy replanteando todos los casos que seguí antes de marcharme... Y me he acordado del juicio de su hijo. He venido a disculparme.

Silvana jadeó.

—De qué, no fue culpa suya.

Francesca suspiró, en ese momento todo le parecía irreal.

—Mi padre debería haber seguido el juicio, yo solo era una pasante. Pero él estaba ocupado. Los periódicos habían continuado diciendo durante meses que su hijo era el Perca, los jueces estaban condicionados, los jurados, aún más, y a mí me destrozaron en la sala. Tal vez mi padre habría conseguido que Giuseppe fuera absuelto, pero yo no lo logré. Y siempre me quedó la duda de si su hijo era inocente y fue condenado injustamente.

Más que una duda, para Francesca era una certeza. Pero con la madre de Contini esperaba encontrar algo a lo que aferrarse para demostrar que se equivocaba.

—Mi hijo *era* inocente. Y la forma en que lo trataron daba asco.

—Si es cierto y logramos demostrarlo, podríamos limpiar su nombre —mintió Francesca.

—No sé qué decirle... Ya ni siquiera sé si me importa. De todos modos, pronto me reuniré con él.

—¿Tiene usted alguna prueba que no presentáramos ante el tribunal en su momento? ¿Alguna sospecha?

—Si la hubiera tenido, ya se la habría presentado a ese juez gilipollas que lo condenó a muerte. Solo para ver qué cara ponía.

—Sé que es usted una buena persona, señora Silvana, pero, como todas las madres, creo que habría intentado ayudar a Giuseppe aunque fuera culpable. —Francesca pensaba exactamente lo contrario—. Puedo intentar salvar su memoria y lo voy a hacer también por mi conciencia, aunque usted no esté de acuerdo, pero si tiene alguna duda, si vio algo extraño, dígamelo. De todos modos, acabará saliendo todo a la luz.

—Yo nunca tuve dudas sobre mi hijo. —A la anciana le dio un ataque de tos y bebió agua del vaso en el que flotaba una rodaja de limón reseca—. Sé que era un desgraciado, pero de ninguna manera era un asesino.

—¿Cómo puede estar tan segura?

—Vivía debajo de mí y solía verlo con chicas. Ni siquiera discutía con ellas, así que mucho menos les levantaba la mano. A él solo le interesaba una cosa, y luego se ocupaba de sus propios asuntos. ¿Sabe a cuántas vi pasar?

—¿Y de verdad que a las otras dos víctimas nunca las vio por aquí?

—No, ni siquiera sabía quiénes eran. —Silvana se secó la frente con la manga de la bata.

Francesca, por desgracia, la creía.

—Me fui de Italia inmediatamente después de la muerte de su hijo. ¿Hubo alguna otra investigación sobre las víctimas?

—No lo creo.

—¿No volvió nadie a interrogarla, quizá en relación con investigaciones sobre otras chicas asesinadas?

—No. Muerto mi hijo, muerto el asesino, nadie estaba interesado en reabrir la historia.

—¿Su hijo le dijo alguna vez si sospechaba de alguien?

—Lo único que puedo decirle es que mi hijo estaba convencido de que el asesino de Cristina era uno de su grupo de amistades. De las otras chicas no sabía nada.

—¿Qué grupo?

—No lo sé. Los otros amigos que tenía Cristina. Todos ellos hijos de buenas familias.

—¿Alguna vez Giuseppe lo dijo durante los interrogatorios?

—Puede que me lo dijera más tarde, en la cárcel, cuando iba a visitarlo. Estoy segura de que lo recuerdo bien, pero no sé si era cierto. Sin embargo, él parecía convencido.

—Los amigos de Cristina en esa época no podían tener más de veinte años.

—Espero que no sea así —dijo Silvana como si hubiera caído en ello solo en ese momento—. Porque entonces ese bastardo seguiría vivo.

10

Gerry soltó a los perros, tranquilizó a Aleph, que gemía nervioso, luego condujo hasta Città del Fiume y aparcó en la plazoleta principal.

La manada correteó por ahí, fascinada por los nuevos olores. Cuatro de cinco, al menos, porque el pastor alemán, Mem, había perdido el sentido del olfato junto con su nariz. Gerry condujo a los perros por la pista de tierra a través de los campos que Amala había recorrido. El camino bordeaba la carretera asfaltada durante un largo tramo, y antes de llegar a la casa de Amala pasaba por delante de dos viviendas y un cobertizo para tractores, donde ahora estaba aparcado un coche patrulla. Había bastantes yendo arriba y abajo, por no hablar de los puestos de control en la carretera provincial.

Trepó por una pared de balas cúbicas de heno de tercer corte, seguido inmediatamente por Mem. Desde allí podía ver una gran parte de la zona. Un par de agricultores estaban formando las últimas balas con su tractor; por el lado opuesto discurría el tráfico, principalmente de camiones y furgonetas, a un desnivel de unos cuatro metros. En medio, álamos y abetos. Gerry saltó al suelo, intentando pillar por sorpresa al pastor alemán, que, sin embargo, lo siguió de inmediato. Lucharon durante unos momentos rodando por la hierba, luego Gerry se levantó.

—Ahora os quedáis en el coche, necesito tranquilidad —dijo en hebreo—. Sentaos y esperad aquí.

La manada se calmó, Gerry atravesó la arboleda y trepó por el terraplén hasta la carretera estatal, y cuando llegó al arcén volvió a mirar a su alrededor. A la izquierda estaba el último cruce antes del pueblo; a unos cien metros a la derecha había una curva sin guardarraíl, medio oculta por la vegetación. El lugar ideal para dejar la furgoneta con el portón trasero abierto, salir, secuestrar a Amala y volver a subir. Desde la carretera nadie habría visto nada.

Fue a examinar la explanada. Caminando en círculos, dejó que su mirada vagara por entre las hojas que se agitaban, los árboles y las briznas de hierba, hasta que sintió un picor en la nuca, o más bien *dentro* de la nuca. Lo percibía cuando notaba algo a nivel inconsciente, pero que no conseguía vislumbrar con claridad.

Volvió a recorrer los últimos metros, pero sin resultado, y sabía que insistir era peor. Volvió al coche y recogió la «bolsa de los trucos», como él la llamaba, que había llevado consigo. Hizo bajar a los perros y se encerró en el interior, luego sacó de la bolsa un espejo cuadrado del tamaño de un libro, un saquito de arena y el Zohar.

Gerry echó sobre el espejo la arena que había recogido en el cráter Ramon cuando aún era un chiquillo, aunque en aquel entonces no sabía que lo era. El desierto del Néguev, unos cientos de millones de años antes, era un océano y la arena rocosa estaba mezclada con fragmentos de amonita que le daban una tonalidad gris brillante e iridiscente.

Gerry hojeó los tratados del Zohar al azar, luego se detuvo en una página y comenzó a leerla en voz baja y sin entonación. Intentaba no prestar atención al significado del texto, sino solo al sonido y a la forma de las letras. Dos de ellas parecieron brillar con luz propia. Se sumergió en el resplandor, respirando profundamente, relajándose por completo y excluyendo poco a poco los sonidos del exterior. Luego excluyó el asiento en el que estaba sentado, el coche a su alrededor y el resto del mundo.

La frecuencia de la respiración de Gerry y su ritmo cardiaco eran ahora los de un hombre profundamente dormido, y al cabo de unos segundos sus ojos comenzaron a moverse bajo los párpados. Gerry estaba soñando, pero era un sueño controlado, un sueño lúcido.

Todo el mundo se ha encontrado alguna vez en un sueño sabiendo que está soñando. Normalmente, uno se despierta, pero a veces se queda suspendido en el borde del mundo real, dirigiendo el sueño como los directores de cine. Gerry, en cambio, caminaba por él como un peregrino en busca de respuestas.

En el sueño era noche cerrada, y él, un niño, pero la arboleda era la que había inspeccionado algunos minutos antes. Caminaba descalzo hacia una furgoneta blanca aparcada, cuya suspensión temblaba como si algo o alguien muy grande y pesado estuviera moviéndose en el interior.

El niño del sueño tuvo miedo e intentó volver atrás, pero el adulto Gerry tomó el control y lo empujó hacia delante. Caminaron juntos, descalzos sobre la hierba seca, hasta la furgoneta que brillaba con luz propia, como si fuera radiactiva. Los sonidos que venían del interior ahora eran tan fuertes que tapaban el resto. Cada vez que aquello se movía en la zona de carga era como si golpeara la chapa con una maza, y entre un golpe y otro se oía un zumbido sordo, como el de una dinamo.

Gerry obligó al niño que era a aferrar el tirador de la puerta y abrirla. Su corazón latía deprisa, la respiración entrecortada.

Abrió la puerta y encontró a su madre.

Su madre estaba sentada en la parte trasera de la furgoneta, con la cabeza entre las manos. Parecía agotada.

—¿Mamá? —dijo el niño Gerry en el sueño.

Ella levantó la cabeza para mirarlo. Y su cara era la de un insecto.

La horrible imagen empujó a Gerry fuera de su estado onírico y lo obligó a abrir los ojos de nuevo para percibir el mundo. A su alrededor, el coche, los perros corriendo, el viento y los pájaros. Estaba empapado de sudor.

Como todos los sueños, también los sueños lúcidos se desvanecían deprisa, pero Gerry se acordaba de lo suficiente. Su madre, la furgoneta, el insecto gigante. Su subconsciente intentaba comunicarle algo, pero no saltó nada.

Mientras soñaba, había trazado dos letras en la arena. *Tau* y *mem*.

Se leían MET, y formaban la palabra que, grabada en la frente del Golem, lo había detenido: *muerto*.

11

Amala llevaba horas sin poder moverse. Tenía una pieza de hierro en el cuerpo, su captor la había cortado y había metido esa cosa horrible dentro de ella. Sin duda ya se le estaba infectando y le envenenaba la sangre, pero ¿qué pasaría si se moviera? Tal vez se le clavaría más adentro, hiriéndola para siempre o haciendo que muriera desangrada. Pero en la última hora la necesidad de hacer pis se había convertido en algo imperioso. Le dolía la barriga y tenía calambres en los muslos de lo mucho que se estaba conteniendo. Tenía que hacerlo, pero antes debía levantarse con ese cable encima. Y ya no podía esperar más.

Se sentó con cautela e intentó comprender dónde se encontraba. Las paredes encaladas dejaban ver ladrillos viejos, los techos eran abovedados, el suelo blanco era solo una capa de pintura sobre el cemento. La única luz procedía de arriba, donde una hilera de claraboyas filtraba los rayos del sol.

Estaba bajo tierra, en un sótano o en los cimientos de un viejo edificio.

Superando la aversión, desenrolló el cable, con cuidado de no tirar del injerto. Tenía unos tres metros de largo, era grueso como su meñique, y terminaba con una anilla maciza que habían soldado alrededor de una barra de metal, que estaba fijada horizontalmente a la pared por detrás de su cabeza. Intentó tirar, y la anilla se deslizó fácilmente por la barra, produciendo un chirrido metálico. Amala se quedó paralizada de nuevo, asustada, olvidándose por un momento de su vejiga a punto de reventar. ¿Y si *él* no quería que se moviera? No lo veía, pero estaba segura de que iba a volver. ¿Y si la mataba porque se había movido por la habitación? ¿O si le implantaba otro cable de acero?

Volvieron las ganas de orinar, insoportables. Tenía que hacerlo, aunque fuera contra la pared. Se levantó de nuevo, sosteniendo el cable con la mano derecha. Era ligero y de pie podía moverlo sin el chirrido de antes.

Dio tres pasos, superando un recodo de la pared, y descubrió que la barra se bifurcaba inmediatamente después y que de cada bifurcación nacían otros trozos de barra que se bifurcaban a su vez durante de un par de metros. Mediante esas bifurcaciones, las barras horizontales, verticales y oblicuas creaban un complejo laberinto. Y, a cada bifurcación, era necesario desbloquear a mano la anilla y deslizarla en una de las muchas posibles direcciones. Y había que elegir el camino correcto, de lo contrario se corría el riesgo de encontrarse en una barra que acababa de golpe en un bloque de metal imposible de superar. A Amala le ocurrió muchas veces, y avanzaba con extrema lentitud. Eligiendo la dirección correcta, consiguió salir del pequeño sótano donde estaba confinada, hasta llegar a uno mucho más grande donde, gracias a Dios, había un letrero de metal oxidado con una flecha y la inscripción W. C. El sótano donde se había despertado estaba desnudo, pero en el segundo, del tamaño de una pista de baloncesto, las paredes estaban recubiertas con carteles publicitarios que representaban piscinas termales y saunas, anuncios que Amala nunca había visto antes. Las barras, que a esas alturas ya eran unas veinte y se abrían como una raíz, estaban fijadas por encima de los pósters, lo que indicaba que debían de estar allí desde hacía mucho tiempo.

Los nombres de los productos habían sido arrancados o cubiertos con inscripciones como PISCINA y BAÑERA DE HIDROMASAJE, y las imágenes estaban llenas de burbujas y de moho que las distorsionaban. Una amable masajista tenía la cara disuelta, que goteaba por encima del uniforme color pis, la piscina parecía hervir con aguas residuales, la pareja que tomaba una copa en el jacuzzi se había derretido y ahora parecía un ser bicéfalo.

Amala rompió a llorar, todo era demasiado horrible para ser real, pero estaba a punto de hacérselo encima y siguió deslizando la anilla sobre las guías, deteniéndose cada dos o tres pasos, para dirigirse al tercer sótano que indicaba la flecha. Eligió la guía equivocada en numerosas ocasiones y volvió a llorar de desesperación.

Consiguió por fin llegar al tercer sótano. Era tan grande como el segundo, y los carteles reproducían una gran cocina con vistas al jardín, con madres cubiertas de moho que empujaban carritos llenos de cieno. Otra gran cocina de seis fogones y con el rótulo de REBAJAS llenaba casi por completo una pared.

El único objeto real era uno de esos aseos de plástico propio de las obras o de los conciertos, altos y rojos. A Amala le costaba ver a través de sus lágrimas, pero con un pequeño esfuerzo consiguió llegar hasta él. Lo abrió y un puñado de cucarachas corrió alrededor de sus pies. ¿Qué iba a encontrar allí dentro?

Empujó la puerta con el codo, asqueada por la idea de tocarla, y se sorprendió al encontrarse frente a una placa turca. Por regla general, esas jaulas escondían inodoros químicos, pero esa era tan solo una carcasa vacía, sin armazón y sin cubierta, fijada al suelo y al techo para crear una ilusión de intimidad. Del techo colgaba una manguera de goma de la que iba saliendo agua a baja presión que caía por el desagüe. Amala hizo por fin lo que tenía que hacer —su pis olía a desinfectante— y luego bebió el agua de la manguera. Estaba gélida y sabía a hierro, como la de las fuentes de montaña. Como el aire que entraba por las claraboyas y que olía a árboles. Y no eran los que estaban alrededor de su casa.

Le entró hambre, y mientras volvía a pasar por la «cocina» y el «spa» con sus andares sincopados, se preguntó si la comida iba a llegarle de alguna forma. O si estaba destinada a morir ahí abajo, atada a una cadena como un perro.

Demasiado agotada para seguir llorando, sintiendo el dolor de la herida, decidió volver a echarse sobre el colchón.

Pero, cuando llegó al primer sótano, descubrió que su secuestrador estaba esperándola.

12

Gerry volvió a inspeccionar la arboleda mientras intentaba rememorar la sensación que había experimentado en el sueño. La palabra «muerto» podría significar un árbol muerto, un cadáver, pero se dio cuenta de que el verdadero significado era otro cuando vio un puñado de abejas en la base del tronco de un almez. Llevaban muertas tan solo unas horas, porque aún no habían sido devoradas por roedores o pájaros, pero tampoco presentaban la postura retorcida típica de los insecticidas piretroides.

Entonces se dio cuenta de que había algunas abejas que, aún con vida, volaban nerviosas alrededor de una rama a unos tres metros del suelo, donde era posible que se encontrara el panal. Se trataba, probablemente, de una colonia de abejas que se había escapado de una granja siguiendo a una nueva reina.

Gerry se quitó las botas para tener un mejor agarre sobre el tronco liso y trepó. En el hueco al que se había dirigido encontró un nido bastante grande, con una madeja de abejas muertas que obstruía una de las entradas al panal. Las supervivientes lo estaban desmontando, desmembrando los cuerpos de las compañeras con las mandíbulas. Con una ramita, Gerry las alejó, luego desprendió la madeja de insectos y la dejó caer sobre la hierba, provocando la huida de un pequeño enjambre. Una chica con *shatush* y AirPods en los oídos pasaba en ese momento en bicicleta y Gerry se bajó corriendo.

—Perdone, no las pise, por favor —dijo.

La chica apagó la música.

—¿Quién es usted, un vikingo?

—No, solo estoy haciendo unas investigaciones.

—¿Estás buscando a la chica desaparecida?

—No. Yo me ocupo de insectos. ¿Le molesta?

—¿Esas son abejas? —preguntó la chica, señalando la madeja de insectos—. Si se han muerto, ha sido por las antenas de 5G. También hacen que las aves pierdan su orientación.

Gerry se agachó sobre el ovillo y lo tocó con un palito.

—Creo que ha habido una batalla.

—¿Entre abejas?

—Con sus enemigos. Las abejas atacan muy pocas veces, pero en ocasiones se ven obligadas a defenderse. —Gerry comenzó a desenredar el ovillo con sus dedos, con la delicadeza de un orfebre—. Y, cuando un enemigo invade el panal, las abejas obreras tienen que utilizar un sistema extremo para deshacerse de él. Lo recubren formando una especie de bola. Comienzan a batir sus alas tan rápido que el aire se calienta. Y el intruso se cuece. Por desgracia, también les ocurre a las heroicas abejas, pero la reina sobrevive, y eso es lo que importa.

Gerry desmontó la maraña de pequeños cuerpos, llegando al núcleo de la bola. Allí las abejas eran frágiles, se convertían en polvo solo con tocarlas. Eran las que habían luchado en primera línea y debajo de ellas estaba el enemigo.

Era una avispa, grande y deforme.

13

El secuestrador de Amala ya no llevaba una bata, sino un mono de obrero que lo hacía parecer aún más gordo, una gorra calada hasta las cejas y la mascarilla quirúrgica de costumbre.

El hombre le indicó con señas que se sentara, un gesto que quería ser amable, pero Amala solo fue capaz de pensar que esa mano le había cortado la espalda y había entrado dentro de ella. El pánico la hizo patalear e intentó huir. No había ningún sitio adonde ir, pero fue como si aquello se le hubiera olvidado. El cable la detuvo al cabo de un par de metros, con una sacudida en el hombro que la dobló en dos por el dolor.

El hombre corrió hacia ella.

—Pero tú ¿qué coño quieres? ¡Acabo de ponerte los puntos! ¿Quieres que te opere otra vez?

—No, no. Por favor —gritó Amala entre lágrimas. Se acurrucó aún más.

—No hay nadie que pueda oír tus gritos, aparte de mí, y me estás cabreando. Cuanto antes aceptes esta situación, mejor para ti.

—¡Me has puesto un cable en la espalda!

—Acuérdate la próxima vez. Ahora vete a la cama.

Amala se alejó de él arrastrándose todo lo que el cable le permitía.

—¡Quiero volver a mi casa! ¡Déjame que me vaya!

El hombre la levantó a peso sin esfuerzo y la llevó al colchón.

—Yo decidiré cuándo te vas, y eso ocurrirá solo y exclusivamente si haces lo que te digo, ¿entiendes? Contéstame.

—Lo entiendo —murmuró Amala con la nariz llena de lágrimas.

—No abusaré de ti y no usaré la fuerza si tú no me obligas. Te daré comida y bebida, podrás ir hasta donde la correa te permita llegar, pero no intentes ir más allá.

—¿Dónde estamos? —susurró Amala.

—No hagas estas preguntas. —Señaló una bolsa de lona a los pies de la cama en la que Amala no había reparado—. Aquí encontrarás ropa interior limpia y una muda de la bata sanitaria, toalla, jabón..., incluso compresas. Si necesitas algo más, basta con que me lo digas, pero no me hagas perder el tiempo con berrinches. —Levantó una cajita de medicamentos—. Antibióticos, tienes que tomarte una pastilla dos veces al día. El agua del lavabo es potable y allí en esa caja —había una que hacía las veces de «mesita de noche»— encontrarás más ropa interior, vasos y cubiertos de plástico. También hay una pomada antiséptica e ibuprofeno. Y toallitas húmedas.

Luego le lanzó un paquete, que la chica cogió de forma instintiva al vuelo. La herida de su clavícula se hizo sentir de inmediato.

—¡Me duele!

—Se te irá pasando poco a poco, si haces lo que te he dicho. ¿Lo has entendido todo?

Amala asintió. No sabía cómo reaccionar ante el comportamiento distante de su carcelero. Se esperaba que en cualquier momento lanzaría una carcajada de Joker y se abalanzaría sobre ella. En cambio, continuaba aparentando ser una persona racional. Pero no podía serlo, no después de lo que le había hecho. Amala no lograba leer su expresión, porque la mascarilla le cubría la cara. Pero le veía los ojos: estaban cansados, eran los ojos de alguien que podría tener cien años. No eran crueles, sino distantes.

—¿Quién eres? —le preguntó.

—Puedes llamarme Oreste. Espero que no me causes problemas.

14

Gerry metió la avispa en un paquete vacío de pañuelos de papel, y siguió hurgando en el claro, donde encontró otras dos avispas en peor estado —una casi aplastada— y una marca reciente en el tronco de un árbol que parecía el impacto de un guardabarros. Luego peinó el trayecto hasta el sendero, sin hallar nada más que fuera de interés.

Volvió al coche para poner rumbo de nuevo a Milán y durante el viaje hizo un par de llamadas telefónicas. Siguiendo las indicaciones de la última, aparcó frente a un viejo edificio en el barrio de Isola.

Dejó a los perros en el coche con las ventanillas bajadas y se puso la kipá antes de llamar a la puerta que se abría en el patio. El cartel decía TALLER DE ORFEBRERÍA, en italiano, inglés y hebreo. Le abrió un joven con *pe'ot* y un delantal de trabajo sobre su bata blanca.

—*Sholem aleykhem.* Soy Gerry —dijo.

—*Aleykhem sholem.* Bendito sea el Señor que te ha traído sano y salvo hasta mí. El joven lo hizo entrar, Gerry tocó la *mezuzah* que colgaba en el marco de la puerta y se besó los dedos en señal de respeto. El taller estaba dirigido por una familia jasídica de origen israelí, compuesta por una docena de jóvenes y sus padres, a su vez hermanos e hijos del cabeza de familia. Gerry los saludó a todos, intercambiando bendiciones, antes de tomar un café con el patriarca en su pequeño despacho.

—¿Eres un hombre justo, Gerry? —le preguntó el anciano—. ¿Cumples con tus deberes hacia Dios y tu familia?

Gerry asintió.

—Sí, *rebe*, con la bendición del Señor, que siempre pueda guiarme.

—¿Tienes hijos?

—Cinco. Fui bendecido con dos varones.

El patriarca le sirvió otra taza de café al estilo turco.

—Eso significa que has trabajado para la gloria de Dios y del pueblo de Israel. ¿Cómo podemos ayudarte?

Gerry colocó sobre la mesita las tres avispas envueltas en el paquete de plástico y le explicó lo que necesitaba. El patriarca ni se inmutó y se lo confió al chico que había abierto la puerta. Se llamaba Emanuel.

—¿Te ha dicho mi padre que no tenemos instrumentos veterinarios? —le preguntó, mientras estudiaba los insectos con una lupa de orfebre—. Los exámenes que podemos hacer son superficiales en comparación con un laboratorio especializado. Química y física básica, bendito sea Dios que nos guía.

—Si Dios quiere será suficiente, bendito sea su nombre. ¿Cuánto tiempo tardaréis?

—No mucho, puedes esperar aquí. ¿Quieres beber o comer algo?

—No, te lo agradezco.

Una hora después, Emanuel fue a llamarlo a su ventanilla, despertando a Gerry, que se había quedado dormido tumbado en el asiento, cubierto por los perros. Se bajó del Volvo y se desperezó.

Emanuel dio un salto hacia atrás.

—Has traído a los perros —dijo. Para los ortodoxos, eran animales impuros y, en general, a muchos israelíes chapados a la antigua no les gustaban. *El perro bueno no existe*, se decía—. Aprecio que no los hayas dejado entrar. —Emanuel tenía el tono amable propio del mayordomo de una vieja película, aunque no era a Gerry a quien estaba sirviendo—. El examen espectrográfico con rayos infrarrojos ha revelado rastros de agentes químicos en las avispas. Dos elementos están presentes en las tres: adhesivo acrílico y elastómeros de cloruro de polivinilo. Lo que comúnmente se conoce como PVC. En este caso, PVC U. ¿Sabes para qué sirve?

—Contenedores y revestimientos.

—Exacto.

—¿El acrílico de qué tipo es?

—De los de endurecimiento lento, adecuado para materiales polarizados como el vidrio y el metal.

—Reposicionable —dijo Gerry, que tenía algo en mente—. ¿De qué color era?

—Blanco. ¿Te preocupa también la salud de los insectos? Lo he consultado con la hermana de mi mujer, es entomóloga, que Dios la proteja.

—Dime.

—De entrada, no son avispas locales. Se trata de avispones gigantes, asiáticos. A veces llegan aquí con cargueros, pero no sobreviven mucho tiempo al aire libre. Estos, en cambio, creemos que se han reproducido aquí, porque han cogido el mal negro, un virus que normalmente ataca a las abejas y que provoca malformaciones en las larvas. Es probable que una colonia se haya adaptado a un entorno no ideal, con una alimentación baja en vitaminas y temperaturas excesivas, altas o bajas.

—¿Un lugar cerrado?

—Sí, pero esto es todo lo que la hermana de mi esposa ha podido decirme. No sabe de qué puede tratarse.

Gerry solo sabía que tenía que ser lo suficientemente grande como para albergar a una chica, pero no lo dijo.

15

Amala estaba sin fuerzas, con el estómago vacío, porque no había tocado la comida que Oreste le había llevado en una bandeja de cartón. Todavía estaba allí, al lado del colchón: arroz hervido, una manzana y un vaso de leche. No quería tocarlo, pero el olor había penetrado en sus fosas nasales y ahora el estómago le dolía de hambre casi más que el hombro.

Volvió a mirar la bandeja. ¿Qué sabía ella si la comida estaba envenenada? No habría tenido ningún sentido, pero ¿quién era capaz de decir cómo razonaba la gente como él?

Amala tendió una mano hacia el plato de plástico desechable, sobre el arroz se movía una avispa y gritó, apartándose. Luego echó al insecto y se lo tragó todo sin pensarlo, rápidamente, sin notar el sabor. Se tiró sobre el colchón y se tapó la cabeza con la manta, mientras las tripas borbotaban. La gasa alrededor del gancho estaba empapada de pus y sangre. Bebió el agua que tenía en un vaso de papel tragándose el medicamento. La pastilla en contacto con la lengua le dejó un sabor horrible.

Cerró los ojos e intentó escuchar los ruidos procedentes del exterior. Por las claraboyas solo entraban los sonidos de los pájaros y de los insectos. Ni siquiera se oía un televisor. Ningún paso, ninguna tos, ningún coche. Tal vez ese sótano estaba en medio del campo. No obstante, en esa época en el campo había tractores y estiércol hediondo, pero ella no percibía nada de eso.

Se esforzó por ponerse en pie: quería conocer cada centímetro de su prisión, al menos mientras el maníaco la dejara libre para pasearse. Su esperanza, por confusa que fuera, era encontrar una ruta de escape o algo para utilizar como arma.

Mientras Amala caminaba, se encendieron las tiras de led pegadas al techo y el moho de las paredes se volvió luminiscente, haciendo que los rostros deformes de los carteles fueran aún más monstruosos. Uno de los recorridos que realizó la llevó cerca de una puerta camuflada entre los carteles del spa por la que Oreste entraba y salía. Sabía que estaba ahí, aunque solo podía ver una fina línea alrededor del marco. Esa puerta era su salvación, pero, aun si conseguía abrir la cerradura, al otro lado encontraría a su carcelero.

Y además estaba segura de que había cámaras por todas partes, camufladas en las paredes. En ese momento él la estaba observando, o estaba grabando todo para verlo con calma más adelante.

¿Y el baño? Llegó al váter de la tercera habitación, tanteó la puerta del cubículo para cerrarla a pesar del cable, luego palpó las paredes y el techo. No había objetivos escondidos.

Se lavó bajo el chorro de agua, con cuidado de no mojar el esparadrapo de su omóplato, ni de pisar las habituales avispas moribundas que aparecían de la nada, luego se secó con una toalla de papel desechable. Se sentía un poco más relajada, sabiendo que mientras estuviera allí dentro Oreste no podía mirarla. Era su minúsculo rincón de libertad. Para ella, el cubículo con la placa turca también representaba una especie de figura familiar. De niña, cuando veía esos tristes paralelepípedos de plástico en las obras de su padre, jugaba a imaginar que eran robots.

Los lavabos como aquel se colocaban por regla general donde no había agua corriente, mientras que era evidente que allí sí la había, pero ¿y el desagüe? No bastaba con excavar un agujero en el suelo para hacer que corriera el agua, especialmente en un sótano. Debían de haberlo colocado sobre un desagüe ya existente, tal vez una bajante.

Amala se subió a la placa turca y se balanceó para ver si se movía.

Uno de los bordes de la placa de cerámica se levantó un par de centímetros.

16

De camino a Città del Fiume, Gerry compró tres mapas de carreteras diferentes en otras tantas gasolineras y un paquete de rollos de cinta adhesiva.

—¿No le funciona el navegador? —le preguntó el empleado de la última, contento por librarse de un ejemplar que había estado acumulando polvo durante años.

—Es difícil escribir en él. ¿Me da también unos rotuladores? Ah, y esas galletas para perros —dijo.

—¿De dónde es usted? ¿Alemán?

—*Jawohl!*

Gerry continuó hasta la entrada del centro de la ciudad, repartió los premios y abrió los mapas sobre el capó del coche.

El perímetro de Città del Fiume era de unos cuatro kilómetros cuadrados, y desde su territorio se podían tomar cuatro direcciones. Por el sur, hacia Cremona; por el oeste, hacia Milán; por el norte, hacia Bérgamo y hacia Brescia. La carretera estatal que daba acceso a la autopista cruzaba también numerosas pistas de tierra que atravesaban campos y zonas boscosas, interrumpidas por vías férreas y puentes que cruzaban el Oglio poco antes de su confluencia con el Po.

Gerry recorrió los alrededores del pueblo, utilizando como epicentro la plazoleta. Tomó todas las direcciones por donde su coche conseguía pasar, y se detenía cada vez que encontraba una cámara en una gasolinera, un semáforo o un paso a nivel, para marcarlos todos con un pequeño círculo rojo. Delimitó así un área en el mapa de unos treinta kilómetros cuadrados.

En el interior había casas dispersas, campos, arboledas, naves industriales y numerosas edificaciones en desuso, incluyendo una gran lechería abandonada y muchas granjas en ruinas.

Cuando alguien de la zona moría, las viviendas se quedaban vacías y las ventanas se llenaban de telarañas, o las tapiaban.

Gerry tomó un café en un pequeño bar de carretera y les dio agua a los perros, luego se concentró en los puntos donde podría esconder una furgoneta antes de cruzarse con una cámara de seguridad.

Encontró la primera señal de su paso en una fábrica medio destruida, durante la quinta hora de búsqueda. Al edificio se llegaba por un pequeño camino de piedra a un kilómetro del lugar del secuestro, cruzando una valla casi derruida por completo. El techo del edificio aún seguía intacto, sustentado por vigas de hormigón, mientras que tres de las cuatro paredes se veían reducidas a montones de piedras y grafitis. No había ninguna casa alrededor, las más alejadas tenían la vista obstruida por los árboles. Algo blanco brillaba entre la hierba, meciéndose al viento.

Gerry se agachó para mirar el envoltorio de plástico. Lo recogió y lo abrió; era solo el fragmento de una hoja más grande, blanca por un lado y adhesiva por el otro. Cuando Emanuel le habló del PVC reposicionable, Gerry se imaginó el sistema que el secuestrador de Amala había utilizado para evitar ser identificado y se preguntó si ese PVC blanco formaba parte de un *car wrapping*, los revestimientos para ocultar daños de la carrocería, o para cambiar de color y volver rápidamente al original. Una mercancía fácil de conseguir, quizá un poco complicada de colocar, pero sin duda alguna rápida de quitar.

El secuestrador sería un perturbado, pero actuaba con estrategia militar y había mostrado a propósito la furgoneta blanca, porque más tarde había enfilado la carretera nacional con otro color. No con otro vehículo, que ya se habría localizado, sino solo con una furgoneta de aspecto diferente. Había ahorrado tiempo y había tenido que procurarse un vehículo menos.

Volvió a subir a bordo y agitó la lámina de plástico delante de los adormilados perros, que permanecieron indiferentes.

—¿Qué os parece, es correcto?

No hubo respuesta. Zayn, la bastarda de tres patas, le dio un lametón poco convincente en la mano.

Volvió al «refugio», como había apodado a la casa de campo alquilada, se duchó y se cambió de ropa, dio de comer a los perros y lavó a uno en la bañera porque había hecho la croqueta sobre una mierda de vaca. Luego volvió al taller de los orfebres y les dejó el trozo de PVC para que lo examinaran.

Más tarde abrió su agenda en el iPad, oculta en un programa que parecía un juego. Dentro tenía fichas con el perfil de unas cincuenta personas, y Gerry buscó una coincidencia con los nombres que Nitti le había dado. Encontró uno: un hombre de unos sesenta años que por aquella época estaba al mando de la Criminalpol de Monza.

Poco sabía de él, salvo que tres veces por semana iba a recibir un masaje a un salón de estética por un problema en la columna vertebral debido a un accidente. Viajaba con un conductor que también era escolta y que lo esperaba a la salida. Era el día del masaje y Gerry se puso en marcha, llegando justo a tiempo para verlo salir del coche y entrar en el spa. Demasiada gente para seguirlo, demasiadas cámaras de vigilancia en la calle. No habría podido interrogarlo, qué lástima, pensó mientras se envolvía los dedos con cinta adhesiva.

Cogió el coche y se alejó de San Gerardo, dando vueltas hasta que encontró una moto de gran cilindrada que en ese momento su propietario estaba aparcando. Estacionó a un kilómetro de distancia y volvió atrás, rompió el baúl y se puso el casco que encontró dentro, luego abrió el candado de la cadena y arrancó la moto con una pequeña ganzúa, mientras el dueño salía de una tienda e intentaba darle alcance.

Hizo un amplio giro y volvió a la calle del spa, donde esperó solo cinco minutos antes de que su hombre apareciera por la salida. Cuando el conductor se bajó para abrirle la puerta, Gerry aceleró a fondo, se subió a la acera y a pocos metros del hombre giró bruscamente el manillar y dejó caer la moto, rodando antes del impacto.

El bólido impactó de lleno contra el hombre y desencajó la puerta, que golpeó al conductor. Ambos cayeron al suelo, el primero reducido a una máscara de sangre. Gerry se levantó y de cara a los transeúntes gritó «Dios mío» y «Yo no quería», mientras corría hacia los dos tipos tirados en el suelo.

Su hombre aún respiraba, Gerry huyó pisándole la cabeza, que notó cómo se rompía bajo la suela de sus botas. Después de treinta y cinco años de una honorable carrera, Daniele Amato murió así.

17

Francesca se encontró a bordo del coche sin ser consciente de que se había subido a él y había conducido como una anciana por la carretera provincial. Le temblaban las manos y su cabeza estaba aturdida, llena de recuerdos aún más confusos que rebullían y se alternaban con destellos de extraordinaria claridad.

Se detuvo en un apartadero de la autopista a pocos kilómetros de la salida de Cremona y se quedó allí mirando el tráfico.

¿Y si fuera verdad?, se preguntó por enésima vez.

Su lado racional no lo creía. No creía en fantasmas y —como decía aquella canción de Nick Cave— no creía en un dios *intervencionista*. Sin embargo...

Descendió, el viento hizo que se recobrara. Había una posibilidad entre un billón de que el secuestro de Amala estuviera relacionado por algún motivo con Contini. Pero ella no podía permitirse descartar la única opción que tenía de salvar a su sobrina.

Un coche patrulla pasó lentamente por el arcén y uno de los agentes se quedó observándola a través de la ventanilla. *Se estarán preguntando quién es esta loca que habla sola*, pensó. Y tenía razón, porque su agarre a la realidad se estaba desvaneciendo. Lo recuperó con un acto de voluntad y sintió nostalgia por el cigarrillo que en otra época se habría encendido. Regresó al bufete.

A pesar de tener la cabeza en otra parte, Francesca mantuvo reuniones hasta la noche con los asociados de más edad. Todos ellos eran excelentes abogados que habían elegido permanecer bajo su dirección, pero todavía no depositaban en ella la misma confianza que habían mostrado con su padre. Samuele entró en la oficina de su jefa mientras los demás salían. Cavalcante ya estaba al teléfono con su hermano, quien despotricaba contra esos imbéciles de los carabinieri que buscaban con el culo y que él etcétera.

—Resiste, Tan —dijo ella para concluir, y acabó la llamada con un suspiro—. Joder...

—Si quiere, vuelvo mañana —dijo Samuele, incómodo.

—No, hombre, no... ¿Te han mordido al entrar? —dijo Francesca.

—No, pero creo que de buena gana la habrían mordido a usted. Si la reunión no dura al menos dos horas, se sienten infravalorados. Es lo que solía decir su padre.

Francesca sonrió a su pesar.

—Siempre tenía algo para todo el mundo... ¿Has terminado con los documentos?

—No. Por desgracia, me faltan los datos de contacto de algunos antiguos clientes. Pero voy bien.

—Vale, déjalo estar por ahora. Necesito antes una nueva búsqueda, un poco más complicada.

Samuele se limpió las gafas con su paño amaranto.

—Abogada, discúlpeme, estoy llevando dos juicios y voy con un retraso bestial. —Se puso las gafas de nuevo, a tiempo para ver la expresión de ella—. Entendido, no le importa. Pero mis otros *domini* se enfadarán.

—Entonces hablaré yo con ellos... Escucha... —A Francesca le costaba dar voz a lo que le parecían fantasías enfermizas—. Necesito que investigues sobre las chicas desaparecidas. Chicas menores de edad, entre dieciséis y diecisiete años, que pueden haber sido asesinadas, pero sobre las que no se ha investigado o se ha investigado mal. Limítate a las que pertenezcan a Lombardía y Emilia-Romaña, y fíjate bien en si, por casualidad, las encontraron al cabo de unos meses en un cauce de agua.

—¿En qué arco temporal? —preguntó Samuele consternado.

—En los últimos treinta años.

—Abogada..., perdone, pero ¿está buscando una conexión entre su sobrina y el famoso Monstruo del Río?

Francesca permaneció en silencio durante unos instantes.

—¿Tú qué sabes?

—Contini es nuestra gloria local, y usted lo defendió, lo vi en los *groupon*. Y su sobrina tiene la misma edad que las víctimas del de la gasolinera... Lo siento, no debería haberlo dicho.

—No, no deberías haberlo hecho. —Francesca lo miró mal—. Si no quieres que tu pasantía termine aquí, no hables con nadie de esta historia.

—Tranquila, no soy ningún charlatán —dijo Samuele preocupado—. ¿Así que es verdad? ¿Busca un nuevo Perca?

—No es necesariamente nuevo. Contini no fue el asesino, tal vez...

—Había pruebas físicas, me parece. Las braguitas de la víctima y una navaja manchada de sangre...

—Releyendo el informe, me pregunto cómo pudieron admitir esas pruebas. Se encontraron por casualidad durante un registro en busca de drogas, y nadie examinó la tierra de la jardinera donde estaban escondidas. Y, además, Cristina, la novia de Contini, murió estrangulada, como las demás. ¿Qué pintaba allí la navaja?

—Tal vez le sacara un poco de sangre como fetiche. Los asesinos en serie a veces hacen eso.

—Dexter solía hacerlo. Yo también tengo Netflix.

Samuele se sonrojó.

—¿Pero por qué lo condenaron, si no existía un alto grado de probabilidad de que el acusado fuera culpable?

—Contini era un colgado que iba con una menor de edad y no le caía bien a nadie. Era del tipo que podía matar a alguien en una pelea, quizá incluso a una chica, pero no a tres. Tres es patológico.

—Muchos sociópatas lo ocultan bien. No tienen los sentimientos que tiene todo el mundo, pero fingen tenerlos para manipular.

Francesca negó con la cabeza.

—Yo era joven y tonta, pero no tanto.

—Podría hablar sobre el tema con Metalli, el ayudante del fiscal...

—Primero tengo que ver si existe una posibilidad real. Me importa un bledo lo que puedan pensar de mí, pero no quiero que pierdan el tiempo con mis fantasías. No tengo prueba alguna de que Contini fuera realmente inocente, como tampoco tengo ninguna prueba de que ese monstruo siga suelto. Por eso te pido que rebusques un poco entre los datos. Investigar se te da bien, aquí todo el mundo me dice que prefieres trabajar *back office* que ir a los tribunales.

—Sí, es verdad, me apasiona juntar las piezas. ¿Se da cuenta de que en Italia desaparecen treinta y cinco menores al día...?

—Y solo se encuentra a uno de cada tres —dijo Francesca—. De todas maneras, tú puedes hacerlo. Ponte en contacto con el Centro de Elaboración de Datos de Interior, esgrime el nombre del bufete y que te den los datos actualizados.

—Si es que los tienen actualizados.

—¿Qué quieres decir?

—La introducción de datos depende de cada agente y no todos están dispuestos a tomarse la molestia, especialmente si la chica desaparecida es drogadicta, inmigrante o pertenece a una familia humilde. E incluso cuando se abre una investigación, si no surge algo pronto, se cierra y los datos recogidos se quedan en un cajón.

—El sistema es el que es, ya te acostumbrarás.

18

Gerry volvió al «refugio», metió las botas en un cubo de lejía junto con la ropa que llevaba puesta, se duchó, se cambió y se marchó de nuevo, esta vez con toda la manada, para volver al local de los orfebres.

—No sabemos si es el mismo trozo de PVC, pero la composición es similar a la encontrada en las avispas, bendito sea el nombre de Dios por la ayuda que nos ha prestado —dijo Emanuel.

—¿Y se sabe en qué vehículo estaba?

—El modelo, no, pero encontré restos de pintura roja para camiones. Denominación exacta: Rojo Esmalte 169.

—A saber en cuántos vehículos se habrá utilizado.

—Solo para vehículos Fiat del año 2000. Las cambian cada año.

—Con eso tengo bastante —dijo Gerry.

Gerry se detuvo bajo la pérgola de una *trattoria*, mientras la manada pastoreaba en el patio, todos salvo Aleph, que no se apartaba de su lado. Cenó un bocadillo (que le fue ásperamente disputado) y una cerveza, luego cogió el iPad y buscó las cámaras web en dirección norte. Encontró dos en línea, ofrecidas por una fábrica de muebles y una escuela de diseño.

Gerry recorrió la grabación de la primera, que abarcaba hasta un mes atrás, y a las 15.35 horas, según el *time code*, dio con un vehículo esmaltado en rojo. Ni el conductor ni la matrícula resultaban visibles en las imágenes.

La segunda webcam, tres kilómetros más al norte, en cambio, no mostró ninguna furgoneta. Gerry comprobó el trayecto de un transportador de coches que había pasado de forma casi simultánea junto al «rojo esmalte» en la primera grabación, y lo vio reaparecer regularmente diez minutos después. Reagrupó a la manada, distribuyó galletas y caricias, y luego partió en la misma dirección en busca de las calles por donde el secuestrador de Amala podía haber girado.

Encontró un viaducto, unas obras de construcción y caminos vecinales que se internaban en los campos; luego una carretera con una barrera le provocó un violentísimo picor en la nuca. Ahí estaba, aquella era su señal. Estaba cerrada con una valla de la que colgaba un cartel donde se leía PROPIEDAD PRIVADA, ambas cosas oxidadas y polvorientas, pero el candado que cerraba la barrera yacía en medio de la pista sin asfaltar.

Gerry dejó el Volvo y se encaminó con la manada por el sendero que atravesaba un campo de maíz. El cielo naranja difundía una luz pálida que proyectaba evanescentes sombras entre las espigas listas para la cosecha, pero los perros no se lanzaron a saltar. Sabían si el momento del juego había pasado ya incluso antes que su dueño.

Llegó a un viejo cementerio cuando ya oscurecía y vio a tres hombres en la entrada antes de que ellos lo vieran a él. Se escondió en el campo, seguido por la manada. Tendrían unos treinta años, todos con chaquetas y físicos atléticos.

—... ¿aquí dentro? —dijo uno, espantando a mosquitos de su cara. Había enjambres.

—Aquí no hay vigilancia —dijo otro—. Los sábados viene el guarda a limpiar un poco y los domingos está abierto al público. El resto del tiempo está desierto.

Los tres abrieron la verja y entraron en el cementerio: las voces desaparecieron.

Gerry ordenó a los perros que se detuvieran y se acercó, escondiéndose detrás de una estatua del arcángel Gabriel. Observando entre las alas de mármol, vio la «rojo esmalte» aparcada entre los cipreses. Un escondite inusual, seguro para trasladar a una niña de un vehículo a otro, pero destinado a ser descubierto al poco tiempo. El secuestrador de Amala no tenía intención de volver a utilizarlo.

Gerry se dirigió a la lápida de granito de una pareja de novios, con un hueco en forma de cruz a la altura de las orejas.

—... traen un camión con un cabrestante y la cargamos —dijo uno.

—¿No sería mejor hacerlo todo aquí? —preguntó otro.

—Aunque esté cerrado, sigue siendo un cementerio. Alguien vendrá de vez en cuando para el mantenimiento, y no sabemos cuándo. Tú te quedas aquí y esperas, ¿vale? Si hay algún problema, llama.

—Claro...

—Así que entendido, nosotros vamos a escoltar el camión.

—Si encontráis un estanco, compradme un paquete de Camel.

Dos de los culturistas se subieron a un coche de gran cilindrada y se marcharon. El tercero se puso un cigarrillo en la boca, rebuscando en los bolsillos el mechero. Gerry lo aferró por la nuca con el antebrazo, cayendo con él.

El hombre intentó sacar su pistola de la funda del cinturón, pero sus movimientos eran débiles y descontrolados. Perdió el conocimiento.

Gerry le vació los bolsillos. Encontró una tarjeta de la agencia de seguridad privada Airone, un permiso de armas, una navaja multiusos, la cartera con cien euros y calderilla, y un manojo de bridas de plástico. Gerry le cogió los cien euros, la navaja y le ató las muñecas y los tobillos con bridas, luego le habló al oído.

—Sé quién eres. Deja este trabajo, o iré a por ti y te mataré a ti y a tu familia. No intentes mirarme y no te muevas hasta que me marche.

El hombre dejó de moverse. Gerry le cogió el móvil y lo utilizó para iluminarse.

La cerradura de la puerta del conductor de la «rojo esmalte» había sido forzada, y también había rastros del robo en el contacto. A la luz de la linterna, el salpicadero se veía limpio, el cajón vacío, el volante abrillantado. Aún olía a lejía.

Desbloqueó el compartimento del motor y cuando levantó el capó una nube de avispas quedó liberada. Adherido a la parte interior del portón había un pequeño e irregular nido grisáceo, como el sombrero de una seta gigante. Desbloqueándolo a base de golpes con una piedra, extrajo la caja del filtro, pegajosa de aceite. Volvió junto al hombre al que había atado, cortó las bridas de sus muñecas, le sacó la chaqueta y lo envolvió en ella, luego lo ató de nuevo. El otro no mostró ninguna reacción.

Probó la manilla de la puerta del maletero, que se desbloqueó sin problemas. Una pizca de sueño lúcido se le vino a la cabeza; la escena era tan parecida que no se habría asombrado al encontrar a la mujer insecto encerrada allí dentro. Pero estaba vacío y limpio.

A la luz de la linterna, vio marcas opacas a través de los largueros interiores. El espectro de largas tiras de cinta adhesiva. *Fundas de plástico*, pensó. *Lejía. Nada de restos orgánicos.*

Desplazó lentamente la luz del móvil, revelando un universo de arañazos que marcaban todas las paredes interiores de la furgoneta, protegidas por tableros de formica. Gerry las examinó pasando minuciosamente la luz sobre las innumerables marcas que el uso había dejado en las paredes, cuando sintió el picor habitual en la nuca. ¿Qué pasa?

Se sentó en la plataforma, moviendo la linterna atentamente de una pared a otra, tratando de vaciar su mente. *No estás buscando nada*, se dijo. *Mantente receptivo.* Sin embargo, esta vez el truco no funcionó. Frustrante, pero no quería estropear ese momento.

Gerry volvió junto al hombre atado, lo ayudó a incorporarse, luego lo hizo ir dando saltos hasta alcanzar una distancia de seguridad, cogió una botella de plástico de esas que las ancianas utilizaban para regar las flores de los muertos y, deslizándose por debajo de la furgoneta, sacó el conducto del combustible, llenó una botella con gasolina y dejó que siguiera cayendo hasta formar un charco sobre la hierba. Luego vertió la botella en el compartimento de carga y arrojó unos puñados de maleza antes de prenderle fuego con el encendedor.

Se incendió de modo inmediato, y Gerry se quedó admirando por unos instantes las lenguas de fuego que ascendían a lo largo de la carrocería, ennegreciéndola. El picor se hizo muy fuerte. Volvió a mirar a través de las llamas y por fin vio con claridad lo que había percibido por instinto. El humo negro estaba depositando hollín en la chapa, resaltando cada marca y

cada arañazo. Por un momento, antes de que el humo se convir-
tiera en una nube impenetrable, vio aparecer una inscripción
torcida, dibujada con algo afilado, en el borde inferior de una de
las paredes internas, que las cenizas resaltaban.

Eran dos iniciales: S. V.

19

Amala había recibido junto con la cena —sopa, quesitos y *crackers*— también algunos viejos libros juveniles de los que nunca había oído hablar, pero que le trajeron un poco de consuelo. Sin internet, televisión ni móvil, tenía grandes espacios de tiempo que llenar en ese sótano, sobre todo ahora que el miedo paralizante había bajado unas cuantas muescas. Aquellos se parecían a los libros de los puestos callejeros, con tapas duras y sobrecubiertas ilustradas chapuceramente. Uno se titulaba *Viceversa* y hablaba de un tipo que intercambiaba su cuerpo con el de su hijo, el otro era *La tímida Violeta*. Ambos habían sido utilizados tantas veces que las páginas estaban manchadas y desgastadas, cuando no habían desaparecido por completo, y tenían un lenguaje anticuado y algo aburrido, pero, cuando Amala podía recorrer con los ojos dos páginas seguidas, durante esos breves momentos se olvidaba de dónde estaba. Pese a todo, leer bajo las pálidas tiras de led era difícil y se detuvo cuando se desvaneció la luz que entraba por las claraboyas.

Al dejar *Violeta* en el suelo, volvió a pensar en el desagüe de la letrina, en lo que podría estar escondido bajo el suelo. Si hubiera sido una alcantarilla, o un desagüe al aire libre, habría podido utilizarlo para marcharse de allí. Estaba el problema del cable, pero si encontraba algo duro y afilado, como el borde de una tubería de hierro, podría limarlo poco a poco.

Se tocó el gancho de la escápula: la gasa que lo rodeaba estaba mojada de nuevo y al olérselos notó que sus dedos apestaban.

Si no me apresuro a quitármelo, moriré por la infección.

Amala se envolvió en la manta y se arrastró hasta la letrina a través de la vía ferrata más larga, la que le permitía ese medio metro extra de soltura con la correa, y allí se encerró, tratando de nuevo de balancearse sobre los extremos de la placa turca, en un intento de levantarla todo lo posible. Cuando lo consiguió, metió un trozo de la bandeja de cartón en la ranura para evitar que se cerrara de nuevo. Repitió la operación apuntalando uno de los lados de la placa hasta formar un espacio suficiente para deslizar los dedos por debajo y dar un tirón con todas las fuerzas que tenía. La placa de cerámica se inclinó unos veinte grados antes de bloquearse. Intentó mirar por debajo, pero no se veía nada, y probó, en vez de levantarla, a girarla usando el desagüe como pivote. Lo consiguió y puso un lado del inodoro en el suelo, luego se acurrucó colocando los pies contra la pared de plástico flexible del box y metió las manos hasta los nudillos. Sus dedos se hundieron en una capa de barro y suciedad, densa y pegajosa, que desprendía un terrible olor.

Tuvo una arcada, pero resistió y entró en aquella asquerosidad hasta las muñecas y pudo tocar un tubo de hierro.

Algo se arrastró sobre una de sus manos, que sacó de golpe, limpiando la suciedad con el chorro de agua. Era una avispa con tres alas y sin patas que desapareció zumbando en el desagüe.

Amala estiró sus doloridos músculos, luego se acurrucó de nuevo, tensando el cable al máximo y sintiendo los clavos que le rozaban los huesos. El tubo del desagüe desaparecía en la losa de hormigón, pero al palpar por debajo de la placa turca encontró un espacio del tamaño de un puño detrás del cual parecía haber un vacío. La temperatura era más fría y le pareció sentir un soplo de viento sobre la piel.

No podía ser directamente el exterior, pero tal vez hubiera una conexión. Oreste, o alguien en su lugar, había plantado allí una base donde encajar la letrina, cerrando la abertura anterior, pero no había hecho un trabajo muy cuidadoso. Necesitaba algo para romperla. Palpó la fractura en el hormigón, tan ancha como su mano, pero tirando de ella solo obtuvo un ligero temblor. Si conseguía arrancar un trozo lo suficientemente grande, podría utilizarlo para defenderse del maníaco incluso si no lograba meterse por ahí de alguna manera.

—Ponme la crema —le diría, y, cuando él se acercara, ella se daría la vuelta y lo golpearía en la cabeza. El problema seguía siendo cómo escapar. Si no encontraba una forma de desenganchar el cable, moriría de hambre frente al cadáver de su carcelero.

Se acordó de los ejemplares de *La Settimana Enigmistica* que encontraba abandonados en los lavabos de su casa, con los crucigramas que su padre dejaba a medias (su madre solo hacía los del *New York Times*). De vez en cuando publicaban viñetas con prisioneros barbudos colgados de las paredes de una prisión medieval entre esqueletos. Ahora ya no le parecían tan divertidas.

Al cambiar de postura para aliviar los músculos de las piernas, la correa dio un giro y se metió en el compartimento de la letrina. Amala la extrajo para que no se quedara atascada, pero se detuvo a mitad de gesto y se acercó más al agujero, arrastrándose con la barriga por el suelo: el pliegue de la correa llegaba más allá del desagüe. Amala formó una especie de nudo y lo ató alrededor de la cuña de hormigón. Para evitar que tirara de su hombro, lo enredó alrededor de su mano, luego clavó los pies y tiró. Al principio no pasó nada, luego algo crujió y una nuez de hormigón se soltó del resto, liberando el cable. Amala cayó hacia atrás, golpeándose la herida, y se mordió con fuerza los labios para no gritar; pero, aunque se hundió de nuevo en el agujero, no logró aferrar la piedra. Sintió que rebotaba en el metal de la tubería y luego rodaba ruidosamente, como si hubiera terminado sobre una superficie metálica inclinada.

Temiendo que Oreste lo hubiera oído, volvió a ponerse de rodillas y se apresuró a colocar el inodoro en su sitio. Antes de que pudiera cerrarlo, por el agujero que tenía debajo de ella salió un grito desgarrador.

Caza
Hoy

20

Había sido otra noche infame en casa de los Tancredi, y Francesca irrumpió en el bufete con la ropa del día anterior y el sueño a cuestas: si hubiera pasado por su apartamento no habría tenido fuerzas para volver a salir. En su baño privado tenía un pequeño ropero precisamente para ese tipo de situaciones de emergencia, y se cambiaría allí.

Se deslizó entre los escritorios del espacio abierto, respondiendo con un gesto a todos los que querían hablar con ella, y se dirigió directamente al cubículo de Samuele, que estaba tecleando con ojeras de cansancio.

—¿Has dormido aquí? —le preguntó.

—Buenos días, abogada. No, he estado despierto en mi casa.

—¿Ese tono fúnebre es porque has encontrado algo o porque no has encontrado nada?

—Lo primero, por desgracia.

A Francesca se le cerró el estómago.

—En mi despacho en diez minutos.

Samuele llegó cuando ella acababa de sentarse ante su escritorio, con ropa limpia y un té en el que estaba vertiendo unas gotas de coñac. La pila de documentos que había que examinar era tan alta que le hacía sombra.

—¿Quieres? —le preguntó, agitando la botella de destilado.

—Un poco tempranito para mí.

—Para mí también, normalmente, pero he tenido un día de mierda. Un larguísimo día de mierda, aunque solo sean las diez de la mañana.

—¿Hay alguna novedad sobre su sobrina?

—No. Vamos, te escucho. ¿Quién es esta víctima?

—*Posible* víctima.

—Posible víctima. Me queda claro, ¡venga, sigue!

—Se llama, o se llamaba, Sophia Vullo. Diecisiete años en el momento de su desaparición.

—¿Cuándo ocurrió?

—Hace poco más de un año. Pero lo singular del caso es que coincide con el día exacto en que secuestraron a Cristina Mazzini, la tercera víctima de Contini, hace treinta y tres años, según lo que se creía en ese momento.

—Más o menos cada día desaparece una chica.

—Vullo es un caso especial. Vivía en Ponte dell'Olio, en la provincia de Piacenza.

—Sé dónde está. Nací aquí. —*Y renací en Inglaterra*, añadía siempre a sus amigos de Londres. Ahora empezaba a preguntarse si alguna vez eso fue verdad.

—Perdóneme. —Samuele movió la mano hacia sus gafas, luego detuvo el gesto—. Vivía en un hogar de menores, no sé lo que pasó con sus padres. Pero iba al mismo instituto que su sobrina.

Esta vez Francesca se estremeció un poco.

—¿Y eso me lo dices al final?

—Usted me aturde. Toda esta historia, en realidad.

—¿Cómo sabes que iban juntas al instituto?

—¿Recuerda el día en que el instituto de Amala vino a visitar el bufete? Acababa usted de regresar a Italia.

—¿Cuántos eran..., un centenar de chicos?

—Algo menos. Sophia estaba entre ellos.

—¿Y te acuerdas de eso? ¿Qué eres, un androide?

—No, pero me pusieron a controlar los pases verdes. Y esa chica insistió en recalcarme que su nombre era como el de Sophia Loren, con ph. Solo que ella era más guapa, dijo. En resumen, se me quedó grabada.

—Si otra persona hiciera comentarios similares sobre una menor, me preocuparía. Pero tú eres tú.

—Usted sabe que soy gay, ¿verdad? —respondió Samuele sonrojándose—. De todos modos, no volví a pensar en ella hasta que leí su nombre en el expediente.

—Tienes buena memoria.

—¿Hablará de esto con Metalli, el ayudante del fiscal?

Francesca olió lo que quedaba del té. Había descubierto que no le gustaba con coñac.

—Me parece poca cosa como para convencerlo.

—Podría intentarlo...

—Si estás convencido, lo llamaré por teléfono. Sé que no me lo dirías si no fuera así: ¿estás convencido, Samuele? —El joven no respondió y Francesca asintió con cansancio—. ¿Ves? Búscame el orfanato donde vivía esta pobre chica.

21

Gerry se había despertado antes del amanecer y los perros se habían puesto en pie de un salto con él, excepto Zayn, la bastarda de tres patas, que se había quedado mirándolo perezosa desde la cama. Tenía los ojos un poco empañados.

Se duchó con el agua a baja presión, goteando en vez de correr, y se puso el albornoz que había encontrado en la casa, viejo y arrugado. Luego desayunó con la manada, arroz inflado para todos, café americano solo para él, y fue pasando las noticias en el iPad. Al final, realizó una búsqueda de posibles chicas de la zona desaparecidas con las iniciales que había descubierto en el interior de la furgoneta. No tardó mucho en llegar al nombre de una chica de diecisiete años que había desaparecido hacía poco más de un año: Sophia Vullo.

Zayn vomitó el arroz inflado, Gerry lo limpió y luego cargó la manada en el coche, se puso la kipá y visitó de nuevo a los orfebres. Emanuel no pareció sorprendido al verlo, pero perdió la compostura cuando Gerry depositó el filtro en el banco de trabajo.

—Bendigo tu presencia, hermano, pero hay un taller mecánico aquí cerca.

—Que Dios te bendiga a ti y a tu familia, pero os necesito a vosotros. Necesito saber qué hay en él: partículas, semillas, tierra... Si es posible, también la datación de lo que encontréis.

—¿Qué tipo de datación? ¿Con carbono 14?

—No me interesa la era geológica, solo lo que fue aspirado antes y lo que fue después.

Emanuel se puso los guantes y giró la caja entre sus manos.

—Si el filtro interior es como me imagino, está formado por capas de fibra provistas de una carga electrostática. Cuando una capa está completamente llena, los nuevos sedimentos se depositan encima y así sucesivamente.

—Así que en el centro se encuentran los residuos más viejos.

—Desgraciadamente, también depende del tamaño de las partículas, porque las más finas tienden a seguir el contorno de las fibras, mientras que las más grandes se quedan en la superficie. Si el Señor me ayuda, tal vez pueda darte algún dato significativo, pero no cuentes demasiado con ello.

—Que Dios guíe tus manos.

—¿Necesitas algo más?

—Indicaciones para ir a Ponte dell'Olio.

No fue un viaje largo. El hogar de menores donde Sophia Vullo había vivido estaba construido como una de esas pequeñas villas de la periferia que parecen sacadas de un molde —con porche, pequeño jardín y tejado rojo brillante—, solo que era tres veces más grande y con un toque institucional que mermaba su alegría.

Gerry se ató el pelo en la nuca y se peinó la barba, luego se paseó por delante de la entrada, llevando a Aleph de la correa, hasta que consiguió charlar con una de las chicas. A pesar de su aspecto un poco de vagabundo, era un hombre atractivo, con ese toque *Into the Wild* que no dejaba indiferente. Sobre todo, a las chicas jóvenes, y en este caso a una chica de dieciséis años, pequeña y morena, que se llamaba Patrizia, con los ojos grandes subrayados por el lápiz y las marcas de acné cubiertas con maquillaje. Gerry la llevó a comer una porción de pizza en una freiduría cerca del instituto, sentados bajo una sombrilla con un anuncio de helados. Le dijo que era periodista de la cadena de televisión pública israelí Kan.

—Busco historias interesantes —le dijo—. A un precio justo.

—¿Tus gastos también incluyen las bebidas? —preguntó Patrizia.

—*Be my guest.*

—Pues entonces tomaré un *spritz*. —Gerry se pidió una cerveza.

La pizza llegó justo después de las bebidas, definitivamente grasienta y, por lo tanto, apetitosa. Aleph se comió la mitad.

—¿Qué tipo de historias te interesan? —preguntó Patrizia, bebiendo con una pajita.

—Tipo la de Sophia Vullo.

Ella lo observó con una mirada demasiado adulta para su edad.

—¿De verdad eres periodista? Porque no sé a quién podría importarle Sophia lo más mínimo.

Gerry puso cuatro billetes de cincuenta bajo el servilletero.

—Me importa a mí. ¿Qué sabes de su fuga?

La chica se quedó mirando el dinero.

—¿Puedo cogerlo?

—Si respondes.

—Se escapó el año pasado. No era la primera vez que lo hacía, aunque no suele estar tanto tiempo fuera.

—¿Y adónde crees que fue?

—A mí no me dijo nada. A lo mejor me envía una postal, para que me reúna con ella. Como en *Cadena perpetua*.

—¿Se llevó sus cosas?

—Solo lo que tenía en el bolso. Aunque, mira, eso no es extraño. Cuando te escapas, ponen tus cosas en la buhardilla y te las devuelven cuando regresas. Mi idea es que volverá cuando cumpla los dieciocho años, así no podrán retenerla. Es decir, no es que nos aten a la cama, pero todas nosotras estamos aquí por orden de algún juez..., luego se monta un buen follón.

Gerry lanzó el último trozo de pizza a Aleph.

—Háblame de cuándo ocurrió.

—No hay mucho que decir. Salió y no volvió.

—¿A qué hora?

—Quién se acuerda de eso...

Gerry cogió el dinero y se lo metió en el bolsillo.

—Si no sabes nada, no te necesito. La comida va por cuenta de la casa.

—Joder, espera un momento. No debes hacer público esto, y, si lo haces, yo no te he dicho nada.

—Ya me he olvidado de ti. —Gerry volvió a colocar el dinero sobre la mesa.

—Hay una manera de salir por la noche sin hacer que suene la alarma. Algunas de nosotras siempre nos las apañamos para conseguir el código cuando lo cambian.

—Y Sophia lo hizo.

—Se marchó alrededor de la medianoche.

—¿Para verse con alguien?

Patrizia se removió incómoda en su silla, luego fue a gorronearle un cigarrillo a un camarero y volvió a sentarse.

—Mira, la mayor parte de nosotras no tenemos una familia a la que le importemos algo, y sin dinero se vive francamente mal. Cada una se las apaña como puede, Sophia salía con gente mayor que le hacía regalos.

—¿Viste al que tipo con el que salió la última vez?

—No.

Gerry llamó al camarero.

—¿Dónde solía ligar tu amiga?

—En el discobar. —Le dio la dirección de un local no muy alejado del pueblo—. Pasa por ahí un autobús que presta servicio hasta las diez, después tienes que encontrar quien te lleve. Sophia nunca volvía caminando.

Llegó el dueño de la freiduría.

—¿Quieren algo de postre antes de irse? ¿Un café?

—No —dijo Patrizia.

—¿Tienen pasteles enteros? —preguntó Gerry.

—Tengo merengue semifrío.

—Póngame dos y me trae la cuenta, por favor.

Llegaron en una bolsa que Gerry le entregó a la chica.

—Compártelos con las demás.

Patrizia se levantó con los pasteles en la mano, pero se quedó basculando en su sitio.

—Está muerta, ¿verdad? —dijo.

—¿Qué te hace pensar eso?

—Tú me haces pensar eso.

Gerry le sonrió.

—Ten cuidado ahí fuera, Patrizia. El mundo muerde. Pero, si lo necesitas, llama a este número. —Le dio una de sus tarjetas hechas con la máquina del aeropuerto. Solo contenía un número de teléfono con el prefijo de Tel Aviv y el membrete de una empresa que solo existía como nombre.

Patrizia se la metió en el bolsillo y se marchó de allí mucho más triste que cuando había llegado. Gerry la acompañó con la mirada hasta la entrada de la institución. Fue entonces cuando se fijó en la mujer alta, delgada y con el pelo corto plateado que entró detrás de ella, y fue su primera sorpresa desde que había llegado a Italia.

22

Francesca siguió a la directora por el pasillo de la última planta del hogar de menores. Luego hasta el depósito en el ático. Hacía mucho calor y se quitó rápidamente el guardapolvo. La directora, una psicóloga de unos cincuenta años con las uñas pintadas de blanco, encendió la luz.

—Eso es, aquí están las cosas de nuestras chicas, abogada Cavalcante. —El ático estaba atiborrado de cajas, ropa y muebles cubiertos por una capa de polvo—. Si hubiera sabido que venía, lo habría hecho limpiar —dijo la directora, soplando el polvo de un mapamundi.

La deferencia que se le dedicaba a Francesca procedía del nombre del bufete, en modo alguno de su persona. La directora había repetido varias veces que conocía a su padre, miembro del mismo Rotary Club, donde se había ofrecido a presentarla. Sin embargo, antes de eso, se había sentido obligada a hablar de Amala, de lo muy preocupada que estaba y de cómo, pese a todo, se veía abocada a realizar su trabajo. Y su trabajo, en ese caso, era ayudar a uno de sus clientes a tener noticias de Sophia. Vivía en el extranjero y hacía poco tiempo que se había enterado de la existencia de la chica. Decía que era un tío abuelo suyo. Francesca no sabía si Sophia tenía algún pariente vivo y se arriesgaba a hacer un pésimo papel, pero la directora ni se inmutó: se habría tragado lo que fuera si venía *de la abogada Cavalcante*.

La directora no le reveló nada interesante. Estaba convencida de que Sophia se había marchado voluntariamente y no le gustaban los chismorreos, pero al menos le permitió a Francesca rebuscar entre sus cosas, siempre y cuando el asunto quedara entre ellas.

—Cuando haya terminado, por favor, tire de la puerta al salir, se cierra sola —dijo la directora—. Por desgracia, yo no puedo quedarme con usted. Pásese a verme antes de marcharse, así podremos intercambiar nuestros números.

—¡Por supuesto! Muchas gracias por todo —dijo Francesca, que no tenía la más mínima intención de hacerlo.

Se quedó sola frente a las cajas. Desde abajo llegaban voces y olor a fritura, la pálida luz del día se reflejaba en un gran espejo, etiquetado con el nombre de la chica que lo había dejado y que probablemente todavía estuviera viva, mientras ella estaba a punto de hurgar en las pobres posesiones de una muerta, si sus conclusiones eran correctas. Mientras se arremangaba la blusa, se sintió intimidada, como si estuviera violando una tumba. No encontró nada de interés, ningún diario secreto, ningún objeto que pudiera relacionarla con las chicas del río. Solo ropa barata y maquillaje de las tiendas de descuento. Aparte de un bolso de mano que debía de costar unos mil euros y un par de zapatos Louboutin.

¿De dónde había sacado el dinero para eso?

Cerró las cajas y salió, haciendo todo lo posible para no dejarse ver por la directora.

Desbloqueó el coche con su iPhone, pero sintió que algo húmedo le tocaba la pantorrilla. Se dio la vuelta para descubrir que un gran perro blanco al que le faltaba una oreja estaba olfateándola. Detrás de esa bestia había un joven atlético, barbudo y bronceado, con los ojos color avellana. Podía haber sido un anuncio viviente de una tienda hípster.

—Señora Cavalcante, me llamo Gerry.

Francesca se apartó de Aleph.

—Sujételo, por favor.

—*La*, es hembra, y es incapaz de ser violenta. —Gerry le hizo una señal a la perra para que se alejara.

—No me importa. ¿Es un periodista o un policía?

—No. Soy un turista de vacaciones, pero quiero echarle una mano para encontrar a su sobrina.

Francesca lo miró con desconfianza.

—Mire, gracias por su ofrecimiento. Pero las fuerzas del orden ya se están ocupando de ello.

—Ellos no van a encontrarla. Y hay otra gente que se está interponiendo en el camino, aún no sé por qué.

—Entendido, gracias de nuevo. —Francesca se giró para entrar en el coche, convencida de que se enfrentaba a un mitómano.

—Las fuerzas del orden no creen en los asesinos en serie, especialmente en los que deberían estar muertos, como el Monstruo del Río. Lástima que muriera un desgraciado que no tenía nada que ver, pero supongo que ya lo sabe, dado que fue su abogada.

Al oír esas palabras, Francesca se quedó helada.

—¿Quién es usted?

—Alguien que sabe de estas cosas. Me habría puesto en contacto antes con usted si hubiera sabido que era lo suficientemente inteligente como para llegar a Sophia Vullo.

Francesca se dio la vuelta con lentitud y tuvo que hacer un gran esfuerzo para no salir huyendo.

—¿Cómo sabe usted lo de Sophia?

—Solo sé que las iniciales de la chica estaban grabadas en la misma furgoneta que se utilizó para secuestrar a su sobrina.

—Una furgoneta que aún no ha sido hallada... —dijo Francesca, aturdida.

—Estaba en un cementerio cerca de Città del Fiume. Supongo que la policía la habrá localizado esta noche, pero solo porque dejé una señal evidente.

—¿Y usted la encontró por su cuenta, mientras daba un paseo de visita por el campo?

—No, encontré unas avispas y las seguí.

Francesca abrió la puerta de par en par de un golpe y subió a bordo, luego cerró y bajó la ventanilla dos dedos.

—Estoy a punto de llamar a los carabinieri —dijo, mostrándole su teléfono móvil—. No intente escapar. Les dirá a ellos lo que sabe.

—¿Cuántos años me echa, abogada?

Francesca lo miró con extrañeza.

—Es una pregunta sencilla. ¿Cuántos años tengo?

—Unos cuarenta.

—¿No cree que soy un poco joven para ser su asesino en serie?

—Pero no para ser un cómplice suyo.

—Los que son como su psicópata lo hacen todo solos. Y si me denuncia perderá la oportunidad que le ofrezco. Usted me necesita para encontrar a su sobrina y yo solo tengo una semana de tiempo, antes de que terminen mis vacaciones. Si hace que me detengan, podría ser un problema. —Le lanzó una de sus tarjetas a través de la ventanilla—. Deje un mensaje en el contestador cuando se lo haya pensado mejor.

Gerry se alejó, Francesca cogió la tarjeta y se puso en marcha con un acelerón, confundida; se equivocó de camino y vio a Gerry subirse a un coche familiar lleno de perros. No sabía si él la había visto, pero giró inmediatamente. No obstante, primero memorizó la matrícula.

23

Fuera soplaba un viento que aullaba en las claraboyas, Amala temblaba de frío y de miedo, envuelta en las mantas.

¿Había escuchado realmente un grito o había sido una broma del viento, del agua en las tuberías? ¿Había algo peligroso bajo el suelo? ¿O había otro prisionero escondido en otro lugar? Si hubiera sido cómplice de Oreste, la habría descubierto, de manera que, si había alguien allí, tenía que ser un prisionero como ella. Y tenía que ponerse en contacto con él.

Amala no tenía bolígrafos ni lápices, pero sí tenía un montón de papel con todos los libros de trapero que le había dejado Oreste. Hojeando distraídamente el libro ilustrado de los *101 dálmatas*, se fijó en los grandes caracteres, apropiados para quienes estaban aprendiendo a leer: y se le vinieron a la cabeza las cartas anónimas de las películas, los mensajes compuestos con letras recortadas.

Ocultando lo que estaba haciendo con su cuerpo, arrancó una página de *El tigre de Malasia*, luego hizo lo mismo con otra de los *101 dálmatas*, de la que con paciencia recortó con uñas y dientes consonantes y vocales, que luego pegó en la anterior, utilizando una de sus pomadas ultrapegajosas. Al cabo de una hora de trabajo había compuesto su frase:

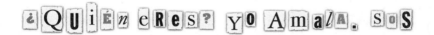

Habría podido hacerlo mejor, pero al menos se podía entender. Descosió una de sus batas, obteniendo de la tela un hilo de nailon de más de tres metros de largo, al que añadió otro de la misma longitud que ató con un nudo de pescador que había visto en una película. Sabía que el fondo no quedaba tan lejos, pero no tenía ni idea de lo alejada que estaba la otra persona, si es que realmente había una.

Anudó un extremo alrededor de la nota, luego fue al baño. Lo primero que hizo fue lavarse la herida, como hacía varias veces al día, y se cambió la gasa. Le dolía menos, pero el olor seguía siendo desagradable y, cuando se tocaba alrededor, estaba casi insensible. Levantó la placa turca, sacó un trozo de hormigón utilizando la correa, envolvió el fragmento y lo bajó por el agujero. Las primeras diez veces el paquete se quedó a menos de medio metro, pero cuando ya estaba a punto de rendirse sintió que rebotaba sobre una tubería y se alejaba.

No confiando en esperar más, puso un extremo del hilo sobre el borde de hormigón, luego colocó encima la placa turca con la esperanza de que se quedara enganchado: no podía hacer nada mejor que eso.

Sin previo aviso, el cable le dio un terrible tirón. Cegada por el dolor, la chica cayó al suelo, golpeándose la cabeza con la puerta de plástico.

—¡Amala! ¿Qué estás haciendo? —gritó Oreste desde fuera.

Estaba empujando para entrar, pero Amala hacía palanca con su propio cuerpo.

—Estoy bien.

—¡Abre inmediatamente!

—¡Ahora salgo, un minuto!

Oreste introdujo los dedos en la rendija de la puerta y empezó a tirar en sentido contrario a la abertura. Amala se dio cuenta de que la letrina no estaba perfectamente encajada, retorciéndose la empujó con los pies, y la colocó de nuevo en su lugar con un chirrido.

La puerta se abrió por el lado equivocado y Oreste metió la cabeza por ahí, con los ojos entrecerrados por la sospecha e ira en la voz.

—¿Qué estás haciendo? ¿Por qué estás en el suelo?

—Has sido tú el que me ha hecho caer. Me has tirado al suelo y me has hecho daño.

126

—Me he tropezado con la correa. Venga, levántate.

Mentiroso, pensó Amala. *Lo has hecho a propósito.* Se levantó con precaución, el dolor se había vuelto soportable.

—No pasa nada.

—¿Por qué has estado tanto tiempo en el baño?

—Me duele la barriga.

—No te tomes los medicamentos con el estómago vacío, ¿vale?

—Vale...

—Pero ese ruido extraño cuando entré, ¿qué era? —preguntó.

El tono siguió siendo ligero, pero Amala sintió que había caído en una trampa. Intentó mantener un tono normal.

—Has roto la puerta, ha sido eso.

Tras un momento de reflexión que a Amala le pareció infinito, Oreste le dio la espalda.

—Vamos al catre, que tengo que cambiarte el vendaje.

—Ya lo he hecho yo.

—Pues entonces lo haremos dos veces.

Oreste la precedió, frenando cuando ella se quedaba atrás entre un gancho y el siguiente.

—Oreste..., no puedo entender por qué me has secuestrado. —Pasaron por debajo de la pareja de enamorados que se disolvía en el moho—. Cuando hablo contigo veo que eres una persona normal, es decir, que no eres un sádico que disfruta... —Amala sintió la acidez en la garganta motivada por el miedo y no fue capaz de continuar.

Oreste negó con la cabeza.

—Amala, ¿te crees más lista que yo?

—¡Claro que no!

—¿Has leído en alguna novela negra que, si te haces amigo de tu secuestrador, este se conmueve y te deja ir? Eso no va a suceder. Si te resignas, todo será más fácil. Deja ya de preguntar y échate ahí.

Habían llegado al colchón y Amala hizo lo que le había dicho, rígida de miedo.

—No quería ofenderte. No me hagas daño.

—Solo te estoy curando. —Oreste le desabrochó los primeros botones de la bata, liberando el vendaje de la espalda. Le quitó el esparadrapo con delicadeza: no había nada de lascivo en su tacto, pero a Amala se le cerraba el estómago cada vez que la rozaba.

—Hay un poco de infección —dijo—. ¿Ya te has puesto la crema antiséptica?

—Sí. Pero me cuesta llegar hasta allí.

—Pásame el tubo y el agua oxigenada.

Así lo hizo ella, Oreste limpió la herida y luego aplicó la crema. Amala aguantó, no sin esfuerzo.

—Si, total, no me puedo escapar de ninguna manera, ¿puedes decirme al menos por qué me has secuestrado? Has dicho que no te aprovecharás de mí y que no quieres hacerme daño. Entonces ¿por qué? —preguntó.

Oreste dejó escapar un largo suspiro.

—Tú nunca te rindes, ¿verdad?

—¿Y qué harías tú en mi lugar?

—Estás aquí porque te necesito para algo importante. No puedo decirte nada más, pondría en peligro los resultados.

—¿Qué resultados? ¿Estás haciendo un experimento?

—No. Estoy llevando a cabo una empresa a la que he dedicado gran parte de mi vida. Y ya basta de preguntas. Lo único que ha de importarte es que al final yo soltaré la cadena y tú podrás marcharte adonde quieras. Ahora, pórtate bien un rato, que tengo cosas que hacer —dijo Oreste y se alejó. Unos instantes después, Amala escuchó el sonido de la puerta escondida en el spa al cerrarse. *Está loco, no puedes razonar con él*, se dijo. Pero había empezado a responderle, y eso era una buena señal. Y, tal vez, si realmente había alguien al otro lado del agujero, esa también sería una buena señal. Una mínima esperanza de salir adelante. No la mataría, como tampoco había matado al otro. Solo la había encerrado en una cloaca.

24

Francesca le tendió una emboscada a Metalli en el centro deportivo de Piacenza, donde jugaba al pádel dos veces por semana. Cuando la vio en la pequeña tribuna de asientos azules, no se mostró contento y empezó a jugar como el culo. Al final, se disculpó con el monitor y fue a sentarse junto a ella, sudado y con la toalla al cuello.

—Hablamos ayer por la noche —dijo un poco agobiado y muy molesto—. Sabes que, si hay novedades, te aviso inmediatamente.

Francesca estuvo indecisa hasta el final sobre qué decirle. Eligió el camino más prudente.

—Quería decirte que me he enterado de algo extraño, pero no sé si tiene sentido. Amala iba a clase con una chica que se llamaba Sophia Vullo.

—El nombre no me suena: ¿puede ser que no hayamos hablado con ella todavía?

—El problema es que desapareció hace un año. Es una huérfana y pensaron que solo se había escapado del hogar de menores. Pero me preguntaba si... —Fingió dudar.

—Piensas en una correlación.

—Si se trata de un maníaco..., puede que no sea la primera.

—En un noventa y nueve por ciento no tiene nada que ver, pero has hecho bien en decírmelo y haré que lo comprueben de inmediato. No tengo para escribir, ¿puedes enviarme el nombre por WhatsApp? Tengo el móvil en mi bolsa.

Francesca hizo lo que el ayudante del fiscal le había pedido.

—He reunido algo de material sobre ella, haré que te lo envíen a tu correo electrónico desde el despacho.

—¿También? De acuerdo, puede agilizar las cosas. En cuanto sepa algo, te lo digo. Voy a ducharme.

—He oído que habéis encontrado la furgoneta del secuestro en un cementerio —dijo, tratando de parecer casual.

Claudio se quedó helado, tenso.

—¿Y quién te lo ha dicho?

—Conozco a un montón de gente.

—No estamos seguros de que sea la misma furgoneta, de lo contrario te habría informado. Y ni siquiera sé si podremos averiguarlo, porque el fuego la destruyó.

—¿El fuego?

—Así que toda esa gente que conoces no lo sabe todo... Sí, alguien le prendió fuego anoche, y fueron los bomberos quienes nos informaron. Pero resulta extraño, ¿no te parece?

Francesca asintió, temía que su voz pudiera traicionarla.

—Si fue el secuestrador, ¿por qué no le prendió fuego de inmediato? Se arriesgó a volver tras sus pasos, con todas las fuerzas del orden buscándolo —continuó Metalli.

—¿Tú crees que fue otra persona?

—Pero ¿quién? ¿Un vándalo?

O bien un misterioso turista salido de la nada, pensó Francesca.

25

De vuelta al bufete, tras librarse de los incordios, Francesca pidió que realizaran una búsqueda en Tráfico sobre el número de matrícula de Gerry. Descubrió que pertenecía a una empresa milanesa de vehículos de alquiler, y dos de sus ayudantes tuvieron que sudar lo suyo para encontrar a alguien con suficiente autoridad como para darles el nombre del cliente. Al final, se supo que era Gershom Peretz, residente en Tel Aviv, con visado de entrada al día siguiente del secuestro de Amala. ¿Un israelí que se interesaba por el Perca? ¿Por qué motivo? Después de haber pensado largo rato en ello, llamó a su exmarido por primera vez en meses. No era abogado, sino un funcionario del Ministerio de Asuntos Exteriores británico, y tenía contactos en todo el mundo. Cuando le contó lo que había ocurrido, Anthony se cabreó por que no le hubiera informado antes.

—Nunca tuvimos una gran relación, pero durante un tiempo yo fui su tío. Dime qué puedo hacer para ayudarte.

—Necesito tu ayuda para saber quién es una persona.

—¿Quién?

—Un turista israelí. Creo que lleva en Italia poco tiempo, pero...

—Para. Apúntate este correo electrónico. —Le dictó uno que ella no conocía—. Escribe ahí y no lo envíes desde tu conexión o tu mail. Créate uno nuevo, si es necesario.

—Tony, estás exagerando, como siempre.

—Hazlo.

Anthony colgó, Francesca hizo lo que le había pedido y su exmarido le respondió de la misma manera, dándole una cita a las nueve de la noche para una videollamada, que le recomendó no hacer desde la oficina. Sintiéndose un poco tonta, Francesca fue a un centro comercial cercano y se sentó a una de las barras de la zona de restauración, conectándose a la red wifi gratuita del vendedor de tacos con el iPad. En la planta superior estaba la entrada a los multicines, pero no había mucho movimiento, aparte de algún grupito de adolescentes. Aunque no tenía nada que ver, Francesca pensó que hacía años que no iba al cine o al teatro. Entre otras cosas, porque no sabía con quién ir. Tal vez tendría que descargarse Tinder.

Se puso los AirPods e hizo una llamada de Skype a la nueva cuenta que le había dado Tony. La conexión era inestable y la imagen estaba pixelada, pero Tony seguía teniendo el mismo aspecto. No era un adonis, de hecho parecía más bien el dueño de un pub, pequeñito y con un bigote de lápiz. Casi siempre llevaba un chaleco oscuro sobre una camisa blanca, lo que no hacía más que aumentar su parecido con el susodicho dueño del pub. Sin embargo, era uno de los hombres más inteligentes que había conocido. Infiel, eso sí, pero brillante. No era capaz de odiarlo. No del todo.

—Lo siento, siento muchísimo lo de Amala —le dijo en inglés—. Deberías haberme llamado antes.

—¿Y qué podrías haber hecho?

—Al menos lo habría sabido. Y habría avisado a mis amigos de Roma. —Tony conocía a todo el mundo, especialmente a la gente importante.

—Roma está muy lejos de Cremona, en todos los sentidos. Aquí las cosas funcionan de otra manera.

—¿Dónde estás?

—Rodeada de peste a frituras. ¿No parece un poco exagerada toda esta seguridad?

—Me has preguntado por un ciudadano israelí, un pueblo celoso, con razón, de su intimidad. Por suerte, Aaron entendió que se trata de algo importante y delicado y me ha ayudado.

—¿Aaron? —Había ido a su casa un par de veces. Anciano, barrigudo y con la costumbre de beber—. ¿Pero no era un agrónomo?

—Eso es lo que dice, y yo me detendría aquí.

—Vale, vale, gracias y perdona. Adelante.

—Tu amigo no tiene antecedentes penales ni denuncias...

—¿Pero?

—Es un exmilitar. Se retiró con el rango de *seren*, capitán.

—¿Estás seguro? No parecía un soldado.

—Aaron no entró en detalles, pero habló de las fuerzas especiales. No siempre parecen soldados.

—¿No será que ahora está trabajando como agente encubierto? —*Como Aaron, por lo que parece.*

Anthony negó con la cabeza.

—La pregunta se responde por sí sola. Si es un agente encubierto, no tengo forma de saberlo. Pero, si de verdad se licenció, podría trabajar en el sector privado. Hay agencias como la Gs1 o la Group 5 que ofrecen una serie de servicios de protección y recogida de información. Siempre van en busca de exmilitares.

—Ni siquiera tiene el aspecto de uno de esos...

—¿Te pidió dinero?

—No.

—¿Podría haberlo contratado tu hermano?

—No, claro que no, me lo habría dicho... Y, además, ¿tú crees que habría llamado a un israelí? Sunday es muy pro-Palestina.

—¿Hay alguien en Italia que no lo sea?

—¿Qué clase de gente es la de las fuerzas especiales?

Anthony lo pensó durante unos instantes.

—Pueden ser animales de sangre fría y cerrilmente nacionalistas, pero no actúan por puro sadismo, impulsos sexuales o fundamentalismo religioso. Los que tienen tendencias de esa clase son descartados de inmediato. Aunque no puedo garantizarte que no las tengan una vez que se hayan licenciado. ¿Te amenazó de alguna manera?

—No directamente. Pero sigue pareciéndome inquietante.

Tony se acarició el bigote. Francesca odiaba cuando hacía eso.

—Llama a la policía.

—Amala lleva dos días desaparecida. No ha habido peticiones de rescate ni contactos con el secuestrador. —Dos niños estaban sentados en un banco junto al suyo y habían empezado a darse el lote. Francesca bajó la voz—. ¿Sabes cuántas putas posibilidades hay de que siga con vida? Intento no pensar en ello, pero son muy pocas. Piensa por un momento que él esté en condiciones de encontrarla, o que sepa algo...

Anthony no estaba convencido, pero no discutió.

—Ten cuidado, por favor. Si estuvo en las fuerzas especiales, este Peretz ha visto y ha hecho cosas terribles. No te lo tomes a broma.

—No tengo intención de hacerlo. Gracias, Tony, de verdad.

—También es mi sobrina. Llamaré ahora mismo a tu hermano. Y el *resto*, ¿cómo va?

—¿Qué resto? —Francesca apagó el iPad y los AirPods se conectaron automáticamente al teléfono. Tras dudarlo un momento, marcó el número de la tarjeta que Gerry le había dado.

26

Gerry recibió el aviso del buzón de voz en su correo electrónico mientras conducía el Volvo: estaba llevando a Zayn al veterinario para que la examinaran. Durante la visita, abrió el falso juego en el iPad y comprobó a quiénes de entre los nombres que había cribado tras las revelaciones de Nitti podía localizar en un par de horas. Encontró a un recién jubilado que vivía con su mujer en Codogno, una pequeña ciudad entre Milán y Cremona. Tachó el nombre de la lista en la tableta: Oscar Donati. No había tenido tiempo de organizar nada, pero ya se le ocurriría algo y, si actuaba deprisa, también tendría tiempo de pasarse por el discobar donde Sophia Vullo pescaba a sus clientes. Robó un coche y llegó a la residencia para jubilados donde vivía, descubriendo que el destino estaba de su parte. El hombre se encaminaba hacia casa con una bolsa de la compra. Tenía la mandíbula desencajada y una gran cicatriz en la mejilla.

Fingiendo pasar por su lado en un punto sin cámaras de seguridad, Gerry le hizo un corte en la bolsa con la navaja que le había robado al hombre de Airone. Las manzanas y los tomates rodaron por la acera.

—Deje que le ayude —le dijo, agachándose con él para recoger un corazón de buey aún sin madurar. Cuando los demás transeúntes se hubieron alejado, Gerry le mostró la navaja.

—Hola, Oscar. Si gritas, te corto el cuello.

Los ojos del jubilado se movieron rápidamente a derecha e izquierda, y para convencerlo Gerry presionó la punta de la hoja contra su mejilla sana.

—¿Qué quiere? —murmuró el anciano. Solo era capaz de mover un extremo de la boca—. No tengo mucho dinero.

—Quiero que tú y yo demos un paseo.

—¡No!

—Tu mujer está en casa, ¿quieres que le haga daño?

El hombre leyó algo en los ojos de Gerry y cuando lo llamó por su nombre y su apellido lo siguió hasta el coche sin protestar.

Lo llevó hasta un campo, lo interrogó y luego lo colgó de la rama de un árbol con su propio cinturón.

—Suicidio por depresión —dijo.

27

Francesca recibió el mensaje de Gerry cuando acaba de volver a su apartamento, a un tiro de piedra del bufete. Olía a nuevo, y aún había libros en las cajas, aunque se había mudado allí unos meses antes, después de pasar un tiempo en la casa para invitados del bufete. Todavía no se sentía en casa en Cremona, echaba de menos el *skyline* de Londres y su inagotable vida. Había pensado en buscar algo en Milán, pero la idea de recorrer a diario noventa kilómetros para ir al trabajo la hizo desistir. Debería haber hecho lo que su padre no hizo nunca: trasladarlo todo a la capital y adiós muy buenas. Pero muchos de los socios más antiguos estaban vinculados a la ciudad del turrón mucho más de lo que ella estaba.

El mensaje de Gerry contenía una dirección en Milán, y cuando condujo esos famosos noventa kilómetros en su Tesla, más unas cuantas vueltas por la ciudad, descubrió que la dirección era la de una clínica veterinaria. Cuando se paró delante, la encontró cerrada y con las luces apagadas. Dudando, llamó al timbre nocturno y una mujer con una bata y una gran melena afro le abrió tras un instante.

—¿Abogada Cavalcante?

—Sí. Debo de tener una especie de cita.

—Con el doctor Gerry, voy a llamarlo.

¿Doctor Gerry? Francesca estaba cada vez más desconcertada.

La enfermera desapareció por el pasillo débilmente iluminado y Gerry se presentó poco después. Él también vestía una bata y se había recogido el pelo bajo un gorro de cirujano y la barba bajo una mascarilla fijada con esparadrapo. En un brazo desnudo tenía un gran hematoma que parecía reciente.

No le dio tiempo a abrir la boca.

—¿Por qué prendió fuego a la furgoneta?

—Porque hay otras personas interesadas en su asesino en serie, y se la iban a llevar. No eran policías.

—¿Y cómo lo sabe usted?

—Vi los documentos de uno de ellos y descubrí que trabaja para la agencia de seguridad privada Airone. Son contratistas de una multinacional. En Italia se dedican solo a la vigilancia, oficialmente, pero en el extranjero también operan en zonas de guerra.

—¿Y trabajan para el asesino?

—Me parece poco probable, deben de tener otros intereses. Pero sería inútil preguntarles a ellos, los operativos de bajo nivel nunca saben nada.

La enfermera se asomó por el pasillo.

—Todo está listo.

—Gracias. Vamos, mi paciente ya está sedada, podemos seguir hablando allí.

Francesca se vio obligada a seguirlo hasta una pequeña sala con una cristalera tipo *nursery* y una fila de sillas de plástico amarillo. Tras el cristal, en vez de las cunas de los recién nacidos, había una mesa de operaciones, en la que estaba tumbado un perro blanco y negro al que le faltaba una pata. Respiraba a través de un tubo pegado al hocico y la mujer de antes lo estaba atando para que mostrara el vientre.

—¿Qué estamos haciendo aquí?

—Zayn no estaba muy bien y las pruebas han evidenciado una posible tumoración en el bazo —dijo Gerry—. Siéntese. Esto no llevará mucho tiempo.

Desapareció por el pasillo y reapareció al otro lado del cristal con la cara cubierta por una nueva mascarilla estéril y unas gafas. Acarició al perro y luego le palpó la barriga.

—Según el especialista, se trata de un angiosarcoma y sería necesario que le extirparan el bazo. Yo primero quiero echar un vistazo más de cerca. —Su voz llegaba amortiguada por un pequeño altavoz al lado de Francesca.

—Después de licenciarse, ¿estudió usted medicina veterinaria, *capitán Gershom Peretz*?

—¿Capitán? —dijo la enfermera—. Guau.

—Veo que se ha informado sobre mí, es buena.

—Eso es todo lo que sé. ¿Así que es veterinario?

—Un aficionado a la materia.

—¿Está bromeando?

—No. En el ejército teníamos numerosos perros para las bombas y para detectar francotiradores. A menudo quedaban heridos y yo era el encargado de los primeros auxilios. Poco a poco, aprendí lo necesario. Con un gato no sabría por dónde empezar. Desinfectante y bisturí, por favor —dijo Gerry dirigiéndose a la enfermera.

Esta le limpió la barriga al perro con una solución de una botella transparente, luego le entregó el bisturí a Gerry, quien estudió al animal durante unos segundos más; después, con un gesto rápido y seguro, cortó desde debajo del esternón hasta unos centímetros por encima del pubis. Inmediatamente comenzó a sangrar y la enfermera aspiró la sangre.

—El *balfour*, por favor. ¿Todo bien en el patio de butacas? —preguntó Gerry.

Francesca permanecía observando, fascinada.

—He visto cosas peores. Me imagino que usted también. Aparte de cuidar a los perros, ¿a qué se dedicaba en el ejército?

—Marchaba, llevaba una mochila...

—Usted vino en mi busca, quiero saber si puedo fiarme de usted. Así que no se haga el tonto.

—Estaba en una unidad, cuyo número no puedo decir, que se ocupaba, a grandes rasgos, del reconocimiento en territorios que no puedo mencionar y de la liberación de rehenes sin nombre. —Gerry introdujo el retractor en el corte y ensanchó la herida hasta dejar al descubierto las vísceras, antes de introducir en ellas ambas manos—. Órganos circundantes libres de metástasis. Y ahora veamos el bazo. —Lo extrajo con delicadeza, sujetándolo con ambas manos—. El nódulo está circunscrito y limitado. Veamos si podemos hacer un buen trabajo. Hilo reabsorbible, por favor.

—¿Quiere hacer una resección parcial, doctor? —preguntó la enfermera.

—Exactamente.

—No es médico. Es un militar —dijo Francesca.

—Ex —enfatizó Gerry.

—Mientras pague, es todo lo que quiera ser —dijo la enfermera, alegre—. Y, de todos modos, se las apaña infinitamente mejor que muchos que tienen el título.

—Ya no es un soldado y no es un veterinario —preguntó Francesca—. ¿Qué trabajo hace ahora?

—Estoy de vacaciones.

—¿Y antes de irse de vacaciones?

—Un poco de esto y un poco de aquello.

—¿Y qué le empuja a lidiar con lo que le pasó a mi sobrina?

—No me gusta que les hagan daño a las chicas.

—Y ha venido desde Israel por esto.

—Exacto. —Las patas de Zayn sufrieron una sacudida nerviosa y Francesca se sobresaltó—: No se preocupe, está dormida. Es únicamente un reflejo involuntario. —Gerry sacó un jirón de carne ensangrentada y lo depositó en una bandeja metálica—. Necesito la histología. Por la forma podría ser benigno. Grapas. —La enfermera le dio una especie de grapadora que Gerry utilizó dentro de la herida.

—¿Y después se dedicará a buscar a Jack el Destripador?

—Ya lo atrapó Sherlock Holmes. —Gerry dejó la «grapadora» ensangrentada—. Tintura de yodo y parche, por favor, hemos terminado. Luego jaula estéril y gotero de solución salina.

Gerry desapareció y Francesca acercó su cara al cristal para mirar de cerca al perrazo, preguntándose si habría perdido la pata debido a una mina. Gerry reapareció vestido de civil con la perra blanca del día anterior, Aleph, y los otros tres de diversas formas, todos llenos de marcas y cicatrices.

—Otros conejillos de indias para sus experimentos, supongo. Debería llamar a la protectora de animales.

—¿Le parece que me tienen miedo?

—No conozco el lenguaje de los perros. A lo mejor lamerse los testículos es un indicio de malestar.

—Tal vez para un hombre.

—Usted quiere que lo contraten para buscar a Amala, ¿lo he entendido correctamente?

—No, en vacaciones no cobro. Vamos a comer algo.

La llevó a un local gestionado por una familia tunecina a unos pasos de la clínica, con las *shishas* descansando aún sobre las mesas exteriores, a pesar del frío vespertino. El mobiliario era una mezcla de plástico y de Oriente Medio, flotaba un olor a ajo y cerveza rancia. Gerry eligió una mesa alejada de los ventanales y pidió en árabe un té a la menta y unas raciones pequeñas de humus y de *babaganoush*. Se había soltado el pelo, que ahora caía sobre sus hombros, y parecía sacado de una Biblia New Age para fundamentalistas de los perros.

—Es un lugar extraño para un israelí —dijo Francesca, incómoda con ese ambiente no demasiado limpio y poco concurrido a esa hora de la noche. La manada se instaló debajo de ellos y Mem, el pastor alemán, utilizó sus zapatos como almohada. Ella no se atrevió a moverse por miedo a los mordiscos o a los lametones.

Gerry se encogió de hombros.

—No estamos en Jerusalén Este y no tengo acento.

—Entre la vivisección de perros y el aprendizaje de idiomas, no sé cómo le quedaba tiempo para disparar a alguien.

El dueño del local les llevó una tetera de plata llena de té, con dos vasos de cristal. Gerry llenó ambos sin derramar ni una gota, mientras Francesca imaginaba esas fuertes manos agarrando su garganta antes de que tuviera tiempo de gritar.

—No quiero hacerle ningún daño, abogada —dijo Gerry percibiendo su nerviosismo—. Como tampoco tengo ninguna intención de causarle daño alguno a su sobrina. Es más, me encantaría llevarla de vuelta a su casa sana y salva.

—¿Qué le hace pensar que es capaz de hacerlo?

—Mi experiencia.

—Me he pasado los últimos treinta años gestionando negociaciones entre empresas, y he conocido tramposos a porrillo —dijo Francesca—. Usted pertenece a una categoría que no sé cómo juzgar. Pero sé que es peligroso.

Gerry esbozó una media sonrisa.

—He venido a Italia en busca de un asesino en serie. Si no fuera peligroso, entonces sería un imbécil. Pero no supongo un peligro para usted. Tiene mi palabra.

Francesca apoyó una mejilla en su mano, agotada.

—No lo conozco, no sé lo que vale su palabra.

—Tengo demasiado respeto por mí mismo como para darla a la ligera. Pero, verá, mi tiempo no es ilimitado. Tenía una semana cuando llegué, me quedan seis días.

—Si usted cree que mi ayuda es tan importante, ¿por qué no contactó conmigo desde un principio?

—Porque no sabía de qué lado estaba. Hace treinta años, dejó que condenaran a la persona equivocada, podría haberlo hecho a propósito. En cambio, por la forma en que se ha movido en busca de su sobrina, queda claro que está limpia.

—Me desconcierta, y no me atrevo a confiar en usted.

Gerry chascó los dedos y los perros se levantaron.

—¿Se siente cansada?

Lo único que Francesca deseaba era acostarse, pero negó con la cabeza.

—Aún no tengo noventa años.

—Entonces voy a enseñarle algo.

28

El discobar de Ponte dell'Olio era una caseta de hormigón al fondo de un aparcamiento compartido con un negocio mayorista de muebles cerrado por cese de actividad, según rezaba el cartel. En la explanada iluminada por dos farolas de bajo consumo había pocos coches, muchos *scooters*, y docenas de chicos compartiendo litronas y canutos. El look predominante era el de las sudaderas sin mangas y las riñoneras colgadas en bandolera para los chicos, y los vestidos sexis para las chicas, tatuajes y piercings. Los bajos de una canción de trap hacían vibrar los cristales.

Gerry se despertó cuando Francesca estacionó el Tesla: se había dormido como un tronco en cuanto se puso el cinturón y le dio la dirección. Por suerte, al menos había dejado la manada en la clínica veterinaria.

—Según su amiga, Sophia se prostituía de manera ocasional con hombres maduros a los que conocía en este sitio.

Francesca se acordó de los artículos de lujo entre las cosas de Sophia.

—¿Y usted cree que también conoció aquí a su secuestrador?

—Estoy seguro, venga conmigo. Vamos a dar una vuelta y le demostraré por qué.

—¿No puede explicármelo, sencillamente?

—Ahora ya estamos aquí.

Francesca se resignó. Mientras pasaban por entre los chicos, uno de ellos soltó un chascarrillo sobre la «vieja en busca de pollas» que Francesca fingió no oír. Gerry, en cambio, se dio la vuelta mirándola con una amable sonrisa.

—No parece un lugar para gente de mediana edad —gritó por encima del volumen de la música—. Tal vez su amiga no le contara más que chorradas.

—Hace poco que ha cambiado la gestión del local. —Gerry le sujetó la puerta abierta para dejarla entrar, ella se puso la mascarilla antes de cruzar el umbral—. Pero el nombre sigue siendo el mismo, así como la mayor parte del personal.

En el interior, los chicos se apiñaban en una minúscula pista o entre las pequeñas mesas del perímetro. Un chico con tatuajes en la cara cantaba trap sobre una sombría base pregrabada, contando mitad en italiano y mitad en inglés historias de asesinatos, violaciones y cárceles. Los bajos hacían que los empastes dentales se le saltaran a uno.

En cuanto Francesca y Gerry se sentaron en un sofá pegajoso, estalló una pelea. Dos enormes gorilas con cadenas de oro aún más enormes echaron a los camorristas con aspecto de quienes llevan a cabo una tarea habitual y aburrida. En cambio, una pareja en la penumbra comenzó a tener sexo. Francesca se quedó perpleja. ¿Esta era la forma en que vivían los adolescentes ahora? ¿Follar en público y violencia?

—¿Hay lugares así en Israel? —le preguntó.

Los ojos de Gerry brillaban con las luces estroboscópicas.

—Ni idea, no tengo mucha vida nocturna. ¿Quiere tomar algo?

—No, gracias, no me gustaría pillar una enfermedad, aparte de la otitis.

Un grupo de chicos se echó en el sofá de al lado poniendo los pies sobre la mesa y tirando las botellas vacías que había encima. Grandes carcajadas. Francesca se dio cuenta de que eran los mismos que la habían insultado.

—Esta tarde, al volver de un recado, me he pasado por aquí para charlar con los camareros.

—¿Y se acordaban de Sophia?

—Solo de que venía y de que era una verdadera diva. En medio de gente de mediana edad, destacaba.

Los chicos volvieron a empujar la mesa y Francesca apenas tuvo tiempo para apartarse y que no le diera en las espinillas.

—¿Y vieron al secuestrador?

—No.

—¿Pues entonces? ¿Por qué está tan convencido?

Gerry saludó a un camarero que estaba haciendo malabares entre las mesas para recoger vasos vacíos y botellas. Él le hizo una señal para que esperara un momento, luego colocó la bandeja en el mostrador y se acercó a ellos. La chaqueta blanca estaba tan desgastada como él, un hombre legañoso y encorvado, de unos sesenta años.

—¿Les traigo algo?

Gerry le tendió un billete de cincuenta que el camarero hizo desaparecer en el bolsillo con la rapidez de un prestidigitador con las cartas.

—¿Puede repetirle a mi amiga lo que me dijo?

—¿Sobre la chica?

—Sí.

—Que trabajó aquí como aprendiz de camarera durante un año, más o menos. Pobre chica, pero ha pasado mucho tiempo, ya nadie se acuerda de ella.

El camarero se alejó arrastrando los pies, Francesca se volvió hacia Gerry.

—¿De quién estaba hablando?

—De Cristina Mazzini, la tercera víctima del Perca. Trabajaba aquí hace unos treinta años, cuando este local era todavía un karaoke. Y ahora, hace un año, Sophia Vullo desapareció saliendo de este local el mismo día que Cristina. ¿Piensa que podría tratarse de una casualidad?

—No lo sé... —murmuró Francesca—. ¿Pero es posible que treinta años después siga matando?

—Precisamente yo creo que su asesino en serie ha dejado su firma.

29

Francesca se quedó sin palabras, mirando al vacío mientras pensaba en lo que Gerry le había revelado.

Una lluvia de cocaína y de ron cayó sobre su cabeza, soplada con una pajita por uno de los chicos de la mesa de al lado; tenía tatuadas arañas en el cuello que brillaban con un violeta fosforescente.

—¿Tú qué miras, *beibi*? —le gritó al notar su mirada—. ¿Es que te pongo o qué?

—Será mejor que nos vayamos —dijo Francesca. Pero Gerry ya no estaba sentado a su lado: se había materializado mágicamente frente a la otra mesa. El chico de las arañas en el cuello intentó lanzarle una botella, Gerry agarró la mano armada y la apretó, destrozando cristal y dedos. El chico gritó y se produjo un confuso revuelo en el que Gerry apenas parecía moverse, mientras que los chicos rodaban lejos de él como disparados por una centrifugadora. Luego reapareció junto a Francesca, limpiándose con la manga una salpicadura de sangre en la barba.

—Vámonos antes de que vengan los gorilas.

—Le ha roto la mano —dijo ella.

—Solo algunos dedos.

Salieron nadando a contracorriente entre oleadas de chicos.

—Son delincuentes, pero son jóvenes. Usted, en cambio, es un adulto. ¿No podía haber evitado la pelea?

—Solo la habría pospuesto, esos no iban a dejar que nos marcháramos en paz. Para ellos, pelearse es una forma de marcar el territorio.

—O bien tenía ganas de mostrarme lo larga que la tiene golpeando al chico que me había insultado. Le aseguro que no necesito que me defienda usted.

Gerry se rio.

—¿La he convencido al menos de que su psicópata todavía sigue en circulación?

—No del todo. Pero incluso si eso fuera cierto, ¿por qué debería dejarle que fuera por ahí estropeando una investigación?

—Porque no puede detenerme.

—Podría denunciarlo por haber quemado la furgoneta.

—¿Sin testigos? Me haría perder el tiempo, eso sí, pero nada más. Por lo tanto, tiene dos opciones: darme la espalda y olvidarse de mí, o echarme una mano para encontrar al secuestrador de su sobrina. —La miró, apartándose el flequillo de los ojos.

—Está muy seguro de usted, no sé de dónde le viene esta convicción.

—De la experiencia, la misma que me dice que voy a necesitar un apoyo logístico. Aquí soy un extranjero, he de ir derribando puertas a golpes de hombro que usted puede abrir con una llamada telefónica. De una forma u otra llegaré hasta él, pero podría ser demasiado tarde para Amala.

—O podría provocar un desastre.

—Me aseguraré de que eso no ocurra. —Le dedicó una gran sonrisa—. Venga, súbase a bordo y hágale a su karma una puesta a punto. No me mire así, hasta los judíos creen en el karma, aunque no tenga nada que ver con el budismo. Nosotros lo llamamos *middah kneged middah*, medida por medida. Si haces el bien, recibes el bien; si haces el mal, recibes el mal.

—Mi karma está bien así.

—Dejó que condenaran a la persona equivocada.

—Hice todo lo posible para que lo absolvieran, yo era una novata.

—Pero sabía que el verdadero asesino seguía por ahí. De lo contrario, ¿por qué habría pensado inmediatamente en él cuando su sobrina desapareció? Va, choque esos cinco y deje de posponer lo inevitable.

Francesca suspiró, dándose cuenta de que se enfrentaba a su némesis. Había tenido treinta años de gracia, había tenido suerte. Así que chocó su mano con la de Gerry; extrañamente, estaba pegajosa, como con cola.

30

Amala no podía dormir. Se sentía con algo de fiebre, pero sobre todo pensaba en el mensaje que había dejado en el inodoro turco. ¿Y si lo había encontrado Oreste? Tal vez no se habría sorprendido demasiado, o bien la habría castigado implantándole otro cable en la espalda. Sabía que era arriesgado volver al lavabo, especialmente por la noche, pero no podía dejar de pensar en quién podría estar al otro lado del agujero. Se levantó. A medida que se acercaba al centro del sótano, las tiras de led se iban encendiendo tenuemente. Había un sensor de movimiento que las apagaba justo después de su paso. Era como si el maníaco quisiera ahorrar en la factura.

Se metió en el lavabo y levantó la placa turca el tiempo suficiente para recoger el extremo del hilo de nailon que, milagrosamente, aún seguía allí. En cambio, la piedra se había desprendido, lo notaba por el peso. Cuando terminó de enrollarlo, se dio cuenta de que apestaba fuertemente a cloaca y que su nota todavía estaba allí, aunque cubierta de densas aguas residuales.

El nudo era diferente al suyo, y sobre el papel había huellas de suciedad. El hedor era insoportable, pero Amala estaba demasiado excitada para contenerse. Lo abrió y vio que la mayoría de las letras se habían desprendido y que, en el papel, con las aguas residuales, se habían trazado dos palabras:

Quemado

Treinta años antes

Itala se enteró de la muerte de Contini mientras se comía una berlinesa en el bar del establecimiento balneario de la playa de Riccione. A las diez de la mañana ya estaba lleno de bañistas de temporada baja que se alojaban en las pensiones de la costa, aprovechando los precios baratos. Los estudiantes de secundaria habían vuelto a la ciudad para el inicio de las clases y allí permanecían sobre todo ancianos y niños que empezaban a gritar temprano por la mañana.

Itala había crecido en una ciudad costera, pero nunca le había gustado. Nadaba mal y la sal sobre su piel hacía que se rascara como si tuviera pulgas. Llevaba un traje de baño de una pieza que le apretaba en los muslos, tan rojos como el resto de su piel expuesta, sobre todo en la espalda, donde un eritema solar que parecía el mapa de Cerdeña le iba desde el cuello hasta el culo. Cesare, al que había llevado con ella en aquellos días de ocio, se sentaba a una de las mesas del local. Se había puesto de color caramelo al cabo de un par de días. Sin prestar atención a la colección de *Mickey Mouse* que llevaba consigo, lanzaba migas de brioche a las palomas.

Itala pidió otro café frío en el momento en que los altavoces colocados bajo la pérgola interrumpían la canción del verano con la que bombardeaban diez veces al día y una voz masculina con fuerte acento romañolo pronunció su nombre: «Inspectora Itala Caruso, repito, inspectora Itala Caruso, al teléfono», con el mismo tono que solía utilizar para dar cuenta de los niños perdidos.

—Eres tú, mamá —dijo Cesare emocionado, y a Itala le tocó ir al mostrador, sintiendo los ojos de todo el mundo sobre ella.

Se identificó y el gerente la miró con una mezcla de incredulidad y de miedo.

—¿Es usted de la policía?

—No —respondió Itala.

—Han dicho inspectora.

—Educativa, inspecciono las cocinas.

El rostro del hombre se relajó en una sonrisa.

—Ah, ya me parecía a mí —dijo más tranquilo—. Le paso la llamada a la cabina. Pero no se quede mucho tiempo, porque solo tenemos esa.

—No se preocupe.

Itala se apretujó en la estrechísima y calurosa cabina, que apestaba a cremas de otras personas.

—Soy Itala Caruso.

—Hola, jefa —dijo Amato—. ¿Qué tal está el agua?

—Es un caldo. ¿Pero era necesario que dijeras inspectora?

—Si no, no te llamaban. Escucha, Contini ha muerto.

Itala sintió que se le ponía la piel de gallina en los brazos.

—¿Qué ha pasado?

—Un incendio en la galería.

—Joder —dijo Itala al cabo de un momento, indecisa sobre cómo sentirse.

—Tengo que decirte otra cosa más. El prefecto de Bari te está buscando, no sé si las dos cosas están relacionadas. Le he dado el número de teléfono de tu hotel.

—Por Dios..., ¿pero por qué me voy de vacaciones si de todas formas todo el mundo me toca los ovarios?

—Quizá solo quiera saludarte.

Por supuesto, se dijo Itala mientras colgaba el teléfono. Cesare se puso en pie de un salto cuando la vio salir de la cabina toda perlada de sudor.

—¿Vamos a bañarnos?

—Vamos. —Cogió la bolsa de rejilla y acompañó a su hijo por la arena ardiente hasta la sombrilla que tenían reservada para toda la quincena. Cesare ni siquiera se detuvo y siguió corriendo hasta que el agua le llegó a la barriga. Itala se quedó mirándolo para asegurarse de que no se alejara, luego se encendió un MS, sacó *La Settimana Enigmistica* e intentó acabar con el Bartezzaghi,* pero sin concentrarse realmente del todo.

---

* *La Settimana Enigmistica* es el semanario de pasatiempos más popular y longevo de Italia. Piero Bertezzaghi fue el autor de crucigramas más importante de la publicación. *(N. del T.)*.

En los dos años que habían pasado, Itala había intentado pensar lo menos posible en Contini, y gracias a Dios varios acontecimientos la habían mantenido ocupada. La habían nombrado subinspectora y trasladado a la jefatura de policía de Piacenza como responsable de la policía administrativa. Amato y Otto la siguieron al cabo de unos meses. Pero de vez en cuando el pájaro carpintero volvía a picotear, y más de una vez se había encontrado mirando los viejos papeles, sintiendo que volvían las dudas sobre lo que le había hecho a Contini. Y, ahora que había muerto, no sabía si podía enterrar el caso de manera definitiva. El hecho de que Mazza estuviera buscándola parecía indicar lo contrario.

Guardó *La Settimana Enigmistica* después de escribir dos veces seguidas «crack» en lugar de «crasa» y buscó a Cesare con la mirada. Lo vio en el centro de un grupo de niños más o menos de su edad que estaban gritando.

Con el corazón en un puño corrió hacia ellos.

—Oye, oye —dijo—. ¿Qué estáis haciendo?

Cesare estaba de pie, con los puños cerrados y la cara roja, enfrentándose a los demás mientras un niño de su misma edad lloraba desesperadamente. Cesare no respondió y no hizo ni un gesto, mientras el niño que lloraba se quejaba entre lágrimas y mocos.

—¡Me ha pegado!

Itala examinó al niño con una mirada. No había ningún daño perceptible, aparte de una mejilla con los cinco dedos marcados, y se calmó un poco.

—Pídele perdón —le dijo a su hijo. Cesare se quedó quieto, como una estatua rabiosa. *Mala sangre*, pensó Itala. *Mala sangre*—. Espabila o te enteras —le dijo de nuevo.

Cesare por fin se recobró, y murmuró algo que podría haber sonado como un «perdona» dicho entre dientes, luego corrió hacia la sombrilla. Mientras tanto, había llegado un pequeño grupo de padres que Itala se vio obligada a calmar, antes de volver junto a su hijo, seguida por las miradas de todo el mundo. *Mejor cambiar de sitio mañana*, pensó. Lástima por la sombrilla, que había alquilado para otra semana más. Cuando llegó a su lado, Cesare estaba con la cabeza agachada, jugando con una pequeña botella de vidrio de Coca-Cola encontrada en la orilla y pulida por las olas, que habían borrado las letras. La llenaba de arena y la vertía mecánicamente, sin abrir la boca.

Era ya más de mediodía y el sol calentaba incluso debajo de la sombrilla. Itala recogió sus cosas y llevó a su hijo a unos cientos de metros del establecimiento balneario, caminando en lo posible por la sombra, con la arena incandescente pegándose al grasiento protector solar que olía a coco. Había un restaurante en el terraplén, que a esa hora todavía estaba semidesierto, e Itala logró que le dieran una mesa en el interior, bajo el soplo del aire acondicionado.

—¿Te parece bien una fritura de pescado? —le preguntó.

—No tengo hambre.

—¿Media ración y unas patatas fritas?

—Bueno...

Itala hizo el pedido al camarero, añadiendo una Coca-Cola y un cuartillo de vino blanco frío y, mientras esperaba, vació la cesta del pan.

—¿Es verdad que parezco un negro? —preguntó Cesare de pronto.

Itala se quedó sorprendida.

—No, ¿por qué?

—Es lo que ha dicho ese.

Itala empezaba a entender y la cosa no le gustaba mucho.

—¿Por eso le diste una bofetada?

—Le dije que parara, pero él siguió diciéndolo.

—Quería decir que estás muy moreno... Es un cumplido.

—Negro no es un cumplido.

—También hay negros guapos y listos. Como Eddie Murphy. ¿Te acuerdas de cómo te hacía reír en la película que vimos juntos?

—Ya no me gusta. Todos los negros son sucios y ladrones. Deberían estar en África.

—¿Quién te ha enseñado esas cosas?

Llegaron los platos, y los fritos parecían haberse ahogado en aceite de motor. Itala repitió la pregunta y al final Cesare respondió, mojando una patata en la mayonesa.

—La abuela.

—La abuela...

—Incluso me enseñó un periódico donde lo explicaban. Hasta había fotografías.

—Escucha, la abuela puede pensar lo que quiera, pero no debes dejarte influenciar.

Cesare se encogió de hombros.

—Yo he conocido a mucha gente mala. Blancos, amarillos, pobres y ricos. —*Y a un montón de compañeros míos*, se le ocurrió pensar—. No importa dónde hayas nacido, sino lo que eres. Y, por otro lado, no debes pegarle nunca a nadie, nunca. Incluso si te ofende. Si le haces daño, puedes acabar teniendo problemas.

—Tú eres policía, no corro ningún peligro.

—Las cosas no funcionan así, Cesare.

—La abuela dice que tú puedes hacer lo que quieras y que eres intocable.

—Eso no es verdad, no creas esas cosas. Todos podemos acabar teniendo problemas, todos.

Cesare la miró dubitativo y no abrió la boca hasta finalizar la comida. Itala vació la jarra de vino blanco, que le sentó de inmediato como una patada.

Volvieron a la pensión. A Cesare le habría gustado jugar al futbolín con los otros niños, o al ping-pong, mientras ella se echaba una siesta. Pero, cuando estaban a unos metros de la entrada, Itala vio dos Alfas aparcados y con las luces intermitentes encendidas sobre el techo. La policía. No sabía por qué se encontraban allí, pero no tuvo la menor duda: estaban buscándola a ella.

Al ver las luces intermitentes, Cesare perdió su confianza y empezó a arrastrar los pies como ternero llevado al matadero.

—¿Qué quieren, mamá? —preguntó.

—¿Tú qué crees?

—¿No será que aquellos me han... denunciado? —dijo con un hilo de voz.

Itala dejó que se atormentara durante unos segundos, y luego lo miró con severidad.

—¿Ves lo que pasa cuando se hacen las cosas mal? La próxima vez, piénsalo mejor. Porque ahora la cosa te ha salido bien.

—¿No acabaré en la cárcel?

—No. —Itala vio que un hombre con un traje marrón y con escaso pelo teñido extendido por el cráneo se bajaba de uno de los coches. Era Mazza, quien, al reconocerla, le hizo un gesto de saludo—. Ve a jugar, nos vemos más tarde.

Cesare corrió hacia la pensión Gradisca, dando un amplio rodeo para evitar los coches de policía.

—¿Cómo estás, Itala? Te veo bien —dijo Mazza, tendiéndole una mano sudada.

—Doctor...

—Me enteré de que estabas por aquí. Te queda lejos, ¿eh?

—Queda lejos, sí. He sabido hace poco que estaba buscándome. Me disponía a llamarlo por teléfono ahora mismo... ¿Pero ha venido expresamente?

—No, qué va. Volvía de una reunión, me quedaba de camino. ¿Nos sentamos ahí, que no hay nadie? —Mazza señaló las mesitas del exterior de un bar, que en ese momento estaba cerrado por el descanso del mediodía.

—Voy a cambiarme y vuelvo.

Mazza soltó una risita.

—No me escandalizo. Estamos en la playa.

—Yo sí. Diez minutos.

No le apetecía ir vestida tan informal delante de él. Estaba a punto de pedirle también que moviera los coches —le quedaba aún una semana de vacaciones—, pero se dio cuenta de que ya era demasiado tarde. A esas alturas, los huéspedes de la pensión los habrían visto y el agradable anonimato de las vacaciones se había ido al carajo. Primero en la playa, con los altavoces; ahora también en el alojamiento. Bueno, lo mejor sería levantar el campamento y largarse.

Subió a su habitación, se dio una ducha rapidísima y colgó el traje de baño para que se secara, luego se puso un vestido ligero, estampado con piñas y palmeras, y regresó al vestíbulo. La propietaria estaba detrás del mostrador de recepción e inmediatamente dejó de hablar con uno de los camareros.

—¿Necesita algo? —dijo aparentando tranquilidad.

—Sí, por desgracia he de marcharme antes de lo esperado. Dejo la habitación hoy.

El alivio asomó en el rostro de la mujer.

—Déjeme que lo mire... —Hojeó el registro—. Ha pagado usted por siete noches más. Lamentablemente, si se marcha no podemos devolverle el dinero...

Itala sacó la placa de su bolso de paja y la aplastó sobre el mostrador.

—¿Ni siquiera si se trata de una necesidad del Cuerpo? Piénselo bien antes de contestar.

La dueña dejó que su mirada saltara entre Itala y la placa.

—Tal vez podamos hacer una excepción...

—Gracias. Me pasaré a verla antes de marcharme. Ah, por favor, pida que nos traigan un par de botellas de agua mineral fría sin gas.

—Sí, señora.

Itala salió. Mazza se estaba secándose la frente con una servilleta de papel. Pensó que tenía el mismo aspecto que cuando era una *pingüina*, acolchado y sibilino. Resultaba imposible determinar la gravedad de la situación.

—Un lugar tranquilo —dijo—. ¿Siempre vienes aquí?

—No, es la primera vez.

—A mí también me gustaría pasar un tiempo en la playa. Pero llevando escolta es un cachondeo. Así que cuando quiero tomar un poco el sol me pongo en el balcón. Pero no el que da al mar, sino el que da al patio, por razones de seguridad.

—¿Cómo están los niños?

—Muy bien, en el campo, con su madre. Tarde o temprano me reuniré con ellos, pero con la nueva oficina... Los problemas no me dejan ni respirar.

La propietaria de la pensión apareció con dos botellas de San Pellegrino veladas por la condensación y dos vasos, luego se retiró sin decir una palabra. Hubo un minuto de incómodo silencio durante el cual Itala rezó para que su antiguo jefe fuera al grano de una vez. Él debió de captar ese pensamiento, porque dejó de mirar a su alrededor.

—¿Te has enterado de la muerte de Giuseppe Contini? —dijo.

—Hace dos horas. —Por un lado, Itala no estaba demasiado sorprendida, ¿de qué podría tratarse más que de eso? Por otro, no obstante, se asombraba de que Mazza hubiera salido escopeteado para decírselo—. Me han dicho que ha muerto quemado.

—Todavía no es oficial. Y tardará un tiempo hasta que llegue a serlo. Los compañeros de la policía de prisiones han sido bastante chapuceros —dijo Mazza—. ¿A ti qué te han contado?

—Solo eso. ¿Qué le preocupa, doctor?

Mazza se secó la frente.

—Sé cómo se cerró la investigación, Itala. Y sé qué papel desempeñaste.

—Usted me aconsejó que le hiciera un favor al magistrado —dijo Itala, notando que se sonrojaba..., y eso era algo que no le sucedía a menudo. Se pasó el vaso por las mejillas.

—Pero no sabía que se trataba de algo así. ¿Qué ocurrirá si llega a saberse?

—Un escándalo del copón. Pero no sucederá. No por mi parte.

—¿Y si alguien reabriera la investigación sobre Contini? Aún no había llegado al Tribunal Supremo.

—No encontraría nada. No hay testigos.

—¿Y tus *chicos*?

—Están al tanto. ¿Pero de qué tiene miedo? —dijo Itala, que se había recuperado y empezaba a sentirse molesta.

—Itala..., si empezaran a investigar sobre ti y llegaran hasta Biella... Tú y yo hicimos algunas cosas muy al límite para arreglar la situación.

—Doctor, si me dejé involucrar con lo de Contini fue precisamente para evitar que aquello saliera a la luz. ¿O tiene miedo de que Nitti no mantenga su palabra? Porque estamos hablando de él y es inútil fingir que usted no lo sabe.

Mazza dejó escapar un suspiro y sirvió un vaso de agua para ambos.

—Sería un idiota. Le bastará con negar que sabe algo al respecto para irse de rositas. Y tú no tendrías forma de demostrar que te habías puesto de acuerdo con él.

—No, obviamente no. Solo nos reunimos una vez antes del juicio. De lo contrario, habría ido con un micrófono —dijo Itala, bromeando. Nunca habría hecho algo semejante en su vida.

—Para eso se necesitaría una máquina del tiempo. Yo me mantendré atento para ver si pasa algo raro: aunque me hayas tranquilizado, prefiero mantenerme al quite. Lo mejor sería que tú hicieras lo mismo, al menos hasta que veamos que todo está bien.

Mazza siguió hablando, pero Itala dejó de escucharlo y se concentró, en cambio, en la música de un tiovivo, llevada por el viento. Cuando era pequeña, llegó uno a su pueblo para las fiestas patronales, hecho con caballos de verdad, unos ponis atados a una especie de rueda de molino. Nunca se había subido, a diferencia de sus hermanos, porque le resultaban horrorosos, sucios de sus propias heces y cubiertos de moscas, obligados a moverse en círculos hasta que los vendieran al matadero.

Se preguntó si ella acabaría igual.

En esas dos horas previas a su encuentro con Mazza, Itala no se había preocupado porque la muerte de Contini pudiera causarle problemas. Aunque la navaja que lo había inculpado podía examinarse de nuevo, era imposible que descubrieran cómo había acabado en su casa. Pero Mazza se había molestado en ir a verla un minuto después de enterarse de la noticia, y esto sí que la preocupaba. ¿Qué sabía él que no le había dicho?

Así que se acabaron las vacaciones.

Mariella, su suegra, no se tomó nada bien lo de tener que anticipar su propio regreso. Itala había reservado otro hotel para ella y su hijo, mejor que en el que se habían alojado hasta ese momento, pero obviamente le daba asco, así como el hecho de que fuera una habitación para no fumadores.

—Vas a quedarte con Cesare, ¿quieres que respire tus cigarrillos de mierda?

Mariella le dedicó una sonrisa despectiva, dejando que la colilla le colgara de la comisura de los labios.

—Tú sigue tratándolo con guantes de seda, que así se te convierte en un pedazo de maricón.

—Me importa un bledo lo que pienses, no fumes en su cara. Y deja de llenarle la cabeza de gilipolleces. El otro día le pegó a un niño porque había hecho comentarios sobre su bronceado.

Mariella enarcó una ceja.

—Los niños siempre se pegan con los demás, así es como se crece.

—¡Mi hijo, no!

—Solo es tu hijo porque dejo que esté contigo, ¡no lo olvides!

Itala se vio a sí misma estrangulándola, lentamente. Se imaginó su cara volviéndose del mismo color que su pelo teñido, los ojos que explotaban: *pop, pop*.

Pero no lo hizo, y ambas sabían que nunca lo haría. La suegra le dio la espalda y empezó a deshacer la cama, quitando las sábanas.

—Acaban de cambiarlas —dijo Itala, agotada.

—No quiero dormir entre los pelos de otra persona.

—¡Están limpias!

—Yo ya sé cómo lavan la ropa en los hoteles.

—Es verdad, tú lo sabes todo...

La otra la miró de soslayo, luego abrió su maleta y sacó las sábanas que se había traído de casa.

—Todo no, pero bastante. Antes de marcharte, déjame algo de dinero.

—Acabo de dártelo.

—La vida es más cara aquí.

Itala sacó del bolsillo un rollo de billetes de cien mil liras con la cara de Caravaggio y contó veinte sobre la cómoda.

—Procura gastarte algo en Cesare.

—No te hagas la lista, porque sé cómo te lo has ganado.

Pop, pop.

Itala salió dando un portazo tan fuerte que un par de huéspedes del hotel asomaron la cabeza fuera de sus habitaciones cercanas. Luego se despidió de su hijo, que permaneció indiferente a su abrazo.

—Siempre dices que vamos a estar juntos, y luego siempre te marchas.

—Tú también has visto que han venido a buscarme. A mí también me sabe mal tener que marcharme, pero he de hacerlo, de verdad. Solo serán unos días.

—De todos modos, la abuela ya está aquí.

Itala se subió al coche apesadumbrada, conduciendo hacia la casa de Piacenza de un tirón. Durante el viaje, el motor no dejó de repetirle que era una madre de mierda.

Amato fue a casa de Itala esa noche con una botella de Johnnie Walker con una etiqueta azul que Itala nunca había visto y que había salido de a saber dónde.

—He estado fuera solo unos diez días, pero tengo la impresión de que no me he ido —dijo.

—Si la cabeza no desconecta, es difícil.

Amato le sirvió un vaso pequeño antes de servirse él mismo. Itala no distinguía un licor de otro, pero fingió que apreciaba la famosa etiqueta azul.

—En tu opinión, ¿soy yo la que no sabe desconectar? Oye, recuerda que fuiste tú quien vino a buscarme el otro día.

—No pensé que te catapultarías hasta aquí.

—No es culpa tuya, es mi forma de ser. ¿Conoces a alguien de la policía de prisiones de Cremona que sea fiable? —preguntó Itala, con el cerebro calentado por el alcohol.

—Sí, a uno... —dijo Amato, no muy contento—. ¿Por qué?

—Porque quiero noticias de primera mano.

—Hum..., ¿y eso?

—Solo para cerrar esta historia en mi cabeza. Quiero dejar de pensar en ello.

Amato se marchó pronto e Itala se quedó con acidez de estómago. Para que se le pasara, se preparó unos *crackers* con atún, el único alimento que tenía en casa.

El nuevo apartamento era más grande que el anterior, se encontraba en un antiguo edificio de cuatro plantas situado detrás de la piazza Cavalli, con las estatuas de la familia Farnesio. Le gustaba mucho la casa, especialmente el salón, con una gran araña de cristal que a Itala le hacía pensar en los bailes de las princesas. Si la ventana estaba abierta, como en ese momento, las lágrimas de la lámpara se movían con el aire, produciendo un agradable tintineo y destellos a lo largo de las paredes.

En el sofá de cuero del salón vio un trozo de *El jovencito Frankenstein* en la tele, pero aunque fuera una de sus películas favoritas no se rio ni una sola vez, porque la cara sudada de Mazza se superponía a la de Gene Wilder.

Se quedó dormida en el sofá, teniendo de fondo a un tipo que vendía joyas falsas en televisión, y se despertó al amanecer con dolor de espalda y envuelta en el hedor del atún. Se duchó con el gel «piel bronceada» y fue a la comisaría a saludar a sus superiores, y de ahí a la sede de la policía administrativa, que era un palacete de dos plantas separado del resto del edificio, con entrada independiente y una veintena de empleados, entre agentes y funcionarios.

Itala estaba al frente de toda la gestión, y los responsables de las otras secciones solo entraban cuando tenían que pedirle algún favor. Su despacho quedaba en la segunda planta, y para llegar a él había que pasar por la sala de suboficiales y, sobre todo, por las mesas de Otto y Amato, que formaban una barrera insuperable incluso para el comisario jefe. De su despacho solo tenían las llaves Amato y ella, lo que lo convertía en un lugar seguro para acopiar las cosas que aún había que repartir o vender. Sin embargo, las más valiosas permanecían encerradas en la caja fuerte, que oficialmente estaba destinada a guardar solo su pistola reglamentaria y los documentos sensibles.

A pesar de que solo había estado fuera unos diez días, resultaba difícil moverse por la habitación debido a las cajas acumuladas. El único lugar despejado era el escritorio. Aparte del teléfono, encima solo tenía el planificador de formato DIN-A3 y una estatuilla de bronce que representaba una pieza de ajedrez a la que sus hombres le habían colocado una gorra de policía. La Reina.

Itala tramitó algunas cosas y firmó un par de documentos oficiales, luego se reunió con el agente de primera Oscar Donati, de la policía de prisiones, en la salita de reuniones. Donati tendría unos cincuenta años, era grande, como la mayoría de los de su departamento, y con una nariz de boxeador.

—Te he hecho venir porque quería hacerles un regalo a tus chicos. Siempre estáis en primera línea, aunque un poco marginados, ¿me equivoco? —comenzó Itala.

—Un mundo aparte, inspectora —dijo Donati.

—Que yo respeto mucho. He pedido que te prepararan cuatro cajas de Marlboro para cargar en tu coche. Son americanos, no los puedes encontrar en el estanco.

—Gracias, los chicos lo agradecerán. Y yo también. Pero no era necesario. ¿Qué necesita?

—Que me hables de Contini. —El tiempo de los cumplidos se había terminado.

—¿Puedo preguntar por qué?

—Contini murió antes de llegar al Supremo; por lo tanto, ya no se le puede procesar.

—Responsabilidad penal extinguida.

—Muy bien. Pero conozco a una de las chicas, y quiero estar segura de que para su familia el infierno ha terminado. Durante su permanencia en prisión, ¿se reunió con alguien que no fuera pariente suyo? ¿Algo extraño en su correspondencia?

—No, entre otras cosas porque las únicas cartas que escribió fueron para su abogado. Y solo su madre iba a las visitas. Ese pedazo de mierda les daba asco incluso a sus familiares. Pero es lo que yo sé. Quizá la directora sepa más.

—Quería evitar un trámite oficial.

—Entonces, si tenía un cómplice, no estaba en contacto con él.

—¿E hizo alguna amistad con alguien en especial mientras estuvo en prisión?

—En cuanto lo sacaban de la enfermería, alguien nos lo traía de vuelta. Yo diría que no.

—¿Por qué no estaba en la zona protegida?

—Debería preguntárselo a la directora...

—Vale, es responsabilidad de ella, pero ¿por qué?

El agente de primera de la policía de prisiones recordó a quién tenía delante.

—No era maricón y no era un pedófilo, no estábamos obligados a hacerlo.

—Había matado a tres chicas, peor que un pedófilo.

—Todavía estaba a la espera de la sentencia definitiva. Después habría sido un problema para otros, para nosotros simplemente estaba de paso.

—Háblame de cuando murió. Había un motín de prisioneros, ¿no?

Donati encendió un Nazionale sin filtro. Eran cigarrillos que solo circulaban en los economatos de la prisión y eran casi inencontrables en el resto de Italia por su precio de ganga.

—Los *talegueros* rechazaron el paseo en el patio en protesta por la comida y se negaron a volver a sus celdas después del tiempo de ocio. La directora dijo que no interviniéramos hasta que empezaron a prender fuego a los colchones. ¿Sabe usted el humo que suelta esa mierda? Es todo gomaespuma, si lo quemas, se pega por todas partes, y si lo respiras te intoxicas.

—Lo sé —dijo Itala, encendiéndose un MS.

—Así que entramos con el apoyo de nuestros compañeros del Grupo Móvil Operativo. La primera celda estaba vacía y apagamos todo con extintores, la segunda era la de Contini. Y estaba dentro, tirado en el suelo, negro como el carbón.

—¿Por qué no salió?

—No lo sabemos. Ninguno de los *talegueros* vio nada.

Itala lo miró fijamente.

—Tal vez alguien mantuvo cerrada la puerta blindada (que era la puerta metálica que cubría la *cangrejera* de barrotes, con un único ventanuco), o le *crujió toa la chota* antes. Nosotros estábamos fuera, no había forma de verlo. Sin embargo, en su sección no había nadie que pudiera ser su cómplice, inspectora. Los conocemos a todos bien, gente que antes de ponerle la mano encima a una niña se corta las pelotas.

—Debería haber pedido que lo trasladaran, entonces —dijo Itala.

Donati sonrió, mostrando dos dientes de oro.

—A lo mejor presentó la petición y esta se perdió. ¿Qué quiere que le diga? Hay gente que verdaderamente nace sin suerte.

Itala se despidió de Donati y de sus cajas. Contini había muerto de mala manera, el defensor de los presos protestaría y a la policía de prisiones le tocarían un poco las pelotas, al igual que a la directora. De todas formas, que esto llevara a reabrir la investigación sobre las chicas le parecía muy poco probable.

Pero Mazza estaba preocupado.

A la hora del almuerzo, Itala recibió una llamada telefónica de Renato Favaro, reportero del periódico local *La Libertà*, a quien había conocido poco después de su traslado.

—¿Cómo es que vuelves a la ciudad y no me dices nada? —le preguntó jovial.

—Llegué ayer por la noche. ¿Pero tú cómo lo sabes? —respondió Itala sonriendo por primera vez en el día.

—Siempre paso por tu casa de camino a la redacción y he visto tu coche con la bolsa de playa. Lo único que faltaba era un cubo y una pala.

—¿Dejé mi bolsa en el coche?

—Si no lo sabes tú...

—El bañador húmedo olerá como un sótano. Gracias por haberme avisado.

—¿Qué vas a hacer para cenar?

Itala no tenía planes, así que hizo algunas compras y se depiló con cera. Renato llegó después de cerrar sus páginas, a las diez, follaron y comieron pizza Buitoni congelada que Itala había dejado goteando en el horno.

Renato tenía cincuenta años, canas sobre las orejas y unas ojeras que parecían tatuadas. Tenía una esposa e hijos mayores, y cuando no iba a casa de ella amanecía jugando a las cartas o bebiendo en algún local nocturno. Siempre iba sin planchar y apestaba a tabaco, pero a Itala no le desagradaba, a pesar de la diferencia de edad.

—¿Así que sigues trabajando aunque estés de vacaciones? —le preguntó arrancando un trozo de pizza y deglutiéndolo con un vaso del lambrusco que había llevado—. Realmente eres todo lo contrario que yo, que estoy de vacaciones incluso cuando trabajo.

—¿Llamas trabajo a escribir un artículo al mes?

—Pero lo escribo muy bien. —Renato adoptó la postura de poeta clásico en medio del salón, vestido solo con los calzoncillos—. Mi crónica de sucesos es tan negra que absorbe la luz. —Tomó otro trozo de pizza, otro vaso y encendió un nuevo cigarrillo con la colilla del anterior.

Itala no sabía cómo se las apañaba para hacer todo a la vez.

—¿Has oído hablar del prefecto Mazza? —le preguntó. Nunca lo había involucrado en sus historias y se sentía un poco incómoda al hacerlo.

—¿El de Bari? Sí, por supuesto. ¿Por qué?

—Trabajé a sus órdenes durante un tiempo. Me preguntaba en qué andará metido.

—¿Sois amigos?

—Yo no diría eso.

El lambrusco se terminó y Renato abrió otra botella, haciendo saltar el tapón en una nube de salpicaduras rojas.

—En mi opinión es un tipo muy listo. ¿Estabas en Biella cuando hizo la gran limpieza de manzanas podridas?

—Acababa de empezar.

—Se rumorea que Mazza era el más corrupto de todos, pero que salvó su culo. ¿Sabes algo más? No puedo explotarte solo por tu cuerpo.

—Qué idiota eres —dijo Itala, después de que le diera un vuelco el corazón—. ¿Y cómo lo hizo?

—Presionando sus amistades, tal vez. —Renato expulsó la colilla de la boquilla en el plato sucio y puso otro cigarrillo. Fumaba sesenta al día y los notaba todos—. Ten en cuenta que un magistrado que investiga a uno de tus compañeros ya sabe que se va a meter de cabeza en un lío. Vosotros no dais puntada sin hilo.

Itala soltó una risita sin alegría.

—Cuando no lo mandamos todo al garete.

—Pero siempre entre vosotros, de todos modos. Además, a Mazza siempre le apasionó la política, y siempre se le dio bien apostar al caballo ganador. Sé a ciencia cierta que está muy unido a dos de los actuales ministros de ese circo al que llamamos gobierno. Y tiene la esperanza de llegar pronto al mismo lugar.

Itala se sorprendió ante aquello. Mazza nunca se lo había dicho.

—¿Y cómo piensa hacerlo?

—Se ha metido en el círculo de Giusto Maria Ferrari.

—Recuérdame quién es...

—Industrial, con un montón de pasta, fabrica gafas, también quiere tener peso en el gobierno.

—Ahora lo recuerdo —dijo Itala—. Hay tiendas suyas en Cremona.

—Y también en Piacenza, y en el resto de Italia. —Renato se lanzó al sofá manteniendo el cenicero lleno contra su pecho y consiguiendo no volcarlo—. Cuando está en Cremona organiza unas buenas fiestas, fui un par de veces. Por trabajo, que quede claro, no frecuento mucho la alta sociedad. A tu Mazza lo vi una vez.

—¿Hace cuánto tiempo? —preguntó Itala, que empezaba a oler a chamusquina.

—Poco antes de que llegaras a Piacenza, más o menos.

—Y, ya que estamos, hablando por hablar... ¿Tú sabes si Ferrari conoce también a algún magistrado de Cremona?

—A todos —dijo Renato—. ¿Qué juez rechazaría una terrina de caviar?

Itala había ocultado su malestar a Renato, pero el *pájaro carpintero* se había puesto a picotear de nuevo. *Imagínate*, le decía, *Nitti y Mazza sentados a la misma mesa, hablando de sus problemas, decidiendo ayudarse mutuamente. ¿Adivinas quién es la gilipollas de turno?*

Itala trató de acallar al pajarraco, pero a la noche siguiente se celebraría la reunión con los otros en la pizzería de la mujer de Otto, en Cremona, que entre una cosa y otra se había convertido en la sede de sus reuniones informales, y descubrió que Contini era el tema del día. De hecho, junto con la pizza con el haz de lictores de mozzarella, se sirvió también la «pizza Contini flambé», y hubo anécdotas e historias toda la noche sobre el asesino en serie y sus víctimas. Itala se enteró así de que Nitti y la Móvil de Bérgamo se habían ido de rositas antes del juicio del Monstruo del Río por razones relacionadas con la investigación. De todo esto ella no tenía ni la menor noticia, y, como todavía estaba de vacaciones —unas bonitas vacaciones de mierda—, al día siguiente se llevó a Bérgamo a su *pájaro carpintero* en su asqueroso Fiat Uno.

Volvió a cruzar el Po por la carretera estatal que salía de Cremona. Intentaba evitar sin ser consciente de ello los lugares donde había vivido antes, como si temiera encontrarse a sí misma de nuevo. Se le había quedado grabado un espectáculo de Adriano Celentano, visto un montón de años antes, donde el cantante se encontraba consigo mismo en la vieja casa de su infancia, sin haber vivido nada de los éxitos de su doble. Y, a pesar de ello, más feliz. Itala no creía que hubiera sido más feliz quedándose en el lugar de su infancia, pero a veces se preguntaba qué sería de parientes y conocidos a los que había dado la espalda: tenía la ferviente esperanza de que hubieran muerto todos.

En Bérgamo, la recibió el inspector Jacopo Bassi de la Brigada Móvil, que había sido uno de los *indultados* de Biella, y la llevó a la sala de oficiales para tomar un café de la máquina expendedora.

—Aquí nos vendría de perlas alguien como tú —dijo—. Una Reina que mantenga firmes a los chicos.

Itala hizo como si no lo hubiera oído. Todo el mundo pensaba que le gustaba ese apodo, mientras que ella a duras penas lo soportaba. En cualquier caso, Bassi resultó ser una excelente fuente de información.

—Se trata de una historia breve y triste, aunque no para mí —le dijo cuando volvieron a su despacho—. Quien estaba al mando aquí antes estaba convencido de que había una conexión entre las chicas de Cremona y una muerta de nuestra zona. La Fiscalía de Bérgamo respondió oponiéndose y lo sacó de la investigación para pasársela a los carabinieri. El jefe se dirigió entonces directamente a Cremona y volaron los cuchillos.

—Me lo imagino. ¿Y cómo acabó la cosa?

—En que los carabinieri arrestaron al padre de la chica por el asesinato, y a mi jefe y a la mitad de su equipo los trasladaron con una buena patada en el culo.

—Así que su teoría era una chorrada —dijo Itala, aliviada.

—Creo que sí, teniendo en cuenta cómo terminó. Pero, para tu información, al padre de la chica lo soltaron. Pruebas circunstanciales, el procedimiento no ha lugar, hay que empezar todo desde el principio.

—Una historia ya escuchada...

—¿Algo así como cientos de veces?

—¿Cómo se llamaba esa chica?

—Maria Locatelli. Tenía catorce años cuando desapareció de su casa, y la encontraron en un río con signos de estrangulamiento, llevaba bastante tiempo muerta. —Bassi le ofreció un cigarrillo y utilizaron las tazas de café vacías como cenicero—. Vivía en Conca, en la Val Serina. En esa zona se hace una harina para polenta que es galáctica.

—No te ofendas, pero en *mi* zona la utilizamos para tapar los agujeros de la pared... ¿Cuándo ocurrió aquello?

—Hace seis años. La vieron por última vez por la mañana cuando iba pedaleando hacia la tienda de comestibles. Encontraron la bicicleta en una zona de difícil acceso.

—¿Y nadie vio cómo se la llevaron?

—No. A esa hora hay poco tráfico privado, ni siquiera pasan vehículos agrícolas o camiones.

—¿Por qué acusaron al padre? ¿Cómo se llama...?

—Sante. Lo metieron en el saco porque, creo yo, no tenían nada mejor. La teoría del juez fue que la había matado en casa, pero durante el contrainterrogatorio de la defensa la desmontaron por completo. No había ni rastros de violencia en casa ni nada en el cuerpo que llevara hasta él.

—¿Qué clase de tipo es?

—¿Conoces *Padre padrone*? —Itala no había leído el libro ni visto la película—. Es un campesino ignorante como una cabra, violento y alcohólico. Su mujer abortó de su segundo hijo por una paliza. Y, cuando ella murió, la sustituyó con su hija.

—¿Sustituyó hasta qué punto? —preguntó Itala con los pelos de punta.

—Si me preguntaras, te diría que abusaba también de ella, pero esto nunca se probó. Lo que es seguro es que la trataba como a una criada. —Itala hizo una mueca, Bassi la vio—. ¿Qué pasa?

—Digamos que yo a punto estuve de acabar así.

—¿Y cómo lo evitaste?

—Me quedé viuda. ¿Cuándo tuvo lugar exactamente el secuestro?

—Todo lo que sé es que fue en mayo, hace seis años.

—Gracias por la charla —dijo Itala.

Pasó por su casa, metió algunas cosas en una bolsa y luego buscó Conca en el mapa.

Itala no lo sabía todo sobre Contini, pero de una cosa estaba segura: seis años antes, en mayo, ya estaba en la cárcel por reyerta con agravantes. Esa había sido la razón por la que Nitti no había metido también a Maria Locatelli en la baraja.

Condujo por la carretera provincial, en su mayor parte cuesta arriba, rodeada por campos de maíz e hileras de viñedos. Siguiendo el ascenso del curso del río Serio, pasó por docenas de pueblos con nombres reescritos con pintura en espray y en un incomprensible dialecto medio alemán. Conca estaba a ochocientos metros sobre el nivel del mar, era un pequeño conjunto de casas viejas que ascendían en espiral por las estrechas calles hasta la plaza del pueblo, con la iglesia y un bar-estanco donde a esa hora solo había ancianos con sombreros que los protegían del pálido sol. El silencio era total y el aire olía a estiércol.

Itala se bajó y fue a charlar con la gente, lo que le resultaba fácil: nadie, al verla, sospechaba que era algo más que una simple ama de casa. La historia de Locatelli salió a la luz, lubricada por una ronda de Campari y patatas reblandecidas. El camarero participó en la charla, contándole hasta qué punto el padre era un animal y Maria una buena chica, un poco tonta y muy religiosa: cuando no estaba en casa, no se la veía nunca por ahí, salvo si era en el oratorio.

La iglesia estaba a dos pasos, e Itala fue a llamar a la puerta de la rectoría contando una historia que le pareció creíble. Don Luigi le abrió con su sotana completamente abotonada, un hombre alto con las cejas pobladas. A Itala le pareció ver al don Alfio de su juventud, pero las manos de don Luigi eran diferentes, delicadas, no las palas callosas que de niña se había encontrado encima más de una vez.

—Buenos días, padre, ¿puedo hablar con usted diez minutos?

—¿Nos conocemos?

—No, pero... se trata de algo complicado. ¿Puedo? —dijo señalando el interior de la casa.

—Sí, por favor. Pase y siéntese.

Se sentaron en la pequeña cocina con azulejos florales y el sacerdote le ofreció agua de una jarra.

—Usted no es de aquí, lo digo por el acento.

—No. —Itala se presentó con un nombre sureño al azar—. Sé que parece algo de otra época, pero he conocido a una persona y...

—¿Quiere casarse?

—No..., quiero saber si puedo confiar en él.

—Señora, no sé si soy la persona adecuada para...

—Se llama Sante Locatelli.

El sacerdote puso los ojos como platos.

—¡Ah!

—A mí me parece una buena persona, pero acabo de conocerlo y estoy oyendo cosas horribles sobre él.

—Oh, Señor, ¿qué quiere que le diga? Sante...

—Dicen que se acostaba con su hija.

El sacerdote había empezado a sudar.

—No, eso no. Mire, señora, lo que puedo decirle es que es alguien a quien le gusta levantar la mano.

—¿Incluso a su hija?

—No, a la hija nunca la tocó. Yo conocía bien a Maria, la pobrecita. Era un ángel y ni siquiera esa bestia... —Hizo una pausa, como si justo en ese momento hubiera entendido la duda que la atormentaba—. No creo que fuera él. Y los jueces tampoco lo creen, porque lo soltaron. Por lo demás, señora, debe usted tomar sus propias decisiones.

—¿Puede al menos hablarme de la hija? Él no me ha contado nada y yo no sé cómo preguntárselo.

Itala escuchó con el piloto automático puesto toda la parte preliminar sobre lo piadosa que era la finada, luego intentó llevarlo hacia una dirección más provechosa. Se sirvió de un pobre «niña».

—Bueno, ya no era una niña, a lo mejor incluso tenía un noviete... —lo provocó.

—De ninguna manera, ni siquiera se le pasaba por la cabeza.

—Mire que, con catorce años, hay chicas que se quedan embarazadas...

—¿A usted qué le parece, que no lo sé? ¿A quién cree que vienen llorando? Pero ella no era ese tipo de chica. Y además... —Don Luigi abrió una de las ventanas y señaló las laderas de la montaña—. ¿Ha estado usted alguna vez en casa de Sante?

—No. Nos vemos en un hotel.

—Ahórrese los detalles, no me gustan en absoluto.

—Perdóneme.

El sacerdote señaló hacia el valle.

—¿Ve ese grupo de granjas, pasado el puente? Una de ellas es la de los Locatelli. Solo hay un camino que va desde allí hasta el pueblo, y aquí no llegamos a los dos mil habitantes. Todo el mundo se conoce. Si la pobre Maria hubiera tenido una historia con alguien, lo habríamos sabido. Y su padre también, y eso habría supuesto un serio problema para el chico. —La miró fijamente—: Y se lo dije también al juez, cuando me interrogaron, no es ningún secreto.

—Pero, si no fue Sante, ¿quién mató a esa pobrecita?

—Alguien que pasaba por aquí, creo yo. Pero Maria no hizo nada para provocarlo, estoy seguro de eso también. Hay chicas que llevan escrito en la cara que van a acabar mal, pero Maria... Ella iba un poco «por detrás», no sé si me entiende.

—¿Era retrasada?

—Yo diría que inocente. Todavía era una cría. ¿Sabe cuál fue la travesura más grande que llegó a hacer? —El sacerdote empezaba a emocionarse.

—No.

—Venía a seguir las actividades de los *scouts* sin permiso de Sante. Tienen su sede en una sala del oratorio.

Los *boy-scouts* estimularon en ella un recuerdo que Itala no fue capaz de descifrar. Lo dejó de lado.

—De todos modos, no fue Sante, esto es lo único que importa.

—Que el Señor me perdone por lo que voy a decir. —El sacerdote bajó la voz como si realmente tuviera miedo de que

174

desde lo alto de los cielos alguien pudiera oírlo—. Si Sante la hubiera golpeado hasta matarla mientras estaba borracho, podría haberlo creído. Porque es un bebedor, no sé si se ha dado cuenta ya. Pero estrangularla, ocultar el cadáver, mentir a todo el mundo, fingir dolor... No. No me lo creo.

—¿Y Maria qué decía de él?

—Ella lo quería y soportaba su rudeza. Visto de manera retrospectiva, debería haberle dicho que huyera de casa. Lejos de aquí no le habría pasado nada.

Como no tenía ganas de volver al bar de la plaza, Itala buscó la tienda de alimentación y pidió dos rebanadas de *focaccia* rellenas de jamón con mayonesa. Se bebió con ellas una Fanta sentada en un banco con vistas al valle, y la granja Locatelli al fondo, intentando mantener a raya los malos pensamientos. Luego se sacudió las migas y bajó a pie las curvas cerradas. Era una casa de campo rústica de dos plantas, con algunas partes de piedra y otras de ladrillo, y una larga y torcida terraza que también servía de tejado.

Alguien, que debía de ser Sante Locatelli, estaba moviendo troncos desde una gran pila hasta la leñera recubierta de amianto verde. Lo hacía utilizando una carretilla y despotricando cada vez que la vaciaba. Era un hombre enorme, ancho de espaldas y con unos muslos del tamaño de troncos. Con la barba larga y el pelo sucio, iba un poco desaliñado, eso en el caso de que no hubiera ido siempre así.

—¡Señor Locatelli! —lo llamó.

Él negó con la cabeza.

—Estoy ocupado.

—Necesito hablar con usted de un asunto personal.

—Estoy ocupado, ya se lo he dicho.

Itala esperó a que volcara más madera y luego se sentó encima de la carretilla vacía, mientras él sujetaba unos pequeños troncos con un brazo.

—Oiga, que me la va a hundir.

—Qué simpático... Le pido diez minutos. —A esa distancia, Itala sentía el alcohol en su aliento y el hedor acre de su sudor.

—¿Y tú quién coño eres, si se puede saber?

Itala no respondió.

—Eres de la policía.

—Quiero que me hables de tu hija.

—¿Por qué?

—Porque, si no, la próxima vez vendré con un montón de compañeros.

—Déjame ver la placa.

Itala se levantó la sudadera para enseñarle la pistola.

—Ya las tienes vistas, ¿verdad?

Locatelli lanzó los troncos contra la pared de la leñera con un estruendo ensordecedor.

—Pero ¿por qué no paráis ya de tocarme los cojones?

La expresión plácida de Itala desapareció.

—Sante, solo quiero hacerte unas preguntas. Entremos, me preparas un café, nos lo tomamos con calma, charlamos diez minutos, luego me voy y ya no vuelves a verme por aquí.

—Yo el café me lo tomo en la taberna.

—Entonces lo haré yo, ¿de acuerdo?

La bestia se resignó. Su casa era un retrete: basura, ropa sucia, restos de comida, olor a podrido, botellas vacías. Con algo de esfuerzo, Itala encontró una cafetera llena de moho, café rancio y vasos costrosos.

—¿No tendrás vinagre, por casualidad? —preguntó.

Locatelli no respondió y se sentó a la mesa, desabrochándose la camisa. Era peludo como un oso y tenía un pecho de levantador de pesas. Itala se las apañó con el jabón para limpiar los vasos, sacó el café del fondo del recipiente y puso a hervir la cafetera con agua y sal antes de usarla.

—¿Por qué no le pides a alguien que venga a echarte una mano aquí? Una mujer de la limpieza.

—No vienen a mi casa. Me tienen miedo.

El café salió, el aroma olía a quemado. Lo llevó a la mesa.

—Mejor que esto no puedo hacerlo. ¿Por qué te tienen miedo?

Locatelli miraba los vasos humeantes como si no supiera lo que eran.

—Porque no dejo que nadie me pisotee la cabeza.

—Menuda gilipollez...

—Y porque creen que fui yo. Porque me acostaba con mi hija, como un animal. Lo pensaba hasta el juez. «Es usted un pervertido», me decía. Pero en mi cabeza el enfermo era él, no yo.

Itala buscó desesperadamente una señal de culpabilidad y de vergüenza, pero no la encontró.

—Vamos, tómate el café —dijo.

Locatelli bebió un sorbo.

—Era Maria la que hacía el café. Solía prepararme el desayuno, antes de que me marchara a los campos.

—¿Y ahora ya no vas?

—Lo alquilé todo. Me importa una mierda, pero de algo tengo que vivir.

—¿Tienes una idea de quién pudo haberlo hecho?

—Si lo supiera, ya estaría muerto. Y yo volvería a la cárcel con la cabeza bien alta.

—Tal vez tu hija iba con alguien a quien no conocías.

—¡Maldita *terrona*, mira que todavía estaba «entera», me lo dijo el médico! —gritó el otro.

¿Entera? Oh, Dios mío, quiere decir virgen, pensó Itala.

—Puedes tener novio y seguir siendo virgen. ¿Tengo yo que explicarte que hay muchas maneras?

Sante parecía estar a nada de saltar encima de ella, pero en cambio cogió una de las fotos enmarcadas de la cómoda y se la puso delante de sus narices.

—¡Mira! ¿Te parece a ti una putita? ¿Ella o sus amigas? —En la fotografía, Maria estaba abrazada con una chica *scout* de color, y el recuerdo que se le escapaba volvió a rondarle por la cabeza a Itala. ¿Tenía Cremona algo que ver?—. ¿No ves que es un ángel? —volvió a gritar el padre—. Me la mató un monstruo, no un novio celoso.

—Tienes razón. ¿Estaba con los *scouts*?

Sante volvió a sentarse, más tranquilo.

—No, nunca quise que lo hiciera. A mí siempre me pareció una chorrada. Hasta vino el sacerdote...

—¿Don Alfio?

—Don Luigi. Al otro no lo conozco.

—Sí, ese. —Don Alfio se rio en la cabeza de Itala. *Después de tantos años, sigues pensando en mí.*

—Yo le dije que los *scouts* son niños vestidos de idiotas...

—Dirigidos por idiotas vestidos de niños.

Locatelli esbozó una leve sonrisa, luego encendió un cigarrillo sin filtro. Itala aceptó uno, a pesar de que no le gustaba el tabaco tan fuerte.

—Me pidió que dejara a Maria ir al campamento de verano, solo para que lo probara.

—¿Y lo hizo?

—Maria murió antes de las vacaciones.

Itala fue ascendiendo las curvas de horquilla jadeando, y a mitad de camino descubrió que tenía detrás a dos hombres que se acercaban a ella. Se sentó en un bordillo a esperarlos, convencida de que la estaban apuntando y casi igual de convencida de que se trataba de compañeros. Y, en efecto, agitaron la placa bajo su nariz antes de que abriera la boca.

—Carabinieri, enséñenos su documentación —dijo el primero. El otro empuñaba la pistola, que sujetaba junto a la pierna.

Itala ya había preparado la placa.

—Guarda ese cañón, estamos en familia, *primo.*

El carabiniere se quedó de piedra y se la pasó a su colega.

—Disculpe, inspectora, ¿está usted aquí de servicio?

—No. Voy a por setas —respondió Itala.

—¿Puedo preguntarle la razón por la que se ha reunido con el señor Locatelli?

—Le he preguntado por la ruta panorámica.

—¿Durante una hora?

—Me invitó a un café. ¿Qué problema tenéis? ¿Por qué estáis vigilándolo?

—Ese es un asunto que no le concierne.

Itala le arrebató la placa de la mano y esperó a que giraran sobre sus talones.

Anda, id a tomar por culo... No se esperaba que Locatelli siguiera bajo vigilancia tras su absolución. Con todo el esfuerzo que había hecho para que su nombre no circulara por ahí. Llegó al centro del pueblo empapada en sudor. En el expositor delante de la puerta de la iglesia había folletos con el lirio de los *scouts* y el número de teléfono de un par de responsables. Se llevó uno, luego se subió al coche y fue a buscar un sitio donde dormir. Podría haber vuelto a Piacenza, pero le pareció que quedarse por la zona la ayudaría a poner en orden sus pensamientos. El *pájaro carpintero* estaba trabajando horas extras.

Encontró un motel para parejas en las afueras de Bérgamo, uno de esos construidos en bungalows y discretamente cubiertos por árboles, en un horizonte de chimeneas de fábricas metalúrgicas. Lo eligió porque los que dirigían esa clase de lugares eran sensibles a los halagos y a las amenazas. Le mostró al portero su identificación, junto con un billete de cincuenta mil liras.

—Estoy de incógnito, necesito no aparecer registrada —dijo sin mentir demasiado. Cada día, dos veces al día, los carabinieri pasaban a recoger los datos de los clientes, y después de lo que había pasado cerca de la casa de Locatelli, no quería encontrárselos en el umbral en mitad de la noche.

Con un único movimiento, el portero hizo desaparecer el dinero y aparecer la llave, sin levantar la vista en ningún momento. Itala aparcó el coche junto al bungalow y se tiró en la cama en ropa interior, intentando no mirarse en el espejo del techo. Junto con la bolsa de la ropa, se había traído otra con la novedad de ese año, que había llegado a sus manos justo antes de las vacaciones, si es que así podían llamarse: un ordenador portátil. Era una cosa de plástico negro de IBM con teclado mecánico que escribía en blanco sobre fondo negro, algo a lo que le costó un tiempo acostumbrarse.

Los ordenadores también empezaban a verse en los escritorios de comisaría, pero hasta entonces Itala no se había dignado a echarles una mirada. De niña había estudiado mecanografía, y cuando tenía que escribir un informe era muy rápida y precisa, incluso con tres hojas y doble papel carbón. Pero el portátil le fascinaba por la posibilidad de grabar todo en un disquete sin tener que llenar archivadores. Lo puso en marcha y dejó que se desplazaran por la pantalla las frases en inglés mientras se iba a duchar. Cuando volvió, cargó el programa de procesamiento de textos y, utilizando la nevera del minibar como superficie de apoyo, soltó allí las notas del día, recogiendo sus pensamientos.

Si Maria había sido víctima del asesino, debía de tener puntos de contacto con las otras chicas. ¿Pero cuáles? Las otras tres vivían en las inmediaciones de Cremona, asistían a otras escuelas, y Maria, según todos los indicios, no se había movido nunca de Conca. Además, Locatelli, don Luigi y los demás nunca habían mencionado a las chicas del río, y lo habrían hecho si por alguna circunstancia Maria hubiera conocido a alguna. Lo cual era difícil debido a la diferencia de edad, especialmente con Mazzini, la única con la que Itala había coincidido, aunque solo fuera en un funeral. Y entonces afloró de nuevo el recuerdo del cortejo fúnebre de Cristina Mazzini. A ella le habían encomendado el mantenimiento del orden público y le pareció que había visto, ese día, en la parte final del cortejo, a un pequeño grupo de *scouts*. ¿Se lo estaba inventando o realmente habían estado ahí?

—Estoy cerrando un artículo —respondió Renato cuando se lo pasaron desde la centralita del periódico: tenía el turno de noche.

—Mentiroso. A esta hora acabas de entrar en la redacción.

—Es el artículo de ayer.

—El de la semana pasada... Escucha, necesito tu mente enciclopédica. Mazzini, la chica de Cremona asesinada hace tres años, ¿te acuerdas de ella? Una de las chicas del río.

—Sí. Pero yo no me ocupé de ello.

—¿Crees que habrá por ahí fotos de su funeral? Toda la gente bien estaba allí.

—Veamos... ¿El hecho de que Contini acabe de morir tiene algo que ver con este interés tuyo?

—Venga...

Renato era demasiado inteligente para insistir. Y no lo hizo.

—Vale. Seguro que las habrá. Incluso aquí, en el archivo, creo. ¿Qué necesitas?

—Mira si también había *boy-scouts* en el cortejo. Me parece que sí, pero no estoy segura.

—Te llamo a este número.

Mientras tanto, Itala llamó al conserje del motel y le preguntó si tenían algo de comer, la idea de volver a vestirse y salir en busca de una pizzería no le apetecía nada

—Mire, la verdad es que no tenemos muchas cosas —le respondió.

—Supongo que la gente no viene aquí por la cocina.

—Pero tenemos cruasanes y té.

—Me parece bien.

Eran de esos rellenos de mermelada de albaricoque que se pegaban a los dientes, e Itala se detuvo en el tercero. Luego llamó a los números que se encontraban en el cartel de la iglesia. En el primero contestó un joven (por la voz), a quien se presentó con un nombre al azar.

—Quería saber cómo funciona, es para mi hija. Le gustaría venir, pero no sé muy bien... En resumidas cuentas, ¿qué es lo que hacéis?

El tipo enumeró las virtudes del escultismo, que Itala escuchó mientras se cortaba las uñas de los pies, y lo detuvo cuando llegó a lo que llamaba «salidas».

—Se necesita el permiso de los padres, ¿no? E imagino que una chiquilla no puede ir sola.

—No, señora. En el momento de la inscripción solicitamos un permiso previo para las salidas dominicales. Pero, si dormimos fuera, pedimos otro. Nos comportamos como una escuela, más o menos.

—Y, en vuestras salidas, ¿adónde vais? Perdona que lo pregunte, verás, quiero hacerme una idea.

—La mitad de las veces vamos al Bosquetto di Conca, las otras veces a Bérgamo o a Cremona.

—¿También a Cremona?

—Hay un hermoso club de remo que es también un polideportivo. El Enrico Toti.

Itala recordaba haber pasado por delante un montón de veces; estaba a solo unos cientos de metros del Ponte di Ferro, donde se encontró el cuerpo de Mazzini. Clubes como ese había cuatro o cinco, con lista de espera para las inscripciones. El Toti era el más caro, por lo que ella sabía.

—Ya, a saber cuánto cuesta... —preguntó, mientras intentaba imaginar un truco mediante el que Contini pudiera haberse desmaterializado en la cárcel, aparecer en el club, matar a Maria y luego volver a su celda.

—No, no. La fundación propietaria del club ofreció un convenio gratuito para todos los *scouts* lombardos.

Itala le dio las gracias, luego llamó al hotel donde se alojaban Cesare y Mariella, pero el portero dijo que desde la habitación nadie respondía, a pesar de que eran casi las diez de la noche. Estaba preocupada por Cesare, por su progresivo retraimiento. Durante el último año se había encerrado cada vez más en sí mismo, y no había manera de conseguir que Mariella cooperara. A su manera, muy a su manera, quería a su nieto, pero se comportaba como si ella fuera la madre, y eso a Itala a veces la ponía de los nervios. *Esa gilipollas glacial y codiciosa.*

Se durmió pensando en ella y cuando Renato llamó a las dos de la madrugada casi le dio un ataque.

—Te acordabas bien —dijo Renato bostezando.

—¿Así que Cristina era una *scout*?

—Patrulla Morada, para ser exactos. Dentro del ataúd estaba incluso su hermoso pañuelo.

—Joder.

—¿Por qué?

—Porque no lo sabía.

—Ya puestos, también comprobé a las otras dos chicas, no me costó mucho porque están archivadas todas juntas.

—¿Eran todas *scouts*? —preguntó Itala, completamente despierta de golpe.

—No. Si estabas buscando una misteriosa conexión entre Contini y Baden-Powell, andas desencaminada.

Itala colgó. Boy-scout *de mierda*, pensó antes de tumbarse de nuevo.

A la mañana siguiente, Itala logró hablar con su hijo, quien durante toda la conversación estuvo mascando ruidosamente un chicle en su oreja, y salió del motel al mismo tiempo que un par de zorras con el maquillaje corrido. Llegó a la sede provincial de los *scouts*, un edificio que parecía inseguro y, siguiendo con la historia de ser una madre ansiosa, acaparó folletos y hojas ciclostiladas sobre las actividades pasadas, incluida la agenda *Diez años de escultismo*, que daba testimonio con fotografías de aficionados de los encuentros entre patrullas de diversas partes de Italia.

Se sentó en una cafetería a escribir sus notas en el portátil, comiéndose una pasta con textura de polenta (estaban realmente obsesionados con aquello), aunque por suerte dulce y jugosa.

—Eh, tú, *terrona*, recuerda que no estás en tu casa —dijo el propietario cuando conectó el ordenador.

Ella le mostró su identificación, él retrocedió con las manos levantadas, entonces Itala se puso a hojear el material de los *scouts*, oscilando entre el aburrimiento y la ternura. Tal vez a Cesare le habría ido bien participar en sus actividades, habría hecho algunos amigos y adquirido hábitos saludables como el excursionismo y la vida al aire libre, algo que le faltaba un poco a su educación. Y luego estaban los clubes de remo gratuitos...

Los *scouts* de Conca habían realizado caminatas a lo largo del Po con otras patrullas lombardas seis años antes, pasando por Cremona al menos tres veces durante el año de la desaparición de Maria. Aquel fue el periodo en que Maria insistió en unirse a los *scouts*, tal vez fue a una excursión a escondidas y se encontró con el tipo que luego la mató. Y, aunque Maria y Mazzini nunca se habían conocido por razones de edad, habían frecuentado los mismos lugares al menos una vez. Pero las excursiones eran siempre los sábados o los domingos, cuando el padre no trabajaba. Tal vez ella le había puesto alguna maldita excusa.

Pensó en Sante, sólido y trágico en su soledad y, a pesar de lo que se decía sobre él y sobre su costumbre de levantar la mano, se dio cuenta de que en modo alguno le resultaba antipático. Si al final resultaba que era él quien había matado a su hija, le habría sentado fatal.

Antes se había fijado en que había una sede de la compañía telefónica no muy lejos, y allí entró, eligiendo una cabina con acolchado perforado entre la fila de diez que gestionaba una operadora. Había incluso un terminal de Videotel en una esquina, ignorado por todo el mundo. Itala lo había probado un par de veces, esperando con paciencia a que las líneas de texto de color llenaran la pantalla para buscar alguna información útil, pero solo había encontrado horarios de trenes y anuncios de líneas eróticas.

Llamó a casa de Locatelli, quien respondió solo después de que la línea se interrumpiera por dos veces al undécimo timbre.

—No sé quién eres, pero ya me has tocado los cojones —exclamó.

—Soy la *terrona* que te hizo el café. ¿Tienes algo para escribir?

—La *terrona*... —Locatelli tardó en entenderlo—. Ah, claro, la...

—¿Tienes algo para escribir, sí o no? —lo interrumpió.

—Sí, sí. Pero qué...

Itala le dictó el número que le había buscado la operadora de la telefónica.

—Pregunta por Pasquale.

—Vamos a ver, ¿llamo ahora?

—No, primero sal de casa y busca un bar —dijo Itala y colgó. Cualquiera que hubiera escuchado la conversación se habría dado cuenta de que se estaba haciendo la lista, pero con un poco de suerte no podrían llegar hasta ella ni escuchar el resto. Y ella podría negarlo sin problemas.

Se sentó en los sillones de la sala de espera, hojeando un viejo *Mickey Mouse* con páginas arrancadas. Hacía calor, aunque menos que en las cabinas, donde el aire se volvía pesado al cabo de unos minutos. Las pocas personas presentes se abanicaban con las revistas y salían de las cabinas con las camisas empapadas.

Locatelli volvió a llamar al cabo de veinte minutos.

—El señor Pasquale, cabina tres —dijo la operadora y se sorprendió cuando la vio correr hacia el aparato.

—Si me estás llamando desde casa, estaremos en el mismo punto de antes —dijo Itala. Oía el eco lejano de su propia voz, la comunicación tenía interferencias.

—Estoy llamando desde la cabaña. Tengo un radioteléfono. ¿Siguen escuchando mis llamadas telefónicas?

—Sí. También el radioteléfono, si está a tu nombre.

—No soy tonto. Si no quiero que tus compañeros se enteren de mis cosas, obviamente no voy a ponerlo a mi nombre.

—Te voy a hacer unas preguntas sencillas, pero tienes que hacer un esfuerzo de memoria. ¿Dónde estabas...? —Enumeró las fechas de las excursiones que había apuntado.

—En el trabajo, luego en casa. Como los demás días. Pero han pasado seis años, no lo recuerdo.

—¿Los sábados y domingos?

—No, los domingos generalmente estoy en casa.

Itala resopló.

—Te he pedido que hagas un esfuerzo, no que intentes adivinar... ¿Y nunca te marchabas por ahí? ¿Nunca?

—Con mi hija.

—¿Ningún viaje de negocios? ¿Estás seguro?

Sante se lo pensó durante unos segundos.

—Solía ir a las ferias de muestras, pero volvía por la noche, quizá tarde, pero siempre volvía. No recuerdo las fechas exactas. Nunca me preguntaron eso cuando me interrogaron.

—¿Qué ferias? —Itala utilizó la contraportada en blanco del *Mickey Mouse* para transcribir lo que Locatelli le dictaba. Mientras se despedía, el teléfono de Locatelli empezó a chisporrotear. La línea se cortó justo cuando ella le pidió que mantuviera el pico cerrado.

Itala salió a tomar el aire y a secarse el sudor, el clima era denso y pesado. Cuando volvió a entrar, la empleada la miró con curiosidad.

—¿Se le ha roto el teléfono de casa?

—Se ha sobrecalentado. —Volvió a la cabina, marcó el 12 y consiguió los números de teléfono de las organizaciones feriales que Locatelli le había enumerado. Como también en la oficina de teléfonos tenían un servicio de fax, dio ese número para que le enviaran toda la información necesaria.

A las cuatro de la tarde, después de una pausa para comer un plato de *casoncelli* —una especie de raviolis raros, aderezados con mantequilla y salvia— y para orinar, se gastó el equivalente a un año de facturas telefónicas para recibir medio kilo de faxes con fechas semiilegibles de los más diversos eventos relacionados con la agricultura.

Cuando finalmente regresó a Piacenza con su carga de información, probablemente inútil, pasó la velada con el programa de tratamiento de textos, tomando notas y dibujando diagramas llenos de flechas en el cuaderno.

Descubrió que en al menos dos ocasiones Locatelli había ido a ver vacas y semillas en fines de semana, coincidiendo con dos importantes reuniones de *scouts* lombardos en los que probablemente también participó la patrulla de Conca. Así que, hipotéticamente, su hija podría haberse ido con ellos y haber regresado sin que él se diera cuenta. Y, de nuevo hipotéticamente, durante ese viaje podría haber conocido al hombre que la había secuestrado y matado y, tal vez, también a la jovencísima *scout* Cristina Mazzini.

Mazza la llamó esa misma noche. Itala no esperaba tener noticias suyas tan pronto y le dio el número del bar de bocadillos de debajo de su casa, luego bajó a por un sándwich de atún y queso de cabra y una cerveza Adelscott con malta de whisky, que siempre había querido probar y que no fue de su agrado. El propietario, acostumbrado a esas sesiones nocturnas de Itala, le llevó un teléfono inalámbrico.

—¿Dónde te estoy llamando? —preguntó Mazza.

—A mi oficina fuera de la oficina. Supongo que prefiere usted que nuestra llamada sea confidencial.

—Sí... Itala, solo quería saber... si todo va bien.

Itala se dio cuenta de que alguien lo había informado de su vista a Conca, y eso la preocupó, porque la historia era más considerable de lo que se imaginaba y quedaba claro que Mazza estaba metido hasta las orejas.

—Todo bien, di un largo paseo para ver si una vieja historia había asomado la cabeza de nuevo, pero he descubierto que nadie ha vuelto a pensar en ella —mintió.

—Me alegro. Entonces te diría que vuelvas a esconder la cabeza bajo tierra. La investigación sobre la muerte de *ya sabes quién* parece ir en la dirección correcta.

—Pero esa vieja historia, que *sin duda alguna* usted no conoce, me ha preocupado un poco.

La pausa de Mazza fue significativa.

—¿No acabas de decirme que nadie está pensando en ella?

—Pero yo sí que estoy pensando, doctor. Creo que tal vez hizo usted una elección precipitada, hace dos años.

—Yo no soy de esa opinión.

—¿Y si por casualidad el río nos devuelve otro regalito?

Mazza respiró pesadamente unos segundos e Itala se preguntó si estaba tratando de calmar su ira o su nerviosismo.

—Eso no va a pasar. Te juro que no pasará.

—¿Está seguro?

—Confía en mí, Itala. Es agua pasada.

Itala colgó y se tomó una Corona con limón para borrar la cerveza anterior, pero le quedó un mal sabor de boca, que era más psicológico que físico. Sabía que cualquiera puede llegar a traicionar incluso a su mejor amigo por las más variadas razones (siempre existe una buena), pero no se esperaba que Mazza lo hiciera con ella. En cambio, la había arrastrado hasta el centro de toda esa mierda. Se lo imaginaba en la fiesta de Ferrari, poniéndose de acuerdo con Nitti. Nitti tendría un glorioso final a su carrera; Mazza, el final (sin gloria) de la investigación sobre él. No era ella a quien investigaban, era a ese gilipollas que la había utilizado como si fuera una farfolla cualquiera.

De vuelta a su apartamento, Itala metió los papeles en una bolsa de plástico del supermercado, pero, en vez de tirarlos, los guardó en un armario. Pensó en Maria, que bajaba de sus montañas para estar con sus amigas, que cantaba durante el viaje en tren o en coche alguna canción de los *scouts*. En uno de los folletos que había recogido había la letra de un par de ellas. *El león ya se ha dormido / ya no causa terror / a la jungla ya está llegando / serenidad y paz...*

Tal vez fuera una canción demasiado infantil para ella, ahora que tenía ya casi quince años. Tal vez, en cambio, había pasado el rato pegándose el lote con un chaval que le gustaba y que nunca consiguió llegar hasta el final.

Se fue a la cama, dándole vueltas a todo aquello en la cabeza, y se levantó más cansada que antes. Era domingo, descubrió con cierta sorpresa, había perdido la cuenta de los días. Sus vacaciones, con la mierda que habían sido, terminaban al día siguiente, cuando también comenzaba de nuevo el colegio de Cesare. Volvió a Riccione para recoger a su hijo y a su suegra, aunque a esta última con gusto la habría dejado enterrada en la playa. Hizo que se pusiera en el asiento trasero, donde estuvo quejándose por cada bache y por cada soplo de viento, mientras ella intentaba entablar una charla inofensiva con Cesare, quien se había puesto de color carbón y le clareaba el pelo hasta el punto de que parecía de cristal.

No consiguió gran cosa, porque Cesare parecía más interesado en jugar al *Super Mario* en la Game Boy, gastando pilas como un demonio. Solo cuando Mariella se quedó dormida, Itala insistió en que hablara con ella.

—¿Pero tan divertido es ese juego?

—Quiero terminar todas las pantallas, para obtener los bonus.

—¿Y para qué sirven?

—Para ganarle a Riccardo, que también juega. Nos hemos llamado por teléfono durante las vacaciones.

—¿Y qué os habéis apostado?

—No, nada... —dijo Cesare, reticente.

—¿En serio?

—Vale, vale: el perdedor tiene que entrar en clase en calzoncillos.

Itala se sobresaltó.

—¡Ni se te ocurra hacer algo semejante!

—Si yo pierdo y no lo hago, quedaré como un cobarde.

—Dile que te he dicho yo que no lo hagas. O eso, o me llevo esa cosa y no volverás a verla nunca más.

Cesare se encerró en un hosco silencio.

—No puedes entenderlo porque eres una mujer —dijo luego.

—Soy tu madre, lo entiendo todo.

—Sí, sí... Vale, vale.

Su hijo se le estaba escapando, como una pastilla de jabón.

—Escucha, ¿te gustaría ir a los *boy-scouts*? Creo que hay una sede cerca de casa de la abuela.

—No, gracias.

—¿Ni siquiera quieres probarlo? Hay un montón de chicos de tu edad.

—No.

—¿Por qué?

—Porque son todos unos maricas.

—¡Qué tontería más grande! ¿Quién te ha dicho eso?

—La abuela.

—No todos son homosexuales...

—Cuando empiezan quizá no, pero cuando terminan han aprendido a chupar pollas.

Mala sangre, pensó horrorizada. *Mala sangre*. Le soltó una bofetada sin pensárselo y le gritó con una voz que no parecía la suya:

—¿Quieres dejar de hablar así? ¿En qué te has convertido, en un delincuente juvenil? ¿Quieres acabar en un reformatorio?

Cesare perdió su aire de tipo duro y rompió a llorar. Mariella se despertó y, naturalmente, se puso del lado del niño. Al final, Cesare y ella intercambiaron sus sitios y el resto del viaje continuó en un silencio gélido hasta casi Castelvetro. Cuando Mariella le habló, tenía un tono serio.

—¿Estás estresada? —le preguntó—. ¿Tienes problemas con el trabajo? ¿O con tus dos trabajos?

—No. Y eso no es asunto tuyo.

—Sí, claro que lo es. Si el dinero escasea porque te has metido en problemas, eso sería un problema. Sabes que yo sola no puedo hacerme cargo.

—Ya hemos hablado de ello. Puede vivir conmigo.

La suegra negó con la cabeza.

—Ese chico necesita seguir el camino recto.

—A mí me parece que ni siquiera sabe dónde queda el camino recto para casa. ¿Has oído cómo habla?

—Si quiere hacerse respetar, tiene que hablar así. ¿Qué quieres, que se convierta en una víctima?

—Solo quiero que se convierta en una buena persona.

El sarcasmo de Mariella apareció de nuevo.

—¿Como su madre? —preguntó, fingiendo unas risas.

—No como su abuela, por supuesto. ¿Qué has hecho tú de bueno en la vida? Aparte de sacarme los cuartos.

—Te mantengo a raya, eso es lo que hago. Antes de pararnos en casa, vamos al supermercado. Necesito algunas cosas. Obviamente, pagas tú.

En los dos días siguientes, Itala firmó cientos de informes sin leerlos siquiera, y poco a poco dejó de pensar obsesivamente en Mazza y Maria, y se sintió lo bastante calmada como para recibir al agente Bruni, que llevaba poco tiempo bajo su mando y que había metido la pata por primera vez.

Bruni tenía treinta y cinco años, el tabique nasal aplastado y perilla, había sido suspendido en dos ocasiones y lo habían degradado otras tantas. Era un milagro que aún vistiera el uniforme.

—¿Cuánto tiempo llevas en la sección? —le preguntó Itala, que lo sabía a la perfección.

—Dos meses, más o menos, inspectora.

—Entonces ¿por qué me dicen que no te implicas en el trabajo, que eres un zángano?

—Eso no es cierto, es que todavía me estoy adaptando. Soy un poco como un diésel...

Itala había aprendido a tratar con ese tipo de policía desde su primer destino y se quedó mirándolo sin ninguna emoción en particular.

—Te has adaptado demasiado bien si has hecho que un compañero de otra sección te entregara dinero para agilizar un expediente de permiso de armas.

—No era para él, era para un amigo suyo.

—Ahora vas a ir a devolvérselo y le dices que era una broma o lo que se te ocurra.

Bruni estaba atónito.

—No lo entiendo, inspectora, ¿aquí unta usted a todo el mundo y a mí no?

—¿Que yo unto a todo el mundo? ¿Qué significa eso?

—¿Me está tomando el pelo? Tiene una oficina llena de cajas con cosas —dijo Bruni, casi indignado.

193

—¿Cosas? ¿Te refieres a los paquetes que preparamos para los huérfanos?

—Claro, cómo no.

—Tus acusaciones son muy graves. Debes hacer un informe y denunciarme al comisario jefe.

Por primera vez su subordinado mostró preocupación.

—Mire, yo no he dicho eso porque quiera ser un soplón. No quiero que mis compañeros me escupan a la cara.

—Pues te estás acercando mucho.

—De verdad, no quiero problemas, ha sido usted quien...

—Yo no sé nada de dinero negro —lo interrumpió Itala, sin perder su tono calmado—, pero, si realmente circulara por mi sección, probablemente acabaría en los bolsillos de los que han aprendido las tres reglas fundamentales. ¿Sabes cuáles son?

El otro negó con la cabeza.

—La primera regla de los buenos policías (si es que existen) es que el trabajo es sagrado. Uno no es un zángano, no llega tarde, no descuida sus deberes. Segunda regla, la comisaría es la iglesia. No se toca nada de lo que entra por la puerta principal, aunque sean doblones de oro, no se pide dinero a los compañeros. Tercera regla, estos hipotéticos buenos policías obtienen el dinero fuera. Fuera de la comisaría, fuera de servicio, fuera de turno. Y mantienen la boca cerrada.

Bruni se sonrojó, probablemente por primera vez desde la escuela primaria.

—Entendido, inspectora.

—¿Te vas a comportar como es debido o tengo que hacer que te trasladen otra vez? Eso en el caso de que alguien te acepte, aparte de mí.

—Me gustaría quedarme aquí.

—Bravo. Tienes un mes para convertirte en el policía que necesito. En un mes volveremos a hablar. La forma en que vaya la cosa depende de ti.

Bruni salió e inmediatamente Otto se coló en su despacho.

—¿*Su Majestad* lo ha hecho llorar?

—Me he parado antes, pero no lo pierdas de vista. Si ves que levanta demasiado la cresta, lo echamos. No necesito a otro como tú.

—¿Ha oído lo de Contini?

¿Aún estamos con eso?, pensó Itala.

—¿Qué?

—Hubo una declaración de la Fiscalía. Dicen, con las debidas precauciones, etcétera, que se inclinan por la idea del suicidio.

—¿Al cabo de menos de una semana?

—Nuevas técnicas.

Viejos sistemas, pensó Itala. Si habían sido capaces de hacer desaparecer las investigaciones —Mazza, Nitti y quién sabe quién más—, arreglar la muerte de un *taleguero* era un asunto menor.

—Si nos hubiera pasado a nosotros, ni la Virgen nos libraba del marrón —continuó Otto—. Pero a los *llaveros*, cualquiera los toca a esos...

—Vamos, que tengo que trabajar —murmuró Itala—. Ve a hacer algo útil.

Otto le hizo el saludo romano y salió riendo, ella se quedó mirando la pared. Jesús, no quería pensar en esa historia, pero con cada trola que oía, se le pudría la sangre. Ellos —Nitti, Mazza, todo ese círculo de gente...— se habían encargado de la muerte de Contini, ¿pero lo hicieron para que se dejara de hablar del tema o porque tenían algo que ver? Dada la acalorada reacción de Mazza, que se había puesto en contacto con ella muy preocupado, Itala dudaba de que se lo esperara.

Encendió un cigarrillo y se preguntó cómo podría conseguir los atestados de los carabinieri de seis años antes.

Los amigos de Maria Locatelli interrogados durante las investigaciones sobre su desaparición en aquella época tenían todos más o menos su misma edad y nadie los consideró nunca como posibles sospechosos del asesinato. De hecho, a muchos de ellos ni siquiera se les volvió a preguntar después de que apareciera el cadáver. Las actas de sus declaraciones —que le habían costado dos cajas de «etiqueta azul»— no contenían nada significativo, pero porque nadie había buscado la información que Itala necesitaba. Probablemente los testigos aún vivían en sus antiguas direcciones, aunque ella no quería que la vieran en Conca de nuevo.

No obstante, había una tal Nina *Algo* que en esa época ya había abandonado los estudios y trabajaba de cajera en el barestanco situado a tres kilómetros del pueblo. Un poco demasiado cerca para su gusto, así que por seguridad tomó «prestado» un vehículo civil, que oficialmente se encontraba en revisión, y fue allí a la mañana siguiente.

Cuando llegó había una larga fila de camiones aparcados delante del bar, pero detrás de la caja había una mujer demasiado mayor para ser la compañera de clase de Maria. Antes de que Itala preguntara, una joven de unos veinte años con una bata azul de trabajo salió por la parte trasera para tirar un cubo de agua jabonosa en la alcantarilla. En sus rasgos le pareció reconocer a una de las chicas de la fotografía.

—¿Nina? —la llamó.

La chica se dio la vuelta:

—¿Sí?

—¿Podemos hablar diez minutos? Soy pariente de Maria Locatelli.

Nina dejó el cubo y se secó la frente sudada.

—Encantada de conocerla, señora, pero estoy trabajando.

—Diez minutos. He venido desde muy lejos.

—¿Pero qué pariente es? Nunca nos hemos visto.

—Prima segunda. Vamos, diez minutos. Si es necesario, pido algo en el bar.

Nina asintió de mala gana.

—No es necesario. Voy a avisar al encargado.

Volvió al cabo de dos minutos, quitándose los guantes de goma, y a Itala le pareció ver como en una transparencia cómo sería con el paso de los años, envejecida entre las paredes con desconchados del bar, desgastada por los hijos y por los hombres.

Se sentaron en el murete y encendieron un cigarrillo.

—Quiero ir a hablar con el magistrado que sigue la investigación sobre Maria —dijo Itala—. Tengo la impresión de que ya no están haciendo nada más.

—No me ha llamado nadie. Me escucharon hace seis hace años, y luego ya nada más. Pero ¿cómo se llama usted?

—Rosa.

—Maria nunca me dijo nada.

—Puedes preguntarle a Sante.

Nina hizo una mueca.

—Por el amor de Dios. Me da miedo.

—¿Crees que lo hizo él?

Se encogió de hombros.

—No quiero hablar mal de uno de sus familiares.

—No te preocupes.

—Si no fue él, no sé quién pudo hacerlo. Joder, Maria era más buena que el pan.

—¿Tal vez alguien con quien se veía a escondidas?

—¿Como un novio? Venga ya.

—A su edad, ¿tú no tenías ningún novio?

—Sí, menudo cabrón... —dijo Nina con una sonrisa nostálgica—. Pero ella era una monja. Ni siquiera sabía cómo dar un beso con lengua. Solo estaba obsesionada con el escultismo. Yo también, durante un tiempo, luego lo dejé.

—Tal vez un *scout*...

—Aparte de que éramos casi todas chicas, los chicos estaban en la escuela cuando ella desapareció. Los carabinieri los interrogaron cuando me interrogaron a mí también.

—*Scouts* de otras ciudades, tal vez.

—Aquí no vienen... De todos modos, piense que yo sé poco de lo que hizo Maria después de la escuela secundaria. Empecé a trabajar y ella no salía de noche...

Itala se dio cuenta de que la chica le había dicho lo que sabía.

—¿Con quién salía?

Nina permaneció en silencio durante unos segundos, haciendo rodar la colilla entre sus dedos.

—Giada es la única que creo que siguió viéndola. Eran como las dos pringadas del grupo. Se llevaban bien, a pesar de que Giada es unos años más pequeña que Maria. Pero cuando las veías jugar la diferencia de edad no se notaba.

—¿Giada también es una monja?

—No, ella parece una de las de *barato-amigo-barato*.

Itala se acordó de la foto, la chica de color vestida de *scout*. Sin embargo, su nombre no aparecía en las actas.

—¿Dices que se mantuvieron en contacto?

—Eran las mejores amigas. —Nina se lo pensó, y luego añadió, con amargura—: Pero tal vez Giada no fuera tan pringada, porque empezó la universidad. A diferencia de mí, no ha acabado limpiando váteres.

Ciencias Agrarias en Cremona se encontraba en un antiguo edificio cerca de la fábrica de caramelos Rossana, que se parecía a la que Itala imaginó que era la Casa Blanca, con sus columnas y su pórtico, solo que un poco más destartalada, en el barrio de Porta Po.

A la hora del almuerzo, los alumnos y las alumnas salían a los bares de la zona, pero Itala no vio a nadie que se pareciera a quien estaba buscando. Así que entró. Ella y su equipo, tanto en Cremona como en Piacenza, tenían contactos dentro de todos los institutos superiores y en las universidades, porque eso suponía ahorrar un montón de tiempo en los controles antiterroristas o antidroga. Si uno tenía alguna duda, iba a verlos y ellos le contaban la vida, la muerte y los milagros de todos los estudiantes.

En Ciencias Agrarias había un bedel a punto de jubilarse al que todo el mundo llamaba Oso, porque era obeso y se movía fatigosamente. Oso verificó las matrículas de primer curso para ella, y le dijo que Giada tenía un curso preparatorio esa tarde, así que Itala volvió al coche para esperarla. No la habría reconocido si no hubiera sido la única chica de color que entraba: Giada le sacaba una cabeza, vestía una falda corta y un top que Itala no se habría podido poner ni siquiera cortándose longitudinalmente.

Bajó y la alcanzó, llamándola por su nombre, luego le enseñó rápidamente la placa.

—Sé que tienes una clase que empieza en diez minutos, pero si nos damos prisa llegarás a tiempo.

Giada estaba aterrada.

—¿Qué ha pasado?

—Nada. Se trata de Maria Locatelli.

Giada pasó del terror al asombro.

—¿Y vienen ahora? ¿Al cabo de seis años?

—Solo quería una actualización respecto a lo que declaraste en su momento. No tardaremos mucho tiempo.

—¿Que le declaré a quién?

Itala se quedó de piedra.

—¿Nunca hablaron contigo?

—Cuando la policía vino al colegio para buscar a los amigos de Maria, ni siquiera me miraron. Incluso les pedí a mis padres que llamaran, pero les respondieron que no era necesario. —Algunos estudiantes pasaron por delante de ellos, saludando con la cabeza a Giada, que no respondió, y siguió retorciéndose las manos nerviosamente—. ¿Sabe lo que pienso? Que a sus compañeros yo no les gustaba porque soy negra.

—Ahora estoy aquí yo. ¿Tienes algo útil que decir?

Giada se encogió de hombros.

—No sé, no lo creo. Pero yo era la única que realmente se preocupaba por ella. Los otros trataban a Maria como a una retrasada.

—¿Fuiste tú quien la llevó a los *scouts*?

—Sí, pero entonces ese imbécil de su padre se interpuso... y lo dejaron salir de la cárcel... —Resopló de nuevo—. Oiga, ¿no tendrá un cigarrillo por casualidad? Yo no puedo comprarlos, si mi padre se enterara me mataría. Oh, Dios... No quería decir como...

Itala sonrió y le tendió un MS, encendiéndose otro para ella.

—¿Pero no eres mayor de edad?

—Sí, tengo dieciocho años. Si se pregunta cómo es que ya estoy en la universidad, es porque empecé la escuela muy pronto. ¿Sabe?, soy de noviembre. Pero para ellos sigo siendo una cría.

Se desplazaron hacia una papelera para tirar la ceniza.

—¿Te acuerdas de cuando estabas en los *scouts*?

—Aún sigo formando parte. Principalmente sigo algunas actividades con los niños. Pero no tengo tiempo para ser un *jefe*.

—Vale. Voy a preguntarte algo muy importante, y tienes que responderme con sinceridad. Por tu amiga.

—¿Para averiguar quién lo hizo?

—Sí... ¿Sabes si Maria fue alguna vez a Cremona a escondidas para alguna salida?

Hubo un segundo de silencio durante el cual Itala rezó al cielo para que su disparo acabara en el vacío. Que Giada no supiera de qué le estaba hablando, que nadie hubiera encubierto nunca a la hija de Sante Locatelli, y que esa pobre chica nunca hubiera cumplido su sueño de ir de excursión con sus amigos. Itala podría entonces haberse marchado con el corazón liberado y olvidar esa historia de mierda que llenaba su cabeza con imágenes de cadáveres flotantes. Pero Giada rompió a llorar e Itala se dio cuenta de que no iba a tener tanta suerte.

Itala le pidió a Giada que se subiera a su coche.

—Es solo para no dar el espectáculo, no vamos a ninguna parte. —*Joder, he dado en el blanco*, pensaba mientras tanto. *Dios mío, he encontrado el punto de contacto entre las víctimas.* Y sus compañeros y los magistrados lo habían tenido delante de sus narices todo el tiempo. Ni siquiera Bassi la había llamado. Poco fiable como testigo, quizá en aquella época hablaba mal el italiano... Sin embargo, eso no habría supuesto ninguna diferencia.

—¿Por eso murió Maria? ¿Porque su padre se enteró de que había venido de excursión? —preguntó Giada entre lágrimas.

—No, no, en absoluto —dijo Itala—. Y no fue su padre. ¿Cuándo fue esa excursión?

—No recuerdo la fecha exacta. Era un domingo, algún tiempo antes de que Maria desapareciera. Estábamos llegando a fin de curso. ¿Sabe que nunca antes había visto una piscina en su vida?

—¿Fuisteis al club de remo del Toti?

—Sí.

—Así que les dijiste a los responsables que Maria tenía el permiso de su padre, ¿verdad?

—Falsifiqué la firma del permiso, porque ella... —Negó con la cabeza—. Ella no era capaz de hacerlo.

—Durante el viaje, ¿notaste que alguien se acercara a Maria de una manera extraña? Ya sabes lo que quiero decir.

—No.

—¿Estás segura?

—Sí. Pensé en ese día muchas veces. Si hubiera visto algo raro habría montado un buen follón, hasta que me hubieran hecho caso. Pero no hubo nada raro. ¿Debería haberlo explicado de todas formas?

—Lo estás explicando ahora. ¿Cuántas erais en esa *salida*?

—¿De Conca? Unas veinte.

—¿Y recuerdas quiénes eran los adultos que os acompañaban? ¿O los que se reunieron con vosotras en Cremona?

A Giada se le cortó la respiración.

—¿Pero acaso cree que fue uno de ellos?

—No, no. No te preocupes. Pero necesitamos que nos cuenten lo que vieron.

—En el Toti siempre hay un montón de gente, pero los *scouts* van por su lado.

—¿Y con vosotros? ¿Padres, educadores?

—Solo recuerdo que estaba don Luigi. No recuerdo qué jefes estaban al mando.

—¿Jefes?

—Son chicos que después de terminar el recorrido han hecho el curso para jefes. Es así como se llaman. Tienen de dieciocho años en adelante.

—¿Podrías informarte?

—Puedo mirar en el Cuaderno de Vuelo de ese año.

—¿Cómo?

Giada se encogió de hombros.

—Es una especie de diario para cuando eres una mariquita, hasta los once años. Para los chicos se llama Cuaderno de Caza, porque ellos son lobeznos.

—Claro.

—Pero muchos de nosotros seguimos manteniéndolo incluso como *scouts* o *rovers*. Sirve para reflexionar, rezar, debatir con los demás. Está en mi casillero en la sede. Los guardamos todos allí.

—¿Bajo llave?

—No. Nadie lee los cuadernos de los demás sin permiso. Es un tabú, una cosa de los *scouts*, desde fuera resulta difícil de entender. —Giada miró su reloj—. Me he perdido media hora de clase, ¿cree que ya puedo marcharme?

—Claro. Nos encontraremos aquí mañana, ¿de acuerdo? Y me dices lo que has encontrado. O si necesitas más tiempo. Todo puede resultar útil.

Giada asintió.

—Y sé discreta. Porque necesito oír a los testigos sin que hablen del tema primero entre ellos. —*O decidan salir por piernas*, pensó, pero eso no lo dijo.

Itala llegó a la comisaría al final de su turno, pero todavía había cola delante de su puerta. Se libró de las citas de su equipo fingiendo no oír las protestas y se encerró en su despacho para comer unas galletas. La secretaria entró sin llamar. Se llamaba Grazia, una civil de unos cincuenta años que era más policía que muchos de uniforme. Mantenía muy buenas relaciones con ella desde que le regalara una Thermomix.

—Quieren verte los tocahuevos —le dijo.

Itala se retrepó en el sillón.

—¿Cuáles de entre todos ellos?

—Los de personal. A lo mejor quieren ascenderte.

Itala soltó una carcajada y se puso la guerrera del uniforme, saliendo del palacete para llegar al edificio central, sede de todas las actividades de la policía judicial, abierta también al público para denuncias y documentos. El encargado de la oficina de personal era el subcomisario jefe Esposito, alto y delgado, que la miró de soslayo desde detrás de sus Ray-Ban. Todo lo que Itala sabía de él era que era nieto de policía, hijo de policía y padre de policía, y se los imaginaba a todos con la misma cara de gilipollas. Se detuvo en el umbral.

—A sus órdenes, doctor —dijo, poniéndose en firmes.

—La Caruso..., ¡qué honor! Ven, siéntate.

—A la orden, señor. —Itala lo hizo—. ¿Quería verme, doctor?

—Debe de haber un malentendido —dijo el subcomisario, sarcástico—. Realmente, yo no quería verte, pero por desgracia estás aquí y tengo que ocuparme de ti hasta que, Dios lo quiera, alguien te pille con las manos en la masa.

—No le entiendo, doctor. Mis calificaciones nunca bajan del excelente.

—Me pregunto por qué, me pregunto a quién le has lamido el culo.

—Doctor, ¿hemos terminado con los preámbulos? Empezamos a parecer novios.

—¡Qué horror! —Esposito empujó hacia ella un boleto rectangular, con el dentellado del troquel. En el boleto, del tamaño de una entrada de cine, estaba impreso el número 14, dentro de una pequeña corona estilizada—. ¿Qué me puedes decir de esto?

—Parece un trozo de papel.

—Pues ya ves, es un cupón de la rifa de la Reina, como la llaman. —Lo cogió y leyó el reverso—. «Se sortearán comestibles, tabaco y ropa de diseño de marca». ¿Qué me dices?

—¿Y por qué debería decirle algo?

—Esto es un juego de azar, se realiza aquí y hay premios de dudosa procedencia sobre la mesa. Tú ahora mismo le vas a poner fin a esto, ¿de acuerdo? No estamos en Calabria, ni por asomo.

—Primero debería saber quién la montó.

—Porque tú no tienes nada que ver, ¿verdad? La rifa de la Reina. ¿Y quién es la Reina aquí?

—¿El comisario jefe?

Esposito soltó un larguísimo suspiro.

—Arregla este asunto.

—A la orden, señor. ¿Puedo marcharme?

—Todavía no. Lo que voy a decirte no es oficial, así que puedes irte a la mierda como siempre haces: deja de entrometerte en los asuntos de los *primos*, sean los que sean, y cualquiera que sea tu motivo.

Itala se lo esperaba y ni se inmutó.

—A la orden, señor.

—Puedes irte, inspectora. Y, cuando salgas, deja la puerta abierta, que corra el aire.

Itala trató de contenerse mientras salía, pero estaba muy tensa y reaccionó.

—¿De verdad cree usted que sigo aquí porque le lamo el culo a alguien?

—¿Si no es así, entonces por qué?

—Porque sin gente como yo aquí todo iría de puta pena.

—Tal vez sería mejor. Entonces podríamos reconstruirlo todo desde las ruinas.

Itala salió con un portazo y hasta la noche se dedicó a ir dando tumbos por los pasillos como un tifón malhumorado, maltratando a cualquiera que se pusiera delante de ella por esa puta idea de la rifa a su nombre, quejándose de las cosas amontonadas en su despacho y de Otto, que canturreaba *Faccetta nera*, la canción fascista.

—¿Hemos de retirar los boletos? —preguntó este último.

—No, jodido idiota, que eso es lo que eres. ¡Pero hay que tener cuidado con a quién se los vendéis! Porque a la mesa de ese gilipollas no ha llegado por sí solo. La próxima vez, ya de paso, ponéis mi fotografía, porque no me tocan las pelotas lo suficiente.

Por suerte para sus subordinados, Renato pasó a recogerla para llevarla a comer una pizza y al cine, pero, como no había películas que les gustaran a los dos, casi la llevó a la fuerza a bailar a un local. Eligió un lugar frecuentado por personas de unos cuarenta años, bastante elegante, con una gran zona de bar, normalmente más llena que la pista. Renato bailaba con un cigarrillo en la boca y las manos en los bolsillos, moviendo apenas los pies. Itala solo conocía dos pasos que no hacían que sus tetas le llegaran hasta la garganta, pero los practicó con empeño, hasta acabar con la blusa sudada al cabo de unos veinte minutos.

Fue suficiente para los dos y se dejaron caer sobre uno de los sofás, comportándose como los ganadores de un maratón. Renato conocía a todos los camareros y las bebidas llegaban antes incluso de pedirlas. Bebieron gin-tonic y mojitos, aunque no fuera la temporada, e Itala se sintió por fin en paz con el mundo.

—Eres popular. ¿Venías aquí con tu mujer? —le preguntó.

Renato masticó una aceituna.

—No. Descubrí este lugar después de que dejáramos de dormir juntos. ¿Por qué me lo preguntas?

—Por curiosidad.

—No sueles sacar ese tema. Como tampoco hablamos de tu marido.

—Está muerto. Si quieres te digo dónde está la tumba.

—Mira, verás... No resulta nada agradable, frente a lo que cabría esperar de esta velada.

—Tú y yo nunca hablamos de veras.

Renato la miró divertido, por encima de los cristales ahumados de sus gafas.

—Estás muy borracha.

—Aprovéchate.

—¿Aquí?

—No en ese sentido, idiota. Puedes preguntarme lo que quieras y mañana no me acordaré.

—¿Y por qué debería hacerlo?

—Precisamente porque nunca lo has hecho.

Renato negó con la cabeza y luego habló sin su habitual tono irónico.

—No tengo ninguna curiosidad sobre ti, Itala. Me gustas, me divierto contigo y con eso tengo suficiente.

Pero Itala no soltó la presa, a pesar de ser una presa dulce y empapada en alcohol.

—Vale, entonces te hago una pregunta yo. ¿Crees que soy una buena persona?

—Primero tienes que explicarme qué significa eso.

—Ya sabes lo que significa.

—Digamos que eres una buena persona que hace cosas malas.

A Itala, a pesar de su embriaguez, aquello le sentó fatal.

—¿Y tú qué sabes?

—Soy un *plumilla* de sucesos, reconozco las señales. Pero a mí no me importa, ya te lo he dicho.

—¿Solo cosas malas? —preguntó.

—Aparte de salir conmigo, no creo que te quede mucho espacio para más —dijo Renato. Desde la pista llegó *Europa,* de Santana.

—Es el lento más triste de la historia. ¿Vamos?

—Estoy mareada, será mejor que me quede sentada. Ve tú.

—Si quieres nos volvemos a casa.

—¿A casa de alguien que hace cosas malas?

Renato se dio cuenta por fin de que Itala estaba a punto de echarse a llorar. Se cambió de asiento y fue a sentarse a su lado. Ella reposó la cabeza sobre su hombro, él le acarició el pelo.

—Ita, para mí eres una persona especial, pero también tú, como yo y como el resto el mundo, haces lo que tienes que hacer para mantenerte a flote.

—¿Y si quisiera hacer algo bueno, por una vez?

—No te lo aconsejo.

—¿Por qué?

—Hacer cosas buenas no es lo tuyo. Podrías hacerte daño.

Debido a la noche que había pasado, Itala se despertó con una cabeza que parecía querer desprenderse de su cuello, y tal vez habría sido lo mejor. Tenía un vago recuerdo del resto de la velada y de Renato, quien se despertó al amanecer para ir a hacer la ronda por las comisarías. Parecía que nunca dormía. Ella, en cambio, había dormido fatal, siempre con el *pájaro carpintero* que aparecía incluso en sueños que no podía recordar. Junto con don Alfio, quien le echaba un sermón caminando sobre las aguas.

Llamó por teléfono a la jefatura de policía para tomarse el día libre y se preparó un café, pensando de forma obsesiva en lo que había recopilado, buscando algún agujero por el que salir. Bien, entre Cristina y Maria podía haber conexiones gracias a los *scouts*, y tal vez se enteraría de más cosas a la hora de comer, pero las otras dos seguían fuera de juego. Carla, Geneviève y Cristina estaban relacionadas por Contini, al menos según lo que Nitti se había inventado. Todo estaba aún por descubrir y no quería pensar en ello de momento, porque la ansiedad le provocaba arcadas.

Partió hacia Cremona con mucha antelación y se detuvo en la biblioteca del centro, que no había pisado nunca. Estuvo dando vueltas durante quince minutos por la zona infantil antes de darse cuenta de que la hemeroteca estaba en otro edificio. Allí, sentada ante uno de los visores de microfilmes —que parecía una versión gigante del View-Master— buscó sueltos sobre Carla y Geneviève, todo lo que no aparecía en los informes sumarios que había consultado, todo lo que, salvo raras excepciones, quedaba fuera de las actas. Comenzó con Geneviève: sabiéndose de memoria a esas alturas las fechas más importantes de su historia, Itala iba a tiro fijo de un número a otro de los periódicos, desplazándose con rapidez por el microfilme.

Condensó los años igual que en esos documentales en los que se ven brotar las flores de la semilla y luego marchitarse en pocos segundos. Esperanzas que acababan en nada, investigaciones de cuya inconsistencia y vaguedad se percataba leyendo solo los artículos. Entonces vio una foto de Geneviève en bañador.

Era una foto inocente, pero muy distinta de las que había visto hasta ese momento. Leyó el artículo y descubrió que la chica había sido campeona provincial junior de remo, una historia que el periódico calificaba de «conmovedora». De familia humilde, Geneviève había comenzado a entrenarse gracias al patrocinio de alguna organización benéfica y había disputado numerosas competiciones provinciales. Competiciones que a menudo se celebraban en el Po. Itala recordó haber visto las barcas de remo que pasaban por el río, mientras comía en el chiringuito los domingos de verano. Incluso le llegaba la voz de los altavoces que iban desgranando los resultados, pero tan distorsionada que era imposible entenderlos. Porque estaban rodeados de los espesos árboles que protegían la privacidad del mayor y más elegante club de remo de aquellos lares. El Toti.

Su pontón era desde donde comenzaban las competiciones, lo sabía incluso ella, que no entendía nada de regatas, en ese mismo club que dejaba entrar gratis a los *scouts* para nadar en la piscina. Sin duda, los atletas que competían también podían entrar sin estar inscritos, al menos para utilizar los vestuarios. Y, de ser así, Geneviève había estado en el lugar donde Maria y Cristina estuvieron con los *scouts* antes que ella.

Salió a fumarse un MS para calmarse, y tuvo la buena idea de encender la radio que había dejado en el coche. Fuera de servicio no estaba obligada a llevarla encima, pero era la única manera de que los chicos pudieran ponerse en contacto con ella cuando estaba por ahí. En cuanto dio su identificador, el operador le dijo que cambiara a un canal privado. La llamada fue desviada a la centralita y Grazia contestó desde dentro.

—Hola, Itala, tienes que ir a la escuela de tu hijo —dijo inmediatamente.

En un milisegundo se hizo el silencio en el cerebro de Itala. Todo, excepto Cesare, había desaparecido.

—Oh, Dios. ¿Le ha pasado algo?

—No, está bien. Pero se ha pegado con otro chico, al que le ha hecho daño.

Itala suspiró aliviada.

—De acuerdo. Esperemos que no sea nada serio. —Grazia no dijo nada—. ¿Es algo serio?

—Me temo que sí. Tu hijo está con los servicios sociales en este momento. Te he estado buscando toda la mañana, porque querían hablar contigo también.

—¿Dónde lo han llevado?

—Todavía está en la escuela. Y tu suegra también está allí.

Itala cerró la comunicación y salió disparada, poniendo las luces intermitentes del techo para saltarse cruces y semáforos. Pero podría habérselo tomado con calma, porque los servicios sociales se habían marchado cuando llegó, dejándole un número al que llamar en horario de oficina. Cesare estaba sentado en el banco del pasillo, jugando con la Game Boy, y Mariella parecía una hiena.

—Ve y habla con la directora —le gritó—. Hazle entender que no puede maltratar a tu hijo.

—Primero hablaré con él —dijo apartándola de malas maneras—. Cecé, ¿qué ha pasado?

Cesare se encogió de hombros.

—Tuvimos una pelea.

—¿Tuvimos, quiénes?

—Riccardo y yo —dijo, continuando con el juego.

Itala le arrebató la Game Boy de la mano y Cesare la miró con rabia.

—¿Le has hecho daño a tu amigo?

—Ya no es mi amigo.

—¿Le has hecho daño, sí o no?

—No lo sé. Un poco.

—¿Por qué? Que no tenga que arrancarte las palabras con pinzas.

—Oye, ¿vas a poner en su sitio a esa gilipollas de la directora o no? —intervino Mariella—. ¿Sabes que quiere dejarlo en casa?

Itala tuvo que contenerse para no soltarle un bofetón.

—Cecé, ¿vas a contestarme o no? ¿Te ha dicho algo malo?

Cesare volvió a encogerse de hombros.

—Estaba muy contento porque había sacado una buena nota en matemáticas. Yo le he dicho que eso era de pringados, pero él seguía riendo como si fuera lo más bonito del mundo. Me he enfadado.

Itala no se vio con ánimos de hacerle más preguntas. No por lo que decía su hijo, sino por la indiferencia que mostraba. *No dejaré que te vuelvas como tu padre*, pensó.

—Llévalo a casa —le dijo a Mariella—. ¿Dónde está esa directora?

Lo peor de la conversación fue que la directora trató todo el tiempo de mostrarse amable con ella, pese a que le decía palabras terribles. Una de ellas era que su maravilloso hijo, aparentemente sin provocación, le había clavado un lápiz a un compañero de clase, hundiéndoselo repetidas veces en la cara antes de que el profesor lo detuviera. El compañero corría el peligro de perder el ojo izquierdo.

—Está pasando por un mal momento —intentó justificarlo Itala—. Es algo que les pasa a los niños.

—Señora..., su hijo ya es mayorcito. Y no es la primera vez que se pone hecho una fiera.

—No lo sabía.

—¿No se lo dijo su suegra?

—No.

—¿Ni siquiera que ya lo habíamos expulsado por una broma pesada a su profesora?

—¿Qué broma?

—Le puso caca en los bolsillos de su abrigo.

Itala se vio a punto de montar un numerito a lo Sante Locatelli, gritando que su hijo era un ángel, pero no lo hizo.

—Siento que se haya comportado mal, pero ya verá como a partir de ahora todo irá como la seda.

—No estamos seguros de que vayamos a readmitirlo esta vez. Debe ser evaluado por un psicólogo infantil. Tendrá que ponerse usted de acuerdo con el asistente social.

—¡Joder, es solo un niño! —gritó Itala—. Tenga cuidado con cómo se comporta con él.

—Señora, no es necesario perder los nervios —dijo la directora un poco intimidada—. Es por el bien de su hijo. Y, de todos modos, ahora tengo que marcharme...

Itala se acordó de golpe de su cita con Giada. Se le había olvidado por completo. Se metió en el coche y se dirigió a toda prisa a la facultad de Ciencias Agrarias con la esperanza de que la chica aún estuviera esperándola, pero no estaba allí. Ya la llamaría a la hora de cenar y, mientras esperaba, volvió a la hemeroteca de Cremona, donde se quedó hasta que cerraron, para hacerse una idea general de la primera víctima, Carla, buscando conexiones con el remo, la natación y cualquier cosa que tuviera que ver con el Po, pero no encontró nada de nada. Vivía en la provincia de Brescia, y tal vez prefería ir a la montaña, en el caso de que encontrara tiempo entre una pizza y otra.

Pero su madre era de Cremona, y su abuelo era un suboficial de la marina retirado... Itala sabía que esos títulos y galones daban acceso a todas partes, incluso a los clubes de remo, y con los nietos a cuestas.

A las siete de la tarde, Itala llamó por teléfono desde la cabina del patio, preguntando al servicio de información el número de la casa de Giada. Respondió con un fuerte acento bergamasco su madre, e Itala intentó rejuvenecer la voz para hacerse pasar por una compañera de clase.

—No, todavía no ha vuelto. Es más, si la ves, ¡dile que llame enseguida! —dijo la madre.

—¿A qué hora tendría que haber vuelto?

—¡A las dos! ¡Estoy muy enfadada!

Itala se quedó dando una vuelta por el centro de Cremona, paseando por los jardines públicos de la piazza Roma, a pesar de que empezaba a oscurecer, luego bajo la galería y el pórtico que se había llenado de jóvenes que bebían cerveza y cócteles fluorescentes. Aguantó una hora, después llamó de nuevo y esta vez fue el padre de la chica quien le contestó, azorado e inquieto.

—Giada nunca ha llegado tan tarde. Si por casualidad sabes algo...

A estas alturas, Itala se sentía como un boxeador sonado. Entró en uno de los bares mirando a las chicas jóvenes con los vaqueros rotos que se mecían al ritmo de las notas de *Jump*

Around a un volumen explosivo. Pidió una *grappa* para animarse y borrar el temblor de sus manos.

Luego regresó a Piacenza y con una pequeña pata de cabra levantó el parqué del dormitorio un par de metros, dejando al descubierto la cavidad en forma de panal llena de rollos de billetes envueltos en bolsas Domopak y un puñado de joyas que nunca se había puesto. También había allí un sobre donde estaban las escrituras de propiedad de dos pisos en Roma, a nombre de su hijo, y de los que ella era administradora, y una Walter P38 con el número de serie borrado, provista de un cargador de reserva. Itala lo metió todo en una gran maleta, donde también añadió los disquetes grabados en el portátil con sus notas sobre el asesino en serie, tras haber roto todos los papeles y haberlos quemado en la taza del inodoro. La maleta era muy pesada, e Itala la arrastró por dos tramos de escaleras hasta la calle, donde casi chocó con Amato, recién salido del coche patrulla, aparcado junto al suyo.

—Coño..., estás huyendo —le dijo con un hilo de voz.

—No digas chorradas, solo estoy haciendo un poco de limpieza. —Itala abrió el maletero—. Échame una mano.

Amato la ayudó con la maleta.

—¿Está a punto de acabar todo?

—¿Qué es todo?

—Tú sabes que por ti me arrojaría al fuego. Pero tienes algo en la cabeza que desconozco. Y estás preocupada. Normalmente, se te pasa enseguida, pero llevas días así.

Itala suspiró.

—El Perca sigue por ahí. Se ha llevado a otra chica.

—¿Y quién es?

—Demasiado largo para explicarlo. Ahora estoy ocupada, pero estoy segura.

—Eso no puedes saberlo.

—Pues lo sé. Hablé con ella ayer, alguien debe de haberme visto.

—Tienes que hablar del tema con los demás.

—No *tengo que* nada —dijo Itala irritada—. Me gusta saber lo que piensas, pero no creas que puedes condicionar mis decisiones, ¿vale?

—Sí, Reina —dijo Amato, pero no en su tono habitual: casi parecía una burla—. ¿Y cuál es tu decisión?

—Por ahora, mantener la cabeza agachada.

Itala lo dejó en la acera y partió de nuevo hacia Cremona. Antes de entrar en la ciudad, se detuvo junto a un cartel indicador y excavó un poco en el suelo, al lado de la calzada, metiendo dentro la P38 y tapándola con una piedra. *Por si acaso*, pensó. Luego se puso de nuevo en camino, se detuvo bajo el edificio donde había vivido y llamó por el interfono a Anna, su exasistenta.

Hacía tiempo que no la veía, y la encontró en la mesa con su marido, comiendo una sopa con tortellini. El olor de la comida le dio náuseas.

—Perdona que te moleste, necesito hablar un momento con Anna.

—¿Quiere quedarse a cenar? —le preguntó el marido.

—No, no... Perdona, Anna. —La arrastró al pasillo, tras la puerta cerrada del comedor—. Necesito que me guardes esta maleta durante unos días.

Anna miró con dudas la maleta.

—¿Qué contiene?

—Ropa. Nadie vendrá a buscarla, pero, si es necesario, tú di que te lo he dicho yo. —Le mostró los cierres—. Está cerrada con llave.

—Se abre con nada...

—Pero no lo harás. —Itala contó diez billetes de cincuenta sobre su mano y acalló sus protestas—. Considéralo un trabajo.

Anna seguía dudando, pero confiaba en Itala y necesitaba el dinero.

—¿Cuánto tiempo debo guardarla?

—Un mes, como máximo. Si no vuelvo a por ella... —suspiró—, llévasela a mi suegra. Recuerdas dónde vive, ¿verdad?

—Sí, en Castelvetro. Pero me estás preocupando.

—No hay de que preocuparse —le mintió.

De vuelta a Piacenza, intentó dormir en su habitación, a pesar del desorden que había dejado antes, pero no lo consiguió.

Se dirigió al salón y encendió el televisor, sintonizando un canal donde echaban las cartas del tarot, solo para tener algo de fondo que no fuera el *pájaro carpintero* que la atormentaba. Se había movido de forma automática, viendo las conexiones entre Giada y ella tan obvias que se preguntaba por qué los carabinieri no habían ido ya a detenerla. Pero no era así. De entrada, daba por descontado que hubiera ya en marcha una investigación sobre su desaparición. Giada era mayor de edad, antes de que alguien se convenciera de que no se había escapado con su novio habrían pasado días e incluso entonces no iban a remover cielo y tierra para encontrarla. Hasta que el cadáver no apareciera, solo sería una nota a pie de página en las hojas de servicio.

Para entonces, los estudiantes que habían visto a Itala hablando con Giada en la entrada de Ciencias Agrarias, o husmeando en Conca, o haciéndose pasar por pariente de otra desaparecida, se habrían olvidado de ella. Quedaba el informe de los carabinieri que la habían parado después de su visita a Sante, pero ningún magistrado iría a buscarla. La única que realmente podría haberle causado problemas era Giada, y en pocos días estaría muerta, pensó. La mantendría en algún lugar por un tiempo, solo Dios sabía por qué, luego la estrangularía con tal fuerza que le rompería el cuello y la arrojaría al agua, probablemente en un torrente de esos cubiertos por la vegetación que se mueven perezosamente por los campos, hasta que llegan a un río. El cadáver seguiría la corriente, los peces se le comerían los ojos y otras partes blandas, las piedras romperían los huesos, el agua maceraría la piel. Cualquier huella del asesino quedaría borrada. Y, como el asesino en serie estaba muerto, nadie pensaría en él. Giada solo sería la primera en su nueva etapa, que duraría hasta que alguien lograra reunir las piezas. Y, hasta entonces, el asesino y ella dormirían con toda tranquilidad.

Pero entonces ¿por qué tenía miedo de cerrar los ojos? ¿Tenía miedo de las pesadillas o de su conciencia?

La pitonisa le dio la vuelta a la carta del Loco, Itala pensó que era la apropiada.

Se vistió de nuevo y se fue para Conca.

Vuelo
Hoy

31

Francesca se había quedado dormida en casa de su hermano a las dos de la madrugada, con los bajos del discobar Santa Maria y las palabras de Gerry aún en los oídos. Su presencia allí no servía de nada, pero tenía la esperanza que de esta manera sus familiares se sintieran menos solos. Habían rogado a sus amigos y conocidos que se mantuvieran alejados, porque los carabinieri ya tenían bastante trabajo por delante y demasiados extraños aumentarían sus ocupaciones. Pero ella era parte de la familia.

Una hora más tarde la despertaron los gritos de Tancredi. Haciendo un esfuerzo para recobrarse, salió corriendo de la habitación y al final del pasillo encontró a su hermano, en el lavabo del dormitorio principal. Estaba agachado sobre Sunday, tumbada en la bañera vacía de mármol negro y envuelta en una toalla empapada de sangre. *Ya está, la ha matado*, pensó. A estas alturas los dos apenas se hablaban y discutían casi constantemente.

—¡Tan! —gritó—. ¡Déjala!

Tancredi siguió presionando.

—Llama a una ambulancia, ¡coño! Se ha cortado las venas.

En un fogonazo, Francesca vio la maquinilla de depilar en el suelo. Sunday la había destrozado para usar sus cuchillas.

—¡Date prisa! —le reclamó su hermano.

En vez de buscar el teléfono, Francesca abrió la ventana que daba al jardín, que tenía un viejo cierre de palanca —como la «Plancha» se había diseñado en los años treinta, Tancredi lo había conservado— y se asomó. ¿Dónde coño estaban los agentes?

—¡Socorro! —gritó—. ¡Socorro! —Aparecieron por fin dos carabinieri con sus ametralladoras—. ¡Mi cuñada está herida! ¡Necesita asistencia urgente!

Los militares se pegaron a la radio mientras se lanzaban a la casa, y Francesca corrió de vuelta al baño. Tancredi seguía apretando las muñecas de su mujer con la toalla.

—Sunday, ¿puedes hablar? —preguntó Francesca, buscando el pulso en su garganta. Le pareció lento y débil. *Cuánta sangre...* Había salpicaduras en las paredes, un charco en el suelo. Incluso sobre su propio pijama se había formado una gran mancha. Lo sentía húmedo sobre la piel. Los carabinieri subieron y se quedaron clavados durante unos segundos, luego uno ayudó a Tancredi a presionar la herida.

Por suerte, unos minutos más tarde llegaron los servicios de emergencias y se la llevaron conectada a un gotero de suero; Francesca y Tancredi se vistieron deprisa para seguirla al hospital de Cremona. El Tesla de Francesca todavía estaba cargando, así que Tancredi cogió su coche y condujo musitando insultos a los otros automovilistas, que iban demasiado lentos. Estaba furioso con el mundo, pero sobre todo con su mujer.

—Estamos buscando a nuestra hija, y ella se pone a montar este numerito —gritó, tocando el claxon.

—Tan, ¿qué coño estás diciendo?

—Si *realmente* quería suicidarse, se habría cortado a lo largo. En cambio, solo se ha hecho dos *cortecitos*. Necesita que se le preste atención, *pobrecita*... No vaya a ser que su hija sea lo primero.

Francesca saltó.

—¡Tu esposa está tan enferma como tú! Y tú constantemente le estás echando en cara que no fuera a buscar a Amala.

—¿Por qué, acaso fue? —dijo Tancredi.

—¡Podría haber ocurrido cualquier otro día! —dijo Francesca, aunque sabía que no era verdad, si para el secuestrador la fecha era tan importante como parecía.

Su hermano seguía murmurando, cabreado con el mundo.

—... yo estoy visitando a los clientes desde la mañana hasta la noche, y ella se sienta delante del ordenador para quejarse de que es incapaz de escribir, aunque solo sean cuatro líneas de mierda. Si por lo menos hiciera algo útil...

—Eres un capullo, Tan —dijo Francesca—. Lamento de verdad tener que decírtelo, sobre todo ahora. Y también eres un poco mezquino.

—No todo el mundo puede ser tan perfecto como *tú*. ¿Pero dónde coño estabas tú cuando papá empezó a perder la cabeza? Yo siempre estaba con él y tú como mucho volvías en Navidad.

—Tan, mi vida estaba en Londres, lo sabes —dijo Francesca.

—Hasta que regresaste para quedarte con el bufete.

Francesca no daba crédito a sus oídos.

—No me *quedé* con el bufete. Soy la única abogada que hay en la familia.

Tancredi se encerró en un hosco mutismo hasta llegar al hospital. A Sunday le transfundieron plasma e inmediatamente la declararon fuera de peligro, pero habían estado a punto de perderla: había entrado en shock hipovolémico antes de que el servicio de emergencias llegara con el gotero. Francesca dejó a su hermano en la habitación con el médico, fingiendo que habían sido solo el dolor y la preocupación los que le habían hecho decir aquellas animaladas. Pero sabía que no era verdad. Desde el secuestro de Amala era como si toda su vida se hubiera convertido en un viaje al horror. Se marchó a su casa para darse una ducha y se quedó dormida con el albornoz puesto en el sillón.

La asistenta la despertó con lágrimas en los ojos.

—¡Señora! Estoy muy preocupada por su sobrina —dijo. Francesca no tenía energías para consolarla y le pidió que preparara un desayuno doble con algo de proteínas, con la esperanza de despertarse de aquel modo. La llamaron desde el bufete mientras se estaba vistiendo. La recepcionista le dijo que había un tipo durmiendo en la sala de espera, con una manada de perros. No parecía un vagabundo, pero...

—¿He de llamar a la policía?

—No te preocupes —dijo Francesca—. Teníamos una cita.

Colgó y terminó de vestirse deprisa, pensando en ese hombre que había salido de la nada, un exmilitar que parecía un modelo y sabía cosas que no debería haber sabido. *Y luego esa flema suya...*, pensó. No, no era flemático, era emocionalmente

223

distante, como si no le importara nada de lo que hacía, tanto si se trataba de abrir a un perro en la mesa de operaciones o de romperle la mano a un joven. Lo cual puede ser una virtud en los momentos difíciles, pero a ella le producía escalofríos. Después del desayuno, fue al bufete y despertó a Gerry con una patada en el zapato.

—Buenos días. En el futuro, espéreme en mi oficina, por favor, no quiero que los clientes piensen que vive aquí un perroflauta de lujo.

—¿Un qué? —dijo, estirándose.

—No se preocupe. Los perros puede dejarlos en el patio. Acompáñelo, por favor —le dijo a uno de los empleados, y luego fue al cubículo de Samuele.

—Ven, he de presentarte a alguien.

—Si es ese guapetón de los perros, me parece perfecto.

—Su nombre es Gershom Peretz, pero lo llaman Gerry. Es un militar israelí. Tal vez ex.

—¿Un cliente?

—No. Vino a ofrecerme su ayuda mientras visitaba el hogar de menores, de Vullo, y luego me llevó a dar un divertido paseo nocturno. —Francesca le contó de modo muy conciso lo ocurrido en el discobar Santa Maria—. No sé qué es lo que le empuja, aparte del instinto de caza. Pero he decidido que no me importa, si puede ser de ayuda.

—¿Y si es un estafador?

—No me ha pedido ni un euro. Bueno, ¿te apetece charlar un rato o no?

Samuele se incorporó y se colocó las gafas sobre la nariz, tratando de parecer decidido. Pero era difícil si seguía susurrando.

—Sé que me va a costar las prácticas, pero he de rechazarlo.

—Anoche mi cuñada se cortó las venas, la salvamos por los pelos —dijo Francesca—. Normalmente no hablo de mis cosas con los compañeros de trabajo, pero quiero que entiendas la situación. Está empeorando a cada minuto que pasa y necesito toda la ayuda posible. Pero, si quieres quedarte al margen, lo entenderé, y no habrá repercusiones sobre tu trabajo.

—No... —dijo Samuele, muy dubitativo—. No quiero quedarme al margen, pero...

—Bien. Vamos.

Gerry se había quedado dormido de nuevo en el despacho de Francesca, pero abrió los ojos cuando los dos entraron.

—¿Sufre de narcolepsia? —le preguntó ella.

—He aprendido a dormir cuando puedo. ¿Él es su hombre de confianza?

—No tenía muchas opciones —respondió Samuele—. Y yo tampoco, para serle sincero.

—Le presento al abogado Samuele Ottino. Samuele, el capitán Peretz —dijo Francesca.

—Excapitán, y llámame Gerry. Me gustaría poner un poco de orden. ¿Por casualidad hay una pizarra por aquí?

Samuele fue a buscar una de plástico con rotuladores borrables y Gerry dibujó un diagrama: tenía una escritura precisa.

—Empecemos con las chicas secuestradas hace treinta años.

Maria Locatelli	30 de mayo
Carla Bonomi	2 de julio
Geneviève Reitano	7 de agosto
Cristina Mazzini	3 de septiembre
Giada Voltolini	26 de septiembre

—La fecha es la del secuestro —dijo al terminar.

—Perdone, Gerry, pero tiene información que yo no conozco —dijo Francesca perpleja—. ¿Quiénes son estas Locatelli y Voltolini?

—Maria Locatelli fue secuestrada y asesinada un año antes que Bonomi, estrangulada y arrojada a un río, tenía catorce años. Giada Voltolini, en cambio, desapareció poco después de la muerte de Contini. Ambas vivían en un pueblo llamado Conca, en la provincia de Bérgamo.

—Ha encontrado usted a otras tres chicas. Pero... ¿y todas las anteriores? —preguntó Francesca.

—Por desgracia, no he tenido tiempo de buscar en profundidad. Los asesinos en serie no se paran hasta que alguien los

225

detiene. A menos que haya regresado del extranjero, o salido de la cárcel... Pero las que tienen delante no son coincidencias.

—¿Y qué le hace pensar que están conectadas con el Perca?

—El modo en que fueron asesinadas: ambas murieron estranguladas. La franja de edad, el hallazgo de los cuerpos en las aguas de los ríos de Lombardía. No creo que hubiera dos asesinos en serie activos en el mismo periodo.

Samuele había buscado en la base de datos que estaba preparando con los nombres de las desaparecidas.

—Maria Locatelli no está aquí.

—Porque fue hallada muerta poco después, nunca se consideró una desaparición —dijo Gerry—. Se acusó a su padre del asesinato, pero nunca lo procesaron.

—¿Y la otra? —preguntó Francesca.

—Hallada muerta una semana después de su desaparición —dijo Samuele, que había introducido su nombre en un motor de búsqueda—. Tenía dieciocho años. Al asesino le gustan más jóvenes, capitán.

—Giada era la mejor amiga de Maria, y estaba a punto de que la interrogaran sobre su desaparición. No es una de las víctimas habituales de su asesino en serie, yo diría que fue un movimiento de autodefensa. Pero creo que se han fijado en la fecha del secuestro de la última.

—Es la misma que la de Amala —dijo Francesca.

32

Francesca se negó a creerlo. Cuanto más se acumulaban las coincidencias, más desesperadamente intentaba descartarlas.

—Todos los días desaparecen chicas, no significa nada.

—Giada Voltolini fue adoptada de niña. Era negra, la única negra entre las víctimas. Parece un poco menos casual, ¿verdad?

Samuele y Francesca se miraron.

—¿Pero y las otras? —preguntó él.

Gerry escribió cinco nombres más junto a los anteriores.

Maria Locatelli	30 de mayo	Federica Neggiani
Carla Bonomi	2 de julio	Adelajda Duka
Geneviève Reitano	7 de agosto	Viviana Stratta
Cristina Mazzini	3 de septiembre	Sophia Vullo
Giada Voltolini	26 de septiembre	Amala Cavalcante

—Son chicas desaparecidas, efectivamente —dijo Samuele tras consultar su base de datos—. Pero nadie habló nunca de secuestro.

—Neggiani tenía catorce años, como Maria Locatelli, y ella también sufría un retraso en su desarrollo; Duka era camarera en una pizzería, como Carla. Stratta, en cambio, era piragüista, como Geneviève Reitano. Cristina y Sophia frecuentaban el mismo discobar. Giada era negra, como Amala. No son coincidencias, es un patrón que se repite.

—¿Cómo ha podido hacerse con toda esta información desde Israel? —preguntó Francesca, que sentía que su incredulidad se veía forzada a desaparecer.

—Con paciencia. Y hablé con los periodistas que se habían ocupado del Perca. Ahora que he venido a Italia me gustaría investigar más a fondo sobre todas las chicas desaparecidas, pero no tenemos tiempo para hacerlo. Sugiero que nos centremos en Maria y Giada.

—¿Cree que puede ser de utilidad? —preguntó Francesca.

—Maria y Giada son una anomalía en el esquema, porque ambas son del mismo pueblo, lo que nunca había ocurrido con anterioridad. Además, son la primera y la última víctima de hace treinta años. Después de eso, ya no pude encontrar ninguna correspondencia más con el *modus operandi* del Perca, hasta que fui retrocediendo a partir del secuestro de su sobrina. Pero solo he encontrado otras cuatro.

A Samuele no le pareció bien.

—La abogada Cavalcante me explicó que, según Contini, el asesino de Cristina debía de ser uno de sus amigos. Incluso admitiendo que estaba saliendo con gente mayor que ella, ¿qué edad podía tener? ¿Veinte años? ¿Veintidós? —dijo Samuele—. Eso significa que todavía era menor de edad cuando mató a Maria. ¿No es eso un poco raro?

—Es difícil, pero no es raro —dijo Gerry—. Sociópatas y antisociales muestran sus primeros síntomas durante la infancia, y en la adolescencia ya tienen un comportamiento violento.

—¿También es psiquiatra? —preguntó Francesca.

—Soy un aficionado a la materia.

—Es usted un aficionado a cualquier cosa...

—Tuve mucho tiempo para leer y me viene muy bien en mi campo de trabajo. Pero si la edad del Perca es la que creemos, y realmente era un adolescente cuando mató a Maria, con toda probabilidad fue su primer asesinato. Y fue un asesinato por impulso —dijo Gerry—. Hasta ese momento había mantenido a raya sus deseos, pero con Maria no pudo resistirse. No la buscó, se la encontró delante.

—A las chicas del presente, llamémoslas así, nunca las hallaron muertas. Puede que aún estén vivas... —intervino Samuele.

—Según las autopsias, en el pasado las mantuvo durante mucho tiempo en un entorno limpio, las alimentaba, no las violaba ni tampoco las torturaba —dijo Francesca con un nudo en la garganta—. Solo podemos esperar que esté haciendo lo mismo con Amala.

—Lo único que sabemos con certeza sobre su presente —dijo Gerry— es que tiene un problema de plagas bastante serio, a menos que esté criando avispas por alguna razón. Pero las había en la furgoneta y también donde secuestró a Amala.

—En el pasado, ¿las avispas desempeñaron algún papel, que usted sepa? —preguntó Samuele.

—No. Pero no poseo los originales de las autopsias de las víctimas. Si tenían picaduras de avispa es una información que nunca difundieron, especialmente si se produjeron *post mortem*.

—Yo tampoco he oído hablar nunca de avispas —dijo Francesca—. Pero me interesa más lo que ha dicho usted sobre Maria. Que cree que es la primera víctima.

—Sí —dijo Gerry—. Por eso quiero ir a Conca. Si fue su primera víctima, y Giada vivía en Conca, como ella, y eran amigas, ambas conocían a su asesino.

33

Del otro lado de la puerta camuflada en el spa, el de Oreste era un reino de herrumbre y de polvo. Después del cuchitril transformado en quirófano, se abría una gran sala llena de lavadoras oxidadas y secadoras con temporizador de los años ochenta. Oreste encendió las tiras de led que había clavado en el techo, haciendo que aparecieran festones de moscas muertas colgando de las telarañas, chinches verdes inmóviles en la pared, cucarachas agonizando en el suelo. De vez en cuando limpiaba, pero era imposible y básicamente inútil. Se quedaba en ese lugar solo unos días al año, y bastaba con pulverizar insecticida una vez para eliminar las principales molestias.

Las luces funcionaban conectadas a un acumulador de iones de litio, del tamaño de una maleta, que se cargaba con un panel solar oculto entre los árboles y camuflado con una red verde. Era un pequeño reino autónomo e invisible, un reino del que solo él era consciente, escondido en un pliegue del mundo.

Al contrario de lo que Amala pensaba, no había cámaras de seguridad en esa prisión. El consumo de energía habría sido demasiado elevado. Por eso había hecho agujeros por todas partes. Camuflados entre las letras de los carteles o en las caras de los modelos desvaídos en las paredes, los agujeros rodeaban toda la zona donde Amala estaba confinada, abriéndose al otro lado en pequeños armarios parecidos a las primeras cámaras fotográficas, con un paño negro para evitar la luz cuando los abría. Levantó uno para mirar: Amala estaba sobre el colchón, masajeándose el hombro.

Oreste había confiado en que no habría complicaciones; en cambio, a pesar de la elección del mejor acero quirúrgico y de los tornillos de titanio, la herida se había infectado. Faltaba poco, de no ser así habría intentado otra intervención, pero ya no tenía sentido. La chica se mantendría lo suficientemente sana para su propósito.

Oreste bajó la cortinilla. Como cada vez que tenía que abandonar el refugio, temía que pudiera ocurrir algo durante su ausencia. Pero la noticia de la radio había sido como una descarga eléctrica. La mantenía encendida toda la noche, muy baja, y su susurro penetraba en el sueño solo si había algo que pudiera interesarle. Y lo hubo. *Tenía que* salir. *Tenía que* ir a verlo con sus propios ojos.

Se puso una cazadora, luego salió y se subió a su Apecar 150, escondida entre los árboles. No podía ir por la autopista con ese vehículo, pero era fiable y en esa zona se mezclaba con otros miles de diversas cilindradas y colores. Oreste no tenía otro medio de transporte. Si lo necesitaba para algo especial, lo alquilaba.

Tardó una hora en llegar al viejo cementerio. Delante estaba aparcado un coche patrulla de la policía, y Oreste continuó hasta el bosquecillo que quedaba cerca, donde sacó de debajo del asiento los prismáticos de caza para mirar a través de la verja. Aunque no era capaz de distinguir exactamente el lugar donde había dejado la furgoneta, se podía ver que era allí donde se había producido el incendio que ennegrecía la pared del recinto. La hierba y la maleza estaban carbonizadas y un par de estatuas goteaban hollín. *La policía no quema las pruebas*, pensó. Era una señal para él.

Decía: *Cuidado, estoy llegando.*

Decía: *Tú también arderás.*

La realidad se desgarró, el cielo se convirtió en una pantalla donde la vida de Oreste se proyectaba, momento doloroso tras momento doloroso. Llovieron avispas y Oreste gritó mientras se ahogaba en su propio infierno personal.

34

El hermano de Giada tenía una granja en la Val Serina, cerca de Conca. Francesca y Gerry emprendieron viaje con el Volvo, porque a Francesca no le apetecía nada cargar la manada en el Tesla. Sin embargo, antes de subirse a bordo, Samuele le sacó inadvertidamente una foto a Gerry y a uno de sus perros, que tenía un extraño tatuaje en la única oreja que le quedaba. Podía ser un nombre o un número de serie, pero estaba en hebreo y no entendía nada. Sabía, de todos modos, a quién enviárselo para consultar.

Gerry le entregó a Francesca una bolsa blanda que parecía la de un ordenador, recubierta en su interior con tela metalizada.

—Meta aquí su teléfono móvil y, si los tiene, también sus otros dispositivos electrónicos. La bolsa aísla de las ondas de radio.

Francesca lo hizo.

—¿No le parece una exageración?

—Todavía no sé quién es su asesino en serie —dijo—, pero prefiero no dejar por ahí rastros que puedan ser interceptados por un experto.

—No es *mi* asesino en serie.

—Es para distinguirlo de los demás... Por cierto, ustedes, los italianos, les ponen nombres muy banales a los asesinos en serie: el Monstruo de Florencia, el Monstruo de Foligno, el Monstruo del Río... —Subieron al vehículo, Gerry se puso en marcha con suavidad y continuó a velocidad de crucero.

—¿Conoce el camino?

—Sin Google, no.

—Yo tengo un mapa, le toca hacer de navegadora. —Se lo pasó, todavía llevaba el precinto.

—¿No se lo ha aprendido de memoria? —le preguntó Francesca con ironía.

—No tenía ganas de comérmelo.

Francesca luchó con el celofán.

—Al asesino lo apodaron el Perca, el *Bucalòn*, en dialecto cremonés. Es un tipo de pez con una boca ancha y llena de dientes —dijo Francesca.

—La perca atruchada, tal vez.

—¿También es ictiólogo?

—Solo he estudiado un poco las criaturas acuáticas. Llamémoslo el Perca, pues. ¿Qué va a decirle al hermano de Giada?

—Aún no lo sé. ¿Algún consejo?

Gerry se apartó el flequillo.

—Utilice algo emotivo. Que parezca que se siente cerca de las personas que tienen un familiar desaparecido. Puede decir una frase como: «Es algo terrible seguir esperando, sin saber nunca lo que les ha pasado a nuestros seres queridos».

Francesca le dirigió una mirada de disgusto.

—Es realmente terrible, créame.

—Por eso funciona. ¿Por dónde voy?

Francesca abrió la guía y le fue dando indicaciones imprecisas hasta que llegaron a bosques y campos cultivados donde ya brotaban las puntas verdes del trigo. Gerry había conducido muy tranquilamente, siempre por debajo del límite y deteniéndose en los semáforos en ámbar, a veces equivocándose de calle y volviendo atrás. Aunque Francesca no se había dado cuenta, una moto y dos coches los seguían desde Cremona, turnándose, y Gerry quería asegurarse de que llegaran a su destino con él.

Al girar para entrar en la granja de los Voltolini, vio por el espejo retrovisor que proseguían por la calle principal. Controlarían ambos lados de la carretera para estar seguro de que no los perderían cuando se marcharan de vuelta, siempre y cuando él se lo permitiera, lo cual no era su intención.

Paolo Voltolini salió a recibirlos cuando se bajaron del coche. El hermano de Giada tenía unos cincuenta años, era calvo y recordaba a un vaquero por su físico como un alambre y la piel quemada por el sol y el viento. Mientras caminaban hacia las oficinas en un laberinto de almacenes de hormigón y silos de acero, les señaló los campos que los rodeaban.

—Ese no es el maíz que tienen ustedes ahí abajo —dijo con un fuerte acento del norte—. Este se llama *cruzado*. Fuimos nosotros, en el valle, los que lo cultivamos por primera vez en el siglo XVII, luego se fue mezclando. Hicimos un gran trabajo para recuperarlo en sus orígenes —dijo con orgullo. Había mazorcas secas colgando por todas partes y cogió una. Las semillas tenían un color más ambarino que las del maíz clásico y también eran más puntiagudas—. Ahora es un producto de excelencia... ¿Le gusta la polenta, doctora?

—Abogada... Sí, de vez en cuando... —dijo Francesca.

—Entonces luego le regalaré un saco de harina. Ya me dirá usted. A usted también, señor... —Miró a Gerry interrogativamente.

—Gerry. Gracias. La polenta es mi plato italiano favorito.

—Porque es usted árabe, ¿verdad? Se le nota en el acento.

—*Salam aleikum.*

La oficina era un barracón prefabricado cuadrado, protegido por pastores alemanes con una cadena que ladraron furiosamente al pasar con la manada, que se limitó a arracimarse alrededor de Gerry sin reaccionar.

—Los tiene bien entrenados —dijo Voltolini—. Aunque, por las marcas que llevan encima, tal vez lo hayan aprendido en sus carnes.

—No fueron otros perros los que les hicieron daño —dijo Gerry. Luego se inclinó sobre un pastor maremmano que intentaba arrancar la cadena babeando saliva.

—¡Cuidado, que muerde! —dijo Paolo, alarmado.

Francesca lo vio ya con la cara destrozada, pero el maremmano dejó inmediatamente de gruñir y Gerry le acarició la cabeza, haciendo que agitara alegremente el muñón de su cola.

—Os dejaré hablar, ¿vale? Haré un recorrido turístico, si al señor Voltolini no le importa.

—Por favor, faltaría más —respondió Paolo, que se había sentido algo dolido al ver a su campeón domesticado con tanta facilidad—. Un tipo peculiar, su amigo.

—No me había dado cuenta —dijo Francesca.

Voltolini la hizo entrar en su despacho, amueblado con antiguo mobiliario de granja. Había imágenes de campos de trigo y del papa Juan XXIII colgadas en la pared, un viejo yugo de arado y un pequeño altar con la foto de Giada y una vela eléctrica. Se parecía tanto a Amala que a Francesca le dio un vuelco el corazón. Voltolini le explicó que Giada fue adoptada cuando tenía dos años, pero que le había costado integrarse debido al color de su piel. Cuando desapareció, también tuvieron que enfrentarse a los rumores maliciosos sobre una supuesta fuga amorosa con un marroquí.

—En casa sabíamos que le había pasado algo, pero era mayor de edad y los carabinieri se limitaron a tramitar la denuncia.

—¿Y qué hicieron ustedes?

—Nos subimos al coche y nos dirigimos a Cremona, luego a la estación... Estuvimos durante días dando vueltas por ahí, hasta que unos días después de la inundación encontraron su cuerpo. —Voltolini jugueteó con el bolígrafo de una empresa de semillas—. Mire, cuando me llamaron desde su oficina, yo no sabía nada, pero confieso que busqué su nombre en internet y me enteré de lo de su sobrina. Quería decirle que lo siento mucho.

—Gracias.

—Pero me gustaría saber qué tiene que ver con mi hermana.

Francesca acudió a las palabras de Gerry.

—Estoy hablando con personas que han tenido una experiencia como la mía. Para..., no sé..., tratar de racionalizar. No sabemos nada más sobre Amala, y esperar es lo peor —dijo, sintiéndose un poco avergonzada.

—En nuestro caso, la espera duró unos diez días, pero nos pareció un siglo. Y, por desgracia, la cosa no acabó bien. —Le sonrió—. Pero estoy seguro de que usted y su familia tendrán más suerte.

—Eso espero, gracias de nuevo.

—No me dé las gracias. Pregúnteme lo que desee. Estoy a su disposición.

Mientras Francesca escuchaba las confidencias de Voltolini, Gerry olfateaba el aire al cruzar el gran patio. Podía oler el tomillo silvestre bajo el olor polvoriento del grano y, más sutilmente, un aroma de árboles de hoja perenne y agua estancada que provenía de las montañas que veía surgir más allá de los tejados planos. Le impresionaba descubrir hasta qué punto cambiaba el paisaje en Italia con solo desplazarse unos kilómetros. No lo recordaba.

Fingió estar interesado en la carga y descarga de los sacos a través de una cinta transportadora, luego llegó a uno de los silos de acero en la linde de la zona. Dos trabajadores estaban ocupados sustituyendo la rejilla desgastada de una valla, pasó por su lado y se deslizó rápidamente entre los anillos de seguridad de la escalerilla exterior del silo. Mem intentó retenerlo mordiendo el dobladillo de sus pantalones, pero Gerry se liberó con rapidez y subió. El silo tenía unos diez metros de altura, estaba caliente por el sol que se reflejaba en la pared de acero galvanizado. La escalerilla superaba el techo inclinado, hasta llegar a una tolva horizontal que conectaba los tubos que dejaban caer el maíz por la escotilla de carga. Gerry llegó hasta ella y se asomó para observar el camino, que podía verse desde allí en su totalidad. La motocicleta que los había seguido estaba aparcada en el arcén de hierba de uno de los cruces. El hombre que la conducía estaba de pie junto al vehículo, con el casco en la mano.

Volvió al suelo para encontrar a los dos trabajadores, quienes lo esperaban junto a la manada. El hombre mayor aplaudió irónicamente.

—Pero qué bien. Si te hubieras roto la cabeza, ¿a que no sabes quién habría tenido problemas?

—Soy amigo de Paolo Voltolini. Me ha dado permiso. ¿Tenéis cinta adhesiva?

La tenían. Gerry ordenó a los perros que se estuvieran quietos, luego se alejó en dirección a las oficinas, giró hacia el límite opuesto de la propiedad y superó la valla, utilizando para ello una pila de sacos y la rama de un árbol.

Los campos habían sido regados recientemente y Gerry no se aventuró a cruzarlos, sino que recorrió el perímetro de la granja hasta llegar a una pista sin asfaltar compactada por los tractores. De todos modos, se encontró cubierto de polvo y barro cuando llegó a la altura de la carretera local, aparte de torturado por los tábanos.

Se detuvo al borde de la carretera y se envolvió las manos con cinta adhesiva; luego, protegido por las zarzas y por el constante paso de camiones por encima de él, se acercó al motorista. Gerry no lo había visto nunca, pero podía haber sido de la familia del que había dejado incapacitado en el cementerio. También en la treintena, con los hombros de *cable cross* y la barba recortada. Gerry esperó el intervalo justo entre el flujo de los vehículos, luego saltó fuera de su refugio. El motociclista lo vio, pero Gerry se abalanzó sobre él con un golpe de hombro de fútbol americano antes de que pudiera reaccionar. El hombre era más macizo que Gerry, pero perdió el equilibrio y cayó agarrado a él en la zanja situada a sus espaldas.

Gerry había apuntado hacia el casco y lo encontró en su mano mientras caía. Aplastó al hombre debajo de él y lo golpeó con el casco en la cara hasta que dejó de moverse, luego lo puso de lado para que no se asfixiara y lo registró rápidamente: no iba armado y ni siquiera tenía una identificación de la agencia Airone, por lo que se limitó a cogerle su permiso de conducir.

—Estoy haciendo una bonita colección con vuestros documentos.

—Te voy a denunciar por agresión, hijo de puta —dijo el otro, escupiendo sangre.

—Tu jefe no estaría de acuerdo.

El motorista siguió escupiendo barro y sangre.

—No sé de qué coño me estás hablando.

—Normal. Eres un operativo de bajo nivel: por definición, no sabes una mierda. —Gerry se acomodó sobre su espalda—. Transmite este mensaje a alguien importante: quiero reunirme con vuestro cliente. Tal vez lleguemos a un pacto de no agresión; tal vez no; pero merece la pena intentarlo. Mientras tanto, te recomiendo que cambies de trabajo.

—Te equivocas de persona, coño.

Gerry le dio un puñetazo en la nuca.

—Sé cómo te llamas, si vuelvo a verte otra vez tras mis pasos, te cortaré las dos manos, y así tendrás que llevar la moto con los dientes. —Le metió una tarjeta en el bolsillo—. Vuestro cliente encontrará un contestador automático y podrá concertar una cita conmigo dónde y cuándo quiera. Pero a ti no quiero volver a verte.

Cuando lo soltó, el motorista se puso de rodillas, medio cegado por la sangre.

—Eres un animal. Pero me las pagarás, te juro que me las pagarás.

—Vaya, veo que eres un tipo duro. —Gerry empujó la moto con un pie, que se volcó en la cuneta sobre las piernas del motorista. El hombre se desmayó al sentir cómo se le rompían los huesos.

35

Después de haber ido a recuperar el mensaje, Amala logró por fin conciliar el sueño, pero esa noche le subió la fiebre y se despertó tan empapada que la gasa se le había desprendido de la herida. Apestaba y estaba manchada de pus. Mientras dormía, Oreste le había dejado la leche y las galletas en la habitual bandeja de cartón y ella hizo un esfuerzo para comérselas. Pero no era nada bueno que no se hubiera percatado de su presencia, tenía que estar siempre en guardia, aunque se sintiera como si la hubieran golpeado.

No huyas.

Desde luego, no era el mensaje que se esperaba encontrar. Primero el grito, luego la amenaza. Y esa peste...

La puerta oculta chirrió y Oreste apareció al cabo de unos instantes. Parecía agitado o eufórico, aunque con la mascarilla puesta no lograba distinguir su expresión. Apestaba a sudor.

—¿Estás bien? —le preguntó distraído—. ¿Has dormido? ¿Has comido?

—Sí. Pero la espalda no se cura.

—Debes tener paciencia. ¿Quieres que te eche un vistazo?

Su tono era mucho más amable que el habitual, como si estuviera contento.

—No, no. Gracias.

En vez de insistir, como se hubiera esperado, Oreste se apoyó en una de las columnas de hormigón y se quedó mirando al vacío.

Tragándose su ira, Amala le sonrió.

—Perdona si ayer te hice enfadar.

—¿Sigues intentando ser mi amiga? —El tono de Oreste volvió a ser el normal.

—No. Me he dado cuenta de que nunca lo seremos, ¿no es cierto?

—Cierto.

—Para ti solo soy un medio para algo más.

—Cierto.

—Así que no tienes nada en mi contra, no me odias ni nada por el estilo.

—También es cierto. Tres de tres.

—Como en algún momento me vas a liberar, no tengo ninguna razón para intentar escapar, con el riesgo de hacer que te enfades.

—¿Y?

—Pues que pienso que podrías desatarme. Te juro que no voy a huir.

Oreste sonrió detrás de la sucia mascarilla.

—Eres muy lista, la verdad. Me gustaría poder creerte. ¿Te apetece pollo para esta noche? Con patatas, tal vez. Asadas, no fritas. Todavía estás convaleciente.

Amala sintió que la desesperación entraba en su garganta.

—¿Pero por qué precisamente a mí? ¿Hay alguna razón por la que me has elegido a mí?

—Sí. Eres el cebo perfecto.

36

Francesca encontró a Gerry sentado al pie de la puerta abatible de un almacén, con un chichón en la frente y la ropa embarrada; como siempre, con los perros a su alrededor.

—¿Ha rodado por los campos? —le preguntó ella.

—Solo he caminado.

Gerry tenía ropa de recambio en el maletero, prácticamente idéntica a la que llevaba antes: vaqueros desteñidos, camiseta lisa. Tenía un buen físico y unas cuantas cicatrices.

—¿Ni siquiera un tatuaje de su escuadrón? —preguntó Francesca.

—Los tatuajes le hacen a uno reconocible, algo nada recomendable en mi trabajo. ¿Qué le ha dicho Voltolini?

—De Maria Locatelli poco y nada. Voltolini la conocía, dice que era una buena chica, no demasiado despierta, muy religiosa. No se lo he preguntado directamente, pero en ningún momento ha relacionado la muerte de Maria con la desaparición de su hermana. La investigación sobre Giada, por otro lado, apenas se puso en marcha. Los investigadores decidieron que había sido un accidente durante la inundación y consideraron superfluo saber dónde había estado antes de morir —explicó—. Lo único que me ha dicho que no supiéramos es que el día de la desaparición se la vio delante de la puerta de la facultad de Ciencias Agrarias, nerviosa, y que nunca cogió el tren para regresar a Bérgamo.

—¿Tenía novio?

—Según su hermano no, el último novio lo tuvo en el instituto.

Gerry guardó la ropa sucia en el maletero.

—¿Le ha pedido el número de ese tipo?

—Por supuesto.

—Es usted una muy buena ayudante.

—Nunca sé cuándo habla en serio.

Giorgio Pecis los citó para una hora después, porque trabajaba en el ayuntamiento y tenía que terminar su turno. Quedaron en encontrarse bajo el reloj en una plazoleta con vistas al río. Era un hombre de unos cincuenta años, de constitución normal, que llevaba un traje beis.

—Ese es nuestro hombre —dijo Gerry—. Que no es *nuestro* hombre.

—¿Lo dice por el físico?

—Por todo, salta a la vista. No es capaz de matar ni a una mosca.

Gerry rompió las defensas del hombre como si fueran papel de seda asumiendo la identidad del periodista de la televisión israelí. Ya eran amiguetes al cabo de un minuto y estaban listos para sellar un pacto de sangre al cabo de cinco. Incluso discutieron por tener el honor de pagar el *spritz*, y era imposible darse cuenta de que Gerry estaba haciendo teatro.

Para charlar se fueron hasta un bar que tenía mesas con vistas al saliente sobre el río.

—Salimos juntos dos años, desde primero y hasta tercer curso —dijo Giorgio cuando estaban con los vasos y un puñado de patatas fritas delante—. No se lo digáis a mi mujer, pero era la chica más guapa con la que he salido. Y yo fui su primer novio.

—¿Cuál es el secreto de tu encanto? —preguntó Gerry con una sonrisa cómplice.

—La escasa competencia. —Giorgio se rio. Gerry lo imitó, Francesca se estremeció—. Los chicos a lo mejor lo intentaban, pero les daba vergüenza que los vieran con ella. Porque era negra. Pero a mí eso me importaba un bledo.

—¿Entonces por qué terminó la historia?

—Porque me ligué a otra y ella lo descubrió. Vamos a ver, éramos unos críos, son cosas que pasan. ¿Pero no deberíamos estar grabando, Gerry?

—Tengo que venir con las cámaras, pero primero he de pensar cómo hacerte la entrevista. Esta es solo la reunión preparatoria. ¿Verdad, Francesca?

—Claro —respondió ella con rapidez.

—¿Seguíais en contacto?

—No, pero a veces nos encontrábamos por ahí y charlábamos. No diré que seguíamos siendo amigos, pero teníamos una buena relación.

—¿Salía con alguien? —preguntó Francesca.

—No sé qué hacía en Cremona, pero cuando la veía no la acompañaba nadie. Siempre fue bastante solitaria, con la cabeza puesta en los libros y en los cómics. Desde pequeña salía con otra chica, Maria. Luego estuvo mucho tiempo en los *scouts*. Todavía estaba inscrita cuando murió.

—Me dijeron que antes de morir desapareció durante unos días. ¿Con quién podría haber estado?

—Ese es un buen misterio, porque ninguno de los que la conocían sabe dónde estuvo. Yo me imaginé una cosa. Que estaba pensando en marcharse de casa. Ella era la única chica negra aquí, ¿tú sabes qué quebraderos de cabeza supone eso? Si hoy también los supone, pues imagínate hace treinta años.

—Y esa Maria que has mencionado antes... ¿Tienes alguna dirección? —preguntó Gerry con su habitual cara de póquer.

—Está muerta, por desgracia. La asesinó un maníaco. Y nunca lo encontraron.

—¿De verdad?

—Venid, os enseñaré dónde estaba, no queda lejos. A lo mejor podéis hacer unas tomas también allí.

Lo siguieron hasta la parte alta del pueblo, donde un paso elevado de hormigón cruzaba el arroyo que fluía por un estrecho desfiladero rocoso recubierto de vegetación, diez metros más abajo. También había pozas cubiertas de lentejas de agua.

—Maria estaba en una de las pozas —dijo Giorgio, señalando—. El fondo es fangoso y son como arenas movedizas, tal vez quien la arrojó allí esperaba que se hundiera. Y antes había un viejo puente con balaustradas bajas —explicó—. Resultaba incluso más fácil tirar a alguien ahí abajo.

—¿Y nunca encontraron a quien lo hizo? —preguntó Gerry.

—Dijeron que fue el padre, pero eso es una trola. Ninguno de nosotros, los chicos, lo creíamos. Pero los adultos de mi época no entendían nada.

—¿Y qué pensabais vosotros, los chicos? —preguntó Francesca.

—Cada uno tenía su propia teoría, incluyendo a psicópatas y asesinos en serie. Había un montón de rumores sobre lo que ocurría en Conca, casi todo eran mentiras, pero cuando salíamos fuera del pueblo siempre había alguien que se burlaba de nosotros y nos llamaba psicópatas. —Señaló al otro lado del puente—. Maria y su padre vivían donde está la casa de campo. Cerca de allí, además, estaba la granja de mis padres, que en aquella época seguían con vida. La inundación lo arrasó todo y tuvieron que reconstruir.

—¿Y qué pasó con el padre de Maria?

—Se le consideró desaparecido en la inundación. Según mi opinión, yo creo que también lo asesinaron.

—¿Por qué lo cree? —preguntó Francesca.

—Porque todo el mundo lo odiaba. Tras la desaparición de Giada, algunas personas del pueblo fueron a su casa. Estaban convencidos de que había sido él, de nuevo. Por suerte, antes de que lo lincharan llegó la mujer policía.

Aleph aulló. Francesca se volvió para mirar a Gerry: tenía la mirada clavada en Giorgio, tan intensa que le sorprendió que no le prendiera fuego.

—¿Qué mujer policía? —preguntó Gerry.

—No lo sé. Yo no estaba. Todo lo que sé es que todo el mundo decía que era del sur. Y lo extraño es que después de aquello a ella tampoco se la volvió a ver más.

37

Con la misma velocidad con que había conseguido ganarse su amistad, Gerry se zafó de la conversación con Giorgio en cuanto agotó su utilidad.

Francesca lo encontró frente a la iglesia mirando el tablón de anuncios de plástico colocado junto a la puerta.

—Próxima parada —dijo, señalando uno de los avisos. Los *boy-scouts* de Conca se reunían día sí, día no, a las seis de la tarde. Ese era un día de sí.

Francesca vio a Gerry transformarse de nuevo, y una vez más se quedó fascinada por su desenvoltura. Ya no era un periodista israelí, sino un creador de contenidos de podcast de la minoría católica de Jerusalén. Aturdido por un relato acalorado primero sobre Roma, luego sobre el Patriarcado latino de Antioquía, don Filippo, un cuarentón obeso que se ruborizaba por nada, había dejado una docena de adolescentes al cuidado de la manada y había respondido a sus preguntas sobre los antiguos *scouts* que todavía asistían a la parroquia. Y accedió a llamarlos para un rápido encuentro, después de descubrir que Gerry iba a grabar para un episodio de su informativo la historia de una buena chica de Conca que murió trágicamente y que tenía parientes lejanos en Israel. Entre otras cosas, era un apasionado lector de novela negra.

Ellos dos, el sacerdote y cinco de los antiguos *scouts* se reunieron en las mesas de la terraza del bar-estanco que estaba junto a la iglesia, y Francesca observó incómoda cómo Gerry les hacía preguntas sobre cosas que ya sabía y fingía tomar notas en un cuaderno.

—Pero, cuando la señorita Giada desapareció, ¿ninguno de vosotros pensó que alguien podía haberle hecho daño? Tal vez uno de vosotros —preguntó cuando estuvieron lo bastante calientes.

Todos negaron con la cabeza.

—Aparte del hecho de que ninguno de nosotros es de esa clase de personas, todos estábamos en casa con nuestros padres —dijo Ettore, un bigotudo cincuentón que daba clases de primaria—. Hablamos tanto de ello que estamos seguros.

—¿Y ninguno de vosotros tiene idea de dónde estaba antes de caer en el río? ¿Tal vez con uno de sus compañeros de clase?

El dueño de la ferretería, Angelo, un antiguo jefe de *scouts*, negó con la cabeza.

—Aquellos con los que hablamos no sabían nada. No tenía novio y apenas salía de casa. Por eso todos estábamos seguros de que alguien le había hecho daño.

—Locatelli.

—No. Él no, alguien que venía de fuera.

—Así que no la visteis con nadie y no pasó nada extraño la noche en que desapareció.

Los cinco se miraron entre sí. Nina, la única mujer presente, tomó la palabra. Era la dueña del bar donde estaban.

—No sabemos si fue ella, pero en aquellos días alguien robó en nuestro local e hizo desaparecer todos los Cuadernos de Caza y de Vuelo de 1986. Primero, solo el de Giada, luego todos los demás, si no recuerdo mal.

Francesca y Gerry intercambiaron una mirada: ese fue el año de la muerte de Maria.

38

Una vez más, Gerry desapareció antes de las despedidas y dejó a Francesca dando las gracias a todo el mundo por su ayuda. Angelo fue el último en marcharse. Era un cincuentón calvo y gordo.

—He visto que usted también se ha dado cuenta de la coincidencia —dijo.

—¿Cuál?

—1986. Todos lo pensamos, aunque nadie tenga el valor para decirlo. Primero Maria, luego Giada. Estamos seguros de que fue la misma persona.

—¿Y por qué robaría los cuadernos?

—Para dejar su firma. A saber lo que se divirtió a nuestras espaldas.

Francesca encontró a Gerry recortado contra la puesta de sol en el Belvedere mientras acababa una llamada telefónica en hebreo, despidiéndose de un tal Emanuel. Le devolvió el teléfono a un transeúnte y la alcanzó corriendo para que la manada lo persiguiera.

—¿Una llamada urgente? —le preguntó.

—Hice examinar el filtro de la furgoneta del secuestro de Amala, me han dado los resultados...

—Perdone, ¿el filtro de la furgoneta?

—Sí, me lo llevé antes de quemarla. E hice bien, al menos no se quemó con todo el resto.

—¿Y cuándo tenía previsto decírmelo?

—Se lo estoy diciendo ahora.

—Si quiere que sigamos manteniendo nuestro acuerdo, me gustaría que toda la información relativa al secuestro de mi sobrina la compartiera conmigo. ¿A quién entregó ese filtro?

—A un taller de gente a la que conozco. Tuve la oportunidad de crearme contactos durante mi servicio militar y los que no tenía me los procuré antes de venirme para Italia.

—¿Seguro que no es usted del Mossad?

—No hace falta ser del Mossad para tener conocidos por ahí. ¿Sabe qué es el *Asphodelus albus*?

—El asfódelo blanco... Será una planta.

—Exacto. En el filtro aparecieron restos de *Asphodelus albus*, que solo se encuentra en la vertiente sur de los Alpes, es decir, por aquí. También hay de *Veratrum nigrum*, una planta de pantano cuyo nombre en italiano se me ha olvidado, y de maíz, de una variedad considerada antigua que no han sabido identificar, pero que nosotros nos podemos imaginar.

—El *spinato*... —Francesca palideció al darse cuenta de lo que significaba—. Espere, espere. Solo podría haber robado la furgoneta en la zona...

—Esto es algo que, con sus contactos, es usted capaz de averiguar y le ruego que lo haga.

—¿Cree que Amala está por esta zona? —le preguntó Francesca con la respiración entrecortada por la ansiedad.

—Por esta zona es un término que abarca treinta y cinco kilómetros cuadrados y aproximadamente unos cien mil habitantes.

—La policía podría inspeccionar este sector.

—No pueden aislar todo un valle, y, aunque tuvieran suficientes hombres y su sobrina estuviera realmente por aquí, podría matarla antes de que lo atraparan.

—La idea de que esté por aquí cerca...

—Tenemos que asegurar el tiro, Francesca. Es la única manera. Volviendo al filtro, había además algunos jirones de avispas, también en este caso de los avispones asiáticos que encontré anteriormente. Esos son lo único que por aquí no debería existir. No sobreviven mucho tiempo en el clima italiano, pero están infestando el refugio del asesino. Me pregunto por qué no los ha eliminado...

—¡Porque está loco! —Francesca se esforzó por mantener la calma—. Tal vez no tenga un refugio por aquí. Tal vez viva en él.

Si mató a Maria cuando era un adolescente, puede incluso que naciera aquí.

—No. Tenía esa esperanza cuando vinimos hasta aquí, pero ahora me he dado cuenta de que no es así.

—¿Basándose en qué?

—Ninguna de las personas con las que hemos hablado mencionó a ningún chico extraño, un bicho raro o algo así. Y en un pueblo donde todo el mundo mete las narices en los asuntos de todo el mundo y etiqueta a todo el mundo. Buenos, malos, locos...

—¿Lo dice por experiencia?

Gerry la miró con extrañeza y Francesca se preguntó si había dado en el blanco. Tal vez él también había sido el loco del pueblo.

—Hay pocas cosas sobre las que tenemos certezas con respecto al Perca —dijo entonces, ignorando la pregunta—. La primera es que se trata de un varón; la segunda, que sufre un trastorno de la personalidad que lo hace ser violento con las chicas. Aunque haya intentado comportarse bien, sin duda habrá tenido en su adolescencia episodios de violencia o de comportamientos extremos. Incluso los más funcionales necesitan años para aprender a fingir que son como los demás. Y uno así habría sido el principal sospechoso del asesinato de Maria. En cambio, el único malvado digno de mención parece ser Locatelli.

Caminaron hacia el coche.

—¿Y si fuera él? —preguntó Francesca—. Tal vez aprovechó la inundación para hacer que se perdieran sus huellas.

—Cuando murieron la segunda y la tercera víctima del Perca, él estaba en prisión, acusado de matar a su hija. Y la policía ya intentó pillarlo debido a una deuda fiscal, sin resultados.

Francesca se detuvo, obligándolo a hacer lo mismo.

—Me parece extraño que haya usted conseguido toda esta información en los pocos días transcurridos desde el secuestro de Amala.

—Nunca dije eso.

—¿Cuánto tiempo lleva ocupándose del Perca?

—Hace dos años recibí noticias sobre su existencia.

—¿Y por qué no intentó localizarlo antes?

—No estaba seguro de que aún estuviera vivo. La única manera que tenía de saberlo era esperar a que secuestrara a una chica. —Le dedicó una sonrisa de compasión—. Lamento que le haya tocado a su sobrina.

39

Amala pasó la mañana sobre el colchón, hojeando sin leer realmente los nuevos *viejos* libros que Oreste le había dejado y arrancándoles a escondidas pequeños retazos. Uno hablaba de Jeeves, un mayordomo impecable; el otro era una colección de cuentos de H. G. Wells, y era el único de quien había oído hablar, quizá en la escuela o en las redes sociales. Todavía tenía una caja de cartón para protegerlo y dentro tenía el sello medio borrado de algún lugar con el símbolo de una especie de trébol.

Volvió a pensar en la chica de la letrina. ¿O tal vez se trataba de un hombre? Estaba segura de que era una prisionera como ella, pero no sabía si Oreste también secuestraba a personas mayores. Tal vez no hacía distinciones. Fuera quien fuese, de todas formas ya ni siquiera era capaz de hablar, a saber lo que le había hecho, a él o a ella. Y, de todos modos, el mensaje podía tener otros significados más allá de lo que de entrada había pensado ella. Podía querer decir «No huyas, que te voy a pillar», o bien «No huyas, porque Oreste es un buen tipo» o incluso «No huyas por aquí porque hay marea alta y te vas a ahogar». Tenía que saber más cosas. Amala compuso otro mensaje utilizando un sistema más rápido. En lugar de arrancar y pegar las letras una a una, buscó palabras que pudieran servirle. El resultado era comprensible, aunque un poco ridículo:

Amala cogió su crema antiséptica, una muda de ropa interior y gasas limpias, y se arrastró hacia el baño, estudiando cada centímetro de su camino. El sol entraba oblicuamente por todas las claraboyas, y se podía ver cada detalle de las paredes y, sobre todo, escritos que aparecían transparentados bajo los carteles. Donde estos estaban más desgastados se veía por su grosor que las capas eran numerosas, pegadas unas encima de otras. *¿A cuántas chicas habrá mantenido encerradas aquí?*, se preguntó.

Las guías estaban todas rayadas, lo que significaba que otra persona ya había pasado por allí antes que ella, pero no encontró escritos ocultos.

Se encerró en la letrina y se lavó dejando que el agua corriera sobre la herida hasta que le castañetearon los dientes de frío. Se la secó, manchando la toalla de papel con un color rosa pálido. El dolor no era tan agudo como al principio, pero, al tacto, la carne alrededor de la herida parecía más flácida y, empujando la piel, los dedos se hundían como si por debajo no hubiera nada. *Me estoy pudriendo por dentro, como una manzana con un gusano*, pensó.

Aquel olor penetrante a comida de perro dejada al sol ya no solo provenía de su omóplato, también su ropa interior desprendía el mismo hedor, incluso su aliento. Esparció la crema, luego se vendó pasándose la gasa por encima del pecho y fijándola con el esparadrapo. Al final, se arrodilló y giró la placa turca, una operación que a esas alturas realizaba con facilidad.

Sacó de su ropa interior el nuevo hilo de nailon arrancado de la bata, lo ató al mensaje y a un trozo de jabón para la colada, y luego lo dejó caer. Solo le costó tres lanzamientos alcanzar lo que ella imaginaba una especie de tobogán y que el sonido desapareciera en la distancia. Fijó el hilo bajo el borde del inodoro, luego volvió a su lecho, olvidando de manera deliberada la toalla, para tener la excusa de volver a recogerla.

Contó literalmente los minutos, fingiendo leer *Davy Crockett*, que era la historia de un tipo que les tenía inquina a los mexicanos. Cuando una hora más tarde regresó para recuperar el hilo, una vez más comprobó que el jabón había desaparecido y el mensaje, vuelto a ser enrollado.

Esta vez, escrita con barro apestoso, había una única palabra:

COMIDA

—Joder... —murmuró Amala, azorada. Tiró el papel por el desagüe, se lavó la suciedad de las manos y luego salió. La otra prisionera —o prisionero— debía de tener hambre, o bien quería hacer un intercambio. Fuera cual fuera el motivo, por primera vez Amala estaba excitada. Se estaba comunicando, había alguien más allí dentro, con ella. Hambriento y maloliente, su prisión debía de ser peor, al menos por el momento. Tal vez Oreste los juntaría en algún momento, o los haría pelearse hasta matarse.

De vuelta al colchón, esperó a que se pusiera el sol, luego bajo la manta reunió una magdalena y dos quesitos, intentando no pensar en cómo podría estar la persona al otro lado del agujero. Siempre con cuidado para no dejarse ver por ninguna posible cámara oculta, lo metió todo dentro de uno de los calcetines de lana que le había proporcionado Oreste, luego lo cerró cosiéndolo con el hilo de nailon y una astilla de madera, acordándose en el último momento de meter otra página en blanco antes de terminar. Regresó a la placa turca haciendo lo de siempre. El calcetín en sí mismo ya tenía su propio peso, pero no hacía ruido al bajarlo, y Amala añadió un trocito de cemento que pegó con un esparadrapo. Necesitó dos lanzamientos. No podía entrar y salir demasiado a menudo, ya había pasado mucho tiempo en la jaula. Por eso decidió esperar, sujetando un extremo del hilo. Si la otra persona realmente estaba hambrienta, no esperaría demasiado tiempo. Al cabo de unos veinte minutos, cuando ya pensaba en rendirse, Amala notó que el hilo vibraba. Cuando paró, esperó otros cinco minutos y luego lo recuperó. El calcetín había desaparecido, y una vez más solo estaba la página arrancada del libro, cubierta del lodo color vómito, y firmemente enrollada.

Amala la cogió con rapidez y se dio cuenta de que había algo que vibraba dentro, como un microscópico motor eléctrico. Lo abrió con mucho cuidado, pero no fue suficiente, porque en cuanto levantó el primer borde, un proyectil zumbador voló hacia ella y le picó en la cara.

Amala no pudo contener sus gritos. Ella nunca había sentido semejante dolor, ni siquiera la intervención de la espalda le dolía tanto. El insecto le había punzado justo debajo del ojo derecho y el ardor ácido se iba extendiendo por toda la cara. Inmediatamente abrió el agua helada y allí debajo puso la cara. Solo entonces tuvo el valor de tocarse y sintió que su mejilla estaba hinchada el doble de lo normal y que desde ahí la hinchazón le llegaba hasta la oreja. Sin previo aviso, Oreste desencajó la puerta de plástico, la aferró y la arrastró afuera.

—¿Qué pasa?, ¿qué has hecho? —preguntó, en un tono entre irritado y preocupado.

—¡Algo me ha picado!

—Déjame ver. —Oreste le agarró la cara, con cuidado de no tocar la zona dolorida—. ¿Te cuesta respirar?

—No.

—Bien, no hay shock anafiláctico. —Cogió la toalla de Amala y la empapó en agua fría—. Mantenla sobre la mejilla. Voy a buscar una pomada antihistamínica.

Amala lo hizo, sentándose con la espalda contra la jaula. *Qué canalla*, pensó. *Y yo que le he dado comida.* Todavía sostenía la nota que apestaba a podredumbre, empapada en agua, y la miró de nuevo, con la esperanza de que hubiera una respuesta que no había visto, pero no la había.

Oreste volvió para curarla unos minutos después. Amala se había recuperado y le pidió que le diera la pomada para ponérsela ella misma. Las manos de Oreste estaban negras de suciedad y no le apetecía dejar que la tocara.

—¿Qué insecto era ese?

—No lo he visto. Pero creo que lo aplasté.

Oreste fue a buscarlo al lavabo y regresó sujetándolo por un ala. Era un avispón del tamaño de su dedo meñique.

—Cuando vuelan, estos hacen un buen ruido. ¿De dónde vino?

—Yo no lo oí. Ya estaba dentro. ¿No puedes rociar algo?

—Yo desinfesto los otros insectos, pero las avispas no. Son útiles.

—¿Útiles para qué?

—Tienen dos funciones importantes. La primera es que son unas excelentes carroñeras. Sus larvas comen carne y las avispas matan a otros insectos para alimentarlas. Y, si se te cae un trozo de jamón del bocadillo, también se lo llevan.

—¿Y la segunda función?

—Son psicopompos. ¿Sabes lo que significa?

—No.

—Acompañan a las almas de los difuntos al más allá. Así que trátalas bien, porque un día te llevarán a ti también.

40

Francesca condujo por el camino de vuelta mientras Gerry, como solía hacer, dormía y ella se quedaba a solas con sus pensamientos. Al llegar, y con las pocas horas de sueño a sus espaldas, estaba destrozada.

—Hemos llegado —dijo soltándole un codazo.

Él se incorporó, despierto al instante.

—Bueno, ¿nos vemos mañana, entonces?

—¿Para hacer qué? Solo sabemos dónde *no* nació el Perca.

—Pero ahora sabemos que teníamos razón sobre la conexión entre Maria y Giada. Fue la misma persona. Antes solo era una hipótesis.

—¿Y esto cómo nos ayuda?

—Hay que descubrir quién las conocía a ambas.

—¿Qué cree que había en esos cuadernos?

—Tal vez nada y quería divertirse, tal vez su nombre. Un nombre que Giada reconoció.

Francesca sintió por segunda vez en pocos días el deseo de un cigarrillo. Y no fumaba desde hacía diez años.

—Estaba pensando antes que el Perca conocía a Giada en persona.

—¿Qué le hace pensar eso?

—El hecho de que el Perca la llevara desde Cremona. No cogió el tren y estaba esperando a alguien delante de la universidad. Tal vez fuera un compañero de clase.

—Todo es posible.

—Podría conseguir la lista de estudiantes de ese periodo. Mi padre era amigo del rector.

—Buena idea.

—¿Al gran cazador de hombres no se le había ocurrido?

—No soy un detective, solo un cazador.

—Y mientras tanto Amala... —Francesca negó con la cabeza—. Dejémoslo. No tiene sentido discutir.

—Debe mantener la calma. Descanse esta noche.

Francesca lo habría hecho de buena gana, pero cometió el error de llamar a Tancredi para saber cómo estaba Sunday, y su hermano la convenció para que recogiera algo de ropa limpia y se la llevara. Había estado con ella todo el día, *tenía* que descansar. Francesca cogió el coche en el poste de recarga del bufete y fue al hospital.

Gracias a las gestiones de su «psico», su cuñada había logrado evitar el traslado a la sala de psiquiatría. Se había quedado en la zona de las habitaciones privadas, en lo que podría parecer una habitación de hotel de cuatro estrellas. La única incomodidad era que se veía obligada a mantener la puerta abierta, como en todos los intentos de suicidio. Este era el significado de la sigla IS que aparecía en todos sus informes y que exigía del personal una atención especial.

Francesca la encontró sentada a la mesa de la salita. Llevaba un chándal sobre una camiseta manchada de comida y tenía las muñecas vendadas. Respondió a su abrazo con desgana y no miró las flores que le había llevado; Francesca se las dio al enfermero para que las pusiera en algún sitio. Ya había muchas en la habitación, enviadas en su mayor parte por compañeros escritores cuando la noticia había circulado en las charlas editoriales. También ordenó la ropa en la cómoda.

—¿Cuánto tiempo tienes que quedarte aquí? —preguntó.

—Dos semanas. Porque estoy loca y tienen que controlarme —respondió Sunday en inglés sin mirarla.

—No estás loca, Sun. Estás viviendo una situación horrible. No sé cómo habría reaccionado yo en tu lugar —respondió Francesca con su acento *british*.

—Tú tomarías la decisión correcta. Así es como lo haces, ¿no? Yo, en cambio, siempre me equivoco.

—No te has equivocado, excepto al no pedir ayuda cuando estabas mal —dijo Francesca incómoda ante la hostilidad que percibía por parte de la otra mujer.

—No merezco ayuda. Mi hija ha muerto por mi culpa. No fui capaz de protegerla.

Francesca le cogió la mano. Estaba fría y sudada.

—No está muerta y no es culpa tuya.

Sunday tuvo una ráfaga de vitalidad y deslizó de golpe la mano de la de su cuñada.

—Mentiras. Yo soy su *madre*, *siento* que está muerta. Si tú hubieras tenido un hijo, entenderías lo que significa y no intentarías consolarme.

—Sunday... Amala está viva y te necesita.

—Paraaa. —Sunday soltó un débil manotazo sobre la mesita—. Para ya, por favor.

—Yo sé que está viva, Sunny. Lo sé —dijo Francesca impulsivamente.

Algo en el tono de Francesca obligó a Sunday a escucharla.

—No puedes saberlo.

—Yo también estoy investigando, Sun.

—¡¿Qué estás diciendo?! —la interrumpió Sunday—. ¡¿Qué coño estás diciendo?!

Sí, ¿qué estás diciendo?, se preguntó Francesca, con las orejas ardiendo. *¿Quieres hablarle del* Bucalòn *a una que ya ha intentado suicidarse?* Intentó arreglarlo.

—Lo que quiero decir es que estoy comprobando... el trabajo de la policía.

En la mesita estaba la bandeja del desayuno. Sunday la empujó al suelo, y se rompió la jarra de leche al caer. Un enfermero se apresuró a entrar, Francesca lo convenció de que se había resbalado y le echó una mano para limpiar. Sunday, mientras tanto, había ido tambaleándose hasta la cama.

—Vete a tomar por culo —dijo—. Siempre he sabido que no te gustaba. Pero no pensé que vendrías aquí para ver lo estupenda que eres delante de mí por ser tan resolutiva.

—¡Sun, solo estoy tratando de ayudar!

—¿Y quién te lo ha pedido? ¡Es mi hija!

—Sunday, me has entendido mal, pero la culpa es mía. Piensa que no te he dicho nada. Lo siento.

—Lo siento..., una mierda lo sientes. Lamento que hayas estado tan ocupada viajando por el mundo en *business class* como para tener un hijo, pero no te metas en mi vida.

Francesca salió de la habitación disgustada y con una sensación de culpa que pesaba un quintal. Un hombre elegante de unos sesenta años, con un traje oscuro, se le acercó, cojeando ligeramente.

—Abogada Cavalcante, ¿puedo robarle cinco minutos?

—¿Es por mi sobrina? —preguntó, bajando de manera instintiva la voz. No quería otra crisis histérica de su cuñada.

—No, no, lamento el malentendido. Mejor dicho, quisiera expresarle mis mejores deseos. Me llamo Benedetti, soy el responsable de la agencia de seguridad privada Airone, de Milán. —Le mostró una identificación que parecía copiada de la del FBI.

Francesca recordó lo que Gerry le había contado sobre los hombres que querían robar la furgoneta del cementerio y se puso en guardia.

—¿Me ha estado esperando aquí toda la noche?

—No, primero pasé por el bufete y luego por su casa, este era el último intento y luego volvería a repetir la ronda.

—Me alegro de habérsela evitado. —Francesca no se creía ni una palabra.

—¿La acompaño a su coche?

Ni de coña voy a ir contigo, pensó.

—Vamos a la sala de espera. Bien, ¿de qué se trata?

—El señor Gershom Peretz.

Francesca se sentó en una de las incómodas sillitas ancladas al suelo.

—Dígame.

—¿Lo conoce?

—Le escucho.

Benedetti sonrió, mostrando unos dientes blanquísimos y falsos.

—Los abogados siempre siguen siendo abogados. Hace unas horas un hombre que volvía a casa de su trabajo fue agredido y golpeado. Tiene varias fracturas. Ha sucedido en la provincia de Bérgamo. El asaltante hizo un retrato robot del agresor que coincide con el de un ciudadano israelí que entró en nuestro país hace cuatro días.

—Discúlpeme, ¿pero han cambiado el nombre de los servicios secretos? ¿Cómo sabe usted estas cosas?

—No somos vigilantes nocturnos, doctora. El motociclista proporcionó un retrato robot que verificamos. Y también nos dijo casualmente que los habían visto juntos poco antes de ser agredido.

—¿Pero cuál fue el motivo de esta agresión?

—El señor Peretz parecía convencido de que estaban siguiéndolo. Por cómo se comportó no me sorprendería que tuviera algún problema mental. En cualquier caso, nuestro interés es solo reunirnos con él para aclarar la situación.

—Señor Benedetti, no sabría cómo ayudarle. Ahora tengo que marcharme.

—¿Así que no lo conoce?

—Adiós.

Benedetti sacó la impresión de una fotografía de su bolsillo y se la mostró.

—Tal vez le haya dado otro nombre.

Esta vez a Francesca le costó mantener una expresión neutra.

—¿Este es Peretz?

—Sí.

Francesca respiró profundamente.

—No, no lo conozco —dijo. Y era cierto. Al hombre de la foto nunca lo había visto antes.

41

Gerry volvió al «refugio». Se ocupó de los perros, controló el estado de Zayn, luego cogió uno de los teléfonos móviles desechables, se sentó en la vieja mecedora del patio blanqueada por la luz y llamó al Viejo.

—Así que has venido de verdad —dijo este, con voz catarral.

—Dime que no he hecho una tontería.

—No has hecho ninguna tontería. Si por casualidad añades algún detalle, me harás un favor.

—Teníamos razón sobre Conca. El Perca es de por allí, pero todavía no he conseguido acercarme lo suficiente a él. Y hay *contratistas* que me tienen enfilado.

—*¿Contratistas?*

—Una agencia de seguridad que por alguna razón lo encubre. Son un elemento imprevisible, de aquí en adelante tendré que tocar de oído.

Gerry oyó al anciano encender un cigarrillo.

—He leído las noticias, Gerry. He leído lo de Nitti y los otros —dijo.

—¿Qué esperabas de mí, Viejo? No soy un detective.

—Lo sé. Eres un monstruo.

Vivac
Hoy

42

Amala vio cómo el amanecer coloreaba su prisión y, por primera vez desde que la secuestraron, no se puso a elaborar planes de fuga ni de venganzas imposibles. Estaba agotada. No por la herida de la espalda, que la estaba consumiendo, ni tampoco por el dolor y la hinchazón de la picadura de la avispa, que se habían atenuado durante la noche, sino por la traición que había sufrido. Había visto el bajante como una vía de escape y luego como una manera de aliarse con un compañero de prisión, y todo se había hecho añicos en un segundo.

La puerta del spa chirrió y, al cabo de unos instantes, apareció Oreste con la habitual bandeja del desayuno; esta vez, junto al café con leche había un paquete entero de Oreo.

—La cara se te ve mucho mejor.

Ella cogió el café con leche.

—Menos mal. —Solo estaba tibio y no tenía espuma, pero con las galletas ya estaba bien.

—¿Te gustan?

—Son mis favoritas. —Estaba a punto de sonreír, pero se recobró rápidamente. ¿Estaba fingiendo sentirse cómoda, o se estaba acostumbrando a esa situación? Y el hecho de tener que fingir con Oreste para que no sospechara hacía que todo fuera aún más confuso y más difícil—. De todas formas, prefiero comérmelas en mi casa.

—¿Quieres Coca-Cola o Fanta esta noche?

—Un gin-tonic.

—No bromees. Todavía eres pequeña.

Ella se apoyó sobre el codo para verlo mejor.

—¿Y qué? De todos modos, moriré antes de llegar a mayor.

—Ya basta con las rabietas.

—¿A cuántas chicas se lo has dicho ya?

—A ninguna.

Pues entonces ¿quién me odia al otro lado del muro, maldito gilipollas?

—¿No les has puesto la correa a otras chicas o chicos?

—No. Tú eres única.

—¿Eso qué significa?

—Que cuando te vi por primera vez supe que eras la indicada. —Oreste le lanzó una mirada por encima de la mascarilla que le hizo comprender a Amala que lo mejor era dejarlo—. Esta noche haremos una barbacoa —dijo.

—¿Aquí abajo?

—Las claraboyas son unas chimeneas estupendas. Aquí, donde duermes, ni siquiera notarás el olor.

—¿Es realmente necesario?

—Me gusta hablar junto al fuego. Esta noche también será especial. Dime, pues, ¿Coca-Cola o Fanta?

43

El móvil de Samuele vibró apoyado en el borde del tatami a las siete menos cuarto de la mañana. Era una llamada de Whats-App desde Jerusalén de Moshe, un antiguo compañero suyo de estudios y un buen amigo, que se había trasladado poco tiempo atrás a la Tierra de los Padres. Tosió para aclararse la voz.

—Mira quién llama —dijo.

—¿Te he despertado? —le preguntó Moshe.

—No, hace ya un buen rato que me he levantado. —Samuele siempre fingía estar despierto si alguien lo llamaba a horas intempestivas, porque, cuando explicaba que trabajaba mucho por la noche y se levantaba tarde, la gente parecía no creérselo—. Espera que vaya a otra parte, porque Alfredo está durmiendo. O eso hace ver.

—No lo estoy haciendo ver —murmuró su novio con la cabeza bajo la almohada—. Deja de montar tanto follón.

Samuele le dio un beso en la nuca y se dirigió al comedor, donde abrió el portátil y el bote de Nutella. Se tomó una cucharada.

—Aquí estoy, ¿te has enterado de algo sobre mi jeroglífico?

—Por lo pronto, no es un jeroglífico, sino un trivial número de serie. ¿Estaba en la oreja de un perro?

—Exacto. Le estoy haciendo un favor a mi jefe.

—¿Lo sabe Alfredo?

—Es una jefa.

—Muy bien entonces. Dale un beso de mi parte y no le pongas los cuernos con algún pedazo de carne.

—Soy fiel como una cacatúa.

—Bueno, veamos. En la oreja ponía 27 A, y luego en letras pequeñas IGF.

—¿Y lo has buscado en Google?

—Acabo de llegar de una fiesta en la que mi contacto, no es por presumir, es una lumbrera de la facultad de Medicina de Tel Aviv...

—No es por presumir... —se burló Samuele; era un viejo chiste privado.

—Me ha dicho que las siglas son las del Instituto G. Feuerstein. Y aquí llegamos a la cuestión. Mi amigo...

—Esa gran lumbrera...

—Dice que es uno de los perros que entrenan para ayudar a las personas con discapacidad.

Samuele meditó, tomando otra cucharada. *Pequeña*, se justificó.

—¿De esos que les cogen el teléfono o les empujan el cochecito?

—No entiendes una mierda. Los perros aprenden a calmarlos cuando tienen una crisis, o van en busca de ayuda si se ponen violentos...

—No lo entiendo. ¿De qué discapacitados estás hablando?

—De los peores. El Instituto G. Feuerstein es el nuevo hospital psiquiátrico judicial de alta seguridad de Israel. Allí solo van a parar los asesinos.

44

Samuele avisó al bufete de que llegaría tarde, y nadie se lo reprochó: era la triste señal de su nuevo estado. Habían bastado solo unos días ayudando a Cavalcante para que inmediatamente formara parte de esa categoría de personas a las que se desea que caigan en desgracia, sospechosas de ser unos chivatos y unos cobistas. Incluso se le había expulsado del grupo de WhatsApp del bufete.

Eso por no hablar de su *boss,* que ya no le dirigía la palabra. Le había jurado que este trabajo con Francesca —una investigación en archivos, oficialmente— sería algo temporal, pero él estaba convencido de que lo había hecho a propósito para liberarse de sus compromisos. Los socios más antiguos, que siempre se habían sentido incómodos porque Samuele vivía su homosexualidad sin complejos, tenían una excusa más para evitarlo. El problema de los entornos cerrados en los que todo el mundo se conoce es que circula siempre un aire sutil de paranoia.

Samuele llegó a Milán en su *scooter,* tres cuartos de hora de viaje sin forzar la marcha, y entre las casas de colores de via Lincoln —el Notting Hill milanés— se reunió con la psiquiatra Gioia Levy.

Era una mujer elegante de unos cincuenta años, quien lo hizo pasar a su estudio, tan cómodo que a Samuele le entraron ganas de tumbarse en la *chaise-longue* de cuero de vaca. Había hecho algo de psicoanálisis entre la universidad y las prácticas, y guardaba un grato recuerdo de aquello.

En cambio, se sentó en un sillón y Gioia hizo lo mismo, frente a él.

—Moshe me ha dicho que necesita usted información sobre el Instituto G. Feuerstein.

—Sí, sé que es usted la única persona en Italia que ha trabajado en ese instituto.

—¿Y a qué se debe su interés?

—Intento averiguar si una persona es quien dice ser. No puedo añadir nada más debido a mi obligación de confidencialidad.

—Que no es muy diferente de la mía. No puedo hablar con usted de los pacientes.

—No se preocupe, solo me interesan informaciones de carácter general. El Instituto es un manicomio penal, ¿verdad?

Levy enarcó una ceja.

—Se equivoca. No me gusta escuchar la palabra «manicomio». El Feuerstein es una clínica de salud mental dotada de un ala de seguridad gestionada por el Ministerio de Justicia para reos condenados con trastornos mentales. En realidad, no existen instituciones específicas solo para presos, se los coloca donde se puede.

—¿Y es cierto que la gente más peligrosa acaba allí?

Otra ceja enarcada.

—Depende de lo que entienda por «peligrosa». Quien sufre algún tipo de trastorno mental que altera su capacidad de juicio puede ser peligroso para los demás, pero sobre todo lo es para sí mismo. Yo no conocía la historia judicial de todo el mundo y me ocupaba también de pacientes que no estaban presos. Pero ninguno de los pacientes detenidos había cometido delitos menores: la mayoría eran asesinos o violadores.

—¿Sabe usted si también había militares o exmilitares?

—En Israel, el servicio militar es obligatorio, por lo tanto, casi todos los pacientes eran exmilitares. Los que todavía estaban en el servicio activo eran tratados por psiquiatras del ejército. Eran una decena, permanecían aislados de los demás pacientes, porque creo que venían de grupos especiales y por lo tanto tenían información reservada. Al menos, esa fue la justificación que me dieron. Había dos edificios separados.

—¿Así que no los conocía?

—No. Ni siquiera podía una cruzarse con ellos.

—¿Gershom Peretz fue uno de sus pacientes?

—Aunque lo hubiera sido, no podría decírselo, pero nunca oí ese nombre. Sin embargo, si era un militar, no me sorprende.

Samuele estaba un poco decepcionado.

—¿Sabe usted si los militares hacían terapia con perros?

Levy abrió mucho los ojos.

—¿Se lo ha contado Moshe?

Samuele asintió.

—Se trata de una historia delicada, por el modo en que acabó —dijo Levy—. El protocolo de terapia con perros fue creado por el Centro de Salud Mental de Tel Aviv y dio buenos resultados. Los perros están entrenados para reconocer las manifestaciones psicóticas antes de que el paciente las lleve a cabo. Por ejemplo, evitan que los pacientes se lesionen a sí mismos, los calman cuando tienen un ataque de ira, los consuelan cuando están deprimidos. Pero nunca se utilizaron con los presos.

—¿Y usted se encargó de ello?

—Hice las listas de los pacientes que, en mi opinión, eran capaces de gestionar la relación con un animal. Una treintena, en total. Y, salvo un par de casos, todos se beneficiaron de ello. Durante la duración de la terapia, incluso se les permitía tenerlos en sus habitaciones. Y al final esto se convirtió en un problema.

—¿Es decir?

—Una noche se produjo un motín en el ala de la prisión del hospital. Antes de que los guardias pudieran intervenir, hubo una docena de heridos y el asesinato de casi todos los perros, de formas realmente bárbaras y crueles. De los treinta, solo sobrevivieron seis o siete, pero todos con alguna herida grave.

Samuele pensó de nuevo en los perros que llevaba Gerry por ahí, con sus cicatrices y mutilaciones, y se le encogió el corazón.

—Debe de haber sido duro presenciar una escena como esa.

—Mucho, pero soy médico, mi deber era superarlo y lo hice.

—No pretendía poner en duda su profesionalidad —dijo Samuele con cierta incomodidad—. ¿Sabe qué pasó con los perros supervivientes?

Levy sonrió.

—¿Está preocupado por ellos? Todo lo que sé es que los enviaron a una clínica veterinaria para que los curaran. Han pasado dos años, alguien los habrá adoptado. Lamentablemente, el programa fue interrumpido.

—Tal vez sea lo mejor, vista la forma en que los trataron. Quiero decir, con el debido respeto a sus pacientes.

—Mis pacientes no tenían nada que ver. Por el pabellón de seguridad también pasaban delincuentes comunes que fingían estar enfermos para salir de la cárcel. Dos de ellos estaban acusados de violación y asesinato, provocaron esa matanza para convencer a los jueces de que sufrían enajenación mental.

—¿Tuvieron éxito?

—No. Estaban en aislamiento, pero alguien logró superar las medidas de seguridad y entrar en sus celdas. Los mató a ambos con sus propias manos.

45

Francesca asistió a la actualización de las pesquisas sobre Amala mientras intentaba controlar su cabreo. Había vuelto a casa y se había quedado dormida como un tronco, pero su último pensamiento y el primero de la mañana fueron para Gerry. O como coño se llamara, dado que la fotografía que le había enseñado aquel tipo era de otra persona.

Se le parecía, pero no lo bastante, y estaba segura de que no se equivocaba. Tenía buen ojo para las fisonomías: se había entrenado en los cientos de reuniones a las que había asistido, en las que los abogados de la parte contraria cambiaban a la velocidad de la luz.

Una vez de vuelta a Città del Fiume, escuchó al coronel de los carabinieri enviado a la villa de su hermano por Metalli, el ayudante del fiscal, que tenía aspecto de abuelo uniformado. Mientras se limpiaba los restos de café del bigote con Scottex, informó que habían encontrado quemada la furgoneta del secuestrador en un pequeño cementerio. Francesca ni siquiera tuvo ganas de aparentar sorpresa.

—¿Se sabe a quién pertenece? —preguntó.

—Sí, doctora. El propietario es un comerciante de las afueras de Milán. Denunció el robo hace más de un año.

—Perdone, ¿qué clase de comerciante?

—De tejidos. ¿Cree que puede ser importante?

—No, no es importante —intervino Tancredi—. ¿Quiere decir que el secuestrador estuvo planeándolo todo desde un año antes? —preguntó.

—Tal vez la robó para otros fines.

Francesca se quedó a escuchar el resto del informe, que por desgracia no tenía novedades relevantes, y huyó inmediatamente después del carabiniere. Mientras superaba el límite de velocidad, pensó en lo que tendría que hacer con Gerry. Le había mentido, podría herirla a ella o a sus compañeros, crear problemas para la investigación sobre Amala, pero al mismo tiempo estaba claro que realmente sabía algo útil y que estaba interesado en encontrar al Perca. Y, después de esa triste reunión con el carabiniere que les había contado noticias que ya tenían desde hacía dos días, desconfiaba aún más de que la investigación oficial encontrara algo útil.

Aunque su cuñada la había tratado como a una intrusa y su hermano la consideraba una aprovechada, no era capaz de desentenderse de Amala. La había visto tan poco a lo largo de los años pasados que cada vez que se encontraba con ella le costaba reconocerla. En un abrir y cerrar de ojos, se había transformado: ya no era una muñequita, sino una mujer, y se dio cuenta de que no sabía nada de ella. No conocía sus gustos musicales, quién era su actor favorito, si se manifestaba contra el cambio climático o le importaba todo un pimiento. Y también esto le provocaba pesadumbre. Desde su regreso a Italia se había abonado al sentimiento de culpa. Y el hecho de estar cabreada por una vez hizo que se sintiera mejor.

Samuele intentó detenerla antes de que entrara en su despacho y ella casi lo arrolló.

—Espere, abogada. Gerry está en su oficina.

—Perfecto.

—Puede que tenga novedades sobre él.

Francesca cerró los ojos por un momento. ¿Qué más había? Samuele le contó con detalle las conversaciones que había mantenido con Moshe y Gioia Levy, y para ella fue como echar sal en las heridas.

—Pero no salió el nombre de Peretz —concluyó con prisas el joven.

—Qué raro. Gracias, ahora voy a hablar con él. Tú quédate aquí en el vestíbulo. Si grito «Socorro», llama a emergencias, pero *solo* si grito «Socorro».

Francesca entró dando un portazo, lo que desencadenó una cascada de perros separándose del cuerpo de Gerry.

—Buenos días. ¿Ha encontrado ya las listas de Ciencias Agrarias? —dijo.

—Ni siquiera las busqué. —El hombre de Airone le había dejado una copia de la foto y ella se la plantó delante de sus narices—. ¿Sabe quién es?

Gerry le echó un vistazo.

—Qué rápidos han sido. Los de Airone, ¿verdad?

—Dicen que usted le dio una paliza a un motociclista en un ataque de paranoia mientras yo estaba hablando con el hermano de Giada. Por eso estaba sucio de barro. ¿Es eso cierto?

—Es cierto.

—Y no se llama Peretz.

—Yo nunca le he dicho que me llame Peretz, usted estaba convencida de que lo sabía y yo dejé que lo pensara. Me presenté como Gerry.

—¿Y cuál es su nombre, pues?

Gerry sonrió.

—Secreto militar.

—Los documentos falsos son un delito, puedo llamar a la policía y hacer que lo detengan.

—Pensé que quería encontrar a su sobrina.

Francesca se sentó en la esquina del escritorio, alejándose un poco de él.

—Uno de sus perros lleva tatuadas las siglas del G. Feuerstein, que es un instituto psiquiátrico judicial. Nunca he tenido una confirmación objetiva de ninguna de las historias que me ha contado usted. Golpea a la gente, quema pruebas, cuenta historias improbables sobre sus fuentes de información, es aficionado a cualquier cosa inventada por el hombre, viaja con documentos falsos... —Francesca buscó las palabras— ... No puedo continuar siguiéndole a ciegas. ¿Es usted un agente secreto israelí o algo así?

—¿Empezamos por el principio?

—Pues explíqueme dónde ha obtenido toda esa información sobre Giada y Maria que sacó de la nada.

—Alguien ha investigado por mí. Es una persona que conoce bien todo lo relacionado con el Perca.

—¿Quién es?

—Un viejo amigo mío..., pero quisiera recordarle que tiene a la gente de Airone rondando como moscas alrededor de su bufete.

—¿Lo han seguido hasta aquí?

—La han seguido a usted. Probablemente lo están haciendo desde que su sobrina desapareció. Hay alguien que no quiere que la historia del Perca salga a la luz. Alguien con suficiente dinero y poder como para permitirse actuar hasta el límite de la ley. Probablemente quieran sacarme del medio, porque saben que sin mí usted no llegará a ninguna parte.

Francesca negó con la cabeza.

—Sufre usted de manía persecutoria.

—Mire por la ventana. Verá dos coches con cuatro personas en cada uno. Un poco extraño, ¿no le parece? Están aparcados en los extremos de la calle. Tarde o temprano entrarán aquí.

Francesca miró y vio los coches. Esto la enfureció todavía más. Cogió la estatuilla de Giacometti de la estantería y la blandió contra él.

—¡Te voy a romper la cabeza! —gritó—. ¡Dime quién coño eres!

Gerry ni pestañeó. Samuele entró corriendo con el móvil en la mano, seguido por un par de empleados.

—¡Déjala en paz! ¡La policía viene para aquí! —gritó. Pero se quedó como una estatua de sal al ver que la situación era la contraria a la que había imaginado.

—¡Nada de policía! —gritó Francesca en el mismo tono que antes, sin apartar la vista de Gerry—. ¿Estabas detrás de la puerta?

—Casi...

—Valoro tu entrega, pero no seas ridículo. Busca a alguien del bufete que conozca al decano de Ciencias Agrarias y haz que consiga arrancarle un favor en mi nombre.

—¿Cómo? —Samuele estaba, como mínimo, desconcertado.

—Luego dile que me pase la llamada. Rápido, por favor. Perdona, espera un momento. —Samuele ya se había dado la vuelta para marcharse—. Tenemos un sistema de alarma, ¿verdad?

—Sí, está conectado con los de vigilancia.

—Pues haz que salte y, en cuanto llamen, di que has visto a un hombre saltando la tapia y que quieres que controlen el patio.

—¿Que *yo* he visto qué?

—Sé convincente y enséñales todos los sótanos. Quiero que lleguen aquí volando y que se queden una horita.

Samuele salió, Francesca se quedó mirando a Gerry, echado en la alfombra con la cabeza sobre la barriga de Mem.

—Nuestros vigilantes no son *contratistas* como los de Airone, pero espero que puedan disuadirlos de presentarse aquí. ¿Por qué no quiere que investigue entre los estudiantes?

—Yo nunca he dicho nada de eso.

—Exacto. Parece que no esté interesado. Y eso me hace sospechar.

—Le aseguro que se equivoca.

—Ya veremos. ¿Dónde está su informante? ¿En Israel?

—No, en Milán, pero ¿qué importa eso?

Al cabo de unos minutos sonó su extensión, Francesca respondió al decano y pidió los nombres de los alumnos de los años de Giada. Mientras tanto, dos coches similares a los de la policía aparcaron frente al portal y cuatro agentes privados, también con uniformes similares a los de las fuerzas del orden y pistolas a los costados, fueron llevados por un secretario a efectuar una ronda inútil.

El documento llegó al correo electrónico de Francesca. Lo copió en dos llaves de memoria. Una se la dio a Samuele, la otra se la guardó en el bolsillo.

—¿Cuáles son sus intenciones? —preguntó Gerry.

—Si su amigo es un experto en el Perca, podrá ayudarnos a examinar el archivo. Si no existe, llamaré a la policía. Una copia de la lista quedará en manos de Samuele, por si me pasa algo.

—¿Está realmente convencida de que hay algo importante ahí dentro?

—Cada vez más. Usted no es tan impasible como pretende hacer creer: cuando algo va mal, empieza a ponerse nervioso. Y ahora lo está.

—Muy bien, le presentaré a mi amigo.

—Abogada, ¿puedo hablar un segundo con usted? —intervino Samuele.

—Ya sé lo que quieres decirme. Estoy haciendo una gilipollez.

—Dicho sea brevemente.

—Si Gerry, o quien coño sea, hubiera querido hacerme daño, ya lo habría hecho. Ha tenido más de una ocasión. Y, si no tienes noticias mías antes de esta noche, llama a Metalli y cuéntaselo todo. Hasta entonces, ve mirando la lista mientras me esperas. He enviado una copia a tu correo electrónico —dijo Francesca—. Nos seguirán, me imagino —dijo dirigiéndose a Gerry.

—Lo intentarán, pero no van a conseguirlo. —Gerry le presionó amistosamente el hombro a Samuele—. Dime, Sammy: ¿tienes permiso de conducir?

46

Oreste observó a Amala. Estaba echada sobre el colchón, enfadada y desesperada, pero intentaba controlarse y seguía pensando de modo racional: quería entender y saber, a pesar del miedo.

Se parecía tanto a *ella* que a veces Oreste a punto había estado de llamarla por *su* nombre. Intentaba apagar las chispas de ternura que sentía hacia ella, pero mientras la curaba había vuelto a ser un chico en la playa de Riccione, con la crema solar en la mano y una erección bajo sus pantalones cortos de la que temía que *ella* se diera cuenta mientras se la esparcía.

—Basta ya —se dijo en voz baja. Se puso el sombrero de red de apicultor y los guantes de trabajo. Había derribado una de las paredes a golpes de pico en una semana de trabajo. Lo necesitaba para alcanzar lo que había sido una gran despensa, cuya otra entrada se había derrumbado. Una enorme cámara frigorífica, más antigua incluso que el resto de las cosas, llenaba la habitación casi por completo. Era lo suficientemente grande como para contener cuartos de buey, embutidos y quesos, aunque ahora solo se utilizaba para recoger los residuos. Oreste la puso en marcha pulsando un interruptor.

Los viejos compresores arrancaron con una vibración profunda y empezaron a hacer que circulara el freón por las tuberías de cobre, bajando la temperatura. La encendía de manera ocasional, porque la cámara consumía casi toda la energía de las baterías de almacenamiento, pero era necesario para que pudiera abrirla con seguridad. Mientras esperaba a que bajara la aguja, volvió a observar a Amala a través de los agujeros, caminando en silencio a su alrededor, en la madriguera que rodeaba dos lados del sótano.

Le llevaría más libros, tal vez algunas pastas, para que pasara mejor el tiempo. Abrió una de las cajas y eligió algunas, luego volvió a comprobar el termómetro: la aguja había llegado a cero, y tiró de la manija.

La luz de baja potencia que se encendía al abrir reveló lo que parecía ser un gran amasijo bulboso de papel maché que llenaba todo el espacio. Papel maché y cera, solidificados en ondulaciones. Era necesario aproximarse para darse cuenta de que ese amasijo estaba compuesto por nidos de avispa. Hemisféricos o por estratos, igual que las setas de madera, se habían superpuesto y aplastado hasta conformar una única superficie. Cientos de avispas se movían trabajosamente sobre la superficie, ralentizadas por el frío. Eran hembras estériles, obreras, la última línea de defensa. Su zumbido era bajo, irregular, como un taladro que se estuviera descargando.

En ese amasijo bullicioso solo había una apertura alta y estrecha que se convertía en un intestino oscuro y zumbante. Oreste se metió por él, haciendo que decenas de insectos cayeran al suelo, demasiado débiles para atacarlo. Encendía el compresor solo cuando necesitaba entrar dentro y manipularlas, porque el frío las dejaba torpes.

Aferró un nido con las manos cubiertas por sus guantes de trabajo y lo arrancó de los demás. Un pequeño géiser de gusanos cayó al suelo, arrancó otro que encontró lleno de cucarachas. El tercero fue el bueno. Tan flexible como si fuera de cartón, pero duro como la arcilla cocida. Oreste lo aplastó bajo la bota y docenas de celdas hexagonales expelieron cientos de avispas. A pesar del frío, algunas se abalanzaron sobre los gusanos.

Metió la mano entre los fragmentos y a tientas localizó a la reina. Era un par de centímetros más larga que las demás, con la parte inferior del cuerpo hinchada de huevos. Con delicadeza, colocó a la reina en una caja de cartón que había cubierto con fibras de pulpa de madera, agua y terrones de azúcar. Algunas veces, la reina sobrevivía y fundaba otra colonia antes de morir. No muy a menudo, pero podía ocurrir. Al resto de los insectos los arrojó dentro de una nevera térmica de pícnic, como esas rojas de Coca-Cola, que también estaba bajo cero. Cuando la llenó hasta los topes, la cerró y salió de la cámara. Apagó el compresor y llevó la nevera con las avispas hasta su mesa de trabajo, instalada en la vieja lavandería. En la estantería había colocado un tablero de PVC de dos metros por uno. Estaba compuesto por dos capas superpuestas de plástico laminado, espaciadas por separadores de cartón prensado. A contraluz se podían ver cientos de agujeros que atravesaban el plástico. Oreste los había hecho utilizando una pastilla de tungsteno de medio milímetro montada en una fresa de orfebre.

Oreste separó las dos hojas que solo estaban superpuestas —después las pegaría juntas—, luego aferró un puñado de insectos aturdidos por el frío. Separó los zánganos de las hembras, echando estas últimas a una palangana. Al final, la palangana estaba llena de avispas obreras, y el suelo, de zánganos muertos.

Aferró la primera avispa que intentaba salir de la palangana y le arrancó las alas. El insecto siseó de dolor, retorciéndose. Antes de seccionarlas, Oreste no sabía que las avispas podían zumbar incluso sin alas. Había algo en su tórax que emitía agudos y penetrantes silbidos de dolor. Antes de percatarse del valor de esos insectos, Oreste los había odiado y temido; ahora los había doblegado a su servicio. Sumergió el abdomen del insecto en el pegamento hasta el pezuelo, luego lo presionó contra uno de los agujeros que había practicado, sujetándolo quieto hasta que el pegamento se secó. La avispa siseó en un tono aún más agudo, agitando la única parte de su cuerpo que aún podía mover, aunque estuviera metida en uno de esos pequeños agujeros del PVC: su aguijón.

47

Francesca y Gerry se subieron al Tesla y se dirigieron al aparcamiento subterráneo del centro comercial de costumbre con wifi. Los esperaba un reticente Samuele con un monovolumen de Rent-a-Car.

Samuele se bajó del monovolumen y le pasó las llaves a Gerry, quien le caló en la cabeza la gorra de pescador que llevaba, robada a uno de los abogados del bufete.

Francesca, en cambio, se había cambiado la chaqueta por la cazadora azul marino que guardaba en el pequeño armario del trabajo.

—Póngala en el reposacabezas al lado del conductor.

—¿Y eso sería su sustituto?

—Si para usted lo es el señor sin nombre...

Francesca se tumbó en el asiento trasero del monovolumen, Gerry bajó el parasol, arrancó el motor y tomó la rampa de salida. En la última bifurcación, sin embargo, giró en la dirección equivocada. A través del techo transparente, Francesca vio la señal de prohibición en el techo de la rampa.

—Va en dirección contraria —dijo.

—Lo sé. —Gerry se detuvo en el apartadero justo antes de la barrera. Un coche entró y casi los embistió, Gerry forzó al otro conductor cabreadísimo a que diera marcha atrás, luego lo superó y salió a la calle—. Seguro que nos están esperando en la salida y quiero evitar que nos examinen con calma.

—La multa la paga usted.

Recogieron la manada en los jardines públicos de la piazza Roma, en el centro de Cremona, que vigilaba una joven abogada, quien estaba nerviosísima debido al retraso con el que iba a presentarse ante un cliente.

—¿Quién es la persona a la que vamos a ver?

—La persona que mejor me conoce en el mundo. Podrá preguntarle lo que quiera.

—¿Y me responderá con sinceridad?

—Usted misma verá que no puede ser de otra manera.

Orientándose mediante las indicaciones callejeras, Gerry llegó a un elegante edificio, entre el teatro Arcimboldi y el cementerio de Greco, rodeado de un pequeño parque muy cuidado. Llamó al timbre del portero automático media docena de veces antes de que se encendiera la pantalla.

—¿Quién me está tocando los cojones de esta manera? —graznó alguien con voz de anciano.

—Gerry y Francesca.

—¿Qué Gerry?

—*Sholem*, viejo cabronazo.

La puerta se abrió.

—Quinto piso.

—¿No lo ha avisado? —preguntó Francesca.

—Sabía que me pasaría por aquí, un día u otro.

Gerry subió por las escaleras, porque Mem odiaba los ascensores; Francesca, en cambio, lo cogió. La manada ganó con dos rampas de ventaja y se lanzó directamente por la puerta abierta, deslizándose sobre el suelo de mármol impulsada por la inercia. Desde el interior del apartamento una voz ronca lanzó una salva de blasfemias. Francesca esperó a Gerry antes de entrar. El propietario era un viejo seco y nervioso, con bigote y pelo teñidos de un improbable negro, en bóxer y camiseta de tirantes.

—Si se cagan por ahí, lo limpiáis vosotros. La asistenta ya se ha ido a casa.

—No te preocupes, están enseñados —dijo Gerry.

El anciano se acercó a él y lo estudió con sus ojos opacados por las cataratas.

—Así que este eres tú.

—¿Quieres un abrazo?

—No. —Y el anciano se alejó unos pasos—. ¿Quién es ella?, me parece que la conozco.

—Soy la abogada Francesca Cavalcante.

—Gerry también la ha implicado a usted en su cacería. Por su sobrina.

—Tengo muchas preguntas que hacerle, si está usted de acuerdo.

—¿Sobre Gerry?

—Sobre todo.

—No sé si le van a gustar las respuestas, Francesca. Yo me llamo a Renato Favaro, pasen por aquí, voy a abrir una botella.

Bufet
Treinta años antes

A las cuatro de la madrugada Itala aparcó en el mismo motel donde había dormido la semana anterior. Cuando llegó a Conca encontró la granja de Locatelli rodeada de gilipollas que querían lincharlo por la desaparición de Giada y decidió alejar a Sante durante un tiempo de la zona. Afortunadamente, en el motel encontró al portero de costumbre, que hacía la vista gorda, aunque ahora le quedaba convencer a Locatelli, quien seguía obstinado dentro del coche mientras ella negociaba.

—Yo no me largo de mi casa. Me paso por los huevos lo que piensen esos idiotas. Prefiero que me maten.

—Escúchame, cabezón —dijo Itala—. No le caes bien a nadie y una chica acaba de desaparecer. Vendrán de nuevo, te echarán gasolina encima mientras duermes o algo así, y si le partes la cabeza a alguien vas a ir directo a la cárcel.

Locatelli blasfemó.

—A Giada no la he vuelto a ver desde que Maria murió. Ni siquiera sé qué aspecto tiene ahora.

—Y te creo, de lo contrario habría dejado que te hicieran lo que querían. —Para convencerlos de que desistieran había tenido que echar mano de todo su repertorio, desde las súplicas hasta los insultos, con la ayuda de un larguirucho con gafas de quince años a lo sumo que parecía el único con alguna neurona en la mollera. Sante le dijo que era uno de los de la parroquia, que se apellidaba Zennaro—. ¿Te bajas de una vez o no?, porque estoy molida y todavía he de hacer otros cien kilómetros.

—Nunca he estado en un lugar como este —murmuró. Miraba con extrañeza el letrero del motel—. Aquí vienen las putas.

—Pero es muy tranquilo.

—Mi mujer me habría reventado la cabeza si me hubiera encontrado en un sitio como este.

—Buenas noches, no llames a nadie, ya te llamaré yo.

Sante sacó su metro noventa y recogió el equipaje del maletero, Itala se marchó con una media sonrisa. Locatelli le seguía cayendo bien y seguía sin saber el porqué. Se fue a casa a dormir cinco horas justas, y a la mañana siguiente, mientras se tomaba dos cafés dobles en el bar, llamó a todos los Zennaro de la guía de Conca, que eran dos y sus parientes. La madre de Michele Zennaro, que era el que buscaba, le dijo que volvería a las tres. Itala se presentó como la madre de otro chico que iba a la parroquia.

—Mi hijo quiere organizar una pequeña fiesta... ¿Puedo llamarle cuando vuelva? Gracias.

Pasó por la oficina, donde se informó en vano sobre si había alguna noticia de Giada, y luego se puso a soltar chorradas con Otto, mientras fingía estar tranquila. Amato estaba fuera de servicio, e Itala pensó que tendría que hablar con él en cuanto volviera, pero no pudo hacerlo porque se largó inmediatamente después de la reunión de los jefes de sección, cuando Grazia, la secretaria, le recordó su cita con el asistente social.

Era alguien de su edad, al que Itala apodó mentalmente «Ratón», por el color de su ropa y la forma en que se escondía detrás de un escritorio dominado por las sorpresas de los huevos Kinder.

—¿Pero no la han avisado de que ya no era necesario que viniera? —le dijo el Ratón.

—Nadie me ha dicho nada. —Itala se sentó y el Ratón expresó un gesto de malestar—. Y dado que en el colegio de mi hijo me han dicho que no van a readmitirlo sin que un médico lo examine... ¿Son ustedes los que se encargan de eso, no?

—No exactamente, pero ya no es necesario, a menos que la nueva escuela lo pida.

—¿Qué nueva escuela?

El Ratón parpadeó diez veces.

—¿Pero usted habla con su suegra?

Itala salió de la oficina muy enfadada y alterada, y fue una suerte que hubiera concertado una cita con la familia Zennaro porque, de lo contrario, le habría montado un numerito a Mariella. De vez en cuando, durante el viaje, le entraban ganas de desviarse hacia Castelvetro, pero se resistió desahogándose con palabras proferidas contra aquella zorra a la que se veía obligada a dejar a su hijo. *Pero solo por poco tiempo.*

Gritar la ayudó y cuando llegó a Conca pudo de nuevo aparentar tranquilidad, aunque su voz se había vuelto ronca. Llamó desde una cabina y le respondió la voz de un chico.

—Sí, señora, soy yo.

—Mira, no quería inquietar a tu madre, pero soy la policía de anoche. He de hablar del caso de Giada con sus amigos... Pero, si tu madre está allí, tendré que mencionarle que ayer casi te dan una paliza... Lo mejor será que le digas que vas a hacer un recado.

—No, por favor. Mis padres no vuelven hasta después de las cinco... Si quiere, puede venir usted...

Llamó a su interfono al cabo de diez minutos y se sentaron en la habitación del chico. Solo había una silla, así que Michele se sentó en la cama. Había libros por todas partes, y parecían unos buenos tochos.

—¿Hay novedades sobre Giada? —preguntó Michele con timidez.

—Tengo que ser sincera contigo —dijo Itala—. Nadie la está buscando, salvo su familia. Es mayor de edad y hasta que no hayan pasado cuarenta y ocho horas no se puede denunciar su desaparición. Puede que se haya marchado de forma voluntaria.

El chico negó con la cabeza.

—No, no. Nunca haría algo así.

—La ley es esta, y, hasta que no la cambien, oficialmente nadie puede hacer nada. Pero yo estoy de vacaciones y siento lo que está pasando con ella, por eso voy preguntando por ahí. Si se enteran mis superiores, me arriesgo a que me sancionen, así que, por favor, no vayas contándolo a todo el mundo.

—Lo entiendo. Gracias por lo que está haciendo, en cualquier caso.

—A mí me pone de los nervios quedarme de brazos cruzados... Has sido valiente al defender al señor Locatelli esta noche.

Michele no se lo esperaba.

—Pero..., es que me parece algo normal... Quiero decir, no estamos en la Edad Media.

—¿Cómo sabías que irían a por él?

—Todo el mundo lo sabía. Se pasaron toda la tarde hablando del tema en la plaza.

—Todo el mundo lo sabía y tú fuiste el único en defenderlo, y, además, ¿cuántos años tienes?

—Casi diecisiete.

—Eres joven. ¿Qué te empujó a ser el pacificador?

—No creo que Sante matase a Maria.

—Mucha gente lo cree.

—Yo era amigo de Maria y sé que eso no es verdad. La quería y era muy protector.

—Era mucho mayor que tú. ¿Cuándo te relacionaste con ella?

—Solía jugar con ella cuando era pequeño. Ella era mayor, pero solo de edad. Mentalmente, en algún momento yo me hice mayor que ella.

—¿Tienes alguna idea de quién pudo hacerlo?

—Alguien de fuera.

—Todo el mundo dice eso. Pero a menudo los asesinos están en la puerta de al lado.

—Tal vez... Pero él no lo hizo.

—¿Y qué hay de Giada, te ves con ella?

Michele se sonrojó.

—Ella también es mayor que yo. Para ella soy un mocoso.

Pocas veces había visto Itala un caso tan flagrante de amor imposible.

—¿Así que nunca has hablado con ella?

—¿Cómo que no? Un montón de veces. Cuando murió Maria, venía a menudo a mi casa con sus padres. Y luego ayudaba en la parroquia. Era una especie de niñera. Ahora ya no puede porque va a la universidad. Es una pena, porque lo hacía muy bien. De todos modos, ella también pensaba que no había sido Sante. De hecho, se llevó un buen disgusto cuando lo detuvieron.

—¿Qué recuerdas de lo que pasó?

—Recuerdo poco, sobre todo el clima del pueblo. Cuando la asesinaron... fue como si hubiera caído sobre nosotros una maldición. —Michele se dejó caer hacia atrás en la cama, pero inmediatamente se sentó de nuevo, recordando que no estaba solo—. Los chicos de fuera con los que me juntaba en la plazoleta dejaron de venir, y los que vivíamos aquí teníamos miedo de que pasara algo de nuevo. Y ahora ha ocurrido.

—¿Crees que alguien le ha hecho algo malo a Giada?

—Creo que... —Michele se sonrojó y se quedó bloqueado—. No importa. Es una chorrada.

—Deja que eso lo decida yo.

—Creo que ha sido la misma persona en ambos casos.

—Han pasado seis años.

—Anoche Giada hizo que don Luigi le abriera la sede de los *scouts*. Le dijo que había olvidado una cosa la última vez que había estado allí.

—Por desgracia, no podemos saber lo que hizo... —dijo Itala, que al menos tenía esa esperanza.

—Yo sí. Pregunté. Se puso a rebuscar entre los Cuadernos de Caza y de Vuelo. ¿Sabe lo que son?

—Vagamente —mintió—. Algo así como los diarios que lleva la gente joven.

—Ella cogió el suyo del año de la muerte de Maria. Yo no creo que fuera una coincidencia. Creo que se le pasó algo por la cabeza. Y ahora ha desaparecido...

—¿Has hablado con alguien más sobre esto?

—No. Pero la voz se está corriendo poco a poco... ¿Cree usted que es posible?

—No, estoy segura de que tu amiga volverá sana y salva —dijo Itala, odiándose un poco a sí misma—. Aunque nunca se sabe.

—Quizá pueda ir a los carabinieri...

—Tendría que ir tu madre, eres menor de edad. Yo ni siquiera debería estar aquí... Tiene que ser nuestro secreto.

—¿Cómo me pongo en contacto con usted si descubro algo más?

Itala le dejó su número directo y luego fue hacia su coche, preguntándose si había hecho lo correcto. El chico le parecía sensato, así como un investigador mejor que ella, pero tal vez debería haber sido más dura, convencerlo de que se portara bien. No quería cargar con más peso.

Al pasar por delante de la iglesia, se dio cuenta de que un grupo de *scouts* uniformados se estaba reuniendo en el patio. Detuvo el coche y se bajó, buscando con la mirada al mayor de ellos. Era rubio y casi tan alto como Michele, con el aspecto de un efebo y la piel transparente. Le dijo que se llamaba Angelo.

Angelo le explicó que estaban organizando un desfile de antorchas para que Giada volviera a casa. Tenía tantas ganas de charlar que Itala no necesitó sacar la placa, aunque tuvo que fingir que no sabía nada al respecto.

—¿Pero es posible que ninguno de vosotros la viera antes de su desaparición? —preguntó Itala—. Sois amigos, ¿no?

—Me crucé con ella de camino a su casa después de la universidad, pero no se paró a hablar. Solo «adiós, adiós». Pero me pareció preocupada.

—¿Y sabes si tenía novio? Tal vez se haya escapado con él.

Angelo se encogió de hombros.

—En Cremona, quizá. Aquí no, seguro.

Itala se dio cuenta de que un par de las personas a las que había maltratado la noche anterior frente a la casa de Locatelli se estaban acercando para unirse a la procesión de antorchas, y se apresuró a regresar al coche.

En cuanto se encaminó a la casa de Mariella, el sentimiento de culpa hacia Giada fue borrado por un arrebato de ira que le resultó suficiente hasta que llegó a la puerta de entrada. Clavó el dedo en el timbre y fue Cesare quien le abrió.

—¿Mamá? ¿Qué ha pasado?

—Nada, tengo que hablar con la abuela. Vete a tu habitación.

—¿Por qué?

—Porque te lo digo yo, Cecé. *¡Marsch!*

Cesare le lanzó una de esas miradas que Itala había aprendido a odiar, como si se avergonzara de ella, pero se marchó a su habitación, que cerró dando un portazo, y fue ante ese sonido cuando su suegra apareció en la puerta de la cocina.

Itala la empujó hacia dentro, Mariella se golpeó contra la mesa, perdió el equilibrio y cayó al suelo.

—¿Qué quieres hacer, delincuente? —gritó—. ¿También quieres matarme a mí?

Itala era una dinamo de rabia.

—Tú a mi hijo no te lo vas a llevar a ninguna parte —gruñó, mirándola desde arriba—. Mañana te vuelves a la escuela y anulas la petición de traslado.

—No.

—Decido yo, no tú.

Mariella se puso en pie aferrándose a la mesa.

—Tú no sabes lo que es correcto para él. Tú solo puedes estropearlo.

—¡Soy su madre, gilipollas!

—No tienes ningún derecho sobre él. No después de lo que hiciste. Y yo tengo que mudarme, así que él también se muda.

—¿Tienes que mudarte?

—He conocido a alguien, nos vamos a vivir juntos.

Itala miró a aquella arpía, intentando imaginarse que alguien pudiera encontrarla agradable y atractiva, pero no lo logró.

—Tú vete adonde quieras, pero él no. Se queda conmigo.

—¡La ley está de mi parte, soy su tutora legal! Tú solo puedes venir a visitarlo.

—Me importa un pimiento. Harás lo que te digo.

—Para que termine como tú, siendo un matón uniformado que solo sabe hacer daño a los demás.

Itala no vio nada más. Agarró a Mariella por el cuello y la golpeó contra la pared.

—¿Quieres ver cuánto daño te hago a ti? ¿Quieres verlo? —La suegra se revolvió, intentando morder y arañar, pero ella le apretó aún más la garganta—. Ahora verás lo que... —se interrumpió y lanzó un grito, algo la había pinchado dolorosamente en la espalda.

Se dio la vuelta, era Cesare, con un tenedor de trinchar en la mano. La apuntó con él.

—¡Deja a la abuela en paz!

Itala sintió que la sangre le corría por la espalda.

—Cariño, baja eso. —Cesare intentó pincharla de nuevo, pero ella le arrebató el tenedor de la mano—. ¡Para ya! —Cesare corrió hacia el bloque de cuchillos e intentó coger uno, pero Itala lo detuvo abrazándolo—. No debes hacerle daño a mamá.

—Pues tú deja en paz a la abuela.

—Solo estábamos discutiendo.

—¡No es verdad! ¡Qué mala eres!

Ella le dio la vuelta para mirarlo a la cara.

—La abuela quiere alejarte de mí.

—¿Y qué? De todas formas, nunca estás aquí.

—Pero nos veríamos mucho menos...

—¿Y qué diferencia hay? No me importa.

—Sé que eso no es cierto, Cecé. Sé que tú quieres a mamá.

Con el rabillo del ojo, Itala captó un movimiento a su lado y se apartó, evitando así por un pelo que Mariella la golpeara con la maza para la carne, una de esas grises de hierro fundido, con un mango y una cabeza del tamaño de una albóndiga. Itala le lanzó un revés, de lo que se arrepintió de inmediato. La mujer cayó de nuevo al suelo, sangrando por la nariz, la maza rompió una baldosa. *Boom.* Cesare se arrojó sobre la suegra, llorando.

—¡Abuela! ¡Abuela!

Mariella lo abrazó con fuerza.

—No tengas miedo, estoy aquí... —dijo.

Itala se vio a sí misma desde fuera y se sintió asqueada. Huyó.

En casa, Itala se curó la espalda. Al darse la vuelta para mirarse en el espejo, vio que tenía dos agujeros en la parte inferior, cerca de la columna vertebral, como si la hubiera mordido un vampiro enano. En cambio, había sido su hijo. ¿Cómo era posible que la odiara de esa manera, a ella, que habría dado su vida por él, que se habría dejado descuartizar?

La mano que sostenía el agua oxigenada tembló e Itala se arrodilló sobre la alfombrilla del baño, agitándose por los sollozos. Se había equivocado en todo, su vida era una broma, una burla. Fingía ser una madre igual que fingía ser una policía, pero todo el mundo podía ver que era solo una gran estafa. Lloró a mares, lloró hasta la náusea, luego se levantó, vacía, ligera, como si de ella solo quedara el envoltorio. Llamó al teniente Bianchi y se reunió con él en el Baracchino de Cremona. Aquella noche había poca gente comiendo, todo el mundo estaba bajo los toldos, porque amenazaba lluvia, y el olor a salchicha era aún más denso. Massimo, de paisano, fumaba cerca de la barra, con expresión sombría. Él la vio y ella le hizo un gesto para que saliera, tras lo que se fueron caminando hasta el puente.

—Has engordado —le dijo—, el matrimonio te sienta bien. ¿Qué tal el bebé?

—No lo sé. Come, caga. ¿Y tu hijo?

—Me odia.

—Normal... Oye, me he informado sobre la chica de la provincia de Bérgamo, Giada Voltolini. Los compañeros dicen que probablemente se fue de casa.

—No. Alguien se la llevó.

—Si estás segura, dime quién fue, para que pueda causar una buena impresión entre los chicos.

—El Monstruo del Río.

—¿Otro?

—No, el mismo. No fue Contini, metí la pata hasta el fondo con él.

Bianchi dejó caer las brasas sobre la camisa y se limpió blasfemando.

—Itala, cállate, o como que hay Dios que te tiro al agua.

Itala se llamó a sí misma idiota. *Quien sabe hace y quien hace sabe*, pensó en calabrés. No necesitaba decir en voz alta lo que Bianchi ya había entendido.

—Vale, vale, olvidémonos de las tres chicas del río. Digamos que hay alguien *más* por ahí que mata chiquillas. Una se llamaba Maria Locatelli, la otra, Giada Voltolini, que desapareció ayer. Dile a tu gente que busquen posibles conexiones. Eran amigas.

—Esto lo puedo hacer, siempre que no implique tocarles las pelotas en otras investigaciones en marcha. No me hagas comprobarlo, por favor.

—El padre de Maria es el principal sospechoso del asesinato. Lo están vigilando tus compañeros...

—Vale, entonces no hay nada que hacer.

Itala dejó caer los brazos.

—Massimo, joder. Hay niñas de por medio. ¿Quieres quedarte mano sobre mano a la espera de otro cadáver?

—Tengo que ir a mis superiores y decirles: ¿sabéis que la chica que pensáis que se ha escapado de casa en realidad ha sido secuestrada por un asesino en serie que se supone que ya está muerto?

—Puedes encontrar alguna forma de hacerlo.

—Aunque convenciera a alguno de los míos, los magistrados se nos echarían al cuello.

Un cohete estalló sobre sus cabezas, seguido por otra serie de palmeras multicolores con explosiones que resonaban sobre el agua. Algunas personas se bajaron a la calle para verlas, como hicieron también varios clientes del Baracchino, que iban sosteniendo pinchos y cervezas.

—¿Qué fiesta es hoy? —preguntó Itala.

—Ninguna, pero los del Toti celebran su quincuagésimo aniversario. Siguen siendo unos *fachendosos*.

—Es en el Toti donde... donde el Monstruo pesca a las chicas. Las dos que te he dicho a ti y también las otras que ya sabemos.

—Puedes ir y anunciar por los altavoces: se ha perdido un psicópata, quien lo tenga...

—¿De verdad no te importa nada? —lo interrumpió ella—. Ahora tú también tienes un hijo.

Bianchi estalló.

—¡Itala, por Dios bendito! Estas mierdas se las dejamos a los que no saben cómo funcionan las cosas.

—¿Y cómo funcionan? ¡Explícamelo, porque yo ya no lo entiendo!

—Pues hay que evitar pisar a los que pueden joderte hasta que sepas que puedes joderlos tú. El resto es un suicidio.

—No puedo fingir que no pasa nada.

Bianchi vio pasar a un grupito de chicos de camino al club de remo.

—Lo único que puedo hacer es avisar a mis compañeros de que te dejen en paz si te ven por ahí. Que tengas suerte.

—Tus compañeros ya me identificaron una vez que estuve en Conca. ¿Y quieres saber una cosa? Mazza me llamó al día siguiente.

—Tu antiguo jefe tiene a alguno de los nuestros pasándole información. Si descubres quién es, me haces un favor.

—Creo que Mazza también está implicado, aunque no sé de qué manera.

Bianchi se encendió otro cigarrillo, e Itala lo imitó con uno de sus MS.

—Mazza es demasiado prudente para pastelear con un asesino.

—Cargaba con una investigación a sus espaldas que acabó en el cubo de la basura.

—¿Y crees que fue Nitti quien la guardó en un cajón? En esa época, Nitti no tenía nada que intercambiar con la Fiscalía de Biella. Era un juez a punto de jubilarse, en una ciudad de sesenta mil habitantes. Ahora que ha acabado en el Tribunal Constitucional tal vez tenga algún poder, pero no habría apostado por él en la época de Contini.

—Entonces tal vez era Mazza quien tenía algo que intercambiar.

—¿Y de qué le habría servido Nitti? Se habría dirigido directamente al magistrado que llevaba su expediente. ¿Puedo decirte algo, Itala? Como investigadora das pena.

—Qué gran descubrimiento.

—Y, además, Mazza se enfrentaba a un posible juicio por apropiación indebida. Encubrir a un asesino está en otro nivel.

—Eso también es verdad —dijo Itala un tanto humillada.

—Te lo vuelvo a repetir: no es tu trabajo, olvídalo, será lo mejor. Te lo digo por ti, sentiría mucho tener que ir a la cárcel a llevarte naranjas. O flores al cementerio. Estoy acostumbrado a tenerte cerca, tocándome las pelotas.

Allí se despidieron.

Itala esperó a que las luces traseras desaparecieran en la oscuridad, sintiendo una extraña pesadumbre, luego siguió el flujo de los espectadores por el terraplén hasta el club de remo Enrico Toti, y descubrió que la música disco salía de una barcaza amarrada en su puerto deportivo. La mayoría de los que bailaban tenían más de cuarenta años e iban bien vestidos. Las puertas estaban abiertas de par en par para el evento e Itala entró sin que nadie le preguntara nada.

El Toti era mucho más grande de lo que se podía ver desde el exterior y estaba construido alrededor de un edificio que parecía una versión gigante del barco de Popeye. En las inmediaciones, pistas de tenis, piscinas iluminadas, dársenas para los barcos y espacios para los niños. En el centro, unas cincuenta mesas redondas servidas por los camareros. Itala pidió una bebida a uno de ellos, quien la dirigió al bar del interior, en la última planta de la «nave», un cilindro de hormigón donde debería de haberse situado una chimenea. Subió las escaleras metálicas del exterior y se encontró en una gran sala, tipo club inglés, repleta de fotografías y trofeos. Desde los sofás, los miembros observaban el espectáculo a través de una pared acristalada que daba al puerto deportivo. La música disparada desde la barcaza hacía vibrar el suelo.

Todavía indecisa sobre lo que estaba haciendo allí, Itala se sentó en la barra, que estaba completamente vacía.

—¿Qué le preparo, bella dama? —preguntó el camarero.

—Veneno para ratas.

—Eso no sé hacerlo, pero puedo prepararle un ángel azul, así va directa al cielo.

—Entonces uno grande, gracias.

El camarero se fue a por las botellas e Itala se encontró delante de una de las muchas fotografías de piragüistas. Generaciones de deportistas se sucedían por todas las paredes, desde el blanco y negro al color, de los chicos delgaduchos a los rollizos. Las chicas tenían otra pared, también organizadas por años. Itala se levantó para buscar a Geneviève, y la encontró en la misma foto que habían recortado en el periódico. Maria, en cambio, no estaba, obviamente. Ella había pasado por allí solo una vez, al igual que Giada.

Le llegó el vaso de un azul brillante, dulce y bastante cargado de alcohol.

—¿Le gusta? —preguntó el camarero.

—Está muy bueno. —Señaló las paredes—. ¿Dónde están las fotos de este año?

—No las hay. —El camarero adoptó un aire cómicamente lúgubre—. Lamento informarle que, desde el año pasado, ya no hay equipo. Nuestros campeones reman ahora con otros colores.

—¿Cómo es eso?

—Fue decisión de los socios del club —respondió el camarero, bajando la voz como un conspirador—. Creo que es un asunto de dinero —añadió, frotando el pulgar y el índice.

—Qué pena... ¿Cuándo se decidió?

—Hace tres años.

Itala sintió un escalofrío y el *pájaro carpintero* estuvo torturándola hasta que regresó a su casa. Al final, decidió llamar a Otto a la pizzería, adonde iba por la noche para ayudar a su mujer.

—¿Dónde te has metido? ¿Te has perdido? —dijo Otto riendo, un poco achispado.

Se oían risas masculinas de fondo, y le pareció reconocer algunas de las voces.

—¿Dónde se supone que debería estar? Joder... ¡Es el día de la reunión!

—Sí, te echamos de menos, Reina. Hay un montón de cosas buenas que debo decirte.

—Hablaremos pronto, pero durante unos días no contéis conmigo. Tengo algunos marrones que resolver. Tú sabes de todos los deportes, ¿verdad?

—Modestamente.

—¿Incluso de remo junior?

—Ahora me estás pidiendo demasiado. Espera a que les pregunte a los chicos. —Itala oyó que colocaban el auricular en algún sitio y luego el eco distorsionado de las voces—. El nuevo, el agente Bruni —dijo Otto un minuto después.

—¿Lo habéis invitado?

—Se ha puesto a la cola.

Itala no lo creía, no en tan poco tiempo, pero no montó ningún numerito.

—Que se ponga.

Algunos crujidos.

—Buenas noches, inspectora. ¿En qué puedo ayudarla?

—¿Qué sabes de remo sub-19?

—Italia es muy fuerte, especialmente en Lombardía.

—¿Y qué pasa con Cremona?

—Cremona es la cuna de los campeones —le explicó que los principales clubes que tenían su sede en los alrededores del Ponte di Ferro habían acumulado medallas a partir de los años sesenta: Baldesio, Flora, Bissolati, Toti...—. Aunque el Enrico Toti renunció al equipo. El principal patrocinador se echó atrás cuando su hijo dejó el equipo junior.

—¿Quién es?

Bruni se lo dijo.

Presa
Hoy

48

Junto con la botella de barolo apareció también una cantidad exagerada de comida que Renato guardaba en la nevera, sobre todo embutidos y quesos que colocaron en la mesa de la terraza, bajo una gran sombrilla: hacía mucho calor para estar a finales de septiembre.

Francesca por fin se había dado cuenta de quién era el dueño de la casa, porque en las paredes colgaban numerosas placas de premios literarios y periodísticos. Renato se percató de su mirada mientras descorchaba el vino. Seguía en bóxer y camiseta de tirantes y no parecía tener intención de cambiarse.

—Si quiere, le regalo una. Son perfectas como posavasos.

—He leído algunas de sus novelas —dijo Francesca, sorprendida—. De todas las personas que podía imaginarme que Gerry pudiera conocer, nunca habría incluido en la lista a un escritor famoso.

—Las novelas son proyectos a largo plazo, yo ya no hago ninguna de las dos cosas —respondió Renato—. Solo soy un periodista, aunque no piso una redacción desde hace diez años.

—¿Hay hielo? —preguntó Gerry.

—¿Para el barolo? La gente como tú debería tener un gusto refinado y comer carne humana, no ser unos palurdos.

Francesca se sentía cada vez más incómoda frente a ese teatrillo.

—Director, antes de hablar de Gerry me gustaría que le echara un vistazo a un archivo.

—¿Por qué razón?

—Para ver si le viene a la cabeza algún nombre. Gerry me ha explicado que se ocupó usted mucho tiempo del Monstruo del Río, hace treinta años.

—Me ocupé del tema, aunque sin duda alguna menos que él.

—Voy a imprimirlo —dijo Gerry, tras pedirle la llave USB, y desapareció en el interior.

—Ahora que estamos solos —dijo Renato—, me permito darle algunos consejos. Salga por la puerta, súbase al primer avión y olvide que ha conocido a Gerry.

—¿Por qué?

—Porque está poniendo en peligro su reputación y su vida.

—Está mi sobrina de por medio.

Gerry reapareció y Francesca se quedó helada.

—Necesito un cuenco para dar de beber a los perros —dijo.

—Mira debajo del fregadero —dijo Renato.

Gerry salió de la habitación.

—¿Cuál es su verdadero nombre? —preguntó Francesca—. ¿Quién es? ¿Por qué está interesado en el Perca?

—No lo sé. Es la primera vez que nos vemos en persona. —Renato puso un cigarrillo en la boquilla y lo encendió—. Hace dos años, mi agente recibió una llamada de Israel. Me estaba buscando un abogado en nombre de uno de sus clientes, quien quería hacerme una videollamada. Por razones de seguridad debía descargarme un programa suministrado por el ejército. Cuando le expliqué que no sabía ni siquiera cómo encender el ordenador sin mi ayudante, me enviaron a un tipo del consulado que no hablaba ni una palabra de italiano para hacer todo el trabajo.

—¿Le explicaron por qué?

—¡De ninguna de las maneras! Me imaginaba que se trataría de un pez gordo. Cuando lo vi por primera vez en vídeo, en cambio, era, bueno..., era él.

—¿Y cómo se presentó?

—Como Gerry. Nunca me ha dicho su nombre completo y a cada pregunta mía que le hacía sobre su paradero respondía que era secreto militar.

—¿Y por qué le hizo caso?

—La situación me intrigaba. Un israelí que hablaba italiano a la perfección y que quería saber sobre una serie de crímenes ocurridos treinta años antes. Además, era afable, le encantaban la novela negra y los fotógrafos de los años treinta, y era un excelente jugador de ajedrez. La mayoría de las personas con las que me divertía para pasar el rato están muertas o chochean, admito que disfruté con la novedad. Nos acostumbramos a hablar una vez por semana. No hablábamos solo del Perca, sino de cualquier tema. Es un gran lector de ensayos, experto en política de Oriente Medio. Le fui cogiendo afecto, a él y a su compañía.

—Sin embargo...

—Al cabo de unos seis meses, Gerry me dijo que lo que yo sabía sobre el Perca era todo mentira y me contó una historia alternativa. Me dijo que a Contini le habían tendido una trampa y que el Perca era otra persona, protegida desde arriba. Y que estaba vivo y seguía matando, aunque no fuera dejando los cadáveres en los ríos.

—¿Y le creyó?

—Al principio, no. Sonaba a una de esas teorías conspiranoicas de los QAnon, los poderes fácticos y los reptilianos. Además, metía de por medio a una vieja amiga mía. —Renato negó con la cabeza—. Entonces Gerry me preguntó si quería hacer una apuesta. Si no ocurría lo que él decía en el plazo de un año, Gerry me revelaría su verdadero nombre y su pasado. Eso era lo que más curiosidad me producía, como puede imaginarse. Si, por el contrario, él tenía razón, lo ayudaría a encontrar al Perca.

—¿Y le explicó por qué estaba interesado?

—Nunca me dijo nada convincente al respecto. Parecía darlo por descontado. Yo debía reunir los datos de las chicas desaparecidas y proporcionárselos, para que pudiera encontrar a la correcta. Algo que le encargué a mi ayudante que le hiciera llegar por correo ordinario al abogado de Gerry. En el caso, no obstante, de que hubiera alguna urgencia, tendría que llamar a un número de Tel Aviv.

—Con un contestador automático.

—Exacto. Cómo iba a escucharlo si estaba encerrado, eso no lo sé. Me había dado el número a escondidas, usando movimientos de ajedrez. Fue allí donde me percaté de que no era un pez gordo, sino un convicto.

Francesca hizo una mueca.

—Muy a lo James Bond. Y, cuando Amala fue secuestrada, usted hizo esa llamada telefónica.

—Pocas horas después Gerry me envió un mensaje desde el avión que lo traía a Italia. —Renato se levantó para coger una botella de brandi de la repisa—. Y fue entonces cuando me di cuenta de que realmente no sabía nada de él. Si estaba encerrado en una cárcel o en un manicomio, ¿cómo era posible que llegara aquí tan rápido? ¿Y cómo conseguía información sobre Itala?

—¿Itala?

Renato asintió:

—La amiga de la que le hablaba. Itala Caruso. Una policía, y una amiga.

—¿Y qué tiene ella que ver con el Perca?

—Fue ella quien lo envió a prisión.

Francesca trató de recordar el nombre.

—¿Sabe que creo que nunca la vi en el sumario? ¿Era de Homicidios?

—Era de la policía administrativa. Se ocupaba del papeleo, sobre todo. Al menos durante el día. Pero no todo lo que hacía era legal. Echó una mano para apañar el juicio. Manipuló las pruebas que llevaron a que Contini fuera condenado.

—¡Esa maldita navaja! —exclamó—. Sabía que no tenía nada que ver con un asesinato por estrangulamiento. ¡Ella la puso ahí!

—Verá..., que condenaran a Contini no fue culpa suya, desde el principio era así como tenían que ir las cosas.

Renato tuvo una urgente necesidad y se levantó para ir al baño, Francesca llevó los platos a la cocina y aprovechó para llamar a Samuele, con cuidado de que no la oyeran: desde allí no podía ver a Renato, pero oía el sonido de la impresora procedente de lo que debía de ser el estudio.

—Abogada, del uno al diez, ¿cuánto me tengo que preocupar? —dijo Samuele—. Todo el mundo está buscándola...

—Déjalos que me busquen. Ahora necesito otra cosa. Apúntate este nombre...

—Todavía estoy buscando los nombres de la lista y eso me llevará toda una vida...

—Haz una pausa un momento y escribe el nombre. Itala Caruso.

—¿Quién es?

—Una policía. Trabajaba en Cremona cuando detuvieron a Contini.

—Pero... ¿qué tiene eso que ver con Gerry?

—Espero que tú consigas averiguarlo. —Francesca oyó algunos pasitos en el pasillo—. Ahora tengo que colgar.

Era solo Aleph, que había ido a beber, Francesca intentó acariciarla, pero la perra la esquivó y regresó al estudio. Francesca fue tras ella.

—¿Dónde está? —preguntó al entrar. Gerry no estaba y las hojas salidas de la impresora habían volado al suelo. Francesca las recogió y luego lo buscó por toda la casa. Los perros seguían allí, pero Gerry había desaparecido.

49

El funeral del juez emérito Francesco Nitti se celebraba esa tarde en la basílica de Sant'Ambrogio de Milán, donde había vivido los últimos años de su vida. Se decía que se había suicidado lanzándose por el hueco de la escalera, al no soportar ya la enfermedad que lo estaba consumiendo, pero eso era algo que al párroco ni se le pasó por la cabeza tomar en consideración. Entre el centenar de asistentes se encontraban dos policías jubilados que se apellidaban Veronica, y que ahora se parecían más aún, porque los dos tenían canas, así como el honorable Sergio Mazza. Aunque ya tenía más de setenta y cinco años, aparentaba unos diez menos, y prodigaba saludos y abrazos para todos. Asistía al funeral de un hombre a quien había visto pocas veces en su vida, más para explorar el ambiente que para presentar sus respetos al difunto. Estaba nervioso como hacía años que no se sentía, pese a saber que se trataba de un nerviosismo inmotivado.

Que el capullo aquel se hubiera suicidado o se hubiera caído no suponía una gran diferencia, pero que esto hubiera ocurrido poco antes de los trágicos acontecimientos que les habían costado la vida al subcomisario adjunto Amato y a Donati, director de la policía de prisiones, era en cambio muy extraño. Comenzó la misa en sufragio del difunto y Mazza repitió mecánicamente oraciones y gestos, siguiendo el ritmo de los demás, aunque continuó preguntándose cómo era posible que el pasado hubiera estallado de ese modo. Un periodo que había dejado bien atrás se presentaba ahora danzando delante de él. No es que lo hubiera olvidado por completo, pero había dejado de pensar en aquello. No se quedaba en una esquina de sus pensamientos estuviera haciendo lo que estuviera haciendo, como le ocurría en los primeros años. Ya no lo despertaba de noche, no le hacía temblar cuando se encontraba con alguien que conocía esa historia —aunque solo fuera un poco—, había dejado de esperar la espada de luz del arcángel san Miguel llegado para castigarlo. Y ahora se veía obligado a recordar viejos nombres, viejas caras. A Itala.

Eso era: Itala seguía siendo un dolor, se percató de ello. Pequeño, como podía serlo en el espíritu de un hombre que durante toda su vida había hecho elecciones cínicas y, a veces (se vio obligado admitirlo), incluso crueles. Pero a ella la había tenido en gran estima.

Terminada la misa, le dio las gracias al párroco y se despidió de los familiares del difunto, a los que no conocía, luego la escolta lo llevó al hotel Maison Italienne de Brera, donde descansaría brevemente antes de la cena con algunos miembros del partido. Mazza ya no estaba en primera línea, pero su opinión todavía tenía peso en las decisiones estratégicas, y hacer que ese peso se notara era una forma de conservarlo.

La Maison Italienne era un típico hotel boutique, solo unas cincuenta habitaciones sin un lujo ostentoso, aunque estuviera presente en todos los detalles: obras de arte modernas, espacios comunes tranquilos, recoleto, con una única entrada. Cenaría en la pequeña sala contigua al restaurante, como cuando subía desde Roma, porque consideraba importante hacer que fueran los otros los que se desplazaran. Y, además, allí conocían sus gustos mejor que él, que los estaba olvidando. La escolta examinó la suite junior donde se alojaría, luego un agente se instaló en la de al lado y otros dos se quedaron entre el vestíbulo del hotel y el pasillo de la planta. Mazza se quitó los zapatos, la corbata y la chaqueta, y entró un momento en el lavabo.

Gerry se encerró dentro con él.

50

Al entrar en la Maison, Gerry pensó que a menudo la costumbre acaba por joderte. La costumbre de ser un intocable te hace bajar la guardia. Empiezas a disfrutar de tus vicios, como elegir siempre los mismos sitios donde dormir o comer, y si tienes dos años a tu disposición, como Gerry los había tenido junto a un anciano que conocía a medio mundo (solo a medio, porque la otra mitad había muerto), tarde o temprano lo descubres. Si se hubieran dado amenazas dirigidas a Mazza, la escolta lo habría obligado a cambiar de sitio, pero nadie odiaba al buen anciano honorable, ni siquiera el crimen organizado, de manera que ¿para qué?

El único acceso era un problema relativo, porque las ventanas o se abren o se rompen, pero no podía permitirse dejar señales de haber forzado la entrada. Por lo tanto, reservó una habitación para toda la semana y se registró como Rick Cavallero una hora antes de que Mazza regresara del funeral, y después entró en la habitación asignada al escolta, contigua a la del protegido y con un balcón compartido sobre el patio del hotel, con una mampara de cristal como separación. Cuando Mazza llegó al hotel, la escolta se le adelantó para inspeccionar su habitación. Gerry esperó a que se marcharan y luego cambió de balcón. Con una escolta en guardia no habría tenido éxito, pero todos estaban relajados.

Y es que la costumbre, tarde o temprano, acaba por joderte.

Después de cerrar la puerta del lavabo, Gerry envolvió la cara de Mazza con una toalla y abrió el agua de la ducha, metiéndolo debajo. Mazza, pillado por sorpresa, no opuso resistencia. Pero, cuando sintió que el agua empapaba la toalla y se le cortaba la respiración, se retorció, golpeando la alfombra con los tacones. El ruido que produjo era débil, y solo un grito podría haber llegado a la guardia del pasillo. Gerry lo mantuvo en esa posición durante unos segundos, luego le quitó la toalla, aunque lo retuvo bajo el agua helada. Mazza solo veía sus manos, envueltas en la cinta adhesiva donde rebotaban las gotas de agua.

—Puedes gritar durante un segundo antes de que te aplaste la nuez de Adán —dijo Gerry—. Un segundo es demasiado poco tiempo para alertar a tu escolta y tú ya estarías muerto. Yo solo quiero hacerte unas preguntas y luego me iré. ¿De acuerdo?

—Está bien —dijo Mazza, temblando, con la camisa empapada.

Gerry se sentó en el taburete del baño.

—Se trata del Perca.

—¿Estás aquí por él?

Gerry le tapó la cara de nuevo y abrió el agua helada durante unos segundos. Cuando lo liberó, Mazza estaba llorando.

—Por favor...

—Yo pregunto, tú respondes.

—Sí, perdona...

—Te diré lo que he descubierto hasta ahora, así vamos más rápido. Nitti hizo que condenaran a Contini un poco para salvar su propia carrera, otro poco para hacerte un favor. ¿Es correcto hasta ahora?

—Sí —dijo Mazza, esa sílaba ya fue suficiente para hacer que le faltara el oxígeno.

—¿Pero tú qué razón tenías?

—Existía una investigación abierta sobre mí...

—Pero Nitti no tenía la influencia suficiente como para lograr que la guardaran en un cajón, no te habrías dirigido a él. Así que, por tu parte, tú le estabas haciendo un favor a otra persona que tenía el poder para solucionar tus problemas. ¿Quién es esta persona? El Perca no. Si hubieras sido lo suficientemente imbécil como para tratar con un asesino en serie, no te habrías convertido en alguien importante en política. Entonces ¿quién era?, ¿quién quería encubrir al Monstruo?

Mazza era un hombre acostumbrado a mentir y a rehacer la realidad a su favor. Pero no en ese momento. Gerry lo había aplastado.

—Su padre —respondió.

Junior
Treinta años antes

En sus pocas horas de sueño, Itala soñó con decenas de versiones de la fiesta con canapés de caviar, pero al despertar solo recordaba la que ahora sabía que era la verdadera. Ahora Nitti y Mazza no se encontraban por casualidad en la misma fiesta, sino que había sido el propietario quien lo organizó todo. Giusto Maria Ferrari, el industrial. Ferrari, el protector de Mazza. Ferrari, quien, gracias a Bruni, era el patrocinador del equipo de remo del Toti. Donde tenía un hijo que era el capitán del equipo.

Se puso en contacto con la oficina de personal y comunicó que se iba a coger un par de días de descanso. Luego, desde la cabina, llamó a Zennaro, que aún no había ido a clase.

—¿Sabe?, estaba a punto de llamarla yo... He tenido noticias sobre Giada. La mañana en que desapareció estaba esperando a alguien delante de la facultad...

¿Tú quién eres, el hijo de Baretta?, pensó Itala.

—Oye, tengo que pedirte un favor —lo interrumpió—. He pensado que podría ser útil leer los cuadernos de los otros *scouts* del año en que murió Maria. Quizá podamos averiguar si hubo algo que vieron los otros.

—Se lo diré a don Luigi...

—Solo si te fías de él al cien por cien. No sería el primer cura que es un cerdo.

—Bueno, ¿entonces cómo lo hago?

—¿Puedes llevártelos sin preguntárselo a nadie?

Podía, y lo haría aun de mala gana. Acordaron reunirse en la panadería de delante cuando acabaran las clases.

Pidió la pasta habitual de polenta y un café, que se terminó antes de que llegara Zennaro. Lo invitó a un zumo y el chico sacó de la bolsa un paquete de cuadernos y agendas de diversas formas.

—¿Alguien te ha visto mientras los cogías? —le preguntó.

—No. Don Luigi estaba en la iglesia, me llevé las llaves de la sacristía sin que se diera cuenta. Luego se las dejé allí, pero me siento un poco como un ladrón.

—Es por una buena causa.

—Lo sé. ¿Qué buscamos en los cuadernos?

—Tú nada, porque yo tengo que volver al trabajo y estos me los llevo.

—¿Y si se dan cuenta?

—Te los devolveré pronto.

El chico se quedó tocado.

—Si encuentra algo, ¿me lo dirá?

—Serás el primero —mintió de nuevo. Acompañó al chico fuera, cogió el coche y lo llevó hasta la entrada del pueblo; allí bajó el respaldo y se sumergió en los pensamientos de unos diez chiquillos.

Pensando que iba a leer diarios, le sorprendió la forma en que estaban escritos: parecían más bien redacciones escolares sobre varios temas acerca de los *scouts* y la religión.

Después de indigestarse a base de religión a tanto el kilo y de flores secas pegadas con cinta adhesiva, Itala saltó hasta las fechas de las dos actividades de los *scouts* que correspondían a los viajes de Sante Locatelli, e inmediatamente encontró el nombre de Maria en la segunda, que había tenido lugar un mes antes de su muerte. El propietario del cuaderno había escrito que no le parecía justo que una chica que no era *scout* asistiera a las actividades y don Luigi le había dado un tirón de orejas: «Hay que ayudar siempre a los menos afortunados», etcétera. Saltando de un cuaderno a otro, Itala consiguió reconstruir la salida de ese domingo. Diez *scouts* y tres adultos salieron temprano por la mañana con un minibús, asistieron a misa en Cremona, hicieron actividades y juegos en el Bosco Ex Parmigiano, seguidos de una comida para llevar en el Toti mientras asistían a los entrenamientos del equipo de remo juvenil. Piero Ferrari era el timonel. Hojeando los cuadernos, descubrió que la visita a las pruebas de los jóvenes deportistas era muy popular, especialmente entre las *scouts* de más edad. Sin duda, Maria había conocido a Ferrari junior, Geneviève hacía remo y probablemente habían sido vecinos de vestuario, para las demás solo podía imaginar que habían hecho lo mismo. Excepto Giada. A Giada la había sacado de en medio antes de que ella desempolvara aquella vieja historia, y no estaba segura de por qué lo había hecho. Se dijo a sí misma que quería saber a qué se arriesgaba, pero no era verdad, no del todo.

Itala intentó saber algo de Ferrari junior, pero solo encontró algunas noticias generales en los periódicos de la biblioteca. Se había trasladado al extranjero para estudiar dos años antes, dejando el Politécnico, que en Cremona compartía edificio con la facultad de Ciencias Agrarias. Una decisión repentina, como su partida, que se produjo justo cuando ella enviaba a la cárcel a Contini. ¿Dónde lo habían encerrado? ¿En un manicomio? Y, si era así, ¿cómo había conseguido secuestrar a Giada?

Aquella noche, Itala se aturdió con vino para poder dormir y tuvo una pesadilla. Cesare dirigía un grupo de *scouts* del que ella también formaba parte. Llevaba unos pantalones cortos que le apretaban mucho en los muslos y no podía seguir el ritmo de los demás, porque la mochila le pesaba una enormidad. Mientras bajaba por un camino de montaña, vio cómo su hijo y los demás desaparecían a lo lejos y sus risas se volvían cada vez más débiles.

Cuando se despertó, se miró al espejo y casi no se reconoció: tenía ojeras y nuevas arrugas. Tenía miedo de estallar con todo lo que llevaba dentro.

Así que se fue a ver a Locatelli.

Estaba lloviendo a cántaros y cuando Sante le abrió la puerta del bungalow del motel, Itala estaba mojada de la cabeza a los pies. Diluviaba y se habían producido ya desprendimientos y corrimientos de tierra. Al cruzar el Ponte di Ferro, había visto el Po tan cerca que parecía que iba a sumergir la carretera. Las lenguas de tierra que formaban las orillas estaban inundadas hasta la copa de los árboles.

Entró corriendo y se estremeció.

—¿Tienes una toalla, por casualidad?

Él le trajo una.

—También está ese trasto que sirve para secarse los rulos, si quieres. Pero no se puede despegar de la pared.

—¿El secador de pelo? ¿No sabes cómo se llama?

—Eso es cosa de mujeres. —Locatelli le lanzó otra toalla—. Nunca he visto bajar tanta agua. Los ríos van hasta el borde.

—Escucha, necesito hablar contigo de algo. Siéntate, porque es complicado.

Él tomó asiento en la única silla.

—Para variar.

—¿Has oído hablar alguna vez del Monstruo del Río? —le preguntó.

—Por supuesto. ¿No acaba de morir?

—Sí y no. El que ha muerto no tenía nada que ver. Creo que el verdadero sigue vivo y es el hijo de un industrial muy rico.

—¿Por qué me cuentas estas cosas? Ya sé que este es un mundo de mierda.

—Porque creo que fue él quien mató a tu hija, después de haberla conocido en un club deportivo de Cremona.

Las venas del cuello de Locatelli se hincharon.

—Maria nunca fue a Cremona.

—Fue con los *scouts*, una vez que estabas en una feria de muestras. Giada venía a contármelo cuando desapareció.

No pudo terminar. Locatelli derribó la silla y la lámpara al saltar hacia ella.

—¿Dónde está? ¡Dime dónde coño está! —gritó a un centímetro de su cara.

Itala le sostuvo la mirada y no se movió.

—¡O me lo dices o monto un follón que te cagas!

—Sante, soy la única persona en el mundo que está de tu lado. Y tú eres el único con el que puedo hablar de esta..., de esta *cosa*. Pero, si no te calmas, te mando a tomar por culo y me las apaño por mi cuenta.

Locatelli lanzó una patada a la cama, que chocó contra la pared.

—Necesito tomar algo.

—Ponte las pilas en eso también. Aunque tal vez un trago te siente bien.

Como siempre, el servicio de bar era pobre, pero lograron que les llevaran la media botella de Fernet que utilizaban para los carajillos. Sante se sirvió medio vaso, usando para ello el del cepillo de dientes, luego Itala le arrebató la botella de licor.

—Lo que se dice por ahí es que Ferrari junior fue a estudiar al extranjero, cuando su padre vendió el equipo de remo. Lo he comprobado: ni siquiera renovó el pasaporte. Y su carnet de identidad también ha caducado.

—Tal vez le hicieron documentos falsos.

—¿Y luego qué? ¿Dejaron que se marchara con la esperanza de que no volvería a matar a nadie más? Está claro que su padre quiere evitar el escándalo, de lo contrario habría hecho que lo detuvieran.

—Vamos a ver a ese cabrón y a ver qué dice.

—Lleva escolta. Ni siquiera dejarían que nos acercáramos.

—Intentémoslo, al menos.

—Escucha, cabezota. No quiero vérmelas con la persona equivocada. —*Otra vez no*—. Si averiguamos dónde está Junior, veremos si realmente es él. Suponiendo que esté en Italia.

Locatelli terminó su vaso de licor y eructó.

—A lo mejor le buscó una bonita casa en la playa. ¿No puedes ver las propiedades de este Ferrari?

—Con una cédula catastral, pero podría estar a nombre de su esposa, o alquilado...

—¿Y mirar sus cuentas? Si está encubriendo a su hijo, se habrá gastado un montón de pasta.

—Necesitamos una orden judicial.

—¿Para ver cómo paga sus impuestos? —preguntó Locatelli después de otro eructo.

No, para eso no era necesaria.

Itala regresó a Piacenza antes de que terminara su permiso de dos días y volvió a la comisaría, donde sintió que tenía puestos encima los ojos de todo el mundo. Los problemas y las propuestas fueron menos de lo habitual, y habían vaciado de cajas su despacho, como si los otros ya no lo consideraran seguro.

No es un problema, pensó. Si esa historia se acabara, todo volvería a ser como antes, se decía, pero solo veía la oscuridad que tenía por delante y era incapaz de imaginarse un después.

Sobornar a un policía de finanzas para obtener información sobre Ferrari era difícil, porque por las manos de esa gente pasaba el dinero de todo el mundo, y, si realmente se decidían a redondear sus ingresos, tenían dónde elegir sin problemas.

Pero también estaban los que preferían no arriesgarse y esperaban a tener los suficientes años de servicio para establecerse como asesores fiscales y ganar diez veces más que su salario como suboficiales. Uno de ellos, sin embargo, tenía el vicio de empolvarse la nariz; Itala sacó de la caja fuerte un sobre con veinte gramos de cocaína requisada en una redada y la intercambió en un garaje incautado por dos cajas de documentos.

En las cajas estaban los últimos tres años de impuestos de todos los miembros de la familia Ferrari, los balances fiscales de sus empresas, las facturas. Y, dado que la coca lo había puesto alegre y parlanchín, su contacto le explicó con detalle cómo había que leer todo aquello. Itala solo entendió medio carajo, pero esperaba que fuera suficiente. En el camino de vuelta pasó a ver a su médico, quien le extendió un parte de baja por enfermedad de quince días, que envió a la oficina de personal, y luego volvió a reunirse con Locatelli, comprando de camino comida y vino.

Itala vació las cajas, que llenaron la mesa y el suelo.

—¿Qué hacemos con todo este material? —dijo.

—¿Tú crees que Ferrari es un mafioso?

—No, no lo creo.

—Bueno, así es como lo veo yo —dijo Locatelli—. El asunto del hijoputa de su hijo le estalló de repente en las manos. En un momento dado descubre que Junior mata a las chicas. No lo había previsto. A lo mejor ha ido guardando algo de dinero que le ha estafado a Hacienda y ha pagado con él algunos sobornos para construir sus villas de mierda, pero no para una emergencia de este tipo. Debe de haber hecho algún truco de magia con los números.

—No sé ni por dónde empezar a buscar.

—Mira si vendió algo grande. Acciones, casas... Y luego veamos si hicieron algún gasto extraño.

Al cabo de media hora de búsqueda, a Itala le dolía la cabeza, pero Locatelli se puso unas gafas de lectura que en su careto parecían ridículamente pequeñas y continuó hasta bien entrada la noche, aparentemente divirtiéndose y tomando notas con su torpe letra.

—A lo mejor lo envió de veras al extranjero —dijo Itala, despidiéndose de él para irse a dormir.

—No lo creo —dijo Locatelli—. Si yo tuviera un hijo con problemas, intentaría mantenerlo cerca de mí. Como hice con Maria.

Itala había reservado la habitación contigua. Durmió muy poco tiempo y se despertó al amanecer, con el mordisco de la ansiedad. Se sintió como en un coche sin frenos lanzado hacia un terraplén, solo podía gobernar la dirección un poco, pero no detenerse. Y el coche iba cada vez más rápido. Mientras se vestía, Locatelli llamó a su puerta muy excitado.

—¿Me has traído café?

—No, pero tal vez haya encontrado algo. No lo sé, la policía eres tú. —Agitó delante de sus narices el listado de unas cuentas—. Anoche releí unos cuantos documentos. Mira lo que he encontrado.

—Café...

—Jesús, María y José. Mira esto y luego te traigo diez.

—Explícamelo tú.

—Año 1989, la familia Ferrari vende la casa de Courmayeur, que había comprado el año anterior, perdiendo un tercio de su valor. ¿De acuerdo?

—De acuerdo.

—Ese mismo año Ferrari funda una pequeña inmobiliaria con su esposa. La empresa inmobiliaria adquiere un lote de terreno y un hotel. Desde 1989, los ingresos del hotel son cero. No invierten en reformas, despiden a todo el personal, no hay beneficios. ¿Para qué lo compra?

—Veo que se te da bien el papeleo...

Locatelli soltó una carcajada.

—Todo el mundo piensa que soy un tarugo, pero yo siempre he llevado mis cuentas y siempre verificaba a los proveedores. De todas formas, sé de qué hotel se trata. Es el Qui si Sana, a veinte kilómetros de Conca en línea recta, sobre una cresta de la Val Serina. Solo hay una carretera que llega hasta allí, y está rodeado de árboles. Cerró hace cuatro o cinco años, porque el propietario se jugó todo el dinero de la familia. ¿Qué tal si lo llamo por teléfono?

—¿Lo conoces?

—Sí, lo veía siempre en el mercado. Solía comprar al por mayor para el hotel. Me invento alguna trola.

—Venga. Yo me voy a desayunar.

Fue un desayuno de bollería industrial, con galletas Motta y café sacado de la máquina expendedora, y mientras se lo tomaba Itala llamó a la jefatura de policía. Amato hizo que Otto le pasara inmediatamente el teléfono.

—¿Dónde te has metido?

—Por ahí.

—Oye, hay algo que necesito hablar contigo en persona —dijo en voz baja—. Es urgente.

—¿Urgente urgente?

—Sí. Nos vemos esta noche en algún sitio.

Itala se preocupó.

—Vaya...

—Sí... En serio, es lo mejor.

—¿Un bar?

—No... Espera. ¿Conoces el parque de Trebbia? Hay una casa rural, en la carretera de Aguzzafame, el propietario es amigo mío.

Itala miró por la ventana. Seguía lloviendo con fuerza.

—No tengo ganas de mojarme.

—Dentro está seco. Vamos, Reina. Tú me conoces, sabes que nunca te tocaría las pelotas si se tratara de una chorrada.

—¿Tú a qué hora sales?

—A las siete. ¿Pongamos, pues, a las ocho?

—De acuerdo.

—Perfecto. Gracias, Reina.

Amato colgó, Itala se quedó con el teléfono de la habitación en la mano. ¿Qué coño estaba pasando otra vez?

Llamó a la puerta de Locatelli, quien abrió con ojos brillantes.

—Acabo de terminar de hablar con el tipo del hotel. Giusto Maria Ferrari en persona realizó la negociación, visitó el lugar dos o tres veces, incluso con su mujer. Luego cerró la carretera que lleva al hotel y puso vallas por todas partes. Pero no hizo obras, dice el propietario. Solo llevó hasta allí camiones llenos de cosas.

—¿Sabe si alguien se fue a vivir allí?

—No, porque ahora hay vigilantes y no le dejan acercarse ni siquiera a él. ¿Vamos?

—Tenemos que esperar a que anochezca. Y primero he de volver a Piacenza. Si termino pronto, te llamo y vamos esta misma noche; si no es así, lo intentamos mañana de nuevo.

Locatelli se puso tenso.

—¿No será que quieres ir sola?

—No te he metido en esto para acabar contándote trolas.

La mueca de Locatelli se acentuó hacia abajo.

—Lo que tú digas. Oye, tengo que recuperar el coche. Lo dejé en casa cuando me trajiste aquí. Aprovecharé para recoger algunas cosas que necesito, si me llevas.

—Te dejaré ahí mientras yo voy, ¿vale? Pero procura que no te vean.

Así lo hicieron, e Itala dejó a un pensativo Sante justo después del puente de piedra sobre el río Conca, ahora tan crecido que discurría por la parte superior de los pilones. Itala volvió a casa obligada a conducir a ritmo de paseo bajo la lluvia, luego se cambió y esperó el momento oportuno, volviendo a poner las tablas sobre el agujero del suelo. Se podía ver que habían sido destrozadas y crujían al pisarlas, por lo que las cubrió con la alfombra de la sala de estar.

Recordó a Cesare de niño, mientras jugaba con los cochecitos sobre aquella alfombra, y se le hizo un nudo en la garganta. Los pinchazos en su espalda ya no le dolían, pero la ira que su hijo había derramado sobre ella ardía. *No pienses en eso ahora*, se dijo a sí misma. *Has de llegar hasta el fondo de esta puta historia. Luego ya arreglarás todo el resto.*

A las siete y media volvió a coger el coche. La lluvia había aumentado. Conocía vagamente el parque, aunque no se contaba entre los que recorría en bicicleta y, debido a la oscuridad y al mal tiempo, no había nadie cuando llegó. La casa rural también estaba desierta, con las ventanas cerradas, las flores secas en los alféizares y un cartel de SE VENDE. ¿El propietario no era un amigo de Amato? Entonces ¿por qué no sabía que había cerrado el chiringuito? De todas formas, la puerta peatonal estaba abierta. Itala aparcó el coche en el exterior y entró con cuidado por el barro, que la hacía resbalar.

—¿Dónde coño estás, Amato? —llamó.

—¡Aquí, ven! —respondió él desde la oscuridad.

Itala fue hacia la parte de atrás del edificio, donde una gran pérgola recubierta de enredaderas protegía las mesas cuando el lugar estaba en funcionamiento, y que ahora colgaba semidestruida sobre una pila de cajas de plástico que rebosaban de agua de lluvia. Amato estaba allí, fumando, esperándola, y no estaba solo. Con él había tres personas a las que Itala no conocía, además de Donati, de la policía de prisiones.

—¿Qué coño está pasando?

—Reina... —comenzó Amato.

Donati lo interrumpió con un empujón.

—Ahora es asunto nuestro.

Itala se dio la vuelta para huir, pero resbaló en el barro. Se cayó a cuatro patas y la primera patada aterrizó directamente sobre su vientre.

Itala no perdió el conocimiento, pero cuando Donati y los demás la cargaron en el coche ya no era capaz de entender nada debido al dolor. La encajaron en el espacio entre el asiento trasero y los delanteros del coche de Donati, empapada de agua y barro. Dos de los que la habían golpeado la sujetaron, aplastándola bajo sus pies.

Donati arrancó el coche y se alejó de la casa rural. Itala recuperó el aliento.

—Oscar, ¿adónde coño me estás llevando? —consiguió decir.

—A hacerte unas fotos. —El que estaba sentado a su lado le pasó una cámara Polaroid por la cara—. Así, cuando te soltemos, mantendrás la boca cerrada.

—Primero, de todas formas, te la haremos abrir bien —dijo uno de los que la aplastaban—. Tengo curiosidad por ver cuántas pollas entran ahí.

Los cuatro se rieron y pasaron a enumerar las otras cosas que le iban a hacer.

—Vosotros intentadlo y os arranco los cojones —gritó mientras se revolvía.

El de antes le soltó un golpe en la oreja con el tacón que la dejó aturdida.

—Basta ya. Ya estás ahí, que es donde tienes que estar.

—Mira, Reina, que a mí me sabe mal tratarte así —dijo Donati con alegría—. Eres tú la que ha venido a tocarnos los huevos.

—¡Yo no os he hecho nada!

—Demasiadas preguntas sobre Contini y el Monstruo. Estamos siendo investigados, media palabra es suficiente para causarnos serios problemas. —Donati enfiló por una carreterita que llevaba a un pequeño bosque oculto en la oscuridad, en los límites del parque de Trebbia—. Pero, cuando circulen tus fotos con la *raja* al aire, de reina pasarás a ser una furcia. ¿Y quién escucha a las furcias?

—Os juro que os voy a matar a todos. No os voy a denunciar, ¡os voy a pegar un tiro en la boca, hijos de puta! —gritó ella.

Recibió otra patada, luego el coche se detuvo en una oscuridad absoluta. Los cuatro abrieron las puertas, Itala se retorció, y mordió, y pateó, pero la levantaron a peso y la arrastraron hacia el tocón de un árbol iluminándose con las linternas. La empujaron para que se arrodillara, luego uno de los cuatro sacó las esposas de su bolsillo y le cerró una en la muñeca derecha, intentando enganchar la otra en un nudo de la madera que parecía una oreja perforada. La querían allí, arrodillada a su disposición. Ella se resistió.

—¡Bastardos impotentes, cerdos!

—Basta ya, mala puta —dijo el que la sujetaba, incapaz de cerrar la otra esposa—. Echadme una mano, que al final voy a hacerle daño de verdad —les dijo a los otros.

Itala lo mordió hasta que empezó a sangrar.

—¡Gilipollas! —gritó el agente, haciendo el gesto de golpearla con la linterna. Pero Itala oyó un golpe sordo y vio cómo la luz volaba en la oscuridad. La cara del que la sujetaba se iluminó por un instante. Tenía los ojos en blanco: cayó al suelo. Había llegado un quinto hombre, el doble de ancho que los demás, que los golpeaba con una rama, tirando al suelo a los agentes de la policía de prisiones como si fueran bolos.

Locatelli.

Donati estaba sacando su pistola. Itala se lanzó sobre él con la fuerza de la desesperación y lo golpeó con la esposa abierta, agujereándole la mejilla; Donati la empujó lejos, lo que fue peor, porque la otra esposa seguía sujeta a la muñeca de Itala y ella tiró con todo su peso. Las esposas se hundieron en la carne, se le clavaron en el paladar y le desencajaron la mandíbula.

Donati escupió un borbotón de sangre y cayó inconsciente, mientras Locatelli seguía golpeando a los dos que quedaban en pie. Uno sacó su pistola y Locatelli le dio una patada en la mano, haciéndola volar. El otro saltó encima de él y los dos rodaron por la hierba.

—Quietos o disparo —dijo Itala, levantando la pistola de Donati.

—Pégale un tiro a este hijoputa —dijo el que seguía en pie, agachándose para recoger el arma caída en la hierba.

Itala había disparado por última vez en el campo de tiro un millón de años atrás y no se fiaba de su puntería en la oscuridad y bajo la lluvia. A ciegas, quitó el seguro, corrió hacia él y lo golpeó con la pistola en la cara, rompiéndole la nariz, y luego le puso el cañón en la frente.

—Todo el mundo quieto o monto la de Dios. ¡Quietos! —gritó.

Locatelli dejó al que estaba estrangulando, el otro levantó las manos.

—Poneos al lado de Donati. ¡Venga, *marsch*!

Donati se había arrodillado de nuevo, sujetándose la cara con las manos y gimiendo débilmente. Itala recogió una de las linternas y lo alumbró: le faltaba un trozo de la mejilla izquierda y se le veían los dientes brillando entre la sangre.

Locatelli se había apoyado en un árbol para recuperar el aliento.

—Debe de haber una cámara fotográfica por aquí —le dijo ella. Tenía un labio partido, pero nada más que eso; de entre todos, era el que mejor estaba—. Recógela.

—¿Para qué?

—Tú recógela y punto.

Locatelli la encontró utilizando otra de las linternas.

—¿Sabes cómo usarla?

—No hace falta ser un experto. Eso sí funciona bajo el agua.

—No dejes que se moje. —Itala se volvió hacia los cuatro—. Sacáosla. Donati, tú no hace falta que lo hagas.

—Pero, oye, ¿tú estás loca? —dijo el que se había llevado el golpe en la cabeza.

—Itala..., esto es asqueroso —susurró Locatelli.

—Sois cuatro rastreros y no me fío de vosotros. La polla fuera.

—Pero qué...

—Me da vergüenza hacer algo así —dijo de nuevo Locatelli.

—La alternativa es matarlos y enterrarlos.

Él negó con la cabeza y se acercó al agente que había hablado y le soltó una patada en la entrepierna tan violenta que a Itala le dolió por él. El hombre se echó en posición fetal gritando de dolor. Los otros dos hicieron lo que les habían pedido.

—Ahora coged uno la del otro. Luego mi amigo os hará unas bonitas fotos. Si volvéis a tocarme las pelotas, las enviaré a todas las penitenciarías de Italia. ¿Sabéis qué risas se van a echar los *talegueros*?

—Prefiero que me disparen —dijo uno de los que quedaban de pie.

Locatelli le dio un puñetazo en el hígado que lo levantó del suelo.

No hubo más protestas.

Itala desmontó las pistolas de los cuatro y esparció las piezas entre los árboles para hacerles perder algo de tiempo, luego recuperó su arma del coche y arrojó las llaves a la oscuridad.

El automóvil de Locatelli estaba escondido detrás de una curva y cuando llegó allí su adrenalina había bajado y le dolía al respirar. Tenía una mejilla el doble de grande que la otra y un ojo medio cerrado.

Locatelli puso el motor en marcha y se encaminó hacia la carretera principal.

—¿Quiénes eran?

—Policía de prisiones.

—Así que he golpeado a unos policías. Vaya mierda.

—¿Estabas convencido de que quería dejarte atrás?

—Estaba seguro de que te darías cuenta de que te estaba siguiendo.

—Ya, claro...

—Vale, de acuerdo, me equivoqué. Pero no puedes quejarte. ¿Qué querían hacerte?

—Nada que no me haya pasado ya. Pero no importa, dame un cigarrillo y vamos a buscar una farmacia abierta.

—¿Y después?

—Vamos al hotel y no perdamos la esperanza de encontrar a Junior.

—No estás en condiciones.

—No hace falta que me lo digas, pero mañana podría ser demasiado tarde. A lo mejor el miedo a pasar por unos a quienes les gustan las pollas haga callar a esos tipos, pero no puedo estar segura de ello. Puede que avisen a Ferrari o nos denuncien. En todos esos casos, me parece que esta es la última noche de la que disponemos. Lo siento, te he metido hasta el fondo en todo esto, no quería ocasionarte problemas.

—Si he de volver al *trullo*, vuelvo con la cabeza bien alta. Venga, vamos allá.

—Pero necesitamos un coche que no sea ni el mío ni el tuyo. Por si nos han denunciado.

—Pues vamos a robar uno.

—¿Te ves capaz de hacerlo?

—En líneas generales, aunque no al cien por cien.

—Yo al cero por cien. Y deberíamos encontrar uno en un callejón desierto, porque no pasamos desapercibidos. Tú mides un kilómetro de altura, yo estoy más machacada que un bistec y los dos vamos sucios como cerdos.

—¿Y entonces?

—Tal vez sepa a quién se lo puedo pedir prestado.

Zennaro bajó con un paraguas mientras un relámpago iluminaba como en negativo toda la piazza dell'Orologio.

—¡Ese ha caído cerca! —gritó. Entonces se fijó en las tiritas en la cara y en la ropa sucia—. Inspectora... ¿Pero está usted bien?

—Me resbalé, no es nada grave.

La cubrió con su paraguas hasta llegar bajo un balcón, pero el fuerte viento los mojaba de todos modos.

—Mire, quería decirle que he hablado con un compañero de curso de Giada. Dice que la vio llamando por teléfono desde una cabina, cuando desapareció.

Y yo no estaba en la comisaría para atender la llamada, pensó Itala.

—Michele, necesito el coche de tu madre o de tu padre. Es importante.

Otro relámpago, la sombra del chico se volvió aún más alta y alargada.

—¿Quiere que se lo pida?

—¿Puedes coger las llaves?

—¿A escondidas? Mi madre me matará.

—Michele..., no te lo pediría si no fuera importante. Quizá sepa dónde está Giada.

—¿Dónde está?

—No estoy segura, pero sé que si no voy ahora mismo luego podría ser demasiado tarde.

—¿Quién se la llevó?

—No puedo decírtelo ahora.

—Entonces no le daré las llaves. Usted me dijo que me mantendría al corriente, en cambio me lo oculta todo.

—Está bien, pero si lo cuentas por ahí la gente te tomará por subnormal. ¿Has oído hablar alguna vez del Perca?

El chico se puso rígido.

—No, no. No es posible. Yo también lo pensé, solía atacar a las chicas, pero murió.

—Tal vez no. Tal vez el que murió no tuviera nada que ver. Es solo una hipótesis —añadió deprisa—, no puedo poner en circulación el nombre de alguien que podría ser inocente. Pero te juro que volveré aquí y te lo contaré todo. Hazlo por Giada, soy la única que la está buscando.

El chico bajó la cara.

—Yo... la quiero. Si le pasa algo...

—Por favor, ve —dijo Itala lo más amablemente posible.

Zennaro se convenció: subió y regresó con las llaves, luego los condujo hasta el coche, un Giulietta de unos diez años con los neumáticos muy desgastados.

Las carreteras eran torrentes de agua y Locatelli casi acabó perdiendo el control del vehículo en la primera curva. La visibilidad era casi nula con el parabrisas cubierto por la lluvia.

—En nada vamos a necesitar un barco, por suerte el camino es corto —dijo.

Había pocos coches circulando, algunos estaban atascados bajo los viaductos inundados, y pasaban muchos vehículos de emergencia.

—¿Has utilizado alguna vez una pistola? —preguntó Itala.

—Mi padre tenía un par, y de niño solía llevarme a disparar.

—Qué bonita familia la tuya...

—La mía era una familia como Dios manda. La tuya, no lo sé. De donde tú vienes, o eres policía o eres delincuente.

—Pues, de donde vienes tú, os dais por culo entre parientes. ¿Recuerdas algo sobre cómo usar una pistola?

—Sé que hay que apretar el gatillo y no dispararle a la cara a la gente.

—Vete a la mierda. —Extrañamente, a pesar de la situación y del dolor que sentía en todo el cuerpo, Itala se echó a reír.

—Veo que te lo estás pasando bien, ¿no?

—En absoluto... Nunca he estado tan mal en mi vida. No solo por esta historia. Mi hijo me clavó un tenedor en la espalda el otro día.

—¿No tienes marido?

—Lo tenía. En fin, no me sentía tan mal desde que me puso las manos encima por última vez.

—¿Y qué pasó luego?

—Luego murió. Gira hacia Cremona.

—¿Ampliamos el recorrido?

—Tengo una cosa que darte.

Llegaron a la entrada de Cremona, donde Itala recuperó la P38 que había enterrado junto al cartel indicador. Locatelli la examinó y por la forma en que la manejaba Itala se dio cuenta de que se las apañaba mejor que ella. Agujereó el forro y la metió en el bolsillo de su chaqueta.

—Con eso debería ser suficiente —dijo.

—¿Ese truco te lo enseñó tu padre?

—Lo vi en una película. ¿No tienes miedo de que la use mal?

—Sí, pero también tengo miedo de que te pase algo.

La lluvia continuó en la Val Serina, y el camino hacia el pueblo de Conca, junto al que se encontraba el hotel, se encontraba cerrado por Protección Civil, que impedía el paso.

—El torrente se ha desbordado y la carretera es intransitable —dijo un hombre con el chubasquero naranja.

Itala le mostró su identificación.

—Estamos de servicio.

—¿Usted también? ¿Pero es que ha pasado algo en el pueblo? —La miró mejor—. ¿Ha tenido un accidente?

—No, yo siempre estoy así. ¿Tiene algún chubasquero de sobra?

—No puedo ir regalándolos.

—Apúntese usted mi nombre y, en caso de que no se lo devuelva, puede denunciarme.

El hombre cedió y le dio dos, dentro de su envoltorio todavía, luego apartó el caballete y los dejó pasar. El agua bajaba por la cuesta como una pequeña cascada y a medio camino el motor se paró. Itala y Locatelli empujaron el coche hasta el borde de la carretera, luego continuaron a pie, orientándose gracias a los relámpagos y las luces lejanas. A pesar de los chubasqueros, estaban empapados y congelados, y a menudo tenían que vadear grandes charcos en las zonas más llanas: también se había levantado viento, lo que hacía que todo fuera más difícil. Únicamente subían y bajaban del pueblo los jeeps de los bomberos y de la Cruz Roja, aunque solo contaron tres en total.

La cosa empeoró cuando enfilaron la pequeña carretera que llevaba al hotel, antes de llegar al pueblo, donde se encontraron con un Volkswagen Corrado azul, sin conductor. Lo habían aparcado mejor de lo que habían hecho ellos y se notaba que el dueño pensaba volver a recogerlo a su regreso.

«Usted también», le había dicho el hombre de Protección Civil. Y ahora Itala entendía a qué se refería, porque aquella era la última adquisición de Amato.

—¡Ese pedazo de cabrón! —tartamudeó debido al frío.

—¿Quién? —gritó Locatelli, para superponerse al estruendo de la tormenta.

—Antes de que llegaras, en la casa rural también había uno de los míos. Pensaba que estaba metido en el ajo, o que se había cagado encima. En cambio, ha venido hasta aquí.

—Uno de los tuyos…, ¿te refieres a un policía?

—Pensé que lo era. Por Dios, siempre lo he tratado bien.

—Y yo que me alegro. Si ha venido hasta aquí, es que estamos en el lugar adecuado.

Con la rabia que sentía, Itala no había pensado en ello.

—¿Cuánto falta?

—Un kilómetro como mucho. Después de la curva, deberíamos ver el nuevo vallado.

Itala ni siquiera intentó mirar, porque la lluvia le impedía mantener los ojos abiertos. Bajó la cabeza y continuó por el barro hasta que Locatelli la sujetó y la empujó detrás de los árboles que bordeaban el camino.

El acceso estaba bloqueado por una barrera eléctrica con el cartel de PROPIEDAD PRIVADA y una cámara de seguridad estaba enfocando el paso. Tuvieron que rodearla, pasando por las zarzas, y poco después se encontraron frente a una verja nueva de fábrica, la única abertura en el muro de dos metros de altura que rodeaba el recinto del hotel. Dos cámaras más controlaban el acceso y el muro tenía alambre de espino y cascotes de botella encementados. Cubierto por los árboles, no se podía ver el hotel, pero se intuían las luces en la oscuridad.

—¿Quieres intentar superarlo? —dijo Locatelli, jadeando.

—No soy capaz, bastante tengo con mantenerme de pie.

Hubo una pausa entre las ráfagas de viento, y oyeron un zumbido eléctrico. La puerta hizo un clic y empezó a abrirse escarbando en el barro que se había acumulado, mientras dos figuras con paraguas se dirigían hacia la salida. Uno parecía un hombre de unos sesenta años, el otro era Amato.

—¿Lo intentamos?

—El de la derecha es el compañero del que te hablaba y va armado. Ten mucho cuidado.

—Vamos, antes de que llegue alguien más —dijo Locatelli, quien sacó la pistola y la escondió dentro de la manga del chubasquero.

La puerta estaba en ese momento medio abierta. Itala y Locatelli se encaminaron hacia allí con la cabeza agachada. Se cruzaron con Amato y el otro hombre cuando todavía estaban a un par de metros de la salida. Itala aferró al desconocido por la solapa y lo arrastró hacia los árboles, poniéndole la pistola en la cara. Locatelli hizo lo mismo con Amato, a quien primero le lanzó un devastador cabezazo.

Los arrastraron a ambos hasta detrás de los arbustos de espino. El desconocido estaba aterrorizado.

—Yo no he hecho nada. Socorro. —La lluvia, que se había convertido en un muro, se superponía a su voz.

Itala le esposó la muñeca a un árbol, luego se dio la vuelta hacia Amato, a quien Locatelli mantenía aplastado con una rodilla en medio de la espalda.

—Itala..., ¿qué coño estás haciendo?

—Tú solo dime por qué.

—Itala...

—Solo por qué, o como que hay Dios que te pego un tiro en la boca.

—¡Porque estabas a punto de montar un follón de la hostia! Si esa chica testificaba, estábamos todos muertos.

Itala estaba a punto de preguntarle a qué chica se refería, entonces se acordó de lo último que le había dicho Zennaro. Que Giada había llamado a alguien desde la facultad. Y que ella le había dado su número directo, pero no se encontraba allí. Con un arrebato de ira aferró a Amato por el pelo y le levantó la cara.

—¡Cogiste tú su llamada! Le dijiste que hablabas en mi nombre, ¿no es así?, y os visteis.

Amato no contestó, ella le golpeó la cara contra el barro.

—¿Os visteis, sí o no?

—Pues sí, coño. Me habló de Piero, el hijo de Ferrari. Que lo había visto hablar con Maria una tarde, que se acordaba de que Maria estaba enamorada de él... No sabía si había sido él quien la había matado, pero yo...

—Lo vendiste. Llamaste a Ferrari.

—No, llamé a Mazza, el comisario jefe. Tú me hablaste de él, sabía que él me daría el consejo adecuado.

—¿Y qué te dijo?

—Que fuera a por la chica y la trajera aquí.

338

Amato explicó mientras escupía barro que nunca había visto al hijo de Ferrari y que no sabía si se encontraba en ese hotel. Pero Ferrari le había pedido que se comunicara a través de su hombre de confianza y no por teléfono, y que había ido a contarle lo ocurrido con Itala. El hombre de confianza era al que habían encontrado con él y cuya documentación revelaba su condición de psiquiatra. Mientras hablaba, parte de la cubierta de amianto del tejado del hotel se desprendió, voló sobre las copas de los árboles y fue a caer a unos pocos metros de ellos.

—Vayamos antes de que se derrumbe —dijo Locatelli.

Itala esposó a Amato con el médico, lamentando no tener tiempo para interrogarlo. Miró a Amato, hundido en el barro.

—Querían violarme, y tú habrías dejado que eso sucediera.

—Solo en apariencia... En realidad, no tenían que llegar hasta el final.

Itala quiso decirle algo para mostrarle su desprecio, pero no se le ocurrió nada y lo dejó allí, bajo la lluvia.

Continuaron por el camino que serpenteaba entre los árboles, ahora convertido en un canal. Ramas y basura empapada de agua volaban arrastradas por el viento y otro pedazo de amianto casi los rozó. El hotel apareció tras el velo de la lluvia. Era una gran mansión del siglo XVIII, de dos plantas, restaurada con ladrillo y hormigón. Dos guardias uniformados movían sus linternas alrededor, tal vez buscándolos a ellos o al hombre de confianza de Ferrari.

Al no poder esconderse, Itala fue hacia ellos con decisión.

—Soy de Protección Civil —gritó mientras se acercaba, seguida por Locatelli.

—No pueden entrar aquí —dijo uno de los vigilantes apuntando el haz de luz hacia su cara.

—¡Estoy haciendo mi trabajo!

—Señora, lo entiendo, pero tiene que salir. Por favor.

El otro cogió la radio del costado.

—Los hemos encontrado, son de Protección Civil, ahora los acompañamos fuera.

Locatelli le arrebató la radio de la mano y le dio con ella en la cara, Itala sacó su pistola y apuntó al otro, que levantó las manos.

—Yo solo trabajo aquí. No es necesario.

Le arrebataron el revólver calibre 45 que llevaban en un costado y Locatelli se lo metió en el bolsillo, luego los empujaron a ambos por delante de ellos.

—Vamos a entrar. No hagáis ninguna tontería u os disparo por la espalda —dijo Itala, pensando que probablemente fallaría incluso a esa distancia.

La recepción del pequeño vestíbulo estaba llena de los monitores de las cámaras de seguridad. Otros dos guardias se encontraban detrás del mostrador y los vieron entrar con sus compañeros. Por primera vez desde hacía horas, Itala no sentía la lluvia cayéndole encima (y fue algo maravilloso), pero no se quedó a disfrutar de la sensación. Mostró la pistola por encima de los hombros del guardia que iba delante de ella mientras Locatelli aferraba al otro por el cuello.

—¡Vamos, a ver si tenéis pelotas! ¡Arriba, que os voy a matar como a perros! —gritó.

Los otros dos vigilantes levantaron las manos.

—Aquí no hay nada que robar —dijo uno de los dos.

—¿Por qué, acaso te parezco un ladrón? —le gritó Locatelli a un centímetro de su cara. Tenía la parte descubierta del rostro roja de ira y excitación.

Encerraron a tres en la oficina de recepción y retuvieron al que se había llevado el golpe con la radio en la cara, ahora sentado en el suelo del vestíbulo.

—¿Cuántos más hay como vosotros? —le preguntó Itala—. Como me cuentes alguna trola, volveré aquí y te pegaré un tiro en una rodilla.

—Hay un compañero en la planta de abajo.

—¿Qué hay en la planta de abajo?

—Un huésped. No sé quién es, soy nuevo.

—¿Cuándo termina vuestro turno?

—A las seis de la mañana.

Eran las dos de la madrugada, había tiempo para todo, aunque un árbol acababa de caer fuera debido al viento, haciendo saltar la alarma de una furgoneta. A ese impacto le siguieron otros muchos pequeños impactos por detrás de ella. Locatelli había arrancado un panel de madera de la pared y lo estaba utilizando como si fuera una maza sobre el equipo electrónico, haciendo que estallaran las pantallas, al tiempo que arrancaba los cables de la centralita.

Al oír el alboroto, se acercó corriendo una mujer con bata blanca, de la edad de Itala, pero más ancha de cintura. Cuando los vio, intentó huir; Itala trató de saltar sobre ella, pero cayó al suelo, aunque logró aferrarla por el tobillo y se le echó encima.

—¡Suéltame! ¡Suéltame! —gritó la mujer.

—Cállate. ¿Tú quién eres?

—Yo trabajo aquí. ¡Ayuda!

Itala le dio un bofetón.

—¡Ya basta! ¿De qué trabajas?

—De auxiliar.

—¿Por qué llevas bata?

—El doctor lo prefiere así.

—Llévanos a ver al chico que está en la planta de abajo.

—¿Qué quieren hacerle?

—Eso no es asunto tuyo.

Itala la puso en pie, las luces del vestíbulo saltaron en ese momento, y fueron sustituidas por tenues lámparas amarillas de emergencia.

—¿Has sido tú? —le preguntó a Locatelli.

—No, pero de todos modos nos va bien.

Una rama rompió la ventana en la parte superior de la rampa que conducía a la planta de arriba y el agua comenzó a correr por las escaleras.

Itala le dio un empujón a la auxiliar.

—¡Muévete! Ve abriendo camino.

—Yo quiero irme. ¡Todo se está cayendo aquí!

—Cuando nos vayamos nosotros. Arriba. No me toques las pelotas.

La mujer abrió camino a través de la gran cocina y el comedor inundado por el viento que soplaba a través de una cristalera destrozada. Los platos y los vasos dispuestos para el desayuno habían sido barridos de las mesas, y las puertas divisorias tipo salón golpeaban violentamente contra las paredes.

Por eso no se percataron de la presencia del último guardia.

Los vigilantes estaban en contacto por radio entre sí, y el último, cuya misión consistía en permanecer en la planta de abajo, había sospechado algo por el prolongado silencio. Saliendo por el pasillo que llevaba a las habitaciones, había visto al extraño grupo con la auxiliar al frente y dos personas con chubasquero que sostenían una pistola detrás de ella. El guardia estaba muy bien pagado por la agencia para trabajar en ese hotel fantasmagórico habitado por una única persona. Además, se embolsaba un extra por no decir quién era el único huésped y hasta qué punto estaba como una cabra. Esto no significaba que estuviera dispuesto a dejarse matar por cumplir con su trabajo y lo normal habría sido que, al enfrentarse a gente armada, llamara a los servicios de emergencia y se quedara escondido en su rinconcito. Pero con esa inundación la policía no iba a venir y él no sabía cómo iban a reaccionar si se enfrentaba a ellos. Así que sacó su hierro reglamentario y apuntó al más grande, con la esperanza de que el chaleco antibalas que llevaba detuviera los posibles disparos de respuesta.

Disparó y el estruendo quedó cubierto casi por completo por los truenos y por el viento. El hombre del chubasquero se dobló por la mitad y cayó al suelo, y el más pequeño cargó contra él con la cabeza agachada. El guardia vació el cargador en su dirección y cuando ya estaba a dos metros de él, buscó desesperadamente más balas en su chaleco. *Las armas de tambor nunca se encasquillan*, decía. *Si con seis disparos no tienes suficiente, de nada te sirve tener el doble.* Pero en ese momento se habría conformado con una, porque recargar el tambor de una pistola es bastante engorroso. Desbloqueó el tambor y sacó los casquillos aún al rojo vivo, pero, antes de que pudiera poner los nuevos cartuchos, el más bajo se le echó encima. Solo cuando este le presionó contra el muslo el cañón de su pistola se dio cuenta de que se trataba de una mujer.

Itala disparó y el tiro, a quemarropa, atravesó la pierna del vigilante, quien cayó al suelo gritando y presionándose la herida. Con el retroceso de la expulsión del casquillo, el carro *mordió* a Itala entre el pulgar y el índice, lo que le dolió horrores. Cambió el arma de mano y volvió junto a Locatelli, con la cabeza retumbándole.

—¿Cómo estás? Déjame ver.

—Ese puto sheriff... —dijo él.

Itala apartó el chubasquero y le levantó la camisa. La bala había alcanzado a Sante a la altura de los riñones, y soltaba sangre por delante y por detrás. Itala corrió a buscar un mantel del suelo y lo utilizó para presionar la herida.

—Tengo que llevarte al hospital.

Locatelli la aferró del brazo y se lo estrujó.

—Pórtate bien. Yo no me voy de aquí con las manos vacías.

—¡Que puedes morirte, coño!

—De todas maneras, ya estamos bien jodidos, estamos muertos. Haz que haya valido la pena.

Itala lo dejó y corrió en la dirección por la que había venido el guardia. Estuvo tentada de dispararle otra vez al pasar por su lado. Si ya no había un mañana, nada tendría sentido, ¿verdad? Las reglas y los razonamientos se los lleva uno a la tumba consigo.

Pero ese tipo era tan agente como podría haberlo sido ella si no se hubiera vuelto una listilla. Enterrada por el papeleo en alguna oficina o bien realizando agotadores turnos de guardia donde nunca pasaba nada. Excepto por el momento en que sí pasaba.

Itala eligió el tramo de escaleras que llevaba abajo. Los fogonazos de los relámpagos llegaban con menos fuerza allí, y el agua que caía por las paredes había cortocircuitado casi todas las luces de emergencia. Volvió atrás, arrancó la linterna del cinturón del sheriff, y bajó de nuevo sosteniéndola con la mano ensangrentada.

Se encontró frente a una puerta de hierro coronada por una inscripción tallada en mármol: HIDROTERAPIA. Tenía echado un cerrojo. Lo deslizó y entró en lo que había sido la zona termal del hotel. Había dos piscinas de piedra y una piscina de veinticinco metros con un kayak y una canoa en un lado. Quizá el nivel freático había subido o la lluvia se había infiltrado, pero ahora las piscinas estaban desbordadas y en el suelo de piedra ya había medio metro de agua donde flotaban ropas y libros. El agua también llegaba a la segunda sala, que hasta unas horas antes debía de haber sido un curioso apartamento lujosamente amueblado. Ahí había más luz, que se filtraba por las rejillas del techo cuando el cielo relampagueaba.

Piero Ferrari estaba sentado en una butaca de cuero en una biblioteca donde las estanterías cargadas de libros servían de pared. Hojeaba un atlas deportivo, indiferente al agua que le cubría las zapatillas y mojaba sus pantalones de chándal. Había engordado en comparación con las fotos que Itala había visto en la hemeroteca, y estaba pálido. Se cubrió los ojos cuando ella lo iluminó con la linterna.

—Me molesta.

—¿Dónde está Giada?

—¿Tú quién eres?

Itala levantó la pistola para que la viera bien.

—¿Dónde está la chica?

—Se marchó.

—¿Adónde se marchó?

Piero volvió a hojear el libro.

—No lo sé. Estuvimos hablando y se marchó.

Itala no dejó de apuntarle y cruzó caminando de espaldas la puerta de la otra habitación, que era el dormitorio. El agua ahora le llegaba casi hasta las rodillas y oía zumbidos alrededor de su cabeza. Miró por el rabillo del ojo y vio una nube de avispas que se agitaba. Una colmena flotaba justo detrás de ella, debía de haberse desprendido a causa de una ráfaga de viento. Giró a su alrededor y solo se dio la vuelta cuando chocó contra algo con la espalda. Era una cama doble con las mantas apelotonadas y las sábanas manchadas de sangre.

Itala se metió la linterna bajo la axila y tiró de la manta. Giada estaba tumbada, desnuda y con la cara hinchada, sus capilares rotos en los ojos abiertos y marcas moradas en el cuello. Las avispas se arrastraban por su boca y su nariz. Itala tendió mecánicamente una mano para apartarlas.

En ese momento Junior le clavó un cuchillo en la espalda.

Manada
Hoy

51

—No sabía que esto iba a acabar así —susurró Mazza. Había intentado volver a sentarse, pero Gerry lo empujó de nuevo al suelo, con la cabeza apoyada en el plato de ducha y el resto del cuerpo retrepado sobre la alfombra del baño, ahora tan empapada como su ropa—. Lo sentí muchísimo por Itala, no soy responsable de lo que le pasó a ella o a esas chicas. Intenté gestionar la situación lo mejor posible.

—¿Qué pasó con el hijo de Ferrari?

—Él también murió, en un accidente de montaña en Sudamérica.

—¿Viste su cadáver?

—No. Pero, si estuviera aún con vida, lo sabría. No sé por qué te importa tanto esta vieja historia, pero el Perca está muerto y enterrado.

—¿Y crees que eso te justifica?

—¿Qué habrías hecho tú en mi lugar?

—No sé cómo ponerme en la piel de gente como tú. Sois demasiado normales.

—¿Puedo levantarme?

—Espera, te echaré una mano.

El anciano extendió un brazo.

—Me duele la espalda..., ten cuidado, por favor.

—Muchísimo cuidado.

Gerry lo tomó por los hombros, lo inclinó hacia delante y luego lo sacudió bruscamente y con fuerza. Mazza estaba con el cuello relajado, y su cabeza se balanceó estirando los ligamentos entre la nuca y la columna vertebral. Si hubiera sido un hombre más joven, su musculatura habría limitado los daños, pero Mazza era un anciano y sufrió un violento latigazo que lo dejó inconsciente. Gerry lo soltó y, al caer hacia atrás como un peso muerto, la nuca de Mazza se golpeó con el desagüe. Con cuidado de no moverlo, Gerry dirigió el chorro de la alcachofa de la ducha a su cara. Mazza tosió, inconsciente todavía, y Gerry le sujetó la cabeza con la toalla para no dejar huellas. Al cabo de un minuto, su garganta se llenó de sangre y Mazza comenzó a emitir un sonido como de fregadero obstruido. Gerry se levantó y colocó bien la alfombra y las toallas, dejándolo todo compatible con una caída accidental. La alfombra era antideslizante, y la llenó de jabón, convirtiéndola en una trampa mortal, luego se remangó los pantalones y se puso el albornoz del anciano. ¿Alguien se daría cuenta de que había desaparecido? Tal vez, pero no de inmediato.

Gerry contaba con la posibilidad de que un técnico de la policía científica o un forense especialmente observador pudiera descubrir incongruencias, pero tardaría semanas en hacerlo, lo mismo que tardarían en sospechar de ese tal Rick Cavallero, mexicano, que había reservado y pagado la habitación para luego desaparecer en la nada.

Siempre y cuando no lo sorprendieran mientras salía de allí. Estaba en *la última milla*, el momento en el que el riesgo era más elevado, y Gerry sintió que lo inundaba la languidez de la excitación que solo sentía en ocasiones como aquella. De niño le había causado problemas, porque nunca tenía bastante.

Mazza se estremeció por última vez, Gerry se quedó mirándolo mientras se desprendía la cinta adhesiva que cubría sus dedos. Sin ella, se sentía desnudo y contaminante, pero no tenía otra alternativa. Se acercó a la puerta de salida. El Gerry del pasado la habría abierto de un tirón, fiándolo todo a su suerte, pero el Gerry más maduro entreabrió la puerta lo suficiente para observar el pasillo. El hombre de la escolta miraba en su dirección, pero casi de inmediato se volvió para asomarse a las escaleras, tal vez porque había oído que alguien subía. Y, cuando volvió a mirar hacia allí, Gerry ya estaba en el otro extremo del pasillo y enfilaba las escaleras de acceso al spa, con la capucha del albornoz en la cabeza. Bajó sin ser molestado, pasó por delante del segundo hombre de guardia, entró en el spa, donde dejó el albornoz, y volvió a subir con el ascensor hasta el vestíbulo. Nadie lo detuvo.

52

Los papeles salidos de la impresora habían caído al suelo y Francesca los recogió y ordenó según la numeración de las páginas antes de volver donde Renato la esperaba.

—¿Dónde está Gerry? ¿Dónde está?

—No lo sé. No sabía que quería irse. Como ya le he dicho, nos hemos visto por primera vez en persona hace una hora.

—Ha dejado también aquí a los perros...

—Quizá ha sido un incentivo para que nosotros nos conozcamos mejor, sería muy propio de él.

—Ha dejado a los perros... ¿No le parece raro?

—Yo ni siquiera sabía que los tenía. ¿Quiere que sigamos hablando sobre Itala o prefiere que intercambiemos suposiciones sobre Gerry?

Francesca movió su silla porque el sol del atardecer le daba en los ojos.

—¿Qué pasó con esa policía?

—Se ahogó el día de la inundación de la llanura bergamasca de 1992. Hubo varios muertos. La encontraron al cabo de unos días.

Francesca ya estaba en Inglaterra, pero había oído hablar de aquello porque también supuso un desastre considerable en Cremona.

—Pensé que había sido un accidente —continuó Renato—. Pero tenía algunas dudas al respecto. Intuyendo la clase de vida que llevaba Itala, tenía la sospecha de que había sido víctima de algún tipo de ajuste de cuentas. Pero la autopsia no reveló nada, y yo nunca pensé en el Perca. No sabía que se estaba ocupando de ese caso.

—Ya había acabado de ocuparse de aquello, ¿o me equivoco? Contini ya había muerto.

—Itala buscaba al verdadero Monstruo del Río, se había dado cuenta de que había enviado a la cárcel a la persona equivocada.

—¿Esa es una hipótesis suya?

—No, es de Gerry. Pero yo también la creo. —Renato se sirvió un brandi.

—¿Y nadie sospechó sobre su muerte?

—No creo que a nadie le interesara llegar hasta el fondo, aunque esta realmente es solo una hipótesis mía. Después de que Itala muriera, empezaron a circular rumores sobre ella y su marido. Al parecer, estaba relacionado con una 'ndrina de su pueblo, pero era un pez pequeño, no estaba afiliado a ninguna familia.

—¿Él también está muerto?

—Aplastado por su propio camión, mal aparcado. Pero el Perca no tuvo nada que ver. En esa época, Itala tenía veintitrés años y estaba embarazada.

—Joven para quedarse viuda.

—Joven también para casarse con un hombre de cuarenta años cuando ella tenía dieciséis. Fue un matrimonio reparador, no tuvo elección.

Francesca sintió un sollozo de pena.

—¿Tuvo que casarse con su violador?

—Así es como funcionaban las cosas. Los rumores que circularon sobre Itala asustaron a la Fiscalía. Nada de funeral de Estado con salvas de cañón y demás tonterías. —Renato señaló en la pared una página de periódico, en un marco de plata—. Para publicar una necrológica decente tuve que acorralar y coger del cuello al director, y no fui capaz de obtener la entradilla en primera plana.

—Caruso tuvo una mala vida y, humanamente, yo lo siento por ella, pero su director tenía razón. En su opinión, ¿era una persona corrupta, aunque todavía no me haya dicho para quién?

—Para la Fiscalía. Gerry lo sabía antes de venir aquí, no sé cómo.

—¿El juez Nitti? ¿Fue ese cabrón? —Francesca no daba crédito a lo que estaba oyendo—. ¿Sigue vivo? ¿Ha hablado usted con él?

—Gerry me pidió que no lo hiciera.

—Disculpe, ¿cuál es la contraseña de su ordenador?

—No la recuerdo. ¿Por qué no se marcha? Gerry no va a venir a buscarla.

Francesca volvió al estudio, encontró la contraseña pegada bajo el teclado, desbloqueó el ordenador y buscó el nombre de Nitti en internet. Descubrió que había muerto al caerse por las escaleras tres días antes. Esa tarde iba a celebrarse su funeral.

Renato se reunió con ella en el estudio.

—¿Ha encontrado algo de interés?

—Nitti murió justo cuando Gerry llegó de Israel.

—Un accidente doméstico.

—Los cojones. Gerry lo mató y usted ya lo sabía.

—Contaba con ello. Hasta hoy no lo he conocido en persona, pero ya me había dado cuenta de lo que era capaz.

—Si me pongo a buscar, ¿encontraré a otras personas conectadas con el Perca extrañamente fallecidas estos días?

—Gerry nunca me ha dicho nada al respecto. Pero creo que hay otros dos. Un antiguo colaborador de Itala y un agente de la policía de prisiones de cuando Contini falleció quemado. Supongo que todos estaban implicados.

Francesca tenía una sensación de irrealidad. No era posible que se hubiera dejado arrastrar por un hombre así, por un asesino. Sin embargo, sabía que Gerry era peligroso desde el primer día que lo conoció. Y solo se había quedado con él por el sentimiento de culpa que había conseguido azuzar en ella. Pero entonces ¿por qué le había dejado conocer a Renato, si se arriesgaba a que ella lo descubriera? *Tal vez ya no tenga importancia para él, tal vez yo sea la siguiente.* Tuvo una iluminación. *O tal vez quería que yo viniera aquí.*

—Usted ni siquiera le ha echado un vistazo a las listas que le he traído.

Renato se encogió de hombros.

—Tengo los mismos nombres en un cajón del escritorio donde está usted sentada. Gerry me pidió que se los consiguiera cuando empezamos a ocuparnos de Giada, hace seis o siete meses.

—Sin embargo, parecía que no quería que yo los leyera... —Se interrumpió a sí misma, empezando a entender hasta qué punto Gerry la había manipulado—. Quería que perdiera el tiempo con esto... Y que viniera a verlo a usted. Parecía que no quería que usted y yo nos conociéramos, en cambio, era exactamente lo contrario. Pero ¿por qué?

—¿Ha pasado algo hoy?

—Hoy quería denunciarlo.

—Y él no quería que eso sucediera.

—¡Usted lo está encubriendo! Debería haberlo denunciado.

—¿Con qué pruebas? Para todo el mundo se trata de accidentes o suicidios.

—¡Usted no lo ha hecho porque está de acuerdo con él! ¡Porque cree que lo que está haciendo es justo!

—*Fiat iustitia et pereat mundus.* Una camarilla de hijos de puta encubrió durante años a un asesino en serie y no los tocó nunca nadie. De hecho, los muertos se labraron una espléndida carrera, con la excepción del carcelero. Si hubiera habido otra forma de castigarlos por lo que hicieron, estaría de acuerdo con usted. Lo cierto es que Gerry nunca me pidió mi opinión.

—Usted es tan responsable como él. Quizá no desde un punto de vista legal, pero moralmente sí.

—¿Acabaré en el infierno? Es probable. Pero siempre he pensado que el paraíso era un lugar aburrido.

Francesca se puso en pie de un salto.

—No puedo aceptarlo, ni siquiera por mi sobrina.

—Le he dicho que se marchara corriendo. —En ese momento oyeron que la puerta se abría y que los perros ladraban alegremente—. Ahora es demasiado tarde —dijo Renato.

53

Gerry se unió a ellos en el estudio, con un sándwich en la mano.

—Entonces ¿qué, os habéis hecho amigos? —Olía a gel de baño, y parecía tan tranquilo como si acabara de dar un paseo. Pero Francesca no lo creyó.

—Gerry... —comenzó a decir ella—. Tengo que ir al estudio. Fijemos una cita para...

—Para que me arresten. Se ha enterado de lo de Nitti y los otros. —Se sentó en la otomana con los perros subiéndosele encima.

—¿Ha sido realmente usted?

—Sí. Obtener información tiene un coste.

—¿Y ahora va a matarme a mí también?

—¿Por qué iba a hacerlo? Está usted en el lado correcto.

—Pero sé lo que ha hecho.

—Saberlo y demostrarlo son dos cosas diferentes, es algo que no tengo que decirle a usted, que es abogada. Y, para su tranquilidad, no habría tenido forma de impedírmelo. Los interrogué, y dejarlos con vida después de hacerlo habría acarreado problemas. —El tono era el de alguien que habla de un día en la oficina. Y tal vez fue eso lo que hizo ceder a Francesca.

—Muy bien. No es asunto mío. No tengo intención de denunciarlo. Déjeme que me marche.

—Llamaría a la policía en cuanto doblara la esquina. A mí no me supone ningún problema dejar que lo haga, siempre y cuando terminemos primero lo que empezamos.

—No puedo. Estoy cabreada y asqueada, y le tengo miedo.

Gerry partió el sándwich en dos antes de morderlo.

—Le he dado mi palabra de que no voy a hacerle nada. No de que no vaya a hacerles daño a otras personas. En ningún momento le he mentido, yo no miento a la gente que respeto.

—Pero me manipuló para hacer que viniera aquí. Ha sido muy bueno fingiendo.

—Pensé que podría deshacerme de usted fácilmente, mientras iba al funeral de Nitti, pero, cuando Airone hizo que mi tapadera volara por los aires, tuve que improvisar.

Francesca tuvo una inquietante sensación, que se superpuso a la del miedo.

—¿Es usted capaz de sentir remordimientos, Gerry?

—La verdad es que no.

—Amor, empatía...

—No carezco de sentimientos, pero no funcionan como los suyos. Me llevó muchos años descubrir que poseía alguno, aparte de la ira y el aburrimiento. Todavía hoy, sin embargo, para mí es como escuchar a alguien que habla por una radio con muchas interferencias. A veces el mensaje me llega, a veces me llega solo mucho tiempo después, a veces apago la radio. Pero he aprendido a fingir, eso hace que las otras personas se sientan más cómodas.

—Es usted un psicópata.

—Eso es solo una etiqueta. Los psicópatas son una categoría muy amplia de personas, y la mayoría nunca ha hecho daño a nadie, ni desea hacérselo.

—Pero usted sí.

—A mí no me gusta la violencia. Es solo un medio. Y no me pongo ninguna etiqueta. Yo soy yo.

—No quiero tener nada que ver con usted.

—Hicimos un pacto: si quiere que respete mi parte, usted debe hacer la suya. Abrir las puertas que yo no puedo ir echando abajo a golpes de hombro.

—¡Usted mata a la gente! ¡A lo mejor ha matado a alguien más mientras estaba fuera! Es así, ¿verdad? ¿A quién?

—El senador Mazza ha sufrido un percance en el baño.

Francesca apretó los puños para no echarse a gritar.

—¡No sé quién es!

—El antiguo jefe de Itala. Un senador —dijo Renato. Hasta ese momento, se había limitado a observar su intercambio—. Disfrutas matando a ancianos. ¿Y a mí, cuándo vas a tirarme por el balcón, Hannibal?

—No quiero ensuciar la acera.

—Son ustedes dos monstruos —dijo Francesca sorprendida—. Yo me largo.

Gerry se tragó el último bocado.

—No tome ninguna decisión precipitada. Sé quién es el Perca.

Francesca se quedó paralizada.

—No le creo...

—Le he dicho que yo no miento a la gente que respeto. Omito y evito, pero no miento.

Francesca luchó contra el impulso de creerle. A estas alturas ya sabía que Gerry podía fingir extraordinariamente bien.

—Es una paradoja: si usted no me respeta, y no tengo ninguna razón para creerle, podría mentirme diciéndome lo contrario.

—Si ese fuera el caso, no estaría aquí hablando con usted.

—¿Usted mata a todos a los que no respeta?

—Solo si son un obstáculo para mí.

—¿Quién es el Perca?

—Le daré todos los detalles, pero a cambio tendrá una pequeña tarea que realizar.

—¿Qué tarea?

—Es una tarea fácil, y será la última. Después puede denunciarme y limpiar su conciencia, mientras yo regreso al lugar de donde vengo.

—¿Qué tarea?

—Tiene que lograr que la reciba uno de los hombres más ricos de Italia.

54

Oreste había tenido razón acerca del fuego: la claraboya funcionaba bien como chimenea y el humo ascendía directamente, si bien el olor, junto con la música, llenaba todo el sótano; él iba y venía cargando trozos de muebles viejos para utilizarlos como combustible, y carne para cocinar. Al atardecer apareció con un gigantesco y viejo casete lleno de botones y lucecitas que reproducía música italiana igualmente vieja a bajo volumen. Amala solo reconoció *El diablo* de los Litfiba, pero solo porque los había escuchado en YouTube. Ella, en cambio, tenía una mesa colocada cerca de los rieles de la pared principal, para tener suficiente cable disponible para sus movimientos. Él le colocó delante una sopera cubierta con una servilleta.

—¿Te apetece que preparemos unos pinchos?

Amala levantó la servilleta: la sopera estaba llena de trozos sanguinolentos de carne y de lonchas de panceta. Se imaginó a sí misma vertiéndolos en el agujero bajo la letrina y a esa cosa que estaba al otro lado comiéndoselos crudos.

—¿Qué debo hacer?

—Hay que ensartar la carne alternando con la panceta. La sal, la pimienta y el romero están en la otra sopera. Te traigo los espetones.

Le entregó media docena de palos puntiagudos de medio metro de largo, demasiado finos para infligir heridas. Ni siquiera habrían agujereado los trozos de carne si Oreste no los hubiera perforado antes.

Amala empezó a componer las capas de carne, limpiándose los dedos en su bata cuando se volvían demasiado resbaladizos.

—¿Cómo es que te ha dado por preparar una barbacoa? —preguntó.

—Porque siempre me ha gustado hablar delante del fuego. ¿Nunca lo has hecho con tus amigos en la playa?

—Donde tenemos nuestra casa está prohibido encender fuego. Usamos los teléfonos móviles para iluminarnos.

—¿Tú y quiénes más?

—Otros que tienen casas allí. Nos conocemos desde que éramos pequeños, solo nos vemos en verano. —Amala levantó un par de espetones irregulares—. ¿Están bien así?

—Perfectos. —Oreste se puso a calentar una parrilla de metal sobre las brasas—. En un rato podemos empezar a dorarlos. ¿Y había alguien que te gustara en ese grupo?

—¿Por qué quieres saberlo? —*Maníaco asqueroso*, añadió mentalmente.

—Obviamente, no es para excitarme. Tienes una cabeza llena de cosas sucias para tu edad.

Amala se puso nerviosa. Su carcelero se estaba abriendo y ella se arriesgaba de nuevo a enfadarlo.

—Había uno.

—¿Y se lo dijiste?

—No. Salía con otra.

—Los más guapos siempre están con las más gilipollas, ¿a que sí?

—Sí.

Oreste se rio. Una risa que a Amala le pareció normal. De no haber sido por esa situación, Oreste podría haber parecido más un tío gruñón y cabreado que un loco de atar.

—Lo contrario también es verdad. ¿Tienes sed? Voy a buscar las bebidas.

—Prefiero la Coca-Cola. Si hay Zero...

—No hay.

Oreste desapareció y volvió al cabo de un par de minutos con una vieja nevera de pícnic precisamente con la marca de la bebida. La abrió y sacó una botella de plástico que desenroscó antes de entregársela. Estaba helada y le rascó la garganta. Él se tomó una tónica y colocó los espetones, que comenzaron a chisporrotear.

—Cuando yo hacía hogueras, a mí me gustaba una chica —dijo—. Pero era tímido, nunca tuve valor para decírselo.

—¿Ni siquiera después?

—No. No llegué a tiempo.

—¿Qué pasó?

—Murió. Pero ese no es un tema para una cena alegre.

—¿Y de qué quieres hablar?

—Podríamos tener una discusión filosófica sobre el Mal. ¿Tú crees en el Mal?

—¿El de la Biblia?

Oreste les dio la vuelta a los espetones.

—De la Biblia, del Corán, del Talmud. Todos los libros sagrados hablan del Mal. Para todos es una fuerza a la que hay que oponerse, de lo contrario te contamina.

—No sé si creo en el Mal en ese sentido —dijo.

—Pues existe, créeme. Todas las personas normales son una combinación del Bien y del Mal, ángeles y demonios. Pero existen los anormales, personas que nacen con un agujero, Amala. Donde nosotros tenemos los mejores sentimientos, el amor, la pasión por la música, la amabilidad..., ellos no tienen nada. Es como si el Señor se hubiera olvidado un trocito. No tienen nada y no sienten nada. Solo sienten placer cuando cometen actos malvados, cuando hacen sufrir a los demás. Es una forma de llenar ese agujero, ¿entiendes? Pero, cuanto más lo llenan con el Mal, más grande se hace el agujero y más actos terribles cometen.

Oreste llevó tres espetones a la mesa. Amala se abalanzó sobre uno de ellos, tenía mucha hambre. Se quemó la boca.

—Está buenísimo —dijo riéndose—. ¿Pero estás hablando de ti?

—Muy ingeniosa, Amala. —Oreste acercó su asiento de fogonero hacia ella—. No, yo soy una persona normal. Tan solo un poco más inteligente que la media, me lo dijeron en el colegio. Un poco de blanco y un poco de negro, como todo el mundo.

—A mí no me pareces normal —dijo Amala con la boca llena. Estaba tan alegre que hablaba con libertad—. Las personas normales no secuestran a las chicas.

—A menos que tengan una razón.

—¿Cuál?

—Aprender.

Amala encogió su hombro sano.

—Si tú lo dices... —A ella no le importaba mucho. Tal vez fuera la luz pastel, o las nubes de color que flotaban en la habitación. *Tú ya has visto estas nubes*, dijo una parte de ella, que seguía alerta. *En la furgoneta. Cuando te secuestró.* Ese pensamiento la despertó un poco—. ¿Me has drogado?

—No quería que te pusieras nerviosa. Estás tranquila, ¿no?

Amala aún tenía la garganta seca y extendió su mano hacia la botella de Coca-Cola. Pero una chispa de razón le dijo que no lo hiciera.

—Coca-Cola o Fanta —susurró.

—Ante la duda, lo he puesto en las dos, pero no en la tónica —dijo, levantando la lata que tenía en la mano—. Lo siento, pero no puedo arriesgarme a que me causes problemas al final.

—Al final... —Amala olvidó la frase a la mitad—. No soy la única, ¿verdad? Hay otra chica aquí.

Oreste se rio.

—¿Un espíritu?

—Me dice cosas horribles —murmuró—. Me habla desde el..., por el inodoro.

—No hay ninguna otra chica aquí. Solo estás tú. Pero las hubo. Tuve que hacerlo para aprender.

—¿Qué? —preguntó Amala con los ojos entrecerrados.

—Yo soy una persona normal, Amala. Racional. Necesitaba entender lo que se siente al ser como ellos, como los hombres vacíos. Entender lo que quieren, cómo piensan, cuáles son sus deseos. He tenido que hacer cosas muy malas, pero era necesario.

Oreste cogió la paleta metálica de la parrilla y se acercó a la pared junto a la mesa. Allí no había guías para la cadena, solo la reproducción de un horno con un tamaño que era cuatro veces más grande de lo normal. Puso la paleta en la línea de unión entre dos carteles y levantó uno, que se despegó casi por completo. Debajo, la pared había sido enlucida y sobre el yeso estaban pegados lo que parecían trozos de papel.

Amala entrecerró los ojos para poder distinguirlos, pero veía doble y las nubes seguían estallándole ante los ojos. Se levantó y se tambaleó hasta el final del cable y consiguió enfocar. Los trozos de papel eran recortes de periódicos y todos ellos reproducían la imagen de una chica diferente. Desaparecida, decían los titulares. Desaparecida. Desaparecida.

—No eres la primera que he traído aquí —dijo Oreste por detrás de ella—. Pero tú serás la última.

55

La villa de Giusto Maria Ferrari fue construida en el siglo XVI en las afueras de Milán, como casa solariega de un noble terrateniente: dos mil metros cuadrados en forma de herradura, antaño abiertos hacia el campo, rodeados ahora por un muro que ocultaba por completo su visión. Dos coches de policía controlaban el acceso al camino privado: ser uno de los hombres más ricos de Italia requería una protección especial. A Francesca la pararon, la obligaron a estacionarse en una explanada a un kilómetro de las puertas, la pasaron por el detector de metales, hicieron que les mostrara sus documentos; registraron su coche en busca de armas y explosivos, luego la subieron a un coche eléctrico parecido a los de los campos de golf, que conducía un hombre de la seguridad privada y que la llevó del otro lado de la verja y luego a través de las cuatro hectáreas de parque donde otros vigilantes pululaban como hormigas. No le sorprendió ver el logotipo de Airone en los uniformados. Todo cuadraba y, al menos en esto, Gerry no le había mentido.

Para conseguir la reunión, Francesca tuvo que pasar por una plétora de secretarios y ayudantes al teléfono, pero el nombre de su padre seguía siendo un buen viático. Luego le dijo la verdad al oído de Ferrari, que quería hablar del Perca, y él la recibió de inmediato.

Gerry le había contado a Francesca que el Perca era el hijo del senador Ferrari, añadiendo detalles que no parecían salir de las palabras de Mazza, sino de algo que Gerry había sabido antes, antes de llegar a Italia y antes incluso de que su sobrina fuera secuestrada. Y ahora le había dado la llave para liberarla.

El conductor la dejó en la entrada, donde otro equipo de seguridad, esta vez todas mujeres, la llevaron a un camerino donde le pidieron que se desnudara. Examinaron toda su ropa, y le realizaron una ecografía con un dispositivo portátil para ver si se había metido algo en la vagina o en el recto. Era mejor que una búsqueda manual, pero aun así la dejó impactada y violentada.

Ferrari se reunió con ella en su majestuoso estudio con grandes ventanales, paredes cubiertas de cuadros clásicos y la bóveda pintada al fresco con una reproducción del *Rapto de Ganímedes*. Ochenta años, bronceado y tonificado, vestido con un traje azul claro y un pañuelo Hermès al cuello. Estaba sentado detrás del escritorio y no se levantó cuando ella entró. A su lado se encontraba Benedetti, el responsable de Airone, quien, por el contrario, salió a su encuentro.

—Esperábamos que con usted estuviera también el señor Peretz.

—No sé de quién me está hablando.

—Vamos, vamos, deja que se siente —dijo Ferrari, impaciente—. ¿A quién le importa su guardaespaldas? —Ella se sentó en la otomana. La miró con los ojos entrecerrados—. Conocí a su padre. Un hombre decente e inflexible. ¿Ha heredado usted algo de él?

—No estoy aquí para hablar de mi familia, sino de la suya. Si lo prefiere, puede echar a su compinche.

—Doctora... —intervino Benedetti.

—*Abogada*. Y discúlpeme, pero quiero hablar con su jefe.

—Benedetti puede quedarse, lo sabe todo.

—Si es así, es su cómplice. Sé que su hijo cometió una serie de asesinatos hace treinta años. El Perca no era Contini, como hicieron creer a todo el mundo, sino su hijo. No pude conseguir que absolvieran a Contini porque usted sobornó a Mazza. Sé que Mazza involucró a Nitti y Nitti involucró a los policías que hicieron el trabajo sucio.

—Se está usted montando una película.

—Y usted es un criminal. Su hijo siempre consiguió salirse con la suya gracias a usted. Y ahora tiene a mi sobrina. No me importa nada el resto, haga lo que quiera: hágale confesar, llévelo a la comisaría, empújelo por un barranco. No he venido a discutir con usted, sino a darle un ultimátum. Su hijo ha secues-

364

trado a mi sobrina. Quiero que vuelva sana y salva, de inmediato; de lo contrario, tendré que ir a la Fiscalía con lo que sé.

—Mi hijo está muerto, puta imbécil de mierda —estalló Ferrari.

—¡Su hijo es un psicópata asesino!

—Por favor..., por favor, guardemos las formas —intervino Benedetti.

—¿Qué pruebas tiene de lo que dice? ¿Qué pruebas tiene? —graznó Ferrari.

—¡Si tuviera pruebas ya habría ido a la policía! ¿Pero piensa usted que no voy a encontrarlas, ahora que sé dónde buscar? ¡Pasará los últimos años de su vida en la cárcel!

—Abogada, por favor, cálmese —dijo Benedetti—. El hijo del senador desapareció en Venezuela hace ya bastantes años. Tenemos todos los documentos que lo demuestran. Estaremos encantados de dejar que los consulte.

—Piero Ferrari es el Perca, fingieron su muerte mientras lo encerraban en alguna clínica para su tratamiento. Pero evidentemente salió demasiado pronto.

Ferrari se dejó caer en el sillón reclinable hasta casi desaparecer. Nadie hablaba, se oía llegar desde el parque el zumbido de un coche eléctrico, así como pasos por el pasillo.

—Muy bien —le dijo a Benedetti—. Nos vemos obligados a optar por la segunda opción.

Francesca se puso aún más tensa.

—Si cree que va a hacerme a mí algún daño, le recuerdo que Peretz lo sabe todo, y no solo él.

—¿Está seguro, senador? —preguntó Benedetti, ignorándola.

—Esta histérica haría que mis últimos años de vida fueran un infierno. ¿La han registrado? —preguntó Ferrari.

—Sí.

—¿Grabadoras, micrófonos, toda esa parafernalia?

Benedetti asintió.

—Haz que firme.

Benedetti sacó la cabeza por la puerta y llamó a alguien.

—Tráeme los documentos, por favor.

Unos minutos después llegó una secretaria con una carpeta. Benedetti sacó una hoja de papel y la colocó sobre la mesita que estaba junto a Francesca.

—A partir de hoy es usted mi abogada —dijo Ferrari—. Estoy tratando con usted un asunto que puede o no ser de tipo penal. Todo lo que le diga quedará protegido por la confidencialidad entre abogado y cliente.

—Me niego a aceptarle como cliente.

—Entonces esa es la puerta. Vaya a buscar sus pruebas y luego encuentre un juez a quien le interesen.

Francesca cogió el papel: era un documento estándar de nombramiento, con sus datos ya introducidos. Firmó.

—Lo recusaré en cuanto salga de aquí.

—Pero todo lo que ya se ha dicho aquí permanecerá protegido por el secreto profesional; de lo contrario, le arrebataré todo lo que tiene. Creo que he sido claro. Ben, pon el vídeo.

—¿Qué vídeo? —preguntó Francesca.

—El del día en que mataron a mi hijo Piero.

56

Oreste recogió a Amala del suelo y la colocó de nuevo en la silla, luego sacó los últimos espetones del fuego y los llevó a la mesa. Se quitó la mascarilla y empezó a comer.

—No sé si me oyes, Amala —dijo masticando—. Pero lo que has visto no debería asustarte. Tú no eres como ellas. Y nunca las traté como te he tratado a ti. Ellas eran solo un medio, experimentos.

Sacó otra tónica de la nevera y la abrió. El siseo reanimó a Amala por un instante, que movió la boca como si quisiera decir algo.

—Hay un proverbio que dice que para conocer a alguien hay que caminar con sus zapatos durante un tiempo. Las otras chicas fueron esos zapatos. No había otra manera. Puedes pensar que es horrible, y a veces yo también lo creía. Pero ahora sé lo que piensa, sé lo que quiere, sé dónde se encuentra el placer en lo que hace. El placer que proporciona el control total sobre otra persona o... o la posibilidad de apagarla con la misma facilidad con que se apaga un interruptor de la luz. Es algo que te hace perder la razón, como el hambre, pero todo dentro de la cabeza. Para satisfacerte durante un poco de tiempo tienes que apagar una vida. Ahora sé pensar como él, sé lo que quiere, sé lo que busca, sé lo que le intriga. Y sé cómo atraerlo a la trampa. Ahora todo me parece tan claro, tan sencillo...

Oreste terminó de cenar y se limpió con la servilleta de papel, luego comprobó el estado de Amala: no se hallaba completamente dormida, estaba más bien en un estado de fuerte ebriedad. Se fue detrás de la puerta del spa y regresó con la silla de ruedas que había utilizado para transportarla después de su secuestro. La colocó encima y la empujó por el primer sótano mientras seguía la ruta más rápida entre las guías. Las guías terminaban en medio de una pared, donde una mujer de dos metros de altura con una cuchara en la mano y perforada por el moho escondía un secreto. Oreste la despegó de la pared, destapando una puerta de madera a ras. Simplemente estaba atrancada, sin bisagras, y Oreste la desprendió haciendo palanca con la espátula de siempre. Una vez quitada, se descubría que las guías no terminaban, sino que continuaban por un pasillo de tres metros que cerraba una puerta de seguridad, con el tirador antipánico. Oreste empujó la silla de ruedas hasta el principio del pasillo, depositó a Amala suavemente en el suelo y luego utilizó la silla de ruedas para llegar hasta la puerta de seguridad.

La abrió de par en par a la noche, sin dejar de empujarse con las ruedas, volvió a su espacio detrás del spa, cogió la escopeta de caza que había sido de su padre, luego volvió a tomar impulso hasta el principio del pasillo. Amala estaba acurrucada y de vez en cuando dejaba escapar un suave ronquido.

Oreste se quedó esperando al enemigo.

Fango
Treinta años antes

Agua fétida.

Por debajo de ella, una alfombrilla agitaba sus flecos como algas flotando entre los escombros arrastrados por la lluvia; por encima, el estruendo del apocalipsis. Las ventanas se habían convertido en gigantescos grifos que dejaban caer torrentes de agua fangosa a través de los barrotes, uniéndose a las piscinas termales que para entonces ya estaban sumergidas.

Itala era incapaz de moverse. Estaba clavada en el fondo por el cuchillo que Junior le estaba hundiendo en la espalda. El chubasquero y la chaqueta habían ofrecido resistencia a la hoja, que no había penetrado hasta el fondo, pero la presión la mantenía bajo la superficie del agua.

Itala no había cogido aire, y solo el instinto y el impacto del agua helada habían hecho que no tragara, pero no iba a resistir mucho tiempo. Ahogarse es una muerte horrible. Primero luchas por no respirar, aunque tu sistema nervioso está enviando señales cada vez más fuertes a los pulmones. El dióxido de carbono y el ácido láctico aumentan en la sangre, te estás envenenando tú mismo. Necesitas oxígeno.

Luego viene el espasmo, la aspiración involuntaria. Los pulmones se llenan de líquido, que toses y respiras de nuevo, mientras que tus movimientos se vuelven frenéticos y descontrolados. Te asfixias y ardes, sientes segundo a segundo que te estás muriendo.

Itala resistió durante casi un minuto, recibiendo patadas en la cara de Junior, que empujaba la hoja, luego trataba de sacarla sin conseguirlo, luego volvía a presionar con ella.

Itala logró enganchar un pie en una de las patas de la cama donde yacía el cuerpo de Giada y se impulsó, alejándose de Junior, quien por su parte resbaló en el agua al intentar no perder el cuchillo. Itala se dio la vuelta justo cuando el espasmo la obligó a coger aire. Aire. Un aire maravilloso que apestaba a podredumbre.

Pedazos de yeso y de cemento caían de la bóveda encima de ella, empujados por el agua que había inundado el piso superior. Y por cada agujero brotaba un chorro.

Junior saltó sobre ella, intentando estrangularla. Itala se giró de nuevo, Junior ahora estaba por debajo. Era mucho más fuerte, pero el agua en el chubasquero la hacía resbaladiza y era incapaz de inmovilizarla. Ella le mordió la nariz, clavándole los dientes en las fosas nasales y desgarrándoselas.

Junior abrió los ojos de par en par, conmocionado, y tragó. Itala volvió a morder y escupió otro trozo de carne. Él la empujó y se miraron, hundidos en el agua hasta la cintura.

—¡Puta de mierda! —gritó Junior. Su nariz era un amasijo sanguinolento que hacía que su voz fuera un ridículo barboteo.

La mano de Itala chocó con algo que flotaba y lo aferró de modo instintivo. Era el mango de plástico del cuchillo. La hoja se había roto y solo quedaban un par de centímetros. Junior se dio cuenta y se dio la vuelta, chapoteando para llegar a la otra habitación. Itala intentó aferrarlo con la mano libre, pero le resbaló hasta el borde de los pantalones y, cuando él se le escabulló, los pantalones del chico se bajaron hasta media pierna. Junior avanzó intentando sujetárselos y gritándole insultos cubiertos por los aullidos del viento. Itala lo intentó de nuevo y esta vez consiguió que cayera boca abajo. Le levantó la cabeza y le puso el trozo de hoja bajo la garganta.

—¡¿Por qué coño?! ¿Por qué has matado a esas chicas?

—Porque me gusta, mala puta, que eso es lo que eres. —Le lanzó un codazo y la golpeó donde ya la habían pateado unas horas antes. La penúltima costilla se rompió e Itala gritó de dolor, soltando el cuchillo. Junior no se detuvo a cogerlo y continuó su huida sujetándose los pantalones con la mano. Subió los peldaños hacia la otra habitación, donde el agua solo le llegaba a los tobillos, e Itala lo siguió a cuatro patas, sin aliento. Se estaba derrumbando: los analgésicos y la adrenalina no podían ser de mucha ayuda en esas condiciones. Miró el caos a través de las lágrimas de dolor: muebles y enseres que flotaban empujados por los chorros de las ventanas, el televisor reventado sobre la butaca volcada, decenas de libros flotando como barcazas. Se abrió paso entre los obstáculos, mientras que al otro lado del sótano Junior ya había subido las escaleras hasta llegar a la puerta de salida, que daba bandazos por el torrente de agua que descendía del restaurante como una cascada.

Itala se dio cuenta de que no podría alcanzarlo antes de que saliera y comenzó a insultarlo en un dialecto cerrado, como no había hecho desde que dejó su pueblo natal. Junior abrió la puerta y Locatelli se desplomó encima de él. A la luz de los relámpagos, la sangre que lo cubría parecía de color negro; su rostro, el de un hombre muerto. Junior fue el primero en levantarse, pero Locatelli ni siquiera lo intentó. Se puso de rodillas, sujetándose el vientre con una mano y el revólver con la otra. Hizo tres disparos, que alcanzaron a Junior en el pecho y en el vientre como una hilera de botones.

Itala vio cómo se derrumbaba en el agua, luego se acercó a rastras hasta Locatelli. Estaba consciente, a pesar de la pérdida de sangre, pero no podía levantarse. Itala lo ayudó a sentarse en la escalera, él se aferró a la barandilla.

—Dime que era él —susurró—. Dime que era el Perca y no un gilipollas cualquiera.

—Sí. Era él. Lo has cazado. Dame la pistola.

Se la pasó, pringada de sangre. Itala la aferró y bajó dos escalones para ver cómo el río de agua sacudía a Junior. Aún seguía con vida. Itala apoyó el cañón del arma sobre lo que le quedaba de nariz y disparó los tres últimos tiros con los ojos cerrados, protegiéndose la cara con la mano de las salpicaduras de sangre y hueso. Luego dejó caer la pistola y regresó junto a Locatelli.

—¿Aún estaba vivo? —le preguntó.

—No lo sé, pero me pareció justo compartir la responsabilidad.

—Querías tu parte de gloria. —Locatelli se rio, escupiendo sangre.

—Vete a la mierda. Intentemos salir de aquí.

Subieron a trompicones las escaleras, sosteniéndose mutuamente. El vigilante herido ya no estaba en el pasillo. Locatelli lo había visto ir hacia la salida, apoyándose en las paredes. En los minutos que habían pasado, el comedor había sido invadido a través de los ventanales por el fango y los escombros arrastrados, obstruyendo el acceso al pasillo.

Había una puerta metálica que debía de ser la puerta de servicio de la cocina, pero estaba atrancada desde el exterior o bloqueada. Por ese lado no entraba agua, tal vez también estaba taponada por el corrimiento de fango. Itala intentó forzarla con las pocas energías que le quedaban, pero no se movió ni un milímetro. Volvió a lo que quedaba de la sala. Locatelli había enderezado una mesa y dos sillas y se había sentado. A Itala le habría gustado tener todavía la cámara Polaroid para sacarle una foto, allí sentado en medio de la devastación, con el barro que le llegaba hasta las pantorrillas.

—¿Cómo estamos? —le preguntó.

—Tenemos que esperar a los de emergencias. ¿Cuándo cesará este infierno?

Locatelli negó con la cabeza.

—Como esto siga así, no quedará piedra sobre piedra. Los ríos se han desbordado, aquí estamos justo por debajo del curso del agua.

—Podemos intentar volver a bajar, quizá haya otra salida.

Locatelli negó otra vez con la cabeza.

—Yo ya no me levanto, Itala. Si me encuentras una botella, me entretendré un rato.

Itala volvió sobre sus pasos, miró en la despensa y sacó tres Veuve Clicquot aún frías y dos copas. Cuando volvió a la sala, la avalancha de fango había avanzado un metro y mientras la miraba otra sacudida hizo caer uno de los candelabros.

—¿El caballero ha pedido champán?

—Eso es cosa de señoritas.

—Pues tendrás que conformarte. —Itala descorchó una botella con los tres dedos que aún le funcionaban y sirvió champán para ambos—. Salud.

—Salud. ¿No vas a buscar la salida?

—Yo tampoco voy a levantarme ya. Si bajo allí, moriré ahogada.

—Si yo tuviera un hijo en casa como lo tienes tú, lo intentaría. Sírveme otra copa.

Ella lo hizo.

—No lo tengo. Siempre pensé que se lo había dejado a mi suegra porque me obligaba, pero la verdad es que lo quiero, aunque no lo suficiente. No lo quería, como tampoco quise a su padre. Siempre lo he visto como un deber, mientras que debería ser algo bonito, agradable. ¿Era bonito estar con tu hija?

—Era un ángel del paraíso. ¿Tú crees que Dios me la dejará ver antes de enviarme al infierno?

—Eso espero.

El corrimiento sufrió otra sacudida y llenó tres cuartas partes de la habitación. Arrastraron la mesa cerca de la cocina y se sentaron de nuevo en las sillas con el terciopelo empapado de su sangre. Itala estaba demasiado cansada para tener miedo, y empezaba a estar demasiado borracha. Abrieron otra botella, ayudándose mutuamente. Locatelli bebió y eructó.

—¿A quién te gustaría ver antes de venirte al infierno conmigo?

—A mi marido.

—¿Por qué él, si ni siquiera te gustaba?

—Me gustaría decirle que no consiguió destruirme, ni él ni los otros como él. Que hice mi vida y que también hice algunas cosas buenas. No muchas, pero algunas. —Suspiró y luego dijo algo que nunca le había dicho a ningún ser vivo—: Y que, si pudiera, lo mataría otra vez. Está bien, nadie me va a librar del infierno. —Itala lanzó una risa que era como un golpe de tos.

La de Locatelli fue el silbido de un globo al deshincharse. Sirvió otra copa, luego la botella se le cayó de las manos y pareció que se dormía.

Itala le cogió su mano helada.

—Adiós —susurró.

Entonces, bajo las toneladas de barro, cedieron las vigas del techo.

Lobato
Hoy

57

El viejo vídeo en blanco y negro mostraba dos figuras con chubasqueros filmadas desde arriba. Las dos figuras arrastraban a un vigilante uniformado y agitaban sus pistolas. Tras una breve trifulca, uno de los dos saltó detrás del mostrador y la imagen se volvió blanca.

Benedetti apagó todo y volvió a encender las luces principales.

—Estas son las únicas imágenes que tenemos del asalto al hotel donde vivía y era atendido Piero Ferrari. Un hombre y una mujer. La mujer era la inspectora Itala Caruso; el hombre, Sante Locatelli, padre de Maria Locatelli. La crecida de los ríos provocó un corrimiento de tierras que arrasó el hotel y arrastró los cuerpos. El de Piero Ferrari fue encontrado tres días más tarde, tenía tres balas en el pecho y el vientre y otras tres disparadas a quemarropa en la cabeza. El de Caruso se encontró dos semanas después. El cuerpo de Locatelli nunca se encontró y nadie denunció su desaparición.

—¿Cómo puedo fiarme?

Ferrari les había dado la espalda durante todo el vídeo. Giró su butaca hacia Francesca.

—¿Qué más quiere? ¿Una autopsia? Ya se la hicieron. Por supuesto, no aparece su nombre. Pero podemos dejar que lea la documentación. ¿Tenemos una copia, Ben?

—Sí, senador.

—¿Dónde está el cuerpo de su hijo?

—En el mausoleo familiar, en la tumba de su madre —dijo Ferrari—. Donde yo también acabaré.

Aquel hombre estaba acostumbrado a mentir, pero se le veía demasiado tranquilo y Francesca sintió que sus certezas se evaporaban.

—Podía haber hecho las cosas de forma diferente, senador.

—No. El pasado no se puede cambiar. Mi hijo está muerto. Estaba enfermo e hizo cosas horribles, pero era mi hijo —continuó Ferrari—. Quería protegerlo y proteger a los otros de él, pero no pude hacerlo. Al menos sus hermanos y sus hermanas son normales.

—¿Cómo lo descubrió? —preguntó Francesca.

—Ausencias extrañas, actitudes extrañas, razonamientos extraños... Circulaban rumores extraños, diciendo que le gustaban las chiquillas. Uno de mis colaboradores lo siguió mientras se deshacía del cuerpo de Cristina Mazzini, la cuarta víctima. Luego él nos habló de todas las demás. A partir de ese momento, mi esposa y yo compramos ese hotel y lo aparté del mundo.

—Pero siempre existía el riesgo de que una investigación llegara hasta él y consiguió que condenaran a Contini.

—Esto es lo que usted dice. Yo solo sé que Caruso y Locatelli mataron a mi hijo.

—No sé cómo pudieron reconocerla a partir de ese vídeo...

—La vi muy de cerca —dijo Benedetti. Se arremangó la pernera derecha del pantalón, descubriendo su prótesis—. Yo estaba de servicio esa noche, me disparó en la pierna.

—Pero no le dijo nada a nadie.

—El señor Ferrari me ofreció una alternativa. Francamente, dado que el chico ya estaba muerto, no le veía ningún sentido a causarle problemas. Todavía tengo la radiografía, si quiere.

Francesca negó con la cabeza. No podía creerlo, aunque...

—Si el secuestrador de mi sobrina no tiene nada que ver con su hijo, ¿por qué querían que desapareciera la furgoneta?

—Tenemos las huellas de los desaparecidos que trabajaron en el hotel y secuenciamos el ADN de los familiares de las víctimas de Piero —dijo Benedetti—. Queríamos comprobar que ninguno de ellos estaba involucrado, después de lo cual haríamos que la policía la encontrara. Nosotros apostamos por que su sobrina vuelva a casa, pero tenemos que proteger nuestro secreto.

Ella asintió, aturdida.

—¿Puedo tomar algo caliente? Un té, tal vez.

Inmediatamente le llegó un servicio de porcelana con una selección de bolsitas de Fauchon y galletas que parecían caseras. Ferrari y Benedetti confabulaban entre ellos en voz baja, pero no los habría oído ni aunque hubieran gritado. Si el Perca estaba realmente muerto, el secuestrador de Amala en cualquier caso debía de saber mucho sobre él: los años de las víctimas, las fechas de los secuestros, las investigaciones de Caruso... No podían ser una coincidencia. ¿O sí? ¿O bien le estaba mintiendo todo el mundo?

—¿Hemos terminado? —preguntó Ferrari.

Francesca respiró profundamente.

—Una última cosa: creo que su vida corre peligro.

58

Benedetti acompañó a Francesca a un salón Luis XVI que olía a cerrado. Había escuchado su relato sobre los asesinatos cometidos por Gerry con escepticismo, pero había agradecido el detalle de que le hubiera informado sobre dónde encontrarlo.

—Si necesita algo, solo tiene que llamar y pedirlo.

—Solo quiero irme a casa.

—Preferimos que se quede aquí hasta que estemos seguros de que su hombre será detenido. ¿Está usted segura de que se encuentra en la dirección que nos dio?

Francesca asintió.

—Con él hay una persona mayor, tengan cuidado.

—No se preocupe. Nos limitaremos a ponerlo bajo custodia y a entregárselo a la policía. Es un procedimiento irregular, pero harán la vista gorda.

—¿Y luego qué pasará?

—Lo expulsarán del país. Pero, si le encuentran algo más que los documentos falsos, tal vez las cosas podrían empeorar para él. Especialmente si encuentran su ADN en la escena de algún crimen.

—Sabe lo de Ferrari y su hijo. Él cree que aún sigue con vida, pero conoce toda la historia.

—Sin usted, nadie lo va a creer. En un caso extremo, le haremos un tratamiento médico obligatorio. De los intensos.

Benedetti salió y cerró la puerta con llave, y Francesca se sentó angustiada en un pequeño sofá junto a una mesita con libros de arte. En la parte superior estaba colocada una carpeta con una goma y la palabra DESCONOCIDO medio descolorida. La abrió y descubrió unas fotografías y el informe de una autopsia. El rostro del muerto era claramente visible y era exactamente igual al de Piero Ferrari que ella había visto en internet. Podían habérselo inventado todo, pero no lo creía. Se sentía aplastada por el fracaso, por la vergüenza de haber creído a un loco, que la había engañado de nuevo. Y también por haber llegado a un acuerdo con Ferrari. ¿Pero qué otra cosa podía hacer? ¿Dejar que Gerry matara a su sobrina y quién sabe a cuántos más? A estas alturas, ya estaba claro que suponía un peligro para todos.

Guardó los documentos. Estaba tan cansada que se quedó adormilada en el sofá durante unos veinte minutos. Se despertó por el ruido de la puerta que se abría y por un guardia de seguridad, pelo corto y bigote, traje oscuro. Entró en la habitación con una bandeja de plata y una botella de agua.

—No quiero nada de ellos, llévesela —dijo Francesca, girándole la cara.

—*Antes de que cante el gallo me negarás tres veces* —dijo. Francesca sintió que se le helaba la sangre.

La voz era la de Gerry.

59

Samuele ató el ciclomotor en la puerta de la comisaría de Cremona y mostró sus documentos al agente de guardia, quien los escaneó, a pesar de que lo conocía de vista.

—¿Está el inspector jefe? —preguntó.

—En la sala de operaciones. Ya conoce el camino de memoria. —Desbloqueó la puerta blindada e incluso le dedicó una sonrisa. Las primeras veces que Samuele fue allí, hubo muchos guiños y codazos, pero ahora la situación había mejorado. Aún había mucha homofobia entre los policías, pero también existía la asociación de policías homosexuales, aunque muchos de los más antiguos no fueran capaces de digerirlo.

La sala de operaciones era el lugar donde se clasificaban las llamadas de emergencia de los ciudadanos y de las patrullas, con las pantallas que ofrecían imágenes de las cámaras de la calle. En ese momento de la noche los tres de guardia, dos agentes y un oficial, eran los únicos que estaban en el edificio.

Alfredo, su novio, estaba de pie con los brazos cruzados, y Samuele no pudo evitar el pensamiento de que el uniforme le sentaba de maravilla. Como se cambiaba en la comisaría, casi nunca lo veía de esa manera.

—Hola, ¿algún problema? —le preguntó, sorprendido de verlo.

—No, no. Pero...

Alfredo entendió sobre la marcha.

—Voy a tomarme un café y luego relevaré a uno de vosotros, si queréis hacer lo mismo. Avisadme si hay alguna emergencia.

—Sí, doctor —respondieron los dos agentes.

Alfredo tenía una Nespresso en su oficina, y fueron allí dejando la puerta entreabierta. En un principio, Samuele pensó que lo hacía para que no circularan rumores sobre ardientes relaciones encima del escritorio, luego descubrió que era una disposición que afectaba a todos los agentes. La transparencia, decía el comisario jefe Bruni, era necesaria para evitar malentendidos y calumnias.

Alfredo preparó el café solo para él, sin ofrecérselo a Samuele, porque sabía que, a partir de cierta hora, eso significaba una noche de insomnio para él.

—Venga, cariño, tengo que volver pronto ahí —le dijo.

—¿Puedes ayudarme a saber algo sobre una policía, una tal Itala Caruso? Debía de estar en servicio en Cremona hace más de treinta años. No sé si está viva o muerta.

Alfredo señaló el ordenador.

—Podría averiguarlo, pero he de tener una razón válida. Existe la privacidad y siempre hay que motivar cualquier comprobación de nombres en el sistema. Especialmente si se trata de una compañera.

—¿Y realmente no hay manera de hacer una excepción?

—Necesito saber por qué, para saber cómo actuar.

—No suelo involucrarte en mi trabajo...

—Eso no es cierto, pero ve al grano, venga.

—De acuerdo... La Cavalcante, mi jefa...

—Sé quién es, vamos...

—Está buscando a su sobrina secuestrada.

—¿De qué manera?

—Con un israelí que se ha escapado de un manicomio para criminales. Ella cree que fue el Perca quien la secuestró y él le da cuerda.

—¿El Perca?

—Un tipo que mataba chicas hace treinta años y que está muerto. Se nota que eres de Palermo. Era un apodo, se llamaba Contini y murió en prisión. Pero mi jefa está convencida de que el verdadero asesino en serie no era él y que todavía sigue en circulación.

—¿Tu jefa no era una persona muy seria y cuadriculada, incluso demasiado?

—Quizá la historia de su sobrina le haya hecho perder la cabeza. Hace cosas... Hoy me ha pedido que llamara al servicio de emergencias porque quería huir con el israelí y quería montar una maniobra de distracción.

—¿Una distracción para qué? —preguntó Alfredo cada vez más confundido.

—Por lo que tengo entendido, el israelí la ha convencido de que la seguían.

Se habían quedado de pie frente a la estantería donde estaba la cafetera. Alfredo le indicó que se sentara con él en el escritorio y esos gestos seguros y esa mirada profesional hicieron que los ojos de Samuele se humedecieran.

—¿Quieres interponer una denuncia? Está claro que ese israelí se está aprovechando del estado de ánimo dependiente de tu jefa. Se trata de cosas que son difíciles de probar, pero al menos con una denuncia puedo pedir información sobre él y notificárselo al juez.

—Es que no queda claro que la jefa se haya equivocado. Es decir, yo ya no lo sé. Hay muchas cosas extrañas. Además, no estoy seguro, pero creo que el israelí va por ahí con documentación falsa.

—Eso es un delito. Muy bien. Cuéntamelo todo, y mañana avisaré al magistrado que está a cargo del caso de Amala.

—Yo preferiría evitar este follón...

—Cariño, tienes un novio policía, los follones van incluidos en la mochila. Mientras tanto, dime cómo se llama el israelí.

60

Sin barba, Gerry no parecía más viejo, sino más vivido y más... *marcial*. Aquella cara Francesca sí podía imaginársela bajo un casco, con pinturas de camuflaje. Había perdido su aire hípster para dejar paso a un aspecto más sarcástico, una sonrisita vagamente cruel que antes ocultaba el vello. Francesca se puso en pie de un salto, buscando algo que pudiera utilizar como arma, pero Gerry ya se había deshecho de la bandeja y se abalanzó sobre ella, tapándole la boca. Ella sintió algo áspero sobre la piel de su cara: Gerry tenía los dedos envueltos con cinta adhesiva de color carne.

—Escuche —le susurró—. Le doy la oportunidad de huir, pero tiene que venir conmigo ahora mismo. —Le quitó la mano de la boca—. No grite o me veré obligado a soltarle un buen golpe en el cabeza.

Francesca jadeó.

—Gerry, Gerry, escúcheme. Nos hemos equivocado. El Perca está muerto, estoy segura de ello. Ferrari me ha dejado ver un vídeo...

—Lo sé, lo he escuchado todo.

—Todo lo que se ha imaginado es fruto de su enfermedad. Ha conseguido involucrarme a mí también, no le estoy echando las culpas, pero debe detenerse. No más muertes, por favor.

—La gente de Airone está yendo a casa de Renato, y no lo encontrarán ni a él ni a mí. Se arriesga usted a pasarlo mal cuando lo descubran.

—Y usted quiere matarme.

—Está aquí sola, el salón es elegante, podría romperle el cuello y dejarla bien colocada en el sofá. En cambio, estoy hablando con usted, arriesgándome a que me descubran.

Francesca se sentía dividida. Gerry podía de veras matarla allí si se negaba. Y también podía ser una forma de huir. Realmente podía pasarle algo malo si se quedaba allí. Ferrari creería que había mentido a propósito. Tal vez la someterían a ella a un tratamiento psiquiátrico.

—Nos detendrán a la salida.

—La mitad de Airone ha salido a buscarme, y la otra mitad está alrededor de Ferrari. Este es el problema de las fortalezas, solo tienen una misión: proteger al rey. Póngase la mascarilla. Hay gente del personal que la lleva, pero no los de seguridad. He tenido que afeitarme la barba.

Francesca lo siguió automáticamente, como en un sueño. Fueron en dirección contraria a la del estudio, pasaron por delante de un par de hombres de seguridad a los que Gerry sonrió y que apenas miraron la identificación que llevaba colgada del cuello, donde había un tipo con bigote que se parecía poquísimo a él. Salieron por la parte trasera de la villa y se subieron a un coche eléctrico. Gerry se dirigió hacia la espesura del parque iluminado solo por los faros. Francesca intentó saltar al césped, pero él la detuvo.

—Por favor, no haga tonterías. Podrá marcharse en cuanto salgamos de aquí.

—Si no quiere matarme, ¿por qué ha venido a buscarme?

—Porque fui yo quien la metió en todo este lío y quien la envió aquí, no me gusta tener deudas.

—¡Pero si he intentado hacer que lo detuvieran!

—Entrar en la villa durante el día es imposible, por la noche Ferrari vive ahora una vida retirada y todo está cerrado a cal y canto. Con usted pretendía crear el imprevisto necesario para meterme dentro e interrogarlo con calma. Estaba seguro de que le mentiría; en cambio, se ha producido un *coup de théâtre*. Mis planes han cambiado.

—¿Y cuáles eran sus planes?

—Esconderme en algún lugar, esperar a que la vigilancia fuera mínima e interrogar a Ferrari. Ahora me he dado cuenta de que no es necesario.

—Puede que me hayan mentido. Yo creo que es verdad, pero...

—Es verdad. Mientras esperaba a que la llevaran a un lugar seguro, interrogué a los guardias del cementerio. Uno de ellos sabía lo de su hijo, admitió que él había enterrado los huesos.

Llegaron a un cobertizo, luego al patio interior y al final a una puerta entre los setos.

—¿Cómo se las apaña para moverse tan bien aquí dentro?

—Mazza tenía un par de confidentes entre los trabajadores, para recibir información sobre el líder de su partido. Logré que me dijeran quiénes eran y me puse en contacto con ellos mientras me afeitaba.

—¿Siguen con vida?

—Vivos y con un pequeño monedero de criptomonedas, igual que los sepultureros privados que ahora están atados en el mausoleo con los calzoncillos en la boca.

Gerry saludó a su *compañero*, quien les desbloqueó la puerta. Se encontraron en uno de los senderos que conducían al aparcamiento.

—¿Sabía ya que Ferrari junior estaba muerto?

—No, fue una agradable sorpresa.

—Yo no diría «agradable». Me manipuló una vez más. Me utilizó.

—Usted me tenía miedo, la tentación de traicionarme en todo caso seguiría presente. He preferido utilizar esta inclinación suya a mi favor.

En la entrada del aparcamiento dejaron el cochecito, entre el asfalto y el césped. Gerry esperó a que Francesca abriera su Tesla, luego se subió al asiento del copiloto.

—He dejado mi coche cerca de la clínica veterinaria.

—Muy bien.

Con la identificación, Gerry abrió la barrera y llegaron a la vía pública siguiendo una ruta iluminada completamente, como una pista de aterrizaje.

—Si no ha sido el Perca quien ha secuestrado a Amala, ¿quién ha sido?

—No tengo ni idea. Pero tarde o temprano lo atraparán.

Francesca oyó una nota discordante.

—¿Qué quiere decir con «tarde» o «temprano»?

—Un asesino en serie activo durante treinta años es algo excepcional. El imitador de un pobre desgraciado como Piero

Ferrari será arrestado pronto. Ya es milagroso que lograra secuestrar a cinco chicas sin que lo atraparan.

La patrulla los saludó haciendo luces, ella enfiló la carretera provincial.

—¿Así que usted se lava las manos?

—Yo vine a por el Perca. Está muerto. Mi trabajo ha terminado, mi tapadera ha saltado por los aires, mi cara resulta conocida por demasiada gente. Me voy a casa.

Durante el trayecto hasta el veterinario, Francesca pensó que Gerry haría o diría algo que contradijera esa afirmación. Solo era un truco, uno de los muchos que había utilizado con ella, pero no pasó nada. Gerry se durmió enseguida, como siempre, y ella pensó que podría haberlo tirado del coche. Pero no había matado a Ferrari y se había arriesgado para sacarla de allí, y no podía imaginarse a sí misma realizando un acto tan excesivo.

—Mi coche está ahí, puede estacionar —dijo, despertándose de golpe.

Francesca lo hizo. La manada ya estaba a bordo y comenzó a agitarse.

—¿Los ha dejado aquí toda la noche?

—No, los ha traído Renato. Sigue conduciendo, aunque sería mejor que dejara de hacerlo. Le avisé de que no iba a poder pasar a recogerlos. —Gerry se bajó y abrió la puerta del Volvo. Los perros saltaron para festejarlo y orinar. Francesca se quedó al volante, esperando el gesto de Gerry, pero este no llegaba.

Gerry llamó a su ventanilla y le dio un buen susto.

—Ha sido interesante conocerla. Le enviaré una postal desde Israel, para que sepa que estoy bien.

—Lo dice en serio. Se va de verdad.

—*Hineni*, aquí estoy, respondió Abraham cuando Dios lo llamó.

Francesca escuchó el eco de sus estudios en las monjas.

—Se está vengando porque lo he traicionado —dijo furiosa—. No me mata, pero se venga a través de mi sobrina.

Gerry la miró desconcertado.

—Usted y yo estamos empatados. Pero no entiendo lo que quiere de mí.

—¡No lo sé! Lo necesito para que busque a Amala, pero es usted un asesino y tengo miedo de que me mate. Cuando lo vendí a Ferrari y a sus secuaces pensé que estaba haciendo lo correcto, ahora ya no lo sé. Por favor, ayúdeme...

Gerry negó con la cabeza.

—Sería un trabajo a ciegas, no es saludable para mí. Y además ya he quemado la identidad de Gershom. Tome, lo cogí en la entrada para usted, pero no lo encienda de inmediato, si no le importa. —Le devolvió su teléfono móvil—. El senador se olvidará de usted, pero por su culpa Benedetti ha hecho un papelón. Es un cobarde y tiene las herramientas para vengarse. Cambie su número, abónese a un servicio de encriptado, contrate a un experto en seguridad informática para el bufete, tal vez una empresa de seguridad de las serias...

—¿Y Amala?

—Probablemente ya estará muerta. El Perca la habría mantenido con vida durante un tiempo, pero con este emulador es muy difícil. Ninguna de las chicas desaparecidas en los últimos años ha sido hallada, eso en el caso de que se trate del mismo secuestrador.

—¿Y no le importa ni siquiera un poco?

—Yo no funciono así, Francesca.

—A tomar por culo. —Francesca arrancó el coche de nuevo y se alejó mientras el móvil que había vuelto a encender emitía una docena de señales de mensajes. Los fue pasando por la pantalla del coche, pero tenía lágrimas en los ojos, no era capaz de enfocarlos bien. No solo lloraba por Amala, sino porque sentía que una feroz soledad se abatía sobre ella. Salía derrotada, impotente, y no tenía a nadie a quien pudiera contárselo todo. Estacionó para evitar un accidente y se sonó la nariz, desplazándose por los mensajes con la esperanza de encontrar una buena noticia, pero solo eran de Samuele, referentes a Itala Caruso, quien ahora ya no le importaba nada. Había también una fotografía en blanco y negro de su marido, ese medio mafioso que la obligó a casarse y que la dejó con un hijo.

A saber cómo acabó ese crío después de la muerte de su madre, pensó. Entonces miró de nuevo la foto del hombre, se llamó idiota a sí misma e hizo un cambio de sentido. Gerry estaba arrancando, Francesca aparcó delante del morro de su coche.

Gerry asomó la cabeza por la ventanilla.

—Es usted muy terca.

—Solo quiero decirle una cosa: es usted idéntico a su padre.

61

Aleph aulló desde el asiento trasero. La expresión de Gerry se había vuelto neutral.

—¿Lo ve?, cuando el trabajo ha terminado es necesario cambiar de aires —dijo.

—Usted no vino a Italia a buscar al Perca. Usted vino para vengar a su madre. Ha matado al juez que la involucró, al jefe que no la protegió, al compañero que tal vez...

—Que la vendió y también al agente de prisiones que quiso violarla. Y que me contó los últimos detalles.

—Bueno, desconocía este repugnante pormenor. Pero me utilizó a mí para sus fines, como Ferrari y todos los demás utilizaron a Itala. Se aprovechó de mi miedo por mi sobrina, de mi sentimiento de culpa hacia Contini, de lo mucho que Renato quería a su madre. Si usted se retira ahora, no será mejor que Ferrari.

—No tengo que demostrarle nada a nadie.

Francesca disparó a ciegas.

—Debe demostrarse a usted mismo que no es como su padre. Sé la clase de persona que era.

Gerry abrió la puerta y se bajó muy lentamente, deteniéndose frente a ella, sus cuerpos casi se tocaban. No dijo nada, pero empezó a masajearse los dedos.

—¿Intenta meterse en mi cabeza? Mire, no es un buen lugar en el que estar.

Francesca se percató de que las otras veces que se había sentido amenazada por Gerry estaba equivocada, porque solo en ese momento se dio cuenta de cómo se transformaba cuando estaba a punto de matar a alguien. El hombre que tenía delante había dejado de mirarla como a un ser humano. El hombre que tenía delante no habría malgastado ni una sola mirada a su cadáver, salvo para borrar sus huellas o hacerlo desaparecer.

—Mi sobrina, si aún sigue con vida, aunque usted crea que está muerta, se encuentra en un lugar peor. Y realmente tengo la esperanza de que se parezca usted más a su madre que a su padre.

Gerry negó con la cabeza y Francesca sintió que el peligro había pasado.

—La única diferencia entre él y yo es que yo soy consciente —dijo Gerry—. Yo me he dado unas reglas que seguir, y los perros... me ayudan cuando me distraigo. Son muy sensibles a mis estados de ánimo.

—¿Por eso los deja en casa cuando tiene que hacer algo malo?

—No entenderían que es necesario. No quiero importunarlos.

—¿Usted formaba parte del experimento con perros del Instituto Feuerstein? Samuele me lo contó.

—Sí. Los perros me cambiaron. Es extraño, siento algo cuando estoy con ellos... No sé si es amor, pero es lo que más se le parece. Lo comprendí de repente, hace tres años.

—¿Y cómo ocurrió?

—Maté a dos reos. Y me di cuenta de que lo hice por ellos, por los perros. Fue la primera vez en mi vida que hice algo por otros.

Respuesta
Treinta años antes

Cesare miraba el ataúd de su madre mientras la enterraban en el cementerio de Cremona, con lágrimas en los ojos. Las lágrimas eran una novedad, porque hasta los ocho años solo había sido capaz de aullar y de ponerse rojo, pero los ojos permanecían secos. Con él estaban su abuela y su novio, con una kipá en la cabeza, y un poco separados de ellos un grupo de criminales amigos de su madre, algunos con uniforme, otros sin él.

A Cesare siempre le sorprendía que los demás no se dieran cuenta de quiénes eran realmente. Lucían relojes de oro y tenían coches deportivos, para su primera comunión le habían dado un sobre con dos millones de liras, que era más de lo que ganaban los profesores en la escuela. Lo sabía, había preguntado. A diferencia de sus coetáneos, él sentía curiosidad por todo, quería saberlo todo, incluso las cosas que no podía entender, que eran la mayoría.

Para Cesare, el mundo era un lugar confuso, pero algunas cosas que estaban clarísimas para él les parecían confusas a las otras personas, incluso a las mayores. Anna, la mujer que lo había cuidado en Cremona cuando su madre estaba demasiado ocupada con sus asuntos, fue a darle un abrazo, después de decirle algo al oído a la abuela. Cesare fingió que se alegraba.

—Siento mucho lo de tu madre —le dijo—. Pero al menos lo arregló todo antes de reunirse con los ángeles. Era como si se lo esperase.

Cesare lloró más fuerte aún, porque se dio cuenta de que era lo que debía hacer. Ella le dio un beso en la frente.

—Ahora te está mirando desde el cielo —le dijo.

Cesare pensó que su madre no lo miraba ni siquiera cuando estaba viva, y que no podía mirarlo desde el cielo porque estaba en el infierno, como todos los policías corruptos, los traficantes de droga y los que tocaban a los niños en los calzoncillos. En esto su abuela se había mostrado categórica, y todo lo que decía su abuela era verdad.

Fue ella quien le explicó que tenía que imitar a los demás si no quería que lo trataran como a un tonto, y quien le enseñó a reír. Cuando sus compañeros del primer curso de primaria se reían, él se volvía malo porque no lo entendía. Pero no había nada que entender, le había dicho la abuela, era solo una forma de hacer ruido que les gustaba a los niños. Como los perros que ladran.

—Si no te ríes con ellos, pensarán que eres tonto. Te echarán de la manada.

La explicación lo alivió. Era sencillo: él era tonto y tenía que esconderse. A partir de entonces dejó de abofetear y de pellizcar cuando eso ocurría. Él también se reía. *Ja, ja, ja. Mirad, soy realmente como vosotros.*

Sus compañeros nunca iban a buscarlo después del colegio y se pasaba las tardes solo. En el prado de detrás de la casa de Castelvetro, la gente tiraba de todo y a menudo él recuperaba alguna cosa —una vieja radio, una batidora rota— e intentaba arreglarla o hacía experimentos esparciéndolo todo por casa.

Una vez llenó un televisor con aceite usado y le prendió fuego en el patio para ver si estallaba el tubo de rayos catódicos, y los vecinos fueron a quejarse a la abuela, quien más tarde, a solas con él, se rio de esos *schmuck* que no sabían divertirse. Él también se rio, *ja, ja, ja.*

Schmuck era una palabra nueva, que llegó con el novio de la abuela. Significaba «idiota», y Cesare entendió que se refería a quienes eran como él, pero que no sabían esconderse. Para exorcizarla, se la repetía también a los profesores. Se inventó que significaba «gracias» en holandés, y se lo creyeron hasta el día en que lo comprobaron.

—¿Te parece divertido? —le preguntaron. Él dijo que sí, aunque no estaba seguro.

Ja, ja, ja.

El novio fue con ellos cuando volvieron a casa. Cesare subió a su habitación para ver la tele que le habían regalado los policías corruptos por su cumpleaños, pero unos minutos después el novio se reunió con él.

—¿Cómo estás? —le preguntó con su extraño acento—. ¿Puedo hablar contigo?

Cesare sabía que se ofendería si decía que no.

—Sí.

—Tu abuela y yo nos conocemos desde hace casi un año y nos hemos dado cuenta de que queremos pasar el resto de nuestras vidas juntos. Ella también te lo habrá dicho, ¿verdad?

Su abuela nunca hablaba de él, pero Cesare asintió.

—Quería decirte que tu abuela y yo hemos decidido casarnos.

—Muy bien.

El novio hizo lo que hacen los adultos cuando se sienten incómodos: empezó a moverse mucho. Cesare lo imitó, haciendo crujir el cuello y las muñecas.

—Pero quiero ser honesto contigo, no nadamos en oro —añadió.

—El oro es un sólido. Tal vez en oro fundido.

—Por desgracia, tu pobre madre solo nos ha dejado deudas y tenemos que pensar en ti también. Hemos decidido trasladarnos a mi país, a Israel. —El prometido se lo enseñó en el atlas.

—¿Y yo también iré?

—¡Por supuesto! ¿Cómo puedes pensar que vamos a dejarte aquí?

Cesare volvió a crujir las muñecas.

—Mi madre no me quería.

—¡Pero nosotros sí! Así pues, ¿te parece bien? ¿Estás contento?

De nuevo en este caso, solo había una respuesta.

—Sí.

Pero el prometido no había terminado todavía. Lo abrazó.

—Yo no soy como tu pobre madre, yo te quiero. Y espero que tú también me quieras, un poco, por lo menos.

Cesare volvió a crujir su cuello. El novio esperó en vano a que dijera algo, pero el chiquillo tenía que pensar en ello.

Y lo pensó durante casi un año, después de un viaje que le pareció interminable, mientras intentaba adaptarse a un mundo que parecía sacado de un cómic de aventuras, con gente vestida con túnicas blancas que caminaba por ahí con una ametralladora, hablaba idiomas que no entendía y cocinaba cosas raras. Y de vez en cuando sonaban las sirenas y caían los misiles.

Luego, una noche robó todo el dinero que encontró en casa, se preparó una mochila, vertió el quitamanchas de la abuela en las cortinas y les prendió fuego. Luego salió corriendo.

Tenía once años. Aquella fue su respuesta.

Promesa
Hoy

62

Gerry acompañó a Francesca al «refugio», que todavía tenía alquilado durante unos días más. Necesitaban dormir en algún sitio y él estaba razonablemente seguro de que los de Airone no serían capaces de encontrarlos esa noche. El problema, en todo caso, era la policía. Metalli le había enviado una serie de mensajes, luego incluso uno de voz donde le requería una reunión urgente y que Gerry se presentara con ella. La Interpol estaba haciendo comprobaciones, y etcétera. El tono era entre enfadado y preocupado, y Francesca comprendió que estaban a punto de emitir una orden de detención contra ellos.

Francesca se había imaginado un refugio muy diferente de esa pocilga de casa de dos plantas que parecía que habían amueblado en un mercadillo. Los perros fueron por ahí, olfateando las habitaciones, Gerry le mostró la cama doble en el dormitorio del piso de arriba, con las sábanas llenas de huellas de patas.

—Solo hay esta. No te estoy haciendo ninguna proposición, yo dormiré en el sofá de abajo. —Habían empezado a tutearse de forma natural durante el viaje en coche.

—Ya sé que no me estabas haciendo ninguna proposición, pero has sido muy amable al dejarlo claro. Ya me quedo yo con el sofá, si no te molesta.

—¿Por qué muy amable? Eres una mujer atractiva.

—Que tiene veinte años más que tú. Intenta sintonizar mejor la radio que hay en tu cabeza.

—Deberías tener más confianza en ti misma.

Francesca corrió escaleras abajo para evitar la zozobra. No le creía, aunque, en el fondo, aquello le gustara. Se tendió en el sofá, lleno de bultos, pero lo suficientemente ancho como para permitirle encontrar una posición cómoda dentro de un sándwich de mantas. Se preguntó cuántas parejas habrían hecho el amor en ese sofá, y luego se reprendió a sí misma por todos esos pensamientos livianos mientras su sobrina seguía aún en manos de un psicópata.

¿Por qué? ¿Dónde estás tú ahora? Por mucho que Gerry finja ser amable, es alguien que mata a la gente con la desenvoltura de quien aplasta un mosquito. Francesca volvió a pensar en cómo se podía hacer el amor en el sofá, que era un pensamiento más agradable, se reprendió a sí misma de nuevo y se deslizó en el sueño, una mezcla de imágenes de parejas acarameladas y asesinos en serie.

Gerry esperó a que su respiración se acompasara y luego cogió la «bolsa de trucos» y salió al tejado por la lucera de la buhardilla.

La luna iluminaba el patio debajo de él, se podían vislumbrar hasta las primeras casas. Gerry se sentó al lado de la chimenea. De la bolsa sacó una pizarra luminosa a pilas, en lugar del espejo, la bolsita de arena y el Zohar.

Gerry leyó, luego cerró los ojos y repitió mentalmente una frase, enajenándose del frío de la noche, del suelo que presionaba, del resto del mundo.

Se deslizó por un sueño lúcido. En el sueño era noche cerrada y él todavía era un niño. Se dirigía descalzo hacia la puerta entreabierta de la cocina, de la que salía un arco de luz. Observó por la rendija.

Su madre estaba calentando algo en el fogón.

Nunca cocinaba, no era capaz, pensó.

Recuerdos que no le servían para nada, y suavemente el Gerry adulto que habitaba el cuerpo del Gerry niño los alejó para seguir mirando.

—¿Mamá? —dijo el Gerry niño en el sueño.

Ella se dio la vuelta.

—¡Te he despertado, cariño! —Corrió a abrazarlo. Estaba helada, un frío gélido que se le metía en los huesos a través de su pijama de franela—. ¿Tienes hambre? ¿Tienes sed?

—No. —Cuando respondió, Gerry ya no sabía si estaba recordando o inventando. El frío aumentó, parecía que su madre se había convertido en una estatua de hielo. Su abrazo, en vez de reconfortarlo, le daba escalofríos.

—Tengo frío, mamá —se oyó decir.

La madre no lo soltó.

—Fue culpa mía —dijo. Su voz también se había vuelto gélida. Le ardía en las orejas mientras le bajaba por la garganta—. No todas, solo... —La voz se convirtió en un siseo mientras el abrazo se hacía más fuerte. El Gerry niño levantó la mirada y vio que la cara de su madre se había convertido en la de un insecto. Las mandíbulas en pinza se cerraron sobre su oreja y se la arrancaron.

Gerry salió del sueño lúcido con una palabrota que habría escandalizado a quien le había enseñado la meditación profunda.

Sobre la tableta luminosa, escrita sobre la arena, que comenzaba a reflejar la aurora, estaba la letra *nun* invertida. Tenía muchos significados, como todas las letras hebreas: la invertida se encontraba en los textos sagrados y, según algunas interpretaciones, indicaba el abandono de la razón en nombre de la fe. También significaba seguir el camino propio.

Gerry suspiró y fue hasta la planta de abajo. Francesca estaba durmiendo en el sofá con Zayn echada encima de ella. Zayn olfateaba el miedo, tal vez Francesca había tenido una pesadilla. Preparó un puchero de café intentando hacer el menor ruido posible, pero Francesca se despertó de todos modos.

—Está casi listo —le dijo.

—¿Por qué tienes tanto polvo encima?

—Estaba en el tejado meditando.

—¿Meditas?

—Cuando necesito aclarar las ideas, y es algo que ocurre a menudo.

Gerry le contó el sueño y Francesca lo escuchó perpleja.

—¿Crees en los sueños premonitorios?

—Soy agnóstico sobre la cuestión, pero estoy seguro de que no es uno de esos. Es solo mi subconsciente, que quiere decirme algo.

—Tu subconsciente es muy complicado. —Se desperezó. Tenía un dolor de espalda como de faja Gibaud—. Pero ¿haces el café en el puchero?

—Sí. A la turca, creo que es así como lo llaman aquí.

Le sirvió un vaso y ella lo probó; era denso como la melaza y amargo como la hiel.

—¿Y tú cómo lo interpretas?

—Repite cosas que ya he pensado. Que las avispas son importantes y que... —Gerry recuperó otro fragmento de su sueño—, que Giada podría ser nuestra clave. Es la única afroitaliana, como tu sobrina... ¿Se dice afroitaliana?

—Italiana de segunda generación es más frecuente. Pero prosigue.

—Y es la última víctima del verdadero Perca.

—Al Perca, sin embargo, nunca se lo ha asociado con las avispas. ¿Por qué crees que son importantes?

—Porque los avispones asiáticos, dejados en la naturaleza, con el clima del norte de Italia no resisten toda la estación. En cambio, por lo que Emanuel encontró en el filtro de la furgoneta, el secuestrador de Amala los ha tenido con él por lo menos un año. Y se han reproducido. Por regla general, si te infestan hasta el punto de llenarte el capó, los eliminas de alguna manera —explicó Gerry.

—Cierto..., aunque no sabemos cómo razona. Pero siempre hemos pensado que secuestró a Amala por mi culpa, así como por seguir los dictados del Perca.

—Para el Perca podía valer. Podría haber querido castigarte porque intentaste salvar al chivo expiatorio, o para burlarse del sistema judicial. Pero el imitador debe de tener una razón diferente. El Perca de verdad nunca se acercó a ti y en los libros sobre el Monstruo del Río apareces, como mucho, en una nota a pie de página, sin ofender.

—Y debemos llegar a entender cómo supo de Giada y Maria, ya que no es el verdadero Perca y las dos nunca fueron incluidas en la lista oficial de víctimas. ¿Uno de los hombres de Ferrari?

—¿Que inculparon a Contini para encubrir el escándalo de la familia Ferrari? Son pocos y fidelísimos, y, si uno de ellos hubiera mostrado cualquier extraña tendencia homicida, los otros se habrían dado cuenta —concluyó Gerry.

—Pero hay algo que no cuadra. Cuando secuestraron a Giada, según Ferrari su hijo ya estaba encerrado.

—Donati me dijo que fue Amato, el antiguo colaborador de mi madre, quien la recogió, pero no sabía dónde la había llevado. Solo podemos suponer que fue al hotel de Ferrari. ¿Qué te pasa?

—Me impresiona oírte hablar de la gente a la que has asesinado —comentó Francesca.

—Sé que puede ser perturbador.

—Por el tono que utilizas. No es algo normal estar tan relajado.

—Si quieres, fingiré. ¿Sabes dónde estaba el hotel de Ferrari?

—Cuando me acompañó al salón, Benedetti lo llamó Qui si Sana, y me pareció entender que estaba por la zona de la llanura bergamasca.

—Investigaré con el iPad, tienes tiempo para prepararte, si quieres. Recoge todas tus cosas, porque no vamos a volver aquí. La gente de Airone tiene demasiadas conexiones para arriesgarnos a pasar otra noche en este sitio.

Francesca se lavó en el fregadero, porque no le apetecía utilizar la oxidada ducha de Gerry. La casa estaba bastante limpia, pero en un estado de semiabandono. Paredes mohosas, suelos irregulares, corrientes de aire e incrustaciones. Dos de las cuatro habitaciones estaban abarrotadas de viejas cosas polvorientas. Cuando regresó a la cocina, Gerry estaba preparando su bolsa.

—¿Puedo preguntarte algo? ¿Por qué este nombre, Gerry?

—En Tel Aviv, nadie era capaz de pronunciar «Cesare», Gerry era lo más aproximado. Pero es un apodo, mi nombre real me lo puse después del *Bar mitzvah*.

—¿Y cuál es?

—No te lo voy a decir.

—Pero eres realmente un judío israelí.

—No practicante, pero por el momento es la única religión que tiene algún interés para mí. Y también es el único país al que me siento atado. Italia es un recuerdo que solo me provoca malestar.

El sonido de un motor los interrumpió y Francesca corrió a mirar por la ventana. Una furgoneta Volkswagen estaba entrando en el patio.

—Viene alguien —dijo.

—Es nuestro nuevo medio de transporte. Esta vez no va a nuestro nombre.

—Has sido rápido... Para ser un fugitivo tienes muchos amigos por ahí.

—¿Qué te hace pensar que soy un fugitivo?

—El hecho de que estuvieras encerrado en el Instituto cuando hablabas con Renato.

—Puede haber mil motivos por los que uno se encuentra en una instalación protegida —dijo Gerry. Pero no hubo manera de arrancarle ni una palabra más sobre el tema.

63

El sol en los ojos despertó a Amala de su estado semicomatoso. Vio el cielo azul al final de un pasillo. ¿Estaba soñando? La corriente de aire húmedo que la despeinaba parecía real. *¿Pero dónde estoy?* Las piedras de la pared contra la que había dormido y que le habían dejado un hematoma en el brazo parecían las del sótano, así que tal vez el edificio era el mismo: Oreste la había llevado cerca de la salida mientras estaba inconsciente. Se puso de pie e intentó caminar tambaleándose hacia la fuente de luz, pero la anilla de la correa la detuvo tras dar unos pasos. Solo había una guía y terminaba con un candado de metal en medio del pasillo, tan grande que parecía salido de *Juego de tronos*: imposible ir más allá. Poco después, el suelo se convertía en una suave superficie de PVC que parecía nueva y que llegaba hasta la salida.

En la otra dirección, en cambio, solo había una pared: ¿sería posible que aquello fuera solo un almacén largo y estrecho? Al acercarse, se dio cuenta de que la pared era en realidad una plancha de metal pintada con dibujos de ladrillos parecidos a los de la pared real. Otra puerta camuflada.

Intentó empujarla, pero no se movió, y todavía estaba demasiado aturdida por las drogas para tratar de golpearla, así que volvió a sentarse contra la pared donde se había despertado. Por algún motivo, Oreste le había hecho desaparecer calcetines y zapatos, pero la temperatura era la de plena primavera, a pesar de que ya era octubre, y resultaba tan hermoso notar el olor de los campos y el canto de los pájaros que se olvidó de su estado durante unos minutos. Se acostó con los pies hacia la puerta y extendió los dedos para disfrutar del viento que pasaba a través del quicio. Entonces se acordó de la colección de recortes de detrás del cartel, los que tenían las fotos de las chicas, y recordó lo que Oreste le había dicho.

Tú serás la última.

64

La furgoneta Volkswagen estaba en mal estado, pero tenía espacio suficiente para llevar a la manada. Por curiosidad, Francesca miró la documentación y descubrió que estaba a nombre de una empresa de transportes de la que nunca había oído hablar, y que el nombre del conductor era Mario Rossi.

Francesca le habría dejado de buena gana el volante a Gerry, porque no estaba acostumbrada a ese tipo de vehículo, pero en el caso de que los pararan en un control de carretera, Gerry no podría mostrar el permiso de conducir a nombre de Peretz, dado el peligro de que Metalli estuviera haciendo que lo buscaran.

—Ni se te ocurra dormirte como haces normalmente —le dijo—. Tengo un montón de cosas de las que hablar contigo mientras vamos para allá.

Gerry cambió de posición, bajó la ventanilla y sacó el codo, recibiendo la luz lateral del sol. Se había afeitado el bigote y su rostro había vuelto a cambiar, revelando un labio siempre levantado en una mueca sarcástica.

—¿Vas a aplicarme el tercer grado sobre mi pasado? No estoy mucho por la labor.

—Solo en lo que respecta al Perca. ¿De dónde sacaste toda la información que tenías antes de venir a Italia?

—De mi madre.

—¿Te habló del tema cuando eras pequeño?

—En cierto modo. Antes de ir a la caza del Perca preparó su herencia para mí dentro de una maleta que entregó a su asistenta, Anna, que vivía en su mismo edificio de Cremona. Dentro había joyas, las escrituras de propiedad de dos pisos en Roma y bastantes millones en efectivo.

—Producto de sus delitos.

—Sin duda alguna. Sin embargo, junto con estas cosas, metió en la maleta tres disquetes de tres pulgadas y media, con todas sus notas escritas hasta ese día. Tuvo mucho cuidado de no poner nombres en los archivos, pero desde el principio entendí lo que había hecho, aunque tuve que aclarar su recorrido, primero con Renato y luego contigo. Mi madre había trazado un círculo diferente al nuestro y se había dado cuenta de que el Perca estaba pescando a sus víctimas entre las chicas que frecuentaban el club de remo Toti. Pero no había detalles, y el club llevaba bastantes años cerrado. Un callejón sin salida.

—Me acuerdo del Toti. Pero ¿por qué no te informaste antes?

—Porque no supe lo de mi herencia hasta hace dos años. Anna le entregó la maleta a mi abuela antes de que nos fuéramos a Israel, y ella se cuidó muy bien de no decirme nada al respecto. Es más, mientras estuvo viva se quejó de que no tenía dinero. Exprimió a su marido hasta el final.

—¿Ni siquiera te dio los disquetes?

—No. Después de que ella muriera, su marido los encontró y me los trajo. Y eso ocurrió hace dos años. Pero creo que él lo sabía de antes. Era muy anciano y aquello fue una forma de pedirme perdón ante Dios.

—No tuviste una gran familia, lo siento.

Gerry se encogió de hombros.

—Me fui de casa cuando todavía era un adolescente y corté los vínculos con ellos. Había empezado a darme cuenta de que mi abuela no era la persona que yo creía y volví a ver mi existencia bajo una luz distinta. Pero nunca se me ocurrió que también me hubiera robado. No es que me importe mucho el dinero...

—Por la forma en que vives me he dado cuenta de eso.

—¿Por qué? ¿Cómo vivo?

—Digamos que *de manera frugal.*

—No siempre. Pero, cuando lo necesito, sé cómo conseguirlo. ¿Conoces el dicho de que tarde o temprano Dios aparta a los estúpidos de su dinero? Solo tienes que estar ahí cuando eso ocurre.

—¿También eres economista?

—Aficionado a la materia.

—Me lo imaginaba.

Siguiendo el mapa, superaron una serie de curvas cerradas hasta llegar a un Relais & Châteaux llamado Eucalipti, con piscina termal y restaurante que aparecía en la guía Gambero Rosso. El edificio era de piedra, estaba cubierto de hiedra y rodeado por un gran jardín arbolado, jalonado con estatuas de arte moderno. No había muchos clientes, dada la temporada, y los pocos que estaban allí eran todos ancianos que disfrutaban del sol matutino sentados a las mesas para desayunar y en las tumbonas.

—Me parece difícil que este sea el lugar adecuado para el secuestrador de Amala —dijo Francesca.

Gerry aparcó entre las franjas blancas reservadas a los clientes.

—No esperaba esto. Vamos a echar un vistazo.

Francesca lo retuvo.

—Nada de violencia.

Gerry esbozó una sonrisa irónica y le abrió la puerta.

Un joven mozo uniformado se acercó hasta ellos para preguntar si llevaban equipaje, y Gerry le dio cuatro billetes de cincuenta.

—Tomaremos algo más tarde, pero primero querríamos dar una vuelta por aquí, porque en un futuro a mi esposa y a mí nos gustaría quedarnos unos días. —Al oír la palabra «esposa», Francesca pegó un respingo—. ¿Puede guiarnos?

El mozo no dio volteretas de alegría, aunque poco faltó, y los acompañó en un recorrido completo por todas las zonas comunes, el salón restaurante, los pasillos de las habitaciones, incluso por una de las suites, antes de llevarlos al spa, donde un grupo de obesos setentones en albornoz practicaban el camino Kneipp. Volvieron al aire libre y Gerry soltó los perros. Zayn se revolcó en la hierba a pesar de su collar isabelino.

—¿Cuánto tiempo lleva abierto? —preguntó Gerry al mozo, después de que Francesca y él se sentaran a una de las mesas. —Todo parece nuevo de fábrica.

—Desde hace tres años.

—¿Antes había otros propietarios?

—No, antes solo había escombros. Y antes estaban las ruinas de no sé qué —el joven bajó la voz—. Por lo visto, cuando excavaron aparecieron un montón de huesos. Pero hay fotos de la reconstrucción, si les interesa. Las encontrarán en el vestíbulo.

—Gracias. Ahora vamos a tomarnos algo.

—Les enviaré al camarero —respondió el mozo.

Gerry pidió un bocadillo de atún, Francesca otro café. No había cenado, pero tenía el estómago cerrado.

—Quería preguntarte qué se siente al estar donde murió tu madre, pero diría que no te ha quitado el apetito.

—Regla de guerra: come cuando puedas. Y los huesos no son los de ella, dado que la encontraron en un río.

—Hablando de guerra..., ¿realmente eras militar, entre otras cosas? ¿O has sido un tramposo toda tu vida?

Gerry suspiró y durante unos segundos su mirada se perdió.

—Sí. Y si no acabé mal cuando era todavía joven y estúpido fue gracias al ejército.

—¿Y bien?

—No tiene nada que ver con nosotros.

Francesca asintió. Por primera vez sintió que Gerry se había abierto realmente a ella, aunque a su manera.

—En tu opinión, ¿*él* se vino aquí para buscar algún recuerdo de su inspirador?

—Es posible. En tu opinión, ¿cuándo crees que empezó a secuestrar a las chicas?

—Solo sabemos de las últimas cinco...

—Mientras pensábamos que se trataba del Perca, no podía no haber una continuidad. Los asesinos en serie no se detienen por propia voluntad. Pero, si se trata de un imitador, empezó con la primera chica hace cinco años.

—Tal vez hace cinco años solo empezara a imitar al Perca.

—Es una posibilidad —respondió Gerry—. Pero no nos lleva a ninguna parte y no me parece la correcta. Yo veo una progresión, tenemos que saber qué pasó hace cinco años para ponerlo en marcha. —Llegó lo que habían pedido y Gerry metió las patatas fritas de la guarnición dentro del bocadillo antes de comérselo.

—¿Estás seguro de que eres italiano? —preguntó Francesca.

—Soy de Calabria, somos una raza superior, según mi abuela. —Dio un mordisco crujiente—. Aunque mi abuela no era de fiar.

—Así que tenemos que encontrar un vínculo entre algo que ocurrió hace cinco años y las avispas. Parece un acertijo.

—Si quieres, te complico la historia. ¿Qué fue lo que fascinó tanto al emulador, hasta el punto de querer imitar al Perca? ¿Qué hizo que fuera tan significativo?

—Mató a cinco chicas... Tampoco es que hayamos tenido demasiados asesinos en serie en Italia.

—Y menos aún imitadores. Pero cuando sucede es porque el asesino original hizo algo épico que apareció en los periódicos de todo el mundo. Zodiac, Jack el Destripador, el Monstruo de Florencia. El Perca no puede inspirar a nadie que sea un sociópata serio. —Gerry repartió el bocadillo que quedaba en varios trozos que lanzó a la manada. Zayn cogió su trozo con el collar—. ¿Vamos a ver las fotos de la reconstrucción?

Había unas diez imágenes enmarcadas detrás del plexiglás en el pequeño salón de la entrada. Se podían ver las excavaciones de los escombros y la extracción de trozos de mobiliario. Luego, los trabajos de consolidación del terreno y, por último, el hormigonado de los nuevos cimientos. Delante del proyecto, Francesca tuvo una sensación de *déjà-vu* y se dio cuenta del porqué cuando se fijó en el logotipo de la empresa que había hecho el proyecto de las obras: era la de su hermano.

65

Tancredi acababa de regresar a Città del Fiume desde el hospital, donde Sunday se había recuperado, aunque permanecería allí convaleciente algunos días, cuando Francesca y Gerry se presentaron ante su puerta. Todavía había un coche patrulla de los carabinieri vigilando, pero los periodistas habían desaparecido: al cabo de casi una semana, la noticia era ya vieja y el interés de la opinión pública se había desplazado hacia otras tragedias.

—Metalli te estaba buscando —le dijo a su hermana con la cortesía de la incomodidad—. No sé para qué. Pero dice que no se te puede localizar por teléfono.

—Por desgracia se me cayó, pero ya lo llamaré yo esta tarde —dijo Francesca—. Este es el señor Rossi. Quería que os conocierais.

—Mario Rossi —dijo Gerry. Había elegido el nombre del conductor de la furgoneta a pesar de la oposición de Francesca, a quien le parecía una tomadura de pelo. De su equipaje había sacado una corbata y unas gafas con lentes de cristal y montura gruesa con las que, una vez puestas, parecía una persona diferente. También hablaba con una voz ligeramente quejumbrosa—. Quiero expresarle todo mi apoyo en estos momentos difíciles. ¿Podemos entrar?

—Por supuesto. —Tancredi los hizo sentar en el salón, con los platos sucios de la noche anterior todavía sobre la mesa. Un aire de abandono que coincidía con el de Tancredi, desaliñado y con el aliento apestando a alcohol.

—El señor Rossi fue uno de mis colaboradores en Londres. Es un detective privado —dijo Francesca, rematando las mentiras—. Se ha ofrecido de manera espontánea a proporcionarnos su ayuda en la búsqueda de Amala.

—Solo para lo que yo pueda servir —dijo Gerry—. Sé que los carabinieri están haciendo un excelente trabajo, pero a veces una mirada externa puede ser útil.

—Los carabinieri *no* están haciendo un excelente trabajo, de lo contrario, mi hija estaría aquí ahora. ¿Ya se ha encargado usted de secuestros?

—Sí. En algunos casos me ocupé del rescate; en otros, de la liberación de los rehenes. Pero me gustaría dejar claro que solo estoy aquí para asesorarlos de forma totalmente gratuita. —Se colocó bien las gafas sobre la nariz—. Y, para empezar, puedo decirle que el secuestro de su hija resulta anómalo.

Tancredi se volvió hacia su hermana.

—¿Lo ves?, él también dice que hay algo raro. Tu amigo el fiscal se niega a creerlo, sigue repitiendo que la investigación va avanzando y punto. Es el único que no me trata como a un imbécil...

No te trata de imbécil porque te está camelando, pensó Francesca. Gerry gesticulaba con un bolígrafo, sonreía a menudo y se dirigía a Tancredi dorándole la píldora de manera insoportable.

—El señor Rossi es alguien fuera de lo común.

—¿Qué ha visto de raro? —preguntó Tancredi.

—El de su hija no puede ser un secuestro sexual —dijo Gerry—. La mayoría son crímenes por impulso, mientras que el secuestrador de su hija se ha preparado. No ha habido petición de rescate, y no creo que nadie quiera vengarse de su familia. En ese caso, les habrían puesto un artefacto explosivo debajo del coche.

—Estoy de acuerdo —dijo Tancredi.

—Pero, si este hombre se ha preparado, sin duda habrá seguido a su hija durante un periodo de tiempo, habrá estudiado la casa y las costumbres de todos ustedes. Las fuerzas del orden barrieron los lugares frecuentados por su hija y sus amistades. No tengo nada que decir a este respecto, aunque he oído que el comerciante al que le robaron la furgoneta utilizada para secuestrar a su hija iba y venía a menudo por la zona de la llanura bergamasca. Me preguntaba si podía tener alguna importancia. ¿Su hija iba a esa zona con frecuencia?

Tancredi negó con la cabeza.

—No me consta.

—¿Y usted?

—No recientemente.

—Pero en el pasado usted hizo trabajos importantes en esa zona. Me he informado. —Gerry sonrió y sacó de su bolsillo un cuaderno que Francesca nunca había visto. Lo hojeó—. Un momento que encuentre la página correcta... Ah, aquí está. Hotel Eucalipti. ¿No se ocupó usted de la reconstrucción?

Tancredi hizo una mueca de reconocimiento.

—Vaya, sabe usted hacer bien su trabajo. Sí, hice el proyecto y seguí los trabajos, pero terminaron antes del confinamiento. ¿Qué importancia tiene eso?

—No sé si la tiene, pero es uno de los aspectos que la investigación ha pasado por alto hasta hoy. ¿Qué recuerda usted de ese trabajo, por otra parte tan notable?

—Que fue muy complicado... Primero había allí otro hotel que había sido abandonado por completo y que fue destruido hace unos treinta años, y además hubo que sanear toda la zona...

Los dos siguieron charlando mientras subían a la planta de arriba, mientras Tancredi, sin darse cuenta, había dejado de utilizar el tono resentido y quejoso de los últimos días. La de Gerry habría sido una actuación digna de aplauso si no hubiera resultado inquietante, y Francesca no se atrevía a inmiscuirse, temerosa de romper el idilio.

Tancredi miró en la gran estantería que le servía de archivo y extendió el proyecto del hotel sobre la mesa luminosa, mientras seguía hablando con Gerry sobre sus decisiones.

—El trabajo fue en parte una pesadilla porque un espolón de roca del tamaño de un camión articulado se desprendió y se fue haciendo pedazos mientras caía, junto con el barro y los escombros. Le dio de lleno al hotel, destruyendo una parte y enterrando el resto.

—¿No era peligroso trabajar allí? —preguntó Gerry.

—De la consolidación del terreno se encargó una empresa especializada junto con Protección Civil. Allí salió de todo: coches, restos humanos... —Tancredi rebuscó de nuevo en la estantería, murmurando algo sobre el desorden que reinaba. Sacó un gran álbum de fotografías y comenzó a hojearlo—. Soy un apasionado de la Polaroid. Aquí están las del Eucalipti, al principio de las obras. —Giró el álbum hacia ellos. Entre las fotos había una con una niña de unos doce años sentada sobre los restos de un coche entre dos agentes de la policía municipal. Amala—. ¿Habéis visto qué guapa era de pequeña? Ahora es preciosa, pero de pequeña era un angelito...

—¿Qué hacía con la policía? —preguntó Gerry.

—Burocracia italiana. Los coches estuvieron bajo el barro durante treinta años, pero cuando los rescatamos avisaron a los propietarios, por si querían recuperarlos. —Tancredi se secó una lágrima—. ¿Alguien quiere un aperitivo?

Francesca negó con la cabeza, Gerry aceptó.

—Yo le acompaño, pero solo una gota. ¿Tiene ginebra?

—¿Que si tengo ginebra? Le voy a dejar que pruebe una Kyoto reserva especial.

Tancredi se dirigió al mueble bar del otro lado del estudio.

—¿Cómo sabes que la ginebra es la bebida de mi hermano? —dijo Francesca.

—Por su aliento.

Tancredi volvió con una botella de cerámica blanca y un par de vasitos helados. Sirvió para ambos.

—*Kanpai.*

—*Kanpai* —repitió Gerry, sorbiendo el suyo—. Extraordinaria. Pero me imagino que no me la puedo permitir...

—De vez en cuando hay que hacer alguna locura.

Tancredi sacó otra foto del álbum. Había sido tomada por otra persona, porque él estaba en la imagen, mientras fingía cocinar en una gran sartén sobre un fogón de queroseno.

—El barro hizo de tapón y la cocina estaba como nueva, aunque a un metro de la puerta de acceso no había quedado nada. También algunas de las suites se salvaron.

—¿Qué pasó con todo lo que se salvó? —preguntó Gerry.

—Acabó en un depósito municipal, había incluso una cámara frigorífica tan grande como esta sala. Pensé en comprarla y convertirla en un estudio al aire libre, pero me parece que Sunday no estuvo de acuerdo.

—¿Cree que podría usted averiguar si esas cosas se encuentran todavía en algún sitio? Me gustaría examinarlas.

—¿Está realmente convencido de que existe una conexión?

—Estoy convencido de que todo lo que se ha pasado por alto puede ser importante.

—Voy a hacer unas llamadas.

—Mientras tanto, ¿podríamos ver la habitación de Amala?

—Claro, llévalo tú, Fran. Me reuniré con vosotros.

Francesca, que había permanecido en silencio todo el tiempo, perdida en sus reflexiones, guio a Gerry a la planta de arriba, donde en el mango de la «Plancha» había una sala de televisión, una pequeña biblioteca y la habitación de Amala, en el extremo de la esquina, con numerosas ventanas que daban al parque y al campo. El mobiliario era muy sencillo, casi todo de Ikea, que Francesca recordó que Amala había elegido personalmente unos años antes.

—Los carabinieri ya registraron toda la villa.

—Pero no sabían qué buscar.

—¿Y tú lo sabes, en cambio?

Gerry no respondió de inmediato. Abrió el armario y comenzó a hurgar entre la ropa.

—Todavía no. Pero al menos sabemos que no secuestró a Amala por tu culpa. Tal vez fue a recuperar un recuerdo en las obras y se dio de bruces con ella.

Francesca sintió vértigo unos instantes.

—¿Estás seguro?

—No, pero ¿de cuándo es la foto de tu sobrina que hemos visto?

—De hace cinco o seis años. —Francesca entendió—. ¿Crees que es el acontecimiento que estabas buscando, el que lo desencadenó?

—Tal vez.

—¿Pero por qué no la raptó de inmediato? ¿No tenía aún la edad apropiada?

—También. Pero, si Amala activó algo en su cabeza, solo puede haber una razón. Esto significa que Giada, la última chica muerta, era importante para él. La conocía.

—¿Y él quería matarla primero? ¿Se le adelantaron?

Gerry volvió a tener la expresión que hacía aullar a Aleph, que en aquel momento estaba en la furgoneta con el resto de la manada.

—¿Qué pasa? —preguntó Francesca.

—¿Ves lo que pasa cuando tienes la cabeza llena de informaciones inexactas? No eres capaz de formular las hipótesis correctas. Escúchame..., ¿quién es el público del imitador?

—Todos los que conocen al Perca.

—Que es un asesino en serie de segunda división, por lo tanto, solo gente de Cremona, con suerte. ¿Dónde está el clamor de los titulares que hablan del regreso del Perca? No los hay. Así que el narcisismo exhibicionista no es su motivación. Y solo hay una persona que el imitador está seguro de que entenderá lo que está haciendo, con las chicas secuestradas en determinado orden, incluidas las que deberían ser un secreto, los nombres de los lugares y las fechas.

—La única que se me ocurre es el Perca. Pero está muerto.

—Tal vez el secuestrador de tu sobrina no lo sepa.

66

Amala se retorcía debido al dolor en el hombro, la sed y la necesidad de ir al baño. En aquel pasillo no lo había.

Oreste no había dado señales de vida, la había dejado allí, pero ahora ya no podía aguantarse más y empezó a gritar su nombre. Se movió una sombra en la pared, delineando una silueta que inmediatamente se desvaneció. Amala miró a su alrededor. El pasillo estaba vacío y la sombra parecía proyectarse desde la pared a su izquierda. Entonces oyó el susurro del otro lado de los ladrillos.

—Ya basta —dijo la voz de Oreste a un milímetro de su oído.

—No aguanto más. Tengo que beber y se me escapa todo.

—Ve al candado y no te des la vuelta. No quiero que veas por dónde entro.

—¿Pero es verdad lo que está escrito?

—Ve al candado.

Amala obedeció, arrastrándose hasta donde el cable se lo permitía. Unos segundos después, las sombras se movieron de nuevo, y cuando se dio la vuelta vio que en el pasillo habían aparecido un cubo y una botella de plástico con agua.

—¿Dónde estás? —preguntó.

No obtuvo respuesta. Se puso en cuclillas sobre el cubo e hizo lo que necesitaba hacer, usando la bata para esconderse de sus ojos. Su orina seguía apestando a desinfectante, el mismo olor que tenía el primer día de estar allí dentro.

A medida que Amala se iba despertando, las imágenes de la noche anterior eran cada vez más vívidas.

—¿Qué hacemos aquí...?

—Estamos esperando a alguien.

A Amala se le hizo un nudo en la garganta.

—¿A quién?

—Ya te hablé de los hombres llenos del Mal. Esperamos a uno de ellos. Quiero que seas lo primero que vea.

—¿Pero conoce este lugar?

—No, pero lo encontrará de todos modos.

—¿Y quién es esa persona?

—Un asesino.

—Como tú. He visto las fotos de las chicas.

La voz de Oreste se volvió cortante.

—Yo soy *mejor* que él. Porque yo soy una persona racional, él es un loco asesino. Pero sé lo que quiere, sé dónde se encuentra el placer en lo que hace. —Su voz se había vuelto distante—. Busca el control total sobre la vida y la muerte. Tiene un hambre que no se sacia, únicamente puede calmarla, pero solo momentáneamente. Luego tiene que matar otra vez, y otra, y otra. Pero alguien como él siempre está alerta, y yo he colgado un cebo tentador delante de sus ojos. Que eres tú, por si no lo has entendido.

—Y quieres ver cómo me mata.

—No, no. Yo te salvaré. Esta vez tendré éxito. Esta vez será él quien muera.

67

Francesca le dio vueltas en su cabeza a la hipótesis de Gerry durante un par de minutos.

—Hay una cosa que no cuadra —dijo entonces—. Si el imitador no sabe que el Perca está muerto, tampoco sabe que murió en el Qui si Sana. Y no habría conocido a mi sobrina.

—Pero tal vez descubriera que es allí donde murió Giada.

—¿Pero cómo? No lo sabías tú, que lo estudiaste todo durante dos años. Aunque conociera a Giada, no podía estar con ella cuando murió, a menos que fuera uno de los vigilantes o de los empleados.

—No puede ser ninguno de ellos. La persona a quien buscamos se movió hace cinco años. Fue allí donde se enteró de la verdad. O la que cree que es la verdad. Es decir, que Giada está muerta y que el Perca está vivo.

—¿Uno de la compañía?

—Tal vez... podríamos intentarlo de nuevo. Pero necesitamos la ayuda de tu amigo el magistrado.

—Estás loco.

—¿Conoces a alguien más que pueda revisar con rapidez las viejas actas policiales?

Francesca no lo conocía, y tardó un par de minutos en ir al salón para quedarse a solas y utilizar el teléfono fijo. Nunca respondería a un número privado.

—¡Por fin! —La voz de Metalli explosionó en el oído de Francesca cuando le dijo quién era—. Llevo desde anoche buscándote. ¿Qué número es este?

Francesca se había preparado emocionalmente para la llamada, pero se sentía ansiosa.

—Lo siento, se me ha roto el móvil. ¿Ha pasado algo?

—He recibido un informe sobre cierto ciudadano israelí con el que parece que te estás relacionando. Un tal Gershom

Peretz. Me he puesto en contacto con la embajada israelí y me han dicho que sigue en Italia, pero que no está en la dirección que indicó en su visado. ¿Qué coño estás haciendo?, ¿has contratado a un detective?

—Un asesor, estoy en mi derecho mientras no infrinja ninguna ley.

—¿Y conoces a esa persona? ¿Te fías de él?

—Claudio, estoy preocupada por mi sobrina, pero no chocheo. Sé lo que estoy haciendo.

—Me han dicho que tu detective ha sacado a relucir al Perca. Está muerto, Francesca, no debes...

—Ya sé que está muerto, muerto y enterrado. Y ni yo ni el señor Peretz nos interponemos en tu trabajo. ¿O estás enfadado porque piensas que no me fío de ti?

—No es un problema personal. Quiero conocer a ese asesor tuyo. Ahora lo llamas y le dices que venga a mi oficina.

—Inmediatamente no es posible, pero te prometo que será pronto.

Metalli blasfemó en napolitano cerrado.

—Estoy investigando sobre él. Si aparece lo más mínimo, te juro que haré que lo busquen. Y, si no me dices dónde encontrarlo, te acusaré de complicidad.

—Está bien, Claudio, pero necesito un favor.

—Pero, Frà, ¿tú quieres darme por culo?

Francesca comprobó que su hermano no podía oírla, sino que le estaba explicando a Gerry el material con el que se había hecho el suelo.

—Claudio, eres uno de los pocos amigos que me han quedado en Italia. Pero no tengo escrúpulos si se trata de Amala. Lo necesito.

—¿Qué favor quieres pedirme?

—Un acta de la policía municipal de Conca de hace cinco años. Sobre la recuperación de una serie de coches destruidos por una inundación.

—¿Por qué?

—Quiero saber a quiénes pertenecían.

—¿Por qué?

Francesca dijo una verdad a medias.

—Porque mi hermano trabajó en esas obras y estuvo por allí con Amala hace cinco años.

—¿Cómo coño crees que eso puede ser relevante?

—No lo sé, pero estoy tratando de entenderlo. ¿A ti te supone un problema? Tú también tendrás la misma lista, tal vez encuentres algo útil.

—Déjanos hacer nuestro trabajo, Francesca.

—Te dejaré hacerlo cuando Amala esté de vuelta en casa.

—Después de esto no me pidas nada más —dijo Metalli, con frialdad—. Te paso con la policía judicial, habla con ellos, diles que yo estoy de acuerdo. —E inmediatamente comenzó la música de la llamada en espera.

68

Como empleado del registro civil de un pueblo de mil habitantes, Giorgio Pecis era conocido por todos los que tenían que inscribir a un niño (pocos) o renovar el carnet de identidad (la mayoría). Si necesitaba una prostituta, siempre elegía a una que trabajara en otra provincia, y cuando robaba evitaba hacerlo en las inmediaciones.

Robar... Giorgio lo consideraba una palabra demasiado gruesa para lo que hacía, un crimen sin víctimas. Dado que desde el terminal podía ver todos los fallecimientos ocurridos en la provincia, se apuntaba las casas de campo que podían haberse quedado vacías y las visitaba por la noche. Lo mejor de las granjas y de las casas de campo es que el vecino más cercano, al menos en el valle, siempre está a unos cientos de metros y no hay problema a la hora de forzar una puerta o una ventana. Los objetos de valor eran poco frecuentes en las viviendas de los ancianos que habían fallecido solos, aunque alguna vez había encontrado dinero escondido detrás de una baldosa o dentro de un colchón, pero casi siempre encontraba antigüedades *vintage* para vender en eBay o una televisión de calidad. Mucho arte religioso, también, que a lo mejor había pasado de mano en mano entre familiares que desconocían su valor. Él, en cambio, entendía del tema.

Empezó después de la inundación, siendo todavía un chiquillo, cuando se unió a los equipos de voluntarios que paleaban el lodo que había arrasado medio Conca. Cuando liberaba la puerta principal de una casa enterrada e inhabitable, ya había decidido que no le haría daño a nadie si entraba para echar un vistazo y llenarse los bolsillos.

También el Qui si Sana fue destruido por el barro, pero estaba lejos del pueblo y quedó abandonado. Ironías del destino, cinco años antes, todo lo que contenía se lo entregaron prácticamente a domicilio. Giorgio era uno de los cuatro concejales de Conca y tenía a su cargo la gestión de los depósitos municipales, dos salas que hasta entonces solo habían albergado los bienes que acababan en las subastas judiciales (poco frecuentes) y los objetos perdidos por los turistas. Y cuando reconstruyeron el Qui si Sana y lo convirtieron en un hotel de lujo, todo lo que se encontraba y que tenía algún valor debía ser custodiado, a la espera de saber a quién pertenecía.

Iba a alquilar un cobertizo a cargo de las arcas del municipio, cuando un conocido suyo apareció de pronto ofreciéndose a comprarlo todo. Y él aceptó, se llevó una buena suma y durante cinco años nadie le preguntó nunca nada.

Hasta esa mañana, cuando el gran arquitecto cremonés lo llamó por teléfono para informarse sobre aquella montaña de restos. Giorgio se lo sacó de encima en lengua burocrática y no sabía si volvería a llamar, pero ante la duda tenía que organizar una tapadera para su pequeño *business*.

Hacía bastante tiempo que Giorgio no veía a su comprador, porque en los últimos años se habían vuelto cada vez más escasas sus visitas. Comprobó sus datos en la terminal del Registro Civil: seguía con vida y residía en el mismo lugar, justo a las afueras de Conca. Lo había comprado, le dijo, para el local que quería abrir de estilo *art déco*, pero Giorgio no creía que hubiera realizado ese proyecto. Su familia se había arruinado cuando cerró el Passo dell'Orso, y él siempre se había conformado con trabajitos de mierda. No tenía el dinero para abrir un local, sin duda alguna. Así que, probablemente, todavía guardaba todas aquellas cosas, o al menos una parte. En cuanto estuviera seguro de ello, le diría al arquitecto de Cremona que las cosas estaban allí y él se iría de rositas. Intentó llamar al teléfono fijo, pero no contestó nadie, así que Giorgio fichó a la salida del ayuntamiento para ir a buscarlo, pero se encontró a un hombre de unos sesenta años con traje y corbata apoyado en la puerta de su coche.

—Disculpe, tengo que entrar —dijo Giorgio.

El hombre le mostró una placa de aspecto oficial y Giorgio sintió que el ano se le contraía.

—Me llamo Benedetti —dijo el hombre—. Necesito hacerle algunas preguntas.

69

Gerry y Francesca estudiaron en el iPad, utilizando una tarjeta sim nueva para conectarse, los nombres de los propietarios de los coches recuperados entre los escombros del Qui si Sana. Habían llegado por mensaje de texto gracias a un amable inspector de la policía judicial que entendió a la primera lo que necesitaba y le expresó sus mejores deseos para con su sobrina. Entre otros, encontraron un coche registrado a nombre de un tal Amato, el policía al que Gerry había matado con una motocicleta unos días antes. La hipótesis de que este había llevado a Giada al hotel Qui si Sana resultó ser correcta. En cambio, más de la mitad del resto de los vehículos resultaron estar registrados a nombre de la agencia de seguridad privada que más tarde pasaría a llamarse Airone. Residentes en Conca solo había uno, que había fallecido mucho antes del comienzo de las obras.

Tancredi llegó mientras Gerry ojeaba las necrológicas en busca del resto de la familia.

—Sobre el mobiliario recuperado del hotel he hablado con los del ayuntamiento de Conca, pero por lo que he podido entender nadie tiene una idea clara de adónde fue a parar —dijo irritado—. Espero más noticias, de todos modos. Siempre que ese *parásito* se espabile, por su voz no me parecía muy feliz con el trabajo.

—Gracias —dijo Gerry.

—Soy yo quien le da las gracias. ¿Hay algo más que pueda hacer?

—Tengo perros, ¿puedo confiárselos por unas horas? Francesca y yo vamos a echar un vistazo a los Eucalipti, nunca hemos estado allí.

Francesca dio un respingo, pero asintió.

—¿Son sabuesos? —preguntó Tancredi.

—No, solo simples perros. Puede dejarlos en el jardín, no le molestarán.

—Son muy buenos —añadió Francesca, intentando no pensar en lo que significaba que Gerry dejara la manada en algún lugar.

—No hay problema —dijo Tancredi—. ¿Quieren que los acompañe al hotel? Conozco al director.

—Me encantaría, pero es mejor que se quede aquí. Siempre tiene que haber alguien en casa cuando hay un miembro de la familia secuestrado —dijo Gerry, mirándolo a los ojos—. Esperar es la tarea más difícil, lo sé.

Francesca, a pesar de la situación, pensó en darle una buena patada en el culo.

Se lo dijo en cuanto volvieron a subir a la furgoneta y se pusieron en marcha en dirección a Conca.

—¿Pero tienes que ser tan cursi con mi hermano?

—Yo solo soy el *barman*, la elección del cóctel tienes que hablarla con el interesado.

—Tú piensas que mi hermano quiere que le laman el culo.

—No lo creo. Lo sé.

Francesca vio que Gerry sacaba un nuevo teléfono móvil de la bolsa.

—¿A quién quieres llamar?

—A don Filippo, le gusta la novela negra.

—Recuerda que con él tienes que ser un periodista católico.

—Alabado sea Jesucristo. —Durante al menos dos minutos, Gerry le explicó al sacerdote que tenía una noticia muy confidencial que explicarle, pero que no estaba decidido a hacerlo, la cosa lo torturaba. Al cabo de dos minutos, fue don Filippo quien le rogó que se abriera a él como si fuera su confesor—. Tiene que ver también con Maria, un testigo ha fallecido, necesito averiguar quiénes son sus parientes más cercanos... Su familia se apellida Zennaro. Se lo voy a deletrear.

70

Amala oía cómo Oreste se movía por detrás de la pared. Ahora que el sol se había puesto, incluso era capaz de verlo, o casi. En algunos puntos, lo que parecía hormigón entre los ladrillos era en realidad algo parecido al papel maché, que se aclaraba si la luz le caía encima. Cuando Oreste se desplazaba, el falso hormigón cambiaba de color, dibujando su silueta con puntos gruesos e irregulares, como los píxeles de los viejos videojuegos. Probablemente, también el resto del sótano era así, pero ella nunca se había dado cuenta. Después de haberle contado esa horrible historia, Amala ya no había sido capaz de volver a pedirle nada y se levantaba cada cinco minutos presa de la ansiedad.

Cuando volvió a su sitio, el cubo había desaparecido y había un paquete de Oreo. Amala no tenía hambre, pero cogió un par de galletas y las masticó mecánicamente.

—Son tus preferidas —dijo Oreste desde detrás de la pared.

—¿Te importa algo? Eres un monstruo.

—¿Conoces la etimología de la palabra «monstruo»?

—Significa «prodigio», pero yo no lo decía en ese sentido.

—Los prodigios son también una advertencia por parte de los dioses. Sirven para guiar a los hombres en la dirección correcta. No te sorprendas, yo también fui al instituto. Y también comencé en la facultad de Letras, luego mi familia tuvo problemas, y debí continuar por mi cuenta. Soy autodidacta.

—¿Y si tu amigo no viene? ¿Qué vas a hacer?

—Ya te he dicho que no es un amigo. Si el odio pudiera matar, él ya la habría palmado, por eso te dije que me llamaras Oreste. Es la encarnación de la venganza de la tragedia griega, que llegó a matar a su madre.

—¿Y tú quieres matar a tu madre?

—No seas estúpida. Mi enemigo es un depredador que mata a las chicas como tú.

—La chica de la que me hablaste anoche, ¿es ella? ¿Él la mató?

—Sí.

—¿Por qué no fuiste a la policía?

—Ya fui, pero entonces era demasiado joven. Fingieron no creerme, aunque sabían que todo era verdad. Están todos conchabados, Amala.

—¿A quién te refieres con todos?

—A la policía, a la gente poderosa... —El tono de Oreste había subido una octava, como si se estuviera liberando—. Ellos saben que hay depredadores sueltos, pero fingen que no pasa nada. Es un asunto político, es una forma de controlarnos a todos. Los depredadores nos mantienen a raya. Cada vez que escucho las noticias, siempre hay una chica que ha desaparecido. Son ellos los que las hacen desaparecer.

—Los depredadores.

—Hay miles, pero yo solo pude centrarme en uno. Tal vez termine siendo un modelo a seguir para otros, sería fantástico. Quizá alguien siga mi ejemplo, aunque sea un camino difícil. Empiezan a pasarte cosas malas y, al final, mueres. Como Giada.

—¿Era tu amiga? —preguntó Amala abrumada por aquellas locuras.

—La mataron hace treinta años. Encontraron su cadáver en el río y dijeron que se había ahogado. Pero no es verdad, fue él.

—¿Cómo lo sabes?

—Porque la vi. Un amigo mío era el hijo del enterrador y me dejó entrar en la sala donde la tenían para prepararla antes del funeral. Le habían hecho la autopsia y luego la habían recosido. Pero su cara había desaparecido. Se la habían comido las avispas. Las encontraron incluso en su garganta.

Oreste estaba a punto de añadir algo, pero desde fuera llegó el insistente sonido de un claxon.

71

El único miembro de la familia Zennaro que seguía viviendo en Conca era Michele, el hijo, según don Filippo. Los padres habían fallecido, el padre de un infarto poco después de que el negocio quebrara; la madre, de cáncer. No se dejaba ver muy a menudo por el pueblo y nunca en la iglesia. Vivía en la piazza dell'Orologio, donde habían visto a Giorgio, el amigo de Giada, la primera vez que fueron a Conca.

—Es una persona un tanto solitaria —dijo don Filippo—. Pero ha sufrido muchas desgracias en la vida. Los padres, la quiebra...

—¿De qué trabaja?

—Creo que es algo estacional... Cuando alguien necesita mano de obra para la cosecha, lo llama. Conoce a todo el mundo.

Su apellido aparecía en el interfono del edificio de tres pisos donde vivía. Francesca llamó, pero no respondió nadie. Cuando regresó junto a Gerry, él estaba envolviéndose los dedos con cinta adhesiva.

—¿Qué significa eso? —le preguntó.

—Los guantes pueden romperse —dijo Gerry, dando un primer empujón al portón y aumentando gradualmente la fuerza, hasta que todo su cuerpo tembló por la tensión, la cerradura se rompió con un crujido y esperaron un minuto para ver si alguien bajaba a mirar. No ocurrió. Entraron a tiempo para no ser vistos por un grupo de niños con una pelota que pasaba por delante. La puerta blindada del piso de la segunda planta, que reconocieron por la placa del timbre, era, en cambio, más complicada.

—No hay manera de hacerlo en silencio —dijo Gerry—. Por suerte solo hay un apartamento por planta. Ahora mismo vuelvo.

Gerry fue a la furgoneta y volvió con el gato de tijera, luego desapareció durante otro par de minutos y reapareció con unos ladrillos viejos. Los colocó en las jambas de la puerta, luego fue a buscar otros más hasta que quedó un espacio mínimo donde podía colocar el gato en vertical, más o menos a la altura de la cerradura.

—Vigila si viene alguien —dijo. Francesca se fue hacia las escaleras, preguntándose qué haría si venía alguien. Gerry comenzó a girar la palanca del gato—. O se rompe este o se rompe la pared —dijo. Ambos se rompieron con un ruido considerable, aunque menos de lo que Francesca se había temido. El marco había sido completamente arrancado y la puerta colgaba sujeta solo por las bisagras verticales. Gerry la giró lo suficiente como para crear un hueco—. Después de ti.

Francesca se metió dentro y Gerry entró tras ella, llevándose el gato, antes de colocar la puerta de nuevo. Sintió el habitual picor en la nuca. A simple vista podía parecer que aún estaba cerrada.

—Démonos prisa —dijo al encender la luz, porque el piso estaba completamente a oscuras. *Que no esté aquí el cuerpo de Amala*, rezó Francesca. No estaba ahí, solo había una inmensa cantidad de cosas apiladas que llenaban la casa, excepto un espacio para el sofá cama, la nevera y el televisor. Apestaba a cerrado, pero no a nada que se hubiera estropeado.

—¿Cómo se llama el impulso de coleccionar objetos?

—*Disposofobia.* Es una persona compulsiva.

—Pero aún no sabemos si el imitador es él. ¿Hay algún rastro que pueda señalárnoslo? —Gerry no respondió. Se había quedado parado mientras miraba un pequeño altar votivo, colgado de un armario que parecía de madera de olivo. El agujero para la vela contenía los cuerpos disecados de una docena de avispas.

—Joder —dijo. Luego vio que la Virgen de plástico blanco tenía un trozo de periódico que le envolvía la parte superior del cuerpo, de manera que la cara de la fotografía del periódico se superpusiera a la de la estatuilla. El rostro era el de Itala Caruso.

72

Giorgio volvió a tocar el claxon.

—No está aquí —dijo—. Si no, ya habría abierto.

—Vamos a ver —dijo Benedetti, fingiendo estar más tranquilo de lo que aparentaba. Lo que estaba haciendo podría causarle problemas con el senador Ferrari, pero era incapaz de dejarlo pasar. Cuando se enteraron del secuestro de Amala Cavalcante, fue Ferrari quien se preocupó.

—Imagínate que se trata de esa vieja historia —dijo—. Alguien que la conoce. —Y así, aunque lo consideraba muy improbable, Benedetti se las había apañado para obtener información de primera mano sobre lo que ocurría, escuchando las llamadas de los Cavalcante. Y no había sido difícil, dado que Airone cooperaba con las fuerzas del orden en las escuchas telefónicas. En teoría, los operadores de Airone no podían escuchar directamente las conversaciones, que tan solo se grababan en discos duros encriptados o se desviaban en tiempo real a las fuerzas del orden, pero era algo factible y esa vez —y no era la primera, porque Ferrari tenía numerosos intereses— habían escuchado a tiempo real todo lo que decían. Y, aunque el senador había pedido que la vigilancia terminara después de su encuentro con esa zorra de la Cavalcante, Benedetti continuó haciéndolo, en solitario. No podía digerir el papelón de mierda que por su culpa había hecho al enviarlo inútilmente, a él y a sus hombres, a irrumpir en la casa de un famoso periodista, aunque ya estuviera jubilado, quien lo había denunciado a pesar de las disculpas que había tenido que inventarse. Amala no le importaba un bledo, pero tenía la esperanza de oír algo comprometedor sobre la familia o sobre ella para hacer llegar a la prensa o a sus amigos de la policía. En cambio, se había producido esa extraña llamada del arquitecto Cavalcante al ayuntamiento de

Conca, y luego la llamada igualmente extraña de aquella cerda al magistrado. ¿Qué andaban buscando? Todo lo que podía comprometerlos por culpa de Piero Ferrari había sido eliminado rápidamente treinta años atrás, cuando él aún estaba en el hospital con el gotero de sangre, pero estaba claro que no se habían dedicado a hacer desaparecer los coches del personal o los viejos muebles. ¿Y si había sido un error?

Detrás de la alambrada que rodeaba el edificio se abría un prado sin cultivar que llegaba hasta una vieja construcción de arquitectura fascista con muchas ventanas destrozadas. Y, por detrás, una arboleda. Parecía abandonado, y aquí y allá, entre la hierba, se veían montones de chatarra oxidada.

—¿Volvemos en otro momento?

—No. Si no quieres que te denuncie, entremos ahora.

Benedetti le había dicho que sabía que era él quien había vaciado el hotel destruido, pero que no le había importado hasta ese momento.

—¿Por qué precisamente hoy?

—Eso a ti no te incumbe.

—Si quiere saltar, adelante. Yo lo esperaré aquí.

—Tu amigo no me conoce, será mejor que entremos juntos.

La verja estaba cerrada con una cadena y un viejo candado, que Benedetti quebró con una piedra.

—Ahora Michele se va a cabrear —dijo Giorgio—. No puede romperle la puerta.

—Pero puedo denunciarlo por receptación. Y a ti, por robo.

Giorgio extendió los brazos.

—De acuerdo. La puerta ya estaba abierta.

A pesar de los chirridos del metal, no hubo movimientos en la zona vallada. Entraron a pie siguiendo la lengua de asfalto que continuaba hasta el edificio, y que en varios lugares había sido invadida por raíces y maleza.

La entrada principal estaba enrejada. Más allá de las ventanas de cristal cubiertas por tablas, se podía ver que las grandes salas interiores estaban llenas hasta los topes de muebles y basura. Benedetti estaba a punto de rendirse cuando oyó una voz que lanzaba un grito de socorro.

73

Francesca y Gerry se alejaron apresuradamente del apartamento, sin mirar atrás, cuando oyeron la voz de una anciana detrás de ellos que les preguntaba quiénes eran.

Se dirigieron a la entrada del pueblo y aparcaron en el arcén. Gerry se había llevado el pequeño altar y lo estaba mirando por todos lados.

—El Perca no era el héroe de Zennaro —dijo—. Era mi madre. No se ve a sí mismo como un secuestrador en serie, sino como un justiciero.

—Entonces ¿por qué secuestra a las chicas?

—Por el Perca. Si tú fueras un asesino en serie y alguien te emulara, ¿qué harías?

—Dímelo tú, que tienes más experiencia.

—Digamos que yo intentaría averiguar quién es. Podría ser peligroso para mí.

—Pero no sabrías dónde encontrarlo.

—A menos que el secuestrador me deje algo para mostrarme el camino. Y, dado que soy un asesino en serie que lleva suelto por ahí treinta años, poseo una inteligencia superior y solo yo puedo entender el mensaje.

—¿Y luego qué pasa?

—Voy a ver a mi admirador y él me mata.

—Se hace justicia —dijo Francesca con sarcasmo.

—Llama a tu hermano y pásamelo, por favor. Utiliza una tarjeta limpia.

Así lo hizo.

—¿Puedo hacerle una pregunta que seguro que ya le habrán hecho infinidad de veces? —le preguntó Gerry a Tancredi volviendo a ser el suave y meticuloso Rossi—. Entre las cosas de Amala, ¿ha visto usted algo que no había visto antes?

—Un gramo de hierba. Cuando vuelva tendrá que charlar un rato con su madre. Pero aparte de eso...

—Tal vez su esposa...

—Me lo habría dicho. A Amala se le cayó la mochila cuando la secuestraron, los carabinieri ya la han mirado también. Además, se llevaron su manojo de llaves, la de la puerta se quedó en la cerradura.

—¿Sacaron fotografías antes de retirarla de la cerradura? —preguntó Gerry.

—Tanto ellos como también un *paparazzo* de mierda —dijo Tancredi—. Publicaron la foto en un par de periódicos, porque según ellos era muy dramática.

—Gracias, volveremos a hablar dentro de un rato, doctor Tancredi. —Gerry colgó y cogió el iPad.

—¿Me lo vas a explicar? —preguntó Francesca.

—El manojo de llaves se quedó colgando al sol, si quisiera dejar el mensaje final lo dejaría allí, asegurándome por supuesto de que solo el destinatario pueda entenderlo.

—¿Y qué mensaje es ese?

—El lugar de encuentro.

—Falta la fecha.

—No. Hoy es el mismo día de la inundación. El 1 de octubre de hace treinta años murió mi madre y si Giada estaba todavía en manos del Perca, también ella murió ese día. Y hoy también es el último día para tu sobrina.

—Por Dios...

—Es una buena noticia. La inundación arrasó el Qui si Sana cuando ya era de noche. Eso significa que aún está viva. —Gerry encontró la fotografía en un periódico online y luego en varias redes sociales—. ¿Ves algo raro?

El manojo lo formaban tres llaves y unas diez baratijas, casi todas con forma de animales.

—Francamente, no —dijo Francesca—. Nada que desentone con ella. ¿Qué dices tú?

—Parecen cosas que se pueden comprar en una tienda de bisutería... Plástico...

—El oso verde no..., parece de cristal. —Francesca sintió un escalofrío y arrebató la tableta de las manos de Gerry—. Puede que no sea cristal... Hay una piedra de este color.

—El jade —Gerry dijo algo en hebreo que sonó como una maldición—. ¿Un oso?

Buscaron también la palabra «oso» en internet, junto con «Conca» e «inundación», y encontraron el Passo del Orso, a unos pocos kilómetros. Google les avisó de que el Mercado del Mueble que estaba allí había cerrado para siempre. Tardaron poco en descubrir que era el negocio de la familia Zennaro.

74

Amala volvió a gritar hasta sentir que la garganta le ardía.

—¡Socorro! ¡Estoy aquí!

—Es suficiente —susurró Oreste desde detrás de la pared—. Ahora pórtate bien.

Amala se acurrucó contra la pared, todavía incrédula. No era posible que lo que le había contado Oreste fuera cierto. Sin embargo... Una silueta se recortó contra el azul. Era un hombre con americana y corbata, que empuñaba una pistola.

—¿Quién eres? —dijo el hombre acercándose a ella con cautela—. Dios mío, ¿tú no eres Amala Cavalcante? No tengas miedo, voy a sacarte de aquí.

Con la mano libre el hombre cogió su teléfono móvil y en ese momento el trozo de pared que estaba detrás de Amala se abrió, pivotando sobre bisagras invisibles. Oreste salió fuera llevando una escopeta recortada de doble cañón.

—¡Perca! —gritó, y apretó dos veces el gatillo.

Los disparos fueron ensordecedores y alcanzaron al hombre de lleno. No fue como en las películas que Amala había visto: el hombre no dio un salto atrás, no se estrelló contra la pared. Permaneció de pie, con la camisa desgarrada en el pecho y la sangre saliendo. Oreste volvió a disparar y esta vez el hombre cayó de espaldas. Su pierna derecha se desprendió y se salió del pantalón, pero era una pierna falsa. Tendido en el suelo, el hombre se retorcía como si sufriera descargas eléctricas y gritaba.

Amala se tapó los oídos. Oreste fue hacia el hombre que seguía moviéndose en el suelo, mientras perdía sangre por docenas de agujeros. Abrió la escopeta y la recargó, tirando los cartuchos utilizados y sacando otros de su bolsillo. Se quedó en el inicio del suelo liso, y apoyó el cañón de la escopeta en su cabeza.

—Esto es por Giada.

Amala cerró los ojos.

75

Oreste disparó por cuarta vez, luego se dirigió hacia Amala. La sangre del muerto le había salpicado en la cara y goteaba, pero era una sensación agradable, como ser bautizado una vez más. Se inclinó sobre Amala y le retiró las manos de las orejas.

—Somos libres, está muerto. El Perca está muerto. ¿Entiendes? —Se reía y lloraba al mismo tiempo—. Todos los sacrificios que hice..., que te he obligado a hacer, han servido.

—¿Y quién es él? —preguntó Amala en voz baja.

Oreste se dio la vuelta. Otro hombre había aparecido en la entrada del pasillo y miraba asustado.

—¡Michele, qué coño has hecho!

—¿Giorgio?

—Él... es..., era una especie de policía... Joder, lo has matado... —Sin añadir ni una palabra más, se dio la vuelta y huyó.

Michele lo persiguió girando por detrás de la falsa pared y recargando la escopeta. Amala vomitó el agua que tenía en el estómago, luego se puso de pie. Tenía que huir, ahora que él no podía verla. Se acercó al candado y lo golpeó con la fuerza de la desesperación, utilizando piedras para ello, pero fue inútil. Desde el exterior llegaron otros dos disparos, muy seguidos. Amala volvió atrás y trató de colarse por donde Oreste (no, ese no era su verdadero nombre. Su verdadero nombre era Michele, lo había dicho el otro tipo) había salido, pero la correa era demasiado corta. Solo pudo ver que al otro lado había una gran sala, del tamaño de un campo de fútbol, llena hasta los topes de trastos rotos, trapos y sacos negros.

—Por ahí no hay salida —dijo la voz de Oreste. Había reaparecido, sosteniendo la escopeta a lo largo del cuerpo, con una expresión embobada. Ya no llevaba la mascarilla, y Amala vio el rostro perdido de un hombre de la edad de su padre—. El camino es este —le dijo, señalando a sus espaldas. Luego jugueteó con el candado para desbloquearlo—. Ve —dijo. Su voz ya no era triunfante como antes, estaba aturdido.

—¿Estás seguro? ¿Puedo?

Oreste apoyó la escopeta contra la pared y se hizo a un lado.

—Ve.

Amala se movió lentamente en su dirección

—¿Has... matado también al otro?

—Sí.

—¿Así que eran dos?

Oreste negó con la cabeza.

—No es posible. Hay algo que no cuadra, Amala. Algo ha pasado.

Ella dio unos pasos más, la anilla se salió de las guías y el cable cayó al suelo, dándole otro tirón, pero casi no lo notó. Luego dio otro paso de prueba y llegó donde comenzaba el suelo liso. Todavía podía oír el sombrío zumbido que venía de abajo.

—Vamos, *huye* —dijo Oreste de nuevo.

Tal vez, si Oreste no hubiera utilizado esa palabra, Amala lo habría hecho. Pero se acordó del primer mensaje que había recibido a través del desagüe y que ahora adquiría nuevos significados.

No huyas.

Se arrodilló en el suelo y observó de cerca la superficie lisa. Vio los pequeños agujeros traspasados por lo que parecían pelos brillantes. Entonces vio una de las manos del muerto, había caído sobre el plástico. Estaba hinchada, cubierta de pequeñas protuberancias. Donde su sangre había ensuciado el plástico, se estaban formando pequeñas burbujas y el zumbido se había vuelto irregular.

¿Por qué no debo huir?, le había preguntado a la persona del otro lado. Y ella le había enviado...

Una avispa.

—Vete, te lo digo por última vez. —La voz de Oreste ahora temblaba un poco.

—Primero dame mis zapatos —dijo.

—Los he tirado.

—Hay algo, ¿verdad? Aquí abajo, en el suelo. —Logró mirarlo a los ojos y solo vio desconcierto.

—No digas tonterías.

—¿Era una trampa para el Perca o es para mí? ¿O para ambos?

Oreste se agachó para levantarla, Amala se incorporó de un brinco y lo empujó, sin pensar en lo que estaba haciendo. Oreste cayó hacia atrás y gritó de dolor al hundir la superficie lisa con su trasero.

Amala vio allí debajo decenas de cuerpos negros y amarillos que vibraban y picaban. Huyó hacia el otro lado, sujetando el cable con la mano para que no se enganchara. El suelo del almacén estaba cubierto de piedras y trozos de madera, los pies comenzaron a sangrarle. Llegó a una especie de puerta enrejada, la golpeó pidiendo ayuda, pero no había nadie al otro lado.

Oreste apareció en la puerta, con las manos hinchadas por las picaduras de avispa y la escopeta colgando.

—¡Detente, mala puta! ¡Detente o te mato!

Amala siguió huyendo hacia una pila de muebles, pero puso el pie sobre una tabla y un clavo se lo atravesó. Logró arrancárselo, pero Oreste ya había llegado a su altura y la aferró.

—¿Quién te lo ha dicho? ¿Cómo lo has sabido? Ha sido el Perca quien te lo ha dicho, ¿verdad? Me has tomado el pelo desde el principio. Tú estás de acuerdo con él.

—¡No sé quién es!

—Ahora me doy cuenta de que no eres el final del recorrido, eres otra etapa, otra prueba que superar. ¡Qué ingenuo he sido!

—¡Por favor!

—¿Sabes por qué me gustan las avispas? Las odiaba, pero luego me di cuenta de que forman parte del juego. Los depredadores matan, ellas transportan las almas. Aunque a veces lo hacen todo por su cuenta.

Oreste la arrastró con él como si fuera una muñeca, a lo largo del polvo del almacén, hasta una desgastada escalera de piedra que llevaba a la oscuridad de abajo.

—¡Por favor, suéltame!

—¡Cállate, espía! Ahora te voy a enseñar cómo acabaron las otras perras como tú. —La empujó contra una pared derruida y

Amala se encontró delante de una enorme cámara frigorífica. El olor era espantoso, una mezcla de excrementos y ratas muertas, el mismo olor que salía de debajo de la letrina, pero cien veces más fuerte. La cámara borbotaba, estaba encendida.

Oreste la sujetó por la correa mientras abría la gran puerta panzuda, y el hedor mil veces más fuerte le cerró la garganta.

Amala vio, más allá del amasijo de panales, las avispas que pululaban y algo que parecían ser maniquíes desgastados y cubiertos por las secreciones de las avispas que se habían endurecido como el ámbar. Eran cuerpos, descarnados hasta el esqueleto.

—Es aquí donde terminan las chicas que ya no me sirven.

Oreste empujó a Amala dentro de la cámara. Ella golpeó con la espalda uno de los panales, que se rompió, vomitando gusanos. Intentó zafarse, pero Oreste la sujetaba por la garganta, dejándola sin aliento.

—Te meteré aquí, donde metí a las otras. Las avispas te comerán viva si no me dices dónde está el Perca.

—¡No lo sé! ¡No sé quién es!

La empujó de nuevo, otro panal se rompió, y esta vez soltó avispas que se arrastraron por su cuello.

—¡Dímelo!

—De acuerdo. De acuerdo. ¡Está ahí afuera! ¡Te está esperando!

Amala había disparado al azar con un inesperado instinto de supervivencia, pero Oreste tuvo un instante de duda antes de lanzarla contra otro amasijo de panales e insectos. Esta vez la soltó y Amala cayó desparramada en el suelo. Hubo un crujido y una calavera cubierta por una especie de cartón rodó hasta ella. La apartó de un manotazo e intentó levantarse, pero Oreste la mantenía sujeta contra el suelo con un pie. Notó cómo se arrastraban por su espalda, luego comenzaron las picaduras, una, dos, diez. Su espalda ardía.

—¡Dime dónde coño está! —gritó Oreste.

Hubo otro pequeño terremoto en los panales, luego una mano esquelética y cubierta de lodo surgió de la oscuridad entre los panales y agarró la cara de Oreste.

76

Francesca y Gerry llegaron al antiguo Mercado del Mueble al anochecer. De lejos vieron un viejo letrero de neón de un hotel que parpadeaba apoyado sobre la valla: QUI SI SANA. Al acercarse oyeron también el zumbido del generador de energía al que estaba conectado.

—No quería que el Perca se equivocara de camino —dijo Gerry, rascándose la nuca.

—Dios mío, realmente estamos en el lugar correcto —dijo Francesca.

Gerry frenó cuando vio que delante de la verja se encontraba ya un coche aparcado y lo alcanzaron caminando. El coche tenía el parabrisas destrozado, en el asiento del conductor había un hombre que aún llevaba las llaves en la mano y con la cara hecha papilla por los perdigones. Francesca apartó la mirada.

—Tenemos que llamar a la policía.

—Más tarde —dijo Gerry, y giró el cuerpo para verlo de frente—. Es Giorgio, ya no concederá ninguna entrevista a la televisión israelí.

—¿Qué estaba haciendo aquí?

—Eso ya no importa. Quédate aquí. No voy armado y podría no ser capaz de protegerte.

A Francesca le habría gustado hacerlo, pero negó con la cabeza.

—No.

—Como quieras. Pero quédate detrás de mí.

Pasaron la verja y Francesca siguió a Gerry a lo largo de un recorrido que pasaba bordeando los árboles. Era un lugar absurdo, un vertedero al aire libre, un trozo de nada en medio de la nada frente a un edificio fantasmal. Carteles de metal oxidados aún mostraban los viejos anuncios ya descoloridos con amas de casa y jovenzuelos. PASSO DELL'ORSO ES AHORRO, se leía en uno. Había muebles polvorientos de importación oriental.

—Así llegaron los avispones —dijo Gerry. Luego pasó frente a la puerta principal—. Alguien ha ido por ese lado recientemente. Hay señales —susurró, indicando el lateral corto del edificio, justo donde comenzaba la arboleda.

Francesca no veía nada, pero siguió a Gerry hasta la entrada lateral que daba a un largo pasillo con una extraña pared en el centro. En medio yacía otro cadáver destrozado. Con la pierna arrancada. Francesca apartó la vista.

—Por Dios... —dijo.

Gerry miró al muerto.

—Benedetti —dijo.

—¿Qué estaba haciendo aquí?

Gerry se agachó sobre él, evitando una grieta en el suelo donde pululaban insectos moribundos.

—Ve con cuidado, que pican.

—No voy a moverme.

Gerry encontró la pistola de Benedetti junto al cadáver y se la entregó a Francesca.

—Pero es que yo no sé qué hacer con esto... —dijo.

—Tienes que apuntar a alguien y luego disparar. Cuidado, no tiene seguro.

Ella la cogió.

—¿Dónde está Amala? —preguntó Francesca, temblando como una hoja.

—Aquí no. —Señaló hacia donde la pared hacía un ángulo de noventa grados. De hecho, no era la pared, sino un trozo de madera pintada que cubría la entrada a la gran sala—. Por ahí.

77

Después de un instante de terror, Oreste liberó su cara de la mano que lo agarraba, luego la aferró y tiró de ella. Se produjo un pequeño terremoto entre los panales, mientras un cuerpo esquelético cubierto de lodo era arrastrado hacia el exterior. Era una chica, o al menos lo había sido, aunque de ella quedaba solo un poco de piel sobre los huesos. Lanzó un grito gutural que Amala reconoció, porque lo había oído salir del agujero de la placa turca. Intentó morder a Oreste, pero no tenía fuerzas y él logró zafarse con facilidad. Tal vez la hubiera matado de inmediato si Amala no hubiera aprovechado el momento para lanzarse hacia la salida.

Cuando Oreste se volvió, Amala ya estaba cerrando la puerta, empujándola con la espalda, pero no pudo llegar a cerrarla del todo antes de que Oreste aferrara el cable, cuyo cabo había quedado dentro. Tiró de él, y el dolor fue cegador, incluso más que las picaduras que tenía por todas partes. Apoyó el pie contra la puerta y enroscó el cable alrededor de la manija. Cuanto más tiraba Oreste, más fuerza hacía ella contra la puerta, impidiéndole salir. A esas alturas, Amala ya era solo nervios, ya ni siquiera sentía su propio cuerpo y el tremendo dolor que experimentaba podía ser el de cualquier otra persona. Oreste tiró, la puerta permaneció cerrada, pero el cable se deslizó por la manija, tirando de la herida. La sangre corría por la espalda de Amala, los huesos crujían y, al final, algo se soltó dentro de ella.

Hubo un desgarro y el hueso, que en esos pocos días de encarcelamiento aún no se había soldado, liberó los tornillos de titanio, llevándose con ellos trozos de carne. Amala cayó al suelo, exhausta. Estaba libre, pero era incapaz de moverse, la sangre se extendía bajo ella como un charco, el cable enroscado en la manija colgaba perdiendo sangre.

Oreste había recargado su escopeta y disparó el primer tiro. Los perdigones perforaron la chapa a la altura de la manija, produciendo un gran agujero cónico en el centro de la puerta. Oreste introdujo el cañón y apuntó el arma contra ella.

Cuando llegó el disparo, Amala sintió que la arrastraban. *Es así como se muere*, pensó. Pero no era una ilusión, alguien realmente la había agarrado y la había apartado de la línea de tiro, recibiendo el disparo en su lugar. Estaba sangrando por un hombro y por un lado del cuello.

Oreste abrió con la escopeta en la mano y le apuntó.

—¡Perca! —gritó.

El hombre rodó al suelo y Amala se dio cuenta de que estaba soñando, porque detrás de él estaba su tía, con una pistola en la mano, gritando algo.

Mi tía.

Con una pistola.

Su tía disparó y las balas rebotaron por todas partes, alcanzando paredes y cámara, pero solo una le dio a Oreste en un lado de la cara, arrancándole una oreja. Él levantó su escopeta y apuntó a su tía. Su tía gritó de miedo, Oreste de rabia, Amala de horror. El desconocido se levantó del suelo y lo aferró por las piernas, a pesar de la sangre que lo cubría.

Cayeron juntos, Oreste le metió los dedos en la herida del cuello. El desconocido gritó de dolor, pero logró arrebatarle la escopeta de las manos y usó la culata para golpearlo en la cara.

Oreste se arrastró hacia atrás.

—Perca... —murmuró.

—Realmente eres un *schmuck* —dijo el extranjero, apuntándole con la escopeta.

Pero su tía gritó.

—¡Quieto, no es necesario!

—Hay una chica dentro..., por favor... —dijo Amala con un hilo de voz.

El desconocido la miró y le pareció bello como el sol.

—¿Está viva?

—No lo sé.

Gerry le dio otro golpe a Oreste en la cara con la culata de la escopeta y abrió la cámara de nuevo. Salió un enjambre de avispas, Gerry lo atravesó corriendo como si no existieran y reapareció al cabo de unos segundos con la chica en brazos. Era un esqueleto viviente, cubierto de excrementos, y Gerry lo depositó suavemente en el suelo.

—Hola, Sophia. Ahora vamos a llevarte a casa —dijo. Entonces agarró a Oreste y lo lanzó dentro de la cámara, tras lo que cerró la puerta.

Su tía corrió a abrazarla y Amala, por fin, se desmayó.

Salida
Hoy

78

Francesca llamó a la policía y Gerry fue detenido, porque desde Israel habían comunicado que sus documentos eran falsos.

La mañana siguiente al hallazgo de su sobrina, Metalli y ella tuvieron una reunión muy tensa, aunque en el fondo el magistrado estaba contento de que Amala estuviera viva. Y también Sophia Vullo, aunque en estado crítico. Michele Zennaro llevaba casi un año ejercitando sobre ella su capacidad de control, había probado el injerto de una correa en el tobillo, que acabó en necrosis, y el funcionamiento del *camino de las avispas*. Creyendo que estaba muerta por un shock anafiláctico, Zennaro la arrojó entre los restos de la cámara frigorífica. La chapa de la cámara frigorífica tenía un agujero por el que goteaba el agua del desagüe, y eso le había permitido a Sophia no morir de sed. Lo que había comido era aún materia de investigación, pero las posibilidades eran pocas, y todas ellas nauseabundas. Francesca hizo que la trasladaran a una clínica de su confianza, pagando de su propio bolsillo.

A Amala le operaron la clavícula y le colocaron un implante en el lugar del hueso destruido por la fractura y la infección. Ya no podría jugar al tenis «a dos manos» y le quedaría una molesta cicatriz, pero, por lo demás, no tendría mayores problemas. No recordaba nada de su último día como prisionera y se sorprendió por el interés de su tía, a la que nunca había estado muy unida y que insistió en ir a visitarla todos los días. En el hospital, Francesca también recibió las malas palabras de Sunday, quien la acusó de ocultar información sobre su hija y de haber puesto su vida en peligro.

—¡Y te llevaste contigo a ese mercenario! —gritó—. ¡Un soldado israelí, un asesino!

Cuando le caes como el culo a tu cuñada, pensó Francesca, *ni Dios ni ayuda pueden remediarlo.*

A Michele Zennaro lo sacaron de la cámara frigorífica en estado crítico debido a los cientos de picaduras de avispa, pero no murió. Durante el primer interrogatorio se negó a responder a las preguntas e hizo que constara en acta que consideraba que el magistrado, la policía y toda la familia Cavalcante estaban implicados en la gran conspiración para ocultar la existencia de los depredadores. Metalli pidió una evaluación psiquiátrica, con la esperanza de que resultara estar cuerdo para que lo condenaran de por vida. Había visto en persona a esa desdichada de Sophia Vullo, y estaba seguro de que soñaría con ella por la noche durante el resto de su vida.

En cambio, a Gerry lo hospitalizaron por las heridas de perdigones bajo arresto en el hospital civil, vigilado a todas horas.

Al cabo de dos días, Francesca fue a ver a Gerry a la enfermería de la cárcel. Hablaron separados por un biombo divisorio que protegía, por así decirlo, la confidencialidad de la entrevista abogado-cliente. Él tenía el torso y el cuello vendados y estaba un poco pálido y delgado, pero por lo demás parecía relajado como siempre.

—¿Qué tal estás?

—Bien, gracias. No se come demasiado mal aquí. —Levantó el libro que estaba leyendo, un texto sobre geología—. Y cuando uno lee está bien en cualquier parte.

—¿También quieres ser aficionado a las piedras?

—Viendo que no sabía distinguir entre el jade y el plástico... Me lo ha traído Renato.

—Lo sé, me ha dicho que le hablaste de... Cesare.

—Perdí la apuesta con él, y yo pago mis deudas. Se puso a llorar.

—¿Y tú?

—Fingí que me emocionaba para que no se sintiera herido. Me cae bien.

—¿Lo conociste de niño?

—En el funeral de mi madre. ¿Cómo está la manada?

Francesca había llevado a los perros a la clínica veterinaria de costumbre. La enfermera se alegró de poder encargarse de ellos.

—Bien. ¿Los echas de menos?

—Me ayudan a entender cómo estoy. ¿Por qué no me has denunciado por asesinato?

—Cuidado, puede haber micrófonos... Es ilegal, pero...

—No los hay.

—¿Estás seguro?

Gerry levantó las cejas.

—De acuerdo. —Francesca se sentó a los pies de la cama—. Lo estuve pensando. Sé que has salvado a mi sobrina, pero no puedo condonar los asesinatos a sangre fría. Aunque también sé a quiénes mataste, y que no es culpa tuya que seas un psicópata. En definitiva, tu padre no era un santo.

—Y mi madre lo aplastó con un camión.

—Así que lo dejo todo a tu conciencia. Incluso Ferrari.

—¿Ferrari?

—Ayer tuvo un derrame cerebral, está bien muerto. Y sé que has sido tú, aunque no sé cómo. ¿Mangoneaste su medicación?

—Una buena hipótesis.

Francesca se dio cuenta de que no tenía sentido insistir y, en el fondo, tampoco le importaba realmente.

—¿Te arrepentiste de haber dejado a Zennaro con vida?

—No. Conozco la diferencia entre un enfermo mental y un pervertido. Y, además, tengo curiosidad por ver qué le sacan los psiquiatras.

—Un tipo que se convierte en el asesino al que está dando caza. Es muy interesante.

—Y es una advertencia para todos los que quieren entrar en la mente de los asesinos. No es un buen lugar.

—Ya me lo dijiste. Estabas hablando de ti.

Gerry no replicó y siguió sonriendo.

Francesca se quitó un pelo de la blusa.

—Escucha... Israel ha pedido tu extradición por ese asunto de los documentos falsos. Teniendo en cuenta que estabas a punto de ser deportado, el tribunal no se opondrá. Pero, si declaras quién eres realmente, no podrán hacerlo. Nunca renunciaste a la ciudadanía italiana, podemos hacerla valer.

—No, está todo bien así.

—¿Estás seguro?

—Sí. Ya he dicho quién soy.

—Gerry.

—Gerry. Me iré pronto, pero si necesitas algo, llama. Tienes mi tarjeta.

Francesca sonrió a su vez, sintiendo una ilógica oleada de afecto por aquel asesino. Una contradicción, una de tantas.

—Espero que no te importe, Gerry, pero preferiría no volver a verte nunca más.

79

Francesca no podía saber que esa sería la última visita, porque tal vez podría haberle dicho algo más o algo distinto. Esa misma noche había invitado a cenar a alguien por primera vez desde su regreso a Italia: Metalli y Samuele con Alfredo, esta vez sin uniforme. Lo había conocido durante la detención de Zennaro, porque Alfredo había estado al mando de la operación policial y el registro del antiguo Mercado del Mueble. Ella era la única que no había recibido ninguna perdigonada ni le habían echado ninguna soga al cuello y se vio obligada a quedarse allí hasta altas horas de la noche, explicando mil veces lo que había sucedido, eliminando todo lo que había pasado antes del último día.

Con Alfredo la situación había sido vagamente incómoda: para ella, porque sabía que había sido él quien la había denunciado a Metalli; y para él, porque Francesca era la jefa de su novio. La cena restauró la paz también con el magistrado y obligó a Francesca a abrir alguna caja con platos y cubiertos, que permanecían guardados desde su llegada a Italia.

Mientras estaban más o menos en los cafés, los agentes de la policía de prisiones trasladaron a Gerry desde la enfermería de la prisión para llevarlo al aeropuerto de Pratica di Mare, desde donde un avión militar estadounidense sin distintivos lo transportó a Tel Aviv. Allí Gerry fue recogido por agentes vestidos de paisano, quienes lo cargaron en un coche con cristales tintados y lo llevaron al Instituto G. Feuerstein, donde un pelotón de militares se encargó de su escolta. Registraron a Gerry de nuevo, y lo condujeron a una celda que parecía un pequeño apartamento con rejas en las ventanas y cámaras de vigilancia siempre encendidas, incluso en el baño.

Nada más entrar, a Gerry lo asaltó la masa peluda de la manada, que había llegado unas horas antes que él, y tres perros de tamaño medio que nunca se habían movido de la prisión. A Gerry le costaba mover el torso y se dejó deslizar sobre un gran puf medio deshinchado mientras los perros lo agasajaban.

A pesar del frenético relevo de personal que lo había acompañado, desde el embarque en Italia siempre había permanecido a su lado un antiguo oficial. No se habían dirigido la palabra en ningún momento, pero en ese instante se quedaron solos y ambos consideraron que había llegado el momento apropiado.

—¿Qué tal las vacaciones? —le preguntó.

—Absorbentes e interesantes —respondió Gerry, escupiendo pelos—. ¿Cómo está tu mujer?

—Se está recuperando de la intervención, gracias por preguntarlo.

Gerry esbozó una sonrisa a lo Charles Manson.

—¿Me has echado de menos?

—Yo no. Descansa, porque dentro de unos días volverás al terreno de juego. Tenemos un problema que podrías resolver.

—¿Y si me niego?

—Pues ya puedes olvidarte de las próximas vacaciones. —El oficial salió y cerró la puerta de la celda—. Nos veremos pronto —dijo.

Gerry suspiró y dejó que los perros lo enterraran.

Agradecimientos

Al escribir esta novela he tenido un fantástico equipo de apoyo. Mi primer agradecimiento es para mi esposa Olga. Como siempre digo, sin mí Olga se las apañaría muy bien, pero yo sin ella ya estaría muerto desde hace tiempo. Luego para Julia, Piero, Stefania, Virginio y Tamara, y el resto del clan.

Le doy las gracias a Dante Caramellino por sus consejos, a Luigi Patti por sus ánimos, a mi colaboradora Valentina Misgur por las primeras lecturas, a mi paciente agente Laura Grande, Carlo Carabba, colega y amigo, y a toda la gente de HarperCollins, al insustituible Oscar Alicicco, el editor de mesa de esta novela, con quien hemos destripado gratamente cada línea; a Veronica Di Mario por ocuparse del texto, al profesor Paolo Lucca por su ayuda con la lengua y la religión judías, al director artístico Riccardo Falcinelli por la portada.

En cuanto a la medicina veterinaria, he utilizado principalmente el *Atlante delle tecniche chirurgiche nel cane e nel gatto* de Mark M. Smith y Don R. Waldron; para las avispas, en cambio, especialmente el *Manuale di entomologia applicata* de Aldo Pollini.

En ambos casos me he tomado libertades, así como en la topografía lombarda: Conca y Città del Fiume no existen, como tampoco hubo ningún incendio como el que describo en la cárcel de Cremona, mientras que la inundación se inspira en la crecida del río Tanaro en 1994. Otras lecturas que me han ayudado en el proceso de redacción fueron las de *Paranoid* de David J. LaPorte y *The Encyclopaedia of Jewish Myth, Magic and Mysticism* de Geoffrey W. Dennis. Los títulos de los capítulos del presente libro están inspirados en algunos de los términos *scouts* más conocidos. No tuve que estudiarlos porque fui *boy-scout* en Cremona, una experiencia formativa y apasionante.

Sin embargo, el mayor agradecimiento es siempre para vosotros, lectores. Y, ya que habéis llegado hasta aquí, os merecéis un pequeño extra.

Pasad la página y disfrutad de la lectura.

S. D.
Medianoche de Pérgola, agosto de 2022

Despedida
Treinta años antes

El teniente de los carabinieri Massimo Bianchi estaba esperando en el arcén de la carretera provincial de Piacenza, fumando un cigarrillo tras otro y apagando las colillas en el cenicero del coche. Un gesto de educación que no había realizado hasta hacía poco tiempo, pero el matrimonio lo estaba cambiando. Dormía más (cuando su hijo se lo permitía), tenía más cuidado con las tonterías y volvía a menudo para cenar, en vez de quedarse en el cuartel hasta las dos de la noche. Poco a poco, las uñas y los dientes se le iban limando y él aceptaba la transformación. La competición se había vuelto menos interesante; la lucha, más agotadora.

Una Fiat Fiorino se detuvo en el apartadero unos metros por delante de él y le hizo luces. Bianchi se acercó a la ventanilla abierta del lado del conductor: en el interior de la furgoneta había dos personas que parecían haber chocado de frente contra un camión y vueltas a pegar con saliva. Especialmente él, que llevaba un busto de yeso que lo hacía aún más voluminoso y miraba distraídamente a su alrededor. Itala, en cambio, tenía vendas y esparadrapos por todas partes, pero era completamente dueña de sí misma. Como le había explicado, cuando el techo del Qui si Sana se había derrumbado habían salido de allí antes de la llegada de los equipos de emergencias.

—Sois la viva imagen de la salud —dijo Bianchi.

—Porque somos espectros —dijo Itala. Locatelli gruñó.

Bianchi le entregó un sobre con pasaportes nuevos para ambos y un nuevo permiso de conducir para ella. Los nombres no eran los suyos.

—No sé cuánto tiempo os servirán, pero por un tiempo podéis estar tranquilos.

—Espero que para entonces hayamos conseguido otros. Gracias por todo lo que has hecho con mi cadáver —respondió—. ¿Quién era?

—Una vagabunda que murió de cirrosis, se parecía a ti.

—Vete a la mierda.

—Nadie reclamará el cuerpo. ¿Así que lo dejas todo y te vas con la bestia?

—No dejo nada porque ya no tengo nada que dejar.

—Pues tienes un hijo, me parece.

—Lo tuve, pero no funcionó para ninguno de los dos. Pensaré en él todos los días, pero es mejor así... A ti, en cambio, te echaré de menos.

Bianchi controló su respiración porque no quería emocionarse.

—Al menos pillaste a ese cabrón. Lo has hecho muy bien, aunque nadie vaya a saberlo nunca.

Itala asintió:

—Eso es lo que quiero. Que mi nombre sea olvidado junto con el del Perca. Quiero que se termine para siempre. —Le estrechó la mano—. A lo mejor regreso algún día para verte.

—No, no lo harás.

Bianchi, por una vez, tenía razón.

Índice

Este libro se terminó
de imprimir en
Móstoles, Madrid,
en el mes de
junio de 2023

«Para viajar lejos no hay mejor nave que un libro».

EMILY DICKINSON

Gracias por tu lectura de este libro.

En **penguinlibros.club** encontrarás las mejores
recomendaciones de lectura.

Únete a nuestra comunidad y viaja con nosotros.

penguinlibros.club